家园

达真 著

天地出版社　西藏人民出版社

谨以此书

献给我的母亲

第1章

曲扎全家直奔次大陆北部山地小镇达萨,缘起于麋鹿江右岸那条断头马道,确切地说是马道旁边的矮树林,那里有一只会说话的转世乌鸦。

辽阔的桑戈草原上没有谁能说清这只乌鸦活了多久,总之历久弥新,既历久于恐龙时代,又弥新于无时无刻不环绕在每家的帐篷周围。

曲扎的表爷爷,仲巴寺大活佛索达盘腿打坐仰望虚空,一手抚摸着枕在自己腿间的曲扎,一手用拇指和中指捻着下巴上太田痣上的几根白毛,紧闭双唇,在口中鼓满空气,均匀呼出,等呼尽后说:"它是从刻着经文的石头里飞出来的。已经活了一千二百年。"良久,他对静默的净空问,"难道不是吗?"他深信这个数字是神加持的。他是在火兔年夏末满月的一个有着雨后彩虹的正午，在成熟的白内障膜上看见的这个数字。

乌鸦在彩虹出现前遭遇滂沱大雨，雨水落到油亮的羽毛上后立马滚落而下。它的叫声沙哑破碎，被浓烟熏过一样。除听到表爷爷的感悟外，曲扎还听到过占卜师米巴给出的诗意的答案，说乌鸦的叫声架起了地表通往极乐世界的幻桥。这些神话般的描述在日后的若干年，给这位建筑设计者的作品铺垫了充满经院派哲学的底色。

每当忆起骨头都冷得发痛的出走日，曲扎的上下牙就控制不住地磕碰，磕碰声让他意识到人的头盖骨薄如蛋壳。他清晰地记得出走的凌晨，院子里等待出发的骡马撒出的尿液迅速冻成冰板，同战栗抽搐的畜蹄粘在一起，它们无法迈腿，呼出的热气直接变成晶亮的雪糁儿。一只冻成冰坨的灰背白腹鸟儿，从经堂的廊檐上掉下击中曲扎的额头。鸟儿鼓瞪着双眼向阳世作最后的道别，曲扎额头上瘀青的血包预示了不祥之兆。唯独穿梭在神界和权贵间的占卜师，面对极端天象却保持着日月般的缄默，如风留给大地的玄机。他们那抹着混有香灰、糌粑、奶渣粉的酥油的脸上，永远挂着凡人有求于己的经典沉默。极地最贵的东西不是黄金、钻石、珊瑚、玛瑙，而是空气一样珍贵的信仰，暗示由神掌控的哲学无一不是照着他们编写的曲谱在起舞。具体到桑戈草原，占卜师如是说：麋鹿江下游桃花渐开的春季与上游融雪未尽的残冬交汇在断头马道，交缠就预示着凶吉并存。

"哼，过于玄乎。"多年以后，曲扎的父亲桑布哄波（总头人）对此解释嗤之以鼻，认为这些话放之四海而皆准却又大而无当，"是呀，哪个交缠地不凶吉并存？一句话，极端就是对立，包容就是依存。而人的悲悯掩藏于心，只好在交缠地上空叹息。"话刚说出又立马打住，桑布吐吐舌头将头缩在高耸的双肩之间，轻轻用双唇吻吻包浆闪亮的佛珠，认为这种嘲讽是对神灵代言者的不敬。

四十年前，年仅十七岁的曲扎介于少不更事和春心萌动之间，和全家远走他乡，命运的转折点在断头马道的水岸留下挥之不去的心结。记忆中牛皮船从马道尽头的下水处滑向对岸时，头顶盘旋的一只褐色秃鹫的身影中，预埋着那段铭心刻骨的爱情召唤。日后这召唤在他在维也纳金色大厅听《命运》交响曲时得到了印证。他只要仰望穹顶就会看见那只褐色秃鹫随音调起伏，像麋鹿江的波浪。他深信这一因果是因水展开的，很像自己的前列腺炎，滴滴答答的尿不尽也是因水展开的。不过，这因果的延续是在瑞士桑多小镇一家星巴克的下午茶时间。

无风的太阳伞下，日本作家江本胜将一套《水知道答案》送给了曲扎。

作家签名过程中，曲扎问江本胜："请问写的是哪方面的内容？"

"简单地说，"江本胜在签好名后熟练地将笔尖插入笔套，"这套书研究水的情绪。书中一百多幅关于水的结晶体的照片，是我多年的观察结果。我就是想告诉读者，水是有听觉、有视觉的，水知道生命和灵魂的答案。这跟你们的原始宗教苯教解释的万物有灵有相类之处。"

"哦，水的情绪，"曲扎饶有兴致地翻看着各种水的图案，"有意思。我就出生在长江的源头。"说话间他的思绪飘向四十年前出走时那个寒冷的凌晨，江本胜的话被思绪切割得断断续续。

"简单地说，当水听到有人对它说爱与感谢时，水的结晶就会呈现完整的六角形；而被骂混蛋时，水几乎不能形成结晶。当它听各地的古典音乐时，结晶姿态各异；听重金属音乐时，结晶则歪曲散乱……"

"这么说，是长江包容了上游的脾气？"曲扎在迷糊中插了一句。

"你说什么？"作家皱起眉头，身子朝后一仰，摇摇脑袋，对曲扎的话感到疑惑。

"哦，没说什么。"曲扎意识到自己走神了，微笑着耸耸肩，将书抱在胸前，说，"有意思，一定认真拜读。"

出于对水的好奇，回到家里曲扎就坐在客厅的沙发上开始快速浏览，在看到介绍水高兴和水愤怒的图片和文字后，他久久注视六瓣冰雪的美丽晶体，脱口说出"过激的情绪"这么一句话。他并不认为书中所讲的真的科学，但一种诗意的情绪萦绕于心，他听从情绪的指挥，选择信以为真。

坐在一旁默诵六字真言的老伴儿以为曲扎在叫她，应声回头，目光越过老花眼镜的框架看着他，他却合上书望着虚空呢喃道："水真的知道答案？"

沉浸在佛善境界里的老太太无可奈何地看着他，莞尔一笑，说："你开始变老了。"

半个月后，与曲扎同龄的绒塔仁波切在中国驻外机构的安排下，以归国藏胞参观团成员的身份踏上回乡途程。临行前仁波切来到曲扎家里，两人是无话不谈的挚友，他回国顺带要做的私人之事，就是为曲扎埋藏了四十年的感情探寻一条重见天日的通道。曲扎深知，信息的不对称让他无法获知家乡的真实情况，他想抱着"眼见为实，耳听为虚"的态度来修正信息不对称造成的误判，他无条件地信赖绒塔，深信绒塔的眼睛就是自己的眼睛，真实，客观，相信他会带回真实信息。

封上寻情的信件后，用信赖的眼神看着脸似圆盘的仁波切，曲扎用唇吻了吻信封，递到仁波切手中，伸手捏捏穿着绛红色僧衣的朋友浑圆的深麦麸色臂膀，说："即便是大海捞针也要捞到斯郎措，她是我一生的未竟之梦。"

"如果这次不途经桑戈，还不知道你拥有一段如此珍贵的过往。"绒塔仁波切优雅地伸出左手，理理搭在右肩的僧衣，说，"相处几十年，我还是第一次触及你的情感世界，没想到你沉稳的外表下是如此柔软而充满温情。"

"说来话长，"曲扎晃荡着高脚杯里的红酒，自己的影子在杯中跟着摇晃，呷了一小口酒用舌尖轻微转动着，他眯上眼睛面朝超大落地玻璃窗外的湖面若有所思，"我们是在寒冰和旷野里定的情，却没有在马背上喜结连理。唉，谚语说：泛黄的羊皮纸，从不记录情人的行踪。"

"你的家人知道吗？"

曲扎抿着嘴摇摇头，依旧直视湖面，说："要是她已儿孙满堂，我就心安了。"随后他放下酒杯，走到书桌旁打开最下端的抽屉，取出一个绛红色金丝绒面的盒子和一张照片，用手抚摸着盒子走到仁波切面前。他开盒的动作很轻，里面装着成人拳头大小的女子蜡像，中分的直发下一位藏族少女美丽的脸庞暴露在两人聚焦的目光下。"这是我请著名的蜡像大师杜莎夫人的第八代玄孙亲手做的，请仁波切一并转交给她。"

"这一定很贵。"绒塔接过盒子和照片，照片上曲扎双手将蜡像捧在胸前，绒塔问，"她就是斯郎措，你的心上人？"

曲扎尴尬地看着仁波切点点头，笑笑说："不过，只是我近乎单相思的恋人。"他说话的语气在嘲笑自己，"当年告别时我对她许下承诺，让她等我，这让我不安。"

活佛似乎洞悉世俗男女的风月故事，他笑了，笑容中透出禅意，但笑不露齿，将盒子和照片装入宽大的袈裟里。

"斯郎措是家里用人的女儿。我深信她在等我，因为她逃不脱传统游牧民族的宿命。"说话的同时曲扎取下脖子上系着小银嘎乌的银链，"它们是一对，另一个在她那里。如果找到她，这就是最温暖的证物。"

"愿三宝护佑她，希望她不是你说的宿命的牺牲品。"绒塔仁波切接过银链，"我想，如果我见到她，也许还不能当着她的家人的面提及这事，以免引发不必要的误会。"

"还是仁波切考虑得周到。"曲扎面对绒塔微笑着，眼神充满谢意。

将绒塔送出家门后曲扎回到书房，点上哈瓦那雪茄，烟雾循着仁波切带走的信物的方向飘远。

天色渐渐暗下来，远处的灯光弥散着出走时的记忆。

在众多出走者中，曲扎是另类。除博览群书外，他的思维方式同大部分出走者大相径庭，像深处在横断山巨大褶皱里的康巴，介于藏地和汉地的分野间，混杂着吸纳异质的开放气质。他常常自嘲这是父亲好游走的基因传递给他了。

每遇藏历新年的头一天，他都会打一壶浓浓的酥油茶，边喝边细细回味过往。

进入知天命之年，越发觉得酥油味散发着一种怀旧的迷香，他会习惯性地把第一口茶连同思绪停在嘴里，漱口水一样鼓捣片刻后才吞下，随后百感交集地发出哈的一声，同时伸手转动桌上的地球仪，喃喃道："北纬三十度，地球的项链，断头马道，项链上的松耳石。斯郎措是松耳石。瓦须部落是松耳石铺就的坛城。"

在对故乡的记忆里，每逢无云的朗日，站在瓦须部落朝拜的银狐神山上眺望马道，能看见人的脚印同牲畜的蹄印混在一起。秃鹫也由此得以俯瞰藏民族早期文明的足印，日晒雨淋的岩画为史前文明转化为文字表述提供了可能。周游世界后曲扎发现，散落世界各地的遗迹都有一个共性：都有手创的纪念碑。曲扎认为，扑朔迷离的族群口述史不足以厘清历史真迹，就像内容无限扩充的《格萨尔王》说唱，尽管与《荷马史诗》同等辉耀，但也只能落点在浪漫主义色彩的英雄情怀上，经不起正史的严肃考问。但他深信马道上最具温情的还是马帮的笑声、哭声、歌声、鼾声、谈话声、哈欠声、喷嚏声、响屁声，以及被暗红色苔藓覆盖的刻有经文的那些石头。他不止一次在梦里抠开石头表面的苔藓，窥看那些有温度的经石，吞米桑布扎创造的藏文同汉文以及更多的文字交织的文明之网，展示着人类艰辛跋涉的不朽痕迹。透过这些迹象，曲扎发现除了斯郎措，故乡的一草一木也渗入骨髓。

他曾把自己从域外经历中获得的真实感受告诉绒塔活佛："不对比就看不到差异，如果不经历犹太人那样上千年的磨难，'家园'不过是在签证时填写的自己的出生地而已，虚幻而空洞。"话即出，仁波切似乎变成了曲扎早年记忆里的占卜师，缄默而莫测。

作为高级建筑设计师，曲扎把自己的精神归念与对斯郎措的情感联系在一起，认为土地和人的关系是关爱、依存。基于此认识，他在大学的告别演讲上所获得的掌声至今回响在耳边：

"……同学们，学院派认为伟大建筑是形式和内容的深度契合，是科技渗透着历史和文化的完美表现。不错，但在我后期的设计中，家乡的那首古老山歌才是我理念的基石。山歌唱道：'天是大地的帐篷，家是男人女人的帐篷，女人是男人的帐篷。'（讲到此处，掌声雷动。）诗意的表达充满朴质的道理，精美的设计贯穿着'现代骨、传统魂、自然衣'的理念，尤其'女人是男人的帐篷'，更道出了大地母亲是让生命延续的温床。很多时候，我们对建筑和家园的理解缺少这句话的诗意和哲学高度。因此我坚信，真知灼见比触及不到灵魂的开示强一万倍。最为悲哀的是，一群发达族群的学者，竟然把其他族群的文化遗骸高举胸前，在各种论坛或讲坛展示着，这种行为实质上是人在破解悲哀的同时又在繁殖悲哀……"

背地里曲扎却把掌声如潮的演讲归功于胸前小银嘎乌的神助,坚信是处男时期的爱情信物带给他的灵感,像帕瓦罗蒂演唱时,坚信带来成功的幸运符是手里那根被汗水浸润的五寸铁钉。不过在穿上西装站上讲台时,挂在胸前的小银嘎乌被衬衫遮盖着,除了妻子绝无第三人知道他的灵感源泉。当然妻子并不知道信物里隐藏着他对她的"不忠"。弥足珍贵的情寄之物跟他形影不离,原因是那段如螳螂交配的悲壮之爱,像经声一样绕缠在他的灵魂深处。

因漂泊而辗转他乡,曲扎惊奇地目睹了藏文化在异国他乡散发出的奇特魅力。"最最遗憾的是,这些一千多年前的画布和经文,百年前被白皮肤、高鼻子、蓝眼睛的人拿走了。"

曲扎领着桑布转悠大英博物馆,面对在柔和光线里发出金光的唐卡和各种佛雕,父亲万般感慨地说:"这些在家乡被视而不见的'平常'之物,在万水千山之外却被视为伟大的圣物。唉,我们花在转经上的时间太多了。"

"青藏高原真正的'镇馆之宝'是水和牛粪,而非某某仁波切的神谕。"曲扎说。

父亲歪着头半眯双眼看了看曲扎,眼神透出不屑:"你说什么?镇馆之宝是水和牛粪?你疯啦?读书读到牛屁眼里去啦?"

曲扎无力反驳,他知道,自从玛格丽夫人引领他走进读书人的圈子,他同父亲认知上的分野就出现了。半个世纪前,曲扎以大头人后代的高贵身份来到这个世界,毫不知晓部落的傲慢和短视,依旧处在对任何一个外来者都不屑、警惕和排斥的偏见里,固执地认为外来者是吃饱了没事干的东游西荡的厉鬼。他不知马道之外这些满世界跑的"厉鬼"早已把藏文化传播给外界，给足了通神的藏文化以神秘、神圣的独特气质，声称它是宇宙里最强大的信仰，而大小仁波切们或多或少地知道这些貌似废墟的遗迹里沉淀着不朽。

定居瑞士的绒塔仁波切，就是其中化腐朽为神奇的大宝贝，在曲扎看来，仁波切的襁裸（右开襟的衣袋）里揣满了不为人知的预言。

陆续在国外扎根的族裔，寄人篱下时留存的伤疤已成为不愿提及的过往，活着成为首选。

在国外生活的四十年，曲扎无论是在大学教学，或乘机赶往大法会听经，或在影院里看一段唤起伤感回忆的画面，或在纪念宗喀巴上师的燃灯时辰，或同妻子闹别扭数日不说话的孤独时刻，都会习惯性地忆起早年那段近乎单相思的恋情。这束爱情之光照着他心里那片幽暗的青草地，盛开的单相思一直跟随他从印度辗转到英国，再从英国到瑞士，直到定居瑞士都从未熄灭。而恰恰是这段隐秘的单相思，这份高贵对卑微的缘起，至今让他耿耿于怀。越是得不到的越折磨这位当年的少爷，直到他在人生过半后的精神活动里将其结晶为珍贵的爱，这种感觉常常将他带入无人觉知的孤独中。

每当他陷入这段水月般柔软的沉思，妻子安娜便埋头将视线越过老花镜的上沿瞧他，呢喃着轻声说："阿尔茨海默病提前了。"

第2章

时逢暑期,蝉鸣声从树林深处传来。瘦高个儿王本昌抱着一摞书走在水磨石的地面上,除了清晰的有节奏的脚步声,偌大的图书馆月球上一般寂静。

刚出大门就俯见著名大教授游建翔带着助理拾级而上,王本昌立马躲在罗马柱后面。在父亲的举荐下,游老破例成为他毕业论文的指导老师。记得第一次见面,教授的助理吴蓉递给他一张书单,游老隔着书桌指指书单,说:"先消化这些,理出提纲后再来找我。"

接过书单,他的脑袋都大了,心想:"光罗列的书名就能组成一本书。我会变成一只书虫。"父亲希望游老将他培养成自己的接班人。基于父亲的布局,他被动地与游老走得很近,在众多专家、学者、同学眼里，他就像跟着一位经验丰富的老船长经营一片丰收在望的渔场。

游老是经济学界赫赫有名的专家，是中央经济部门的高级顾问。教授的客厅正中央挂着他与领导人的合影，足以表明他在经济学界的分量。闲时教授常常用鸡毛掸拂去照片框上的灰尘，其实玻璃十分洁净，只是他养成了完美展现高光时刻的习惯。

吴蓉教授被称为"影子"，这绰号何时而起已无从溯源，它像风一样穿行在教学楼、宿舍、饭堂、澡堂、操场，弥漫在空气里的花边新闻无孔不入，激起了荷尔蒙旺盛的学子们的好奇心，成为入睡前的荤段"夜宵"。古往今来，男女的风流韵事无论在阳春白雪还是下里巴人中，同样提神并让人乐此不疲。王本昌偶尔混谈其中，一阵八卦后才合眼进入梦乡。

话题的不衰归因于吴教授一直单身，当婚未嫁为八卦扩容者提供了充足的原料。王本昌是偶然在食堂饭桌上隔桌耳闻这一传闻的，大学里，图书馆存放经典，各种"两性经典"亦发源于此。

吴教授的身段像极了点燃奥运圣火的雅典女人，高大、丰满、匀称，能激发男人顺着她凹凸有致的曲线瞬间点燃烈火的欲望。"影子"的著名是缘于游大教授的名气，还是她花容月貌的特质？王本昌在跟踪后得出大致的结论：是缘于她的女性魅力，是相貌、身材、风度、气质、知识的叠加，像香水里各种芳香烃成分的叠加。他深信她就是老先生事业上的伙伴和生活里的情人，老教授的学识、地位和魅力，构成了一个瞬间吞噬美妙的黑洞。因此，他暗自发誓也要成为这样一个美妙的黑洞。很长一段时间他都在努力编织向往的黑洞,直到踏上八竿子打不到的青藏高原,严酷的生存环境彻底粉碎了他的梦。

加快做成功男人的步伐缘于一次巧合,他意外"偷"听了一群成功人士的绝密私房话,那是女人们费尽心机都听不到的花间秘密。

一个潮热无风的傍晚,家里灯火通明,一楼的客厅摆放着两桌麻将,稀里哗啦的麻将声夹杂太太们的家长里短,空气里弥漫着父亲在宴客的熟悉氛围。

王本昌去父亲书房交一封学校给他的邀请函。推开书房浮雕着天使飞翔图案的欧罗巴式大门,他看见父亲的书房里聚满企业界大佬,笑声和着调侃声扑面而来,掩盖了细微的推门声。西装革履的大佬们品着红酒,抽着雪茄,沉浸在肾上腺素充盈的快乐中,完全忽略了王本昌的闯入,都专注地听穿着藏青色西服背心的人说话。

这人是经常请父亲在和平饭店吃潮州菜的金融界大佬宋明仁。宋总裁腆着滚圆肥硕的肚子,谈兴正浓:"二战结束的第二年,在巴塞罗那度蜜月的游船上,和小我二十岁的三房享受着地中海催情的日光浴,我正读比《金瓶梅》还重口味的《欧洲风化史》,那才是身体死了灵魂都不忘射精的香艳教科书。书中一群睡醒就渴望性交的母狮,经常鼓励男人吃土豆、生蚝、牡蛎和虾,眼中喷出诱惑的欲火,来吧,公狮们,硬点,再硬点,久点,再久点。"说话的同时他用手比画了一下,"实话说,这些食物比鸦片来得慢,但绝不伤身。"

"有道理。"常邀父亲打高尔夫的远行船舶公司董事长罗伯伯插话，他说话鼻音很重，像有什么东西堵在鼻孔里，"我最近得到秦船长带回的变色龙粉制的春药，他是在非洲部落买的。他告诉我，每次床战前只用一克兑津巴布韦岩蜂蜜，可以让两个陪床的女人通宵高潮。"

"有你说的那么厉害？"做进出口贸易的周总抱拳向罗总裁做出求救的姿态，"四天后我的菲菲过生，老罗，能否提供一些让我腾云驾雾？"

"早给各位准备了。"罗董事长答应得极为爽快，将拿着雪茄的手在空中轻轻挥动一下。他的谈吐极富感染力，常常是小圈子里的主讲人。

"变色龙粉？春药？"做车行贸易的孙总问。

"对，用一种开黄色小花的季节草做主料，必须是淋过头雨长出来的，然后将干猴头、羚羊头骨和鳄鱼幼崽磨成粉，按比例调配在一起。这东西大部分在多哥首都出售。"

"这些好东西，一旦遇到性冷淡者，岂不可惜？兄弟们，别为了爽那一下，把命根儿搭进去。"孙总插话。

"对，孙老板，透彻。在男女肉搏中，只满足男人也不爽。我怀念百乐门风月场的女人，妖艳，风骚，懂男人。风月场的好色女人比谁都明白：女人是三分长相，七分打扮。女人只有把自己照顾好了，打扮得光鲜漂亮了，才能让男人天天盼着幽会。"

一帮成功男人背着楼下正房太太的密谈，让王本昌看见了孔雀开屏的背面。"他们居然这样下三烂！"上海滩精英阶层的高大形象在他的心中动摇了。

父亲突然看见躲在人群背后的儿子，非常尴尬，用排斥的目光看看他，但很快定下神，和善地问："你怎么在？"

"我刚刚进来，这是曹校长让我转交的邀请函。"王本昌的镇定自若消除了父亲的疑虑。

父亲接过邀请函，没看，说："好的。去吧。"

关上门走在通往楼下客厅的楼道里，王本昌惊喜于自己变成了钥匙，打开了透视成功男人的神秘之锁。成功男人在意的除了商界年会上光鲜的君子之谈，更多的是关于女人的身体、肌肤、性活力的多彩展示，这栋豪宅顷刻间变成了女人下半身美妙的洞穴。

正好在弧形楼梯的拐弯处遇见母亲，母亲的眼神略带责备，认为他去书房打扰了父亲谈正事。处在眩晕中的他面无表情地朝门外走去。

"这孩子，今天怎么了？"母亲看着他的背影，纳闷儿地说。

此番误入引爆了累积在思想里的被家教和学校教育规避的隐雷，日后王本昌逐渐形成了惯性思维，认定只要没有女性参与的男人的聚会，话题八九不离十是关于"美妙洞穴"的。

吴蓉教授跟在游老后面，老教授步履生风，一头银发更显示了他的智慧与学识。每当上课讲到兴头上时，著名指挥家查尔斯·明希式的银发随声波震动、摇晃，有点像听贝多芬《命运》高潮时的血脉偾张，更显得老教授充满智慧的银发跟研究成果一样茂密。

王本昌在罗马柱背面屏息而立，耐心等待两人拾级而过，心想："这举动，未免过于夸张。我怎么会做贼心虚一样？"他嘲笑着自己。

在他的记忆里，自己背贴物体躲避别人已经是第二次了，现在柱子像是自己忠实的同谋者。

第一次是躲避暗恋过的外语系校花曲红莲，她的身体总是带有一股特别好闻的香水味，像姐姐屋子里的味道。公私合营前，王诗静的梳妆台摆满了法国和土耳其的各种香水，之后这充满资产阶级情调的味道被第一个五年计划中涌现的白甘油、雪花膏取代。他一度对曲红莲单相思到陷入难以自拔的境地，入魔的癫狂期是将一条风干的变色龙磨成细粉，倒入香奈儿N°5，然后把混合物涂抹在胸前和手腕处，据说这在三米之内就会魔法般地吸引暗恋的那个人的注意。一个令他自己都敬佩的下午，他躲在一座雕塑后面等候着。黄昏的燥热逐渐趋缓，但他总觉得身体的高温使得蚊子都不敢接近自己。他远远看见曲红莲夹着一摞报纸边走边看。"来了。"他对自己说，索性鼓起勇气迎她而去。他几乎与她擦肩而过，但曲红莲依旧目中无人地走过，香奈儿和变色龙的混合物并没有王本昌以为会出现的魔法。他曾调侃自己，有其父必有其子。多少个幽闭的日子里他恨自己的胆怯，正当他鼓足勇气以上海滩显赫家庭的后代去找她表白时，她毕业了，杳无音信。直到有一次在中山公园偶然看见她被一个英俊的男人搂着时，他听见自己在咬牙切齿的痛苦中咬断了最后的幻想，她的身影倒在幻想的血泊中。

随着毕业季的来临，求学之路和对女性的极度好奇绕缠在一起，像香奈儿和变色龙的混合物，在他写论文时，字里行间常会走出曼妙的女人打断其思路，明明知道对异性的渴望像就着梅干菜吃泡饭，既无营养又不下饭，但他还是忍不住停下笔来想入非非。他甚至厌恶自己的多情与时代格格不入，眼下新中国正迎来社会主义发展的第二个五年计划，人人都在"力争上游多快好省"的口号声中大干快上，那满满的正气让总有咖啡和爵士乐相伴的旧上海躲进了历史的暗角。

对异性的了悟是源于在图书馆中一次不经意的翻阅，一篇大概名为《男人为什么不知道女人的心思？》的文章让他茅塞顿开。文章漏洞百出的分析唬住了王本昌，让他抱怨自己走了一大截弯路，然而他打算第二次翻阅时，文章已被人整齐地裁掉了。他站在书架旁看着天花板发呆，并没有咒骂偷文者的不道德，反而埋怨自己下手慢了。还好，他凭借过人的记忆，将文章的绝大部分内容都印在了记忆里，为他以后与女性沟通确定了快速有效的方式。

若干年后，王本昌以博士生导师的身份经过图书馆门前的罗马柱时，曲美人的香味和撩人的身姿昨日重现，他在内心发出诡异的畅笑，心道这早已翻页的皇历依旧在发出昔日的暗香。他望着自己早年隐藏于其后的柱子，想起了西藏经典《柱间遗教》，时间的维度拉长了韵味，但跟《柱间遗教》有着本质的差异，他知道这些是人性中不可告人的暗角，柔软而隐秘。

第3章

桑布头人是部落里首个将视野投向边界外的好奇者，他对远山背后的未知充满向往。

在他二十一岁生日的午后，锅里煮的羊排散发出一阵阵扑鼻的香，让他非常意外的是，翻译带着一位穿汉服的高个子青年来拜见他。围观者观察到外来者和翻译有说有笑，不像是被抓到的垂头丧气的偷牛盗马者，这更加引起他们的好奇。围观的人群层层叠叠，院子里水泄不通。

圆滑的翻译代替外来者向总头人表达尊敬，将自己的腰弓成直角并平伸双手："报告老爷，这个甲给（汉人）是从大海边来的，他说他跟我们同饮麋鹿江的水。"

此时，头人正专注地用拉卜楞寺嘉木样活佛送的镀金镊子,一根根地拔掉下巴上的胡须,疼痛让他眼睛半睁半闭,嘴角微微上扬。"大海边?有多大?"定定神后,他轻轻挥手示意让座,语调平和地说,"据我所知,麋鹿江是四水中的一条,汇集后流入大海。外来者说的没错。"他眯眼审视着青年外来者。外来者长得细皮嫩肉,戴一副圆眼镜,天庭饱满,耳垂硕大,像个厚道之人,下巴上没有一根胡须。他穿着中式浅灰色长棉袍,圆口鞋在湿润的草地里被水浸透了布底。这穿着跟一年四季穿羊皮袍的牧人比较而言,看着就冷,让头人心生怜悯。

出于好客,更出于显摆,头人用最新鲜的酥油、风干牛肉、人参果、黑糌粑宴请了青年,离开时还送了他一双红皮康靴,说:"在草原穿着它比你那布玩意儿强。"

青年为了报答头人的极善之意,凑近翻译耳边说:"我想给总头人拍几张照片,作为赠送的生日礼物。"征得同意后,他用有两只玻璃眼睛的神秘铁盒,把头人咔嚓咔嚓装进了盒子。围观者不知道神秘盒子里会发生什么奇迹,他们一声不吭地等待着。

"难道汉人的见面礼就是咔嚓咔嚓的声音?"头人不屑地调侃说,在他的认知中,通常来朝者都带着看得见摸得着的贡品,不过咔嚓咔嚓的过程中他还是很配合。

"谢谢头人的配合。"

"就这样咔嚓咔嚓,"头人纳闷着说,"哼,礼比空气还轻。"不过后一句话停在了嘴里。

半年后青年从上海寄来了缩小在纸上的他。

桑布生平第一次极为清晰地在厚纸上看见自己，对之爱不释手，睡觉时都放在枕边，睁开眼睛就拿着端详一番，随后望着帐篷顶发呆，琢磨自己是怎么被那个青年施魔法弄到纸上的。他惊叹外来人手捧的铁盒，自言自语说不知道多少头牦牛能换到这宝贝，心想："我当初错怪这位信守承诺的汉人了。"

"这辗转千里的照片，是姓庄的青年捧着善念和善意，沿着弯弯曲曲的长江水道带来的。"翻译做出蛇形状的手势在他面前弯来弯去。

"辗转千里，有那么远？"他问。

"我问过，甲给说，骑马要走三个月。"

"那么远，吹牛吹到天上去了。"

"他还会来吗？如果再来，叫他带上铁盒子，专门用几天时间把我和家人敬佛、煨桑、喝茶、骑马、耍坝子，统统装进去。"说到此，他的想法没有停，心想："和众多女人打掐巴（做爱）的照片，只有自己能看见，那该多好。"他诡异地冲着翻译笑笑。

翻译被老爷诡异的笑容弄得不知所措，用不太确信的表情冲他点点头。

多年以后，曲扎整理书柜时，偶然翻到珍藏的早已发黄的影集，指着照片对儿女们说："太珍贵了，我还以为几次搬家把它弄丢了。"他反复用袖口揩擦封面，"银版照相术传到桑戈草原之前，草原的故事一直以石刻、壁画、经文和藏戏的方式向外界零散地传递，这缘于横断山系有着巨大的褶皱，在没有现代交通工具的过往中,家乡孤独地隐藏在八瓣莲花中。历史典籍《史记》《汉书》《后汉书》《新唐书》《青史》,字里行间偶有提及桑戈这片西部高地,清廷戍边的总督们在上报的奏章里称这地方为'化外之域'。"他在细数典籍和感悟时,故意滤掉了自己早年最珍贵的爱情,他对儿女们一直隐藏着这一秘密。

一九一二年,曲扎的父亲降生在这片"化外之域"。自小脚板贴地之日起,差巴(用人)们的眼光恨不得绕缠着他的身体,稍不留神他便没了踪影,常常吓得差巴们如疾风中的劲草剧烈颤抖,各异的面孔上挂着相同的愁容,等待挨水里浸泡过的皮鞭的抽打。他们都知道那滋味就像烧红的烙铁在皮肤上灼烫。

对于桑布去来无踪的爱游走天性,曲扎的爷爷在他多次失而复得后,常用醉话向众人分享他马后炮似的高明:"我早就说别找,死不了。吃牛肉长大的,跟牛一样,不走着吃、走着喝,能活吗?天性。哼,像蒙古和硕特部的那些野脚杆,不远行不过瘾。我敢向三宝赌咒,他死不了。"话语间老桑布的表情令人哭笑不得,像高原夏季,突降冰雹后转瞬出现烈日,喜怒无常,而且每当说这番话时,他总醉眼蒙眬地用舌头舔舔右手的拇指肚,做出敢跟任何人打赌的手势,带着略带嘲弄的微笑看看众人,迷糊的眼神充满了自信,嘴里嘟哝着听不清楚的声音。每当管家带着差巴四处寻桑布三五天失望而返时,爷爷便收起之前的话,怒目瞪眼地挥拳对着哭哭啼啼的妻子暴吼,挥拳的姿态仿佛要把草地砸出一个湖泊。

从那时起,"稍纵即逝"成为桑布在断头马道上悟出的一个隐喻，隐喻的背后是他可以消失在世界任何一个角落而完好无损。直到他若干年后带着全家在全世界游走，从跌跌撞撞的幼年到疾步如飞的童年，差巴们四处寻找他的呼喊声，依然回响在马道间层层叠叠的脚板印中。

止于麇鹿江右岸的断头马道，距总头人夏季帐篷城仅半炷香快马的路程。与家族命运息息相关的断头马道间的那片树林，是家族兴衰的预言地，林中凸显的神迹暗示命运无法更改。

连接江两岸的唯一工具是一条牛皮船——在秋季用野牦牛的皮制作而成，暴露在空气中时坚硬如铁，入水便灵巧柔软。牛皮船像天葬台上的秃鹫，充当着摆渡者的角色，不同的是秃鹫把死人从中阴送到天堂，而牛皮船则是把活人送到河对岸。

划船人世代有同牛皮船对话的秘史，即便在涨水季，他们都有把乘船人安全送到对岸的绝活。划船人一旦上船，有一个不为渡客发现的短暂闭眼的瞬间，就是诵念通灵牛皮船上的一道咒语，咒语一出，船便乘风破浪，逢凶化吉。牛皮和附着在其上的咒语像刀和鞘一样契合，即便曲喀桑根喝醉了酒，他也绝不会把咒语的第一个"唵"念错。这就像密宗里的高僧传授给弟子"破瓦法"一样神秘。

一喝酒就失忆的第十五代划船人曲喀桑根，为了永久记住这安身立命的发音，特意在船沿的顶端偷偷地写下"唵"的字母以提醒自己。他坚信"唵"的发音像三宝一样护佑在船周围。

桑布头人把不爱落屋的习惯带到了世界各地，他非常清楚，促成游走的强大力量是雄厚的家底，走时他带了压箱底的九眼石、珊瑚、蜜蜡、玛瑙以及珍贵的唐卡。在这些家藏宝物中，一粒半颗豌豆大的画图震惊了所有的观者。有着三百年历史的微画，是别名霍尔的绘画大师郎卡杰绘制的，大师在豌豆上绘制了释迦牟尼和十六罗汉围坐的画面。这是桑布的珍爱，也是他的底气。

让桑布深信命中注定的，是他在吉岭遇见了一位讲康巴方言的美国人安东尼。当时在吉岭的一家"百老汇"咖啡屋拐角处，安东尼友好地喊道："喂，阿夏（伙计）。"相同的语言，亲切的称呼，这是只有喝酥油茶的人交流前会说的话，让桑布像在梦中遇见了失散多年的兄弟。一句久违的互称后，他热泪盈眶。安东尼跟桑布年纪相仿，那双深陷在眉骨下的眼睛，充满桑布能心领神会的善意，是像朝圣者看见佛菩萨时的眼神。安东尼曾经一到拉萨就不假思索地削发为僧。这位五十开外早就谢顶的大高个儿，削发仪式仅是一个象征，成为行游僧的他在大昭寺和布达拉宫饱足了眼福，看着眼花缭乱的珍宝，他惊叹藏族人对财富的另类价值观。这个收藏了可以同故宫媲美的珍宝的世界高城，堆积了巨大财富，同时宫墙外又是空前令人不安的贫穷。

安东尼同桑布成了亲密无间的好友，对这位第三极的来者，他滋生了莫名的、难以驾驭的援助之心。作为钢铁大王的直接继承者，为了帮助桑布全家摆脱困境，他提议让这些宝贝，一同加入他策划操办的珍稀宝物世界巡展，收益按比例分成。他支付了高额的生活费用给桑布，但桑布只是暂时抵押了四分之三的珍宝，说好二十年后还清生活费并赎回。因为桑布的信仰底线是绝不把唐卡这类信仰物拿来做交易，否则全家都要在饿鬼道轮回，永无终日。

令桑布激动得泪流满面的是，在地球的另一面，美国纽约大都会艺术博物馆，他看见了郎卡杰最著名的唐卡《极乐世界》。画的上端是一棵巨大的枝繁叶茂的菩提树，树下是端坐在莲花宝座上的释迦牟尼，正在给坐在周围的密密麻麻的弟子讲经。奇妙的是，图上簇拥的信徒和拥挤的观画者形成巨大的同心圆，佛陀的引力场突然让他感到在洋人面前，自己也高大起来。他哇地哭出声来，引来众人的围观。保安冲过来问他何事，他用手掌擦擦泪水，说："我珍藏有郎卡杰大师的豌豆画。"他的话引来众人嘲笑，说他不是疯了就是想钱想疯了。那一刻只有曲扎明白父亲的所作所为，从那一刻他便一头扎进线条构筑的世界，最终成了一名建筑师。

桑布带着全家辗转于美国、澳大利亚、加拿大，最后定居瑞士，在他看来，这一路的行踪不过是断头马道的延伸，应验了汉地"三岁看大，七岁看老"的老话。

好在一路走来，他不挑食胃口又好，让他在世界各地饱享口福，日本人吃的河豚、寿司和生鱼片，菲律宾人吃的椰子汁煮木薯和香蕉叶包饭，加拿大北部因纽特人吃的巨鲸脂肪，英国约克郡的撒克逊人爱吃的五成熟带血水的牛排，意大利加黑胡椒的通心面，韩国辣得出火的辣泡菜和铜碗装的冷面，秘鲁人喜爱的皮斯科酒和牛油面包，法国人喝红酒时随配的鹅肝，美国人爱吃的油炸鸡腿、鸡排、薯条，泰国酸中带辣的咖喱饭，都经过他的细品后滑入肠胃。

桑布常常在喝醉后连名字都叫不出来的酒肉朋友面前调侃

自己："如果一直生活在桑戈，满嘴除了糌粑酥油牛肉羊肉还是糌粑酥油牛肉羊肉。"由此而生出强烈的思乡情绪，他带着哭腔说，"世界是个大家庭多好，各种肤色的人没有护照不同之分，没有种族不同之分，在同一星球上你来我往。不像现在，我虽然衣食无忧，但仍然是一个缺少家园感的流浪汉。"

在桑布的记忆中，每当蹲在牛皮船前沿，他就会下意识地转头看一眼桑根，意在提醒桑根划出第一桨的时候就开始念咒语，以求三宝护佑。

大个头小眼睛的桑根，对头人的眼神特别敏感，因为头人平日目中无他，此时能获得总头人正眼相看非常珍贵。因此只要发现头人眯起双眼朝他努嘴，他便弓腰回应："哦呀。"声音自信而悠扬，不明就里的人还以为他在发神经。即刻，平安咒从他厚厚的双唇间缓缓流出，含糊的旋律与江流声交织在一起，形成轻微的水漩，水收藏着他的心里话。

出走前，桑布在无常的某一瞬间捕捉到出走的密码，坚信出走缘起于第六代总头人索南洛吾的预言。

一个月黑风高的暗夜，桑布看见卦师丘朗从火中取出羊肩胛骨，单薄的双唇将鼓胀在嘴里的气用力吹出，吹开羊骨上的热星灰，双眼凑近热羊骨，借助火光细看预示未来的裂纹。而后他地包天的下巴凑近桑布的耳边，说："老爷，出走的时辰是黎明。"

"黎明。"桑布时时抬头望着虚空发呆，想从冥想中捕捉到指引。

在桑布看来，黎明时出走正合伤感的情绪，因为夜模糊了记忆中的边界，笼罩了失落。家族的辉煌即将成为过往，寒风尽头的未来是失去权威的平民岁月，神龛旁边的任何一件压箱底的宝贝，都像疾风中战栗的羊头，他抑制不住狂吼："失去了萨仁波切（土地上的大宝贝），一切都是水波里的月亮！"他忆起部落的一句遗忘在心里很久的谚语：搬帐篷时，即使你穷得连一根针都没有，也别忘了再回头看三眼。

这句谚语的语境早已被强大的桑布家族的辉煌逼进暗角，而今空前的失落却正是来自曾经的辉煌，不断扩张的帐篷数量像新发现的森林，震颤大地的马蹄和滴血的康巴刀记录下家族的战争盈利。桑布认为口述史漏掉了树林里的那只神鸦的重要记录。沉思令他皱眉：本应载入史册的巅峰时刻被祖辈索南洛吾有意忽略了，到底为何不得而知。看着索南洛吾在深褐色藏纸上留下的流畅的草书，他想问个究竟，可黄中偏黑略带酥油味的藏纸遗卷石佛般沉默。

桑布清楚这次离开铁定要去一个陌生之地。从圣城昼伏夜行而来的秘密联络员告知，多带些值钱的宝贝，要翻山越岭去喜马拉雅山南坡建立新的落脚点。不过，新的落脚点对他而言超越了他的想象力，他最在意的是联络员浇灭了他瞬间可以点燃整个桑戈草原的肝火。在根深蒂固的印象里，来自布达拉宫—大昭寺—夏宫罗布林卡的声音一经出现，就是说一不二的圣旨，但康巴人桀骜不驯，深具反叛的血液里还激荡着怒气，他不止一次问自己："难道康巴就是卫藏拴在东大门的獒犬？"

一想到要去遥远的未知地，他就听见足下的草根发出咕咕咕的断裂声，这声音从脚心一直蹿至头顶，引来的疼痛让他无法自控，甚至痛得手捂胸部，心脏像扭曲成了拴牦牛的花绳一般。额头的汗珠一滴滴掉进江水，被稀释后向东流去，他似乎看见了自己掉进水里的渺小。

临行前三天他带着曲扎站在江边，深切而悲壮地望着江水发呆，直到远处的一抹白云变成水墨色。天色逐渐黯淡下来，趁着暮色，他借助流动的江水稀释心里的疼痛。疼痛中他隐约看见了自己童年时的身影，幼年的他穿着小羊羔缎面的皮袍，足蹬红皮康靴，脖子上挂着康地宁玛派噶妥寺大活佛亲自开光的金质嘎乌，头刚好齐爷爷的腰。爷爷牵着他的小手望着江水，说："这条江水一直流到汉地，汇入大海。"

"大海有多远？"他问。

"我也不知道。"爷爷摇摇头，额头的皱纹连接到眉心处，仿佛答案就被眉间皱纹切断了。

回顾中桑布突想起了那个姓庄的上海青年，于是对曲扎说："听那位上海来的青年说，文成公主去圣城走了三年时间，而他们从海边来，骑马要走三个月，那是很远很远的。"他为了形容遥远，把双臂伸展朝背后张开，像被反绑一样，"如果我们同饮一江之水，那为什么要我们离开呢？"他朝江面啐了一口唾沫，想借含混着恶咒的唾沫毒死下游的人，以此来消解仇恨，却看见那藏银般大小的唾沫入水后，立马滚进一个漩涡，经过几圈旋转便荡然无存。江水依旧清澈。面对漩涡，桑布无力地发出一声："哈。"声音没传多远就被江水的轰鸣淹没，像长河中掉进的一粒尘埃，无影无踪。

一阵凉风将他从迷幻中吹醒，"阿嚏！"一个响亮的喷嚏后，他情绪低落地转身朝家里走去。曲扎跟在他身后，对他怪异的举动摇摇头，日后曲扎也学会了在对什么东西感到困惑时，发出同样的声音："哈。"

"早在十年前就出现一个不争的事实，"桑布曾当着曲扎的面跟翻译谈他对解放军的看法，"解放军看似待人和气，却能打退西北马家军，而马家军对于瓦须部落而言，那是要整个部落硬着头皮去听屠刀砍在自己骨头上的钢响声的队伍，可见解放军的威力。"

翻译告诉他，瓦须部落得感谢解放军，是他们解除了瓦须部落的心头之患。马步芳在十多年前就与解放军结仇，杀了上万的西路军，而且还有不少是女人，这仇结大了。解放军这十多年间对瓦须部落很友善，而且瓦须部落同解放军比实力，是完全无法相提并论的。从一九五〇年到现在这近十年的时间里，解放军并没有来跟瓦须部落"抢地盘"，是以商量者和保护者的姿态出现在部落面前的。

"嗯，还是你见多识广。"桑布瞅着翻译笑笑，用食指戳戳他的胸，"你让我开窍了。"

一个阴郁的午后，桑布半卧在藏床上揣摩祖辈索南洛吾书写时的神态，想他一定是满脸的愁容或长时间皱着眉头，在本喇隆丹（官喇嘛授记）上，用蘸有金粉的竹笔尖在柔软的羊皮上写道："穆布董种姓走过二十五代之后将消失在桑戈草原，瓦须世袭头人走过七世之后将绝迹，那时银狐神山将变成雪山。南方射来的霜箭射中大头人。"在写下最后一个藏文字母时，索南洛吾还下意识地用舌头舔了舔大活佛开过光的笔尖，颜料咸中带苦，让他略略尝到了家族的不幸。

似乎祖辈的焦虑传递给了自己，桑布抬起头长时间望着天空，狰狞而无奈地对着桑戈草原咆哮，像胫骨法号的声音一般尖锐、单调。

每到花落草黄的初秋，凡是家族的男性，能下地走路的都要跟随头人去银狐山朝圣转山，第九代头人云登丹吾打破家族的平常路线，执意要穿越断头马道的那片树林后才去目的地。他的固执引来了占卜师的警觉，通神的敏感让占卜师小心翼翼地问头人："老爷是觉得那片树林的风景美，还是想听风吹树叶的呼呼声？"

"问得好。"头人骑在马上，顺势理了理下巴上油亮的胡须，斜眼看了看占卜师，故意做出一副摆谱的权威仪态，"昨晚我梦见断头马道上的树林里，一只乌鸦在树梢上说会告诉我天大的秘密。我好奇这梦是不是真的。"

"哦呀，三宝护佑啊，老爷又梦见了吉祥的乌鸦。"占卜师极力奉承的同时，心想："看着吧，头人给我出了难题，万一没有遇见乌鸦呢？"他低下头淡淡一笑，笑里包含着对头人梦境的不屑。然而笑容还没来得及收回，他就突然觉得围在脖子上的布巾在燃烧，他赶紧取下，并感到一向寒冷的脖子僵直得无法复位。他心里咯噔一下："这是暗中取笑头人的报应？"

朝圣者鱼贯进入矮树林，果然如头人梦中所示，一只毛色乌黑发亮的乌鸦呱呱呱地叫起来，叫声清晰透亮。

"大吉啊，头人梦中的神鸦显灵了。"占卜师抢话。

"唔扎嘛驾（闭嘴），此刻不是说奉承话的时候！"头人回头厉声呵斥占卜师，"听你的，还是听神鸦的？！"

占卜师像一根软和的牛鞭掉进冰窟窿，瞬间变成冰棍，甚至没来得及躬身作揖，便语调僵硬地说："当然听神鸦的。"头人下马后立即从长长的袖筒里伸出双手，合十聆听，怒目瞪眼骂人的凶相瞬间变得温和。他的举手投足让四周顿时空前静谧，连树叶也垂下头，停止了同风的摩擦，所有的坐骑和驮牛都扬起脖子，侧头聆听神鸦预言。

占卜师睁大眼睛看着红嘴乌鸦。神鸦呱呱叫了两声，扇动着翅膀，但并不飞走，收起翅膀后用沙哑沉稳的腔调说："听好了，银狐神山要我转告头人，你是桑布家族最具功德之人，但鼎盛之日会在你之后消失。"说罢神鸦便准备朝银狐神山飞去。

"三宝护佑，"头人鼓足勇气问神鸦，"能告诉我消失的具体时间吗？"

"占卜师会按今晚的卦迹告诉你的。"

"哦呀。"头人双手合十膜拜消失在天空的神鸦，扭头对众人说，"今晚就住矮树林。"

"哦呀，老爷。"

时间在等待中慢慢流逝，月亮爬上树梢前，头人一直在林中踱步，等待着占卜师在远离人群的闭静中获得神的旨意。占卜师在桑烟弥漫的夜里，身体像没有骨头的烟雾古怪扭动着。

事毕，占卜师拖着大汗淋漓的身躯略显虚弱地躬身钻进头人的帐篷，轻声向头人耳语道："卦迹显示，家族的衰落起于今日，缘灭于八十一年后的冬天。"

"八十一年后的冬天。那是下下代的事，我的骨头都化成灰了。"云登丹吾望着虚空，发出一声冷笑，"今晚可以睡个安稳觉了。"

八十一年后一个临近冬日的晚上，桑布头人听了家族第二十一代占卜师的转述后，胸部突然间急速起伏，直指占卜师的食指微微颤抖着，眼神透出某种难以负重的无奈。他突然高声问道："怎么缘灭之日偏偏就轮到了我？神鸦预示的有更大更大，大得无边无际的头人会吞并我们家族，难道更大的头人就是解放军？"声音的震颤让一只苍蝇直撞寺庙密室的墙，啪地直落地面，蹬腿而亡。"难道无解？"他忘记了这里是通神的空间，细声说话是这个空间铁定的规矩。近乎咆哮的声音让占卜师的神情变得空前惊悚，他伸出双手急着想盖住这惊动诸神的声音。定定神后，占卜师使劲抿着嘴，在脸上犁出的两道法令纹，强调了这一无法更改的预言，自信地对头人点点头。

"难道几百年钉子一样钉在桑戈草原的家族会毁在我手里？哼！"桑布说完转身而去，急速转身旋起的风扑向密室四周的油灯，火苗顿时朝一个方向偏倒，占卜师吓出一身冷汗。密室的楼道上，红牛皮康靴踏在木地板上的声音渐渐稀疏，留下黑洞洞的虚空，以及占卜师变了调的念诵六字真言的声音。

第4章

屁股和后脑勺紧贴柱头的王本昌,此刻希望游老和吴蓉教授变为战斗机的长机和僚机电闪而过,藏猫猫的感觉让他突然开始鄙视自己的畏缩,他骂自己:"莫名其妙,窝囊,至于这样吗?导师的幺女游珊仅仅是一厢情愿地喜欢自己罢了。况且自己对她又没有做亏心事,何必躲闪,路归路桥归桥。"

认识游珊是在初夏的一天晚饭前,王本昌带着论文的修改意见告别游教授,穿过客厅与正好进门的游珊相遇。她抱着一个装满书的纸箱,满脸是汗,在门外就大声喊着阿姨的名字。

"阿姨去邮局了。"老教授回答的同时看见女儿抱着纸箱弓腰驼背的窘态,就朝王本昌笑笑,"正好我们的大力士在,就请学长帮下忙。"

王本昌接过纸箱跟在游珊身后直上二楼,看见她把头发绾成髻盘在头顶,配上略显婴儿肥的圆脸,有点像日本的相扑选手。她推开寝室门,一股淡淡的香水味袭来,弥散着女性空间特有的味道,简洁、清新、充满书香的寝室与他的寝室相比,他的就像垃圾场。

"放哪儿?"他问。

"哪儿都行,谢谢啦。"游珊礼貌地说,看他的眼神满是好感。

放下纸箱,他无意中看见书桌上放着一本《大众电影》,封面上那张面孔他很熟悉,是他的邻居,上海戏剧学院的高才生东子的剧照,他参演了著名影星孙道临主演的电影《永不消逝的电波》,赢得了上影厂谢晋大导演的赞许。"呵,这小赤佬,上封面了。"

"你居然认识他?真的吗?"游珊抬高嗓门,语气充满惊奇。

"当然。"王本昌点点头。

"他好有型哦。"她赞美的语气和动情的眼神,让他确信这个封面人物不费吹灰之力就能俘获她的芳心。他暗生妒意的同时又不屑于她的鼠目寸光,心想她只看见了小白脸的帅气,没看见他的龌龊,她不知道封面小白脸在男人堆里就是个胆小如鼠的瘪三,曾被一只偷吃黄酒醉在他家门口转圈的老鼠吓得不敢进门。王本昌诡异地冲游珊笑笑,平和地说:"他叫东子,我的邻居,排行老三,父亲是市体工队的教练,母亲是静安区沪剧团的。"

"太好了,真棒。"她居然鼓起掌来。

"你们认识?"他问。

"嗯。我最好的女友跟他拍拖过,可好景不长,那个女友去了列宁格勒留学,之后写信跟他分了手。她和一个苏联小伙儿坠入爱河,哼,丢了西瓜捡了芝麻。"

"是吗?"王本昌对游珊的判断颇感不快,鄙夷于她颠倒了芝麻和西瓜的位置。

突然意识到她同自己仅是一面之交,王本昌欲言又止。他礼貌地点点头,方才看清了游珊的面孔:圆圆的脸蛋,虽说精致,但盆地似的鼻梁让她失去了吸引力。他转身朝房门走去。

"学长,再次谢谢你。"

他听得很清楚,却没有回应,径直朝楼下走去。

不久后游珊开始追求东子,却无数次被拒绝。她并不知道王本昌知道这事,在被冷落无望后,"疗伤"一段时间便向王本昌发动了"进攻"。她的"无鸡鱼也可"的恋爱观让王本昌反感:"哼,难道我是一条廉价的草鱼?"

游珊第一次向王本昌示爱是在第二食堂。记得午饭时分,王本昌同班长去食堂,远远看见游珊站在食堂门口写着"今日菜谱"的小黑板旁边,端着装满荤菜的饭盒,一见到他就含情脉脉地对他微笑:"师哥,菜多了,我还没动勺子,倒掉又太浪费,你帮我消掉。"他来不及推托,三个大狮子头就滚进了他的饭盒,她嘻嘻笑着走开了。

班长用胳膊肘碰碰他:"她绝对喜欢你。"顺势用勺子舀了一个狮子头到自己的饭盒里,偷笑着走开。闻着香气扑鼻的狮子头，听到班长羡慕的调侃，王本昌的内心像在冬日的火炉上加热过一样暖暖的，生平首次品尝到狮子头里裹挟着异性的温暖，扑鼻的香味同虚荣心混合在一起，让他舒服极了。

有了第一次的接受后，轮番的殷勤接踵而来。最难忘的是放寒假前夕学校放映《李双双》，游珊买了票邀请王本昌。那晚天很冷，影院外的灯下飞扬着雪花。进场后王本昌没有径直去座位，而是在最后一排同几个校足球队队员聊天，瞧见游珊在座位上不停地转头张望入口。

等到银幕上的"静"字出现后，影院的灯暗下来，王本昌才猫腰过去坐在游珊身边。银幕上出现了上影厂的片头，一座工农兵塑像一百八十度旋转而来。

影片过半，冷的缘故，王本昌合掌摩擦驱寒的细微动作被游珊看到，这让他确信她的确是一只眼睛盯着银幕，一只眼睛盯着自己。黑暗中她伸手攥住他的手，他没有响应，立马觉得太伤女孩的心，但要叫他伸出手接招他又缺乏冲动。王本昌清楚自己根本不喜欢游珊，更谈不上爱恋，只是被新鲜感牵引着。这样下去既伤别人也伤自己，还会得罪极为器重他的导师，影片接近尾声时他提醒自己必须停止和她的交往。他回避了她的手，但她并没有停止，还将手里的暖水袋递给了他。

暖水袋再次提醒王本昌，不能再继续了，必须抓住机会脱身。

走出电影院，两人漫步在图书馆东面的林荫小道上。游珊大胆地用自己的臂膀挨擦王本昌的身体，他回避着，这引来了她的疑问："今晚你不太高兴，是不是要毕业考试了，压力大？"

他顺着她的话谎称:"就是,至少还有两门新开的课没把握。"

"哦,是这样,那我不耽误你了。"黑暗中游珊从大衣兜里掏出一个封口塑料袋递给王本昌,说,"和平饭店做的牛轧糖,我高中的好友毕业就在那里上班。她给我的,给你。"说完扭头便走。王本昌不知如何是好,在继续和断绝间摇摆。拿着牛轧糖,他突然想到爱吃糖的赵班长,心想这个老鬼在男女关系上比自己拿捏得准,该去找赵班长。

赵班长半夜三更被他叫醒,显得极不耐烦,五指不停地在乱发间抓挠,试图抚平被叫醒带来的烦躁。

"拿着。"王本昌把那袋牛轧糖递给他。

"呵,一定遇到过不去的坎了,说。"班长随即用牙撕开塑料袋,迫不及待地喂一颗进嘴然后大嚼起来。

两人蹲在距寝室不远的篮球场的球架下商量着对策。赵班长用手指抠掉粘在牙齿上的糖渣,用审问的眼光直视王本昌,问:"你对天发誓,如果你把我当朋友,就别保留。"

"我发誓,绝不保留。"

"我问你,你抱过她、亲过她没有,或更进一步的?一定别含糊其词。"

"我对天发誓,到目前为止,我连她的手都没有碰过。"他把看电影暖手的细节过滤掉了。

"真的?"

"真的!"

赵班长确信王本昌说的是真话后,说:"好办了,凭我的经验，衡量你是否赢得了一个女人的芳心或爱情，最粗鄙又最行之有效的方法是，看你的狗爪爪搂过她的腰或搭在她的肩上过没。"

"怎么理解？"王本昌问。

"这是衡量是否获得爱情的分界线。女人一旦接受了你的触碰，就证明你已经赢得了她的芳心；如果她连手都不要你摸，哼，你的爱情还没有迈出万里长征的第一步。"

"你的推论可以反着推，是她在追我，我没有接招。目前，要紧的是我不能在不喜欢的女生身上浪费时间和精力，必须快刀斩乱麻。"

"对，当机立断，不受后乱。"

"看来我的牛轧糖白送了，原本以为你有什么高招，结果跟我想的一样。"

赵班长嚼着糖嘿嘿地笑，笑得猥琐："谢谢你的犒劳。"最后他发出一串猫思春般的叫声，消失在黑暗里。

寻机拒绝游珊是在晚饭时食堂里，王本昌料定游珊会在那里等他。刚排好队，背后就响起熟悉的声音："师哥，我二姐刚买的进口瓦斯表突然不走了。"她一副孩子在大人面前求助的表情，很卖乖。

"拿去修没？"王本昌转过身问。

游珊摇摇头，把表递给他。

他接过表看了看，说："秒针没动。"然后极为敷衍地摇了摇，意外的是秒针居然动了，"嗨，怪了，这表还真认人。"

"哇!"游珊惊讶地叫着说,"师哥,你太神奇了。"

"神什么奇,你忘记上发条了。"王本昌替她上好发条,表的秒针开始正常转动,他那一刻似乎明白,她在故意制造"神奇",心想:"女人要达到目的真是煞费苦心。我得快刀斩乱麻。"

两人端着饭盒走出食堂。"去哪里?"他问。

"我们寝室。"

"那么多人。"

"不会的。"她很有把握地对他笑笑说。

那是他第一次进入女性的神秘领地,比起杂乱无章的男生宿舍,女生宿舍似乎空气里都飘逸着花季女性散发出的体香,这让他六神无主。他的情绪在表面的平静中澎湃而喜悦,他沐浴在异性的香氛中,涌起难以名状的快感。

如游珊所料,女同学们看见她带来一个高个子帅男生,极为配合地溜走了,但走得极不自然,表情中流露出发现隐私的满足感,矜持而故作神秘。这种氛围,没有谈恋爱也会浮上谈恋爱的错觉。

这下可好,敏感区域,双双出现,无疑宣布了恋爱关系,楼梯上、过道间,女生们做作的眼神或偷笑就是一种间接的宣布。微妙的刺激让王本昌不安,他心想:"了断的时刻到了。"

他将饭盒放在桌上,正式上演预想好的桥段,说:"珊珊,我知道,我知道你对我好,就是个马大哈也能感受到你的温暖备至。"

听见王本昌庄重的语气,游珊突然停下勺子,用极为温柔的目光端详着他,说:"嗯,我洗耳恭听呢。"

"从认识你那天起我就对你有好感。"这话让游珊的眼睛亮了,同时脸上出现女性害羞时的惬意。王本昌突然意识到这些话跟自己要表达的意思相反,于是迅速调整话锋,加重语气说:"你知道,我读研快要毕业了,而你才刚上大一,我们的年龄过于悬殊。"

这话让游珊警觉地收起微笑,反问:"你想说什么?"

王本昌认为话锋的突转为自己赢得了机会,说:"我们学业时段不同步,我怕影响你。"

"影响我什么?"

"影响你正常的学习进程。"

"呵,这有什么。"

"因此……"

"因此什么?"游珊的表情不安起来。

"我认为……我……我即使喜欢你喜欢得发疯,我都会忍住不开口。"王本昌停了下来。这是赵班长给他预定好的一句台词,多数女孩听了这话都会以为是一种巧妙的推托,或是一个稳重男人的真情流露,而且是把主动权交给了她们,这样的话他便像个大度的男人了。

游珊停顿了片刻,趁王本昌埋头的时候小声对他说:"我们有缘。"

这话让王本昌蒙了,情况不是按照预设的在进行,他心想:"我被班长耍了。"而后他竟然脱口而出自己都不相信的话:"我们没有缘。结束吧。"说完他硬着头皮走出寝室,背后传来她的哭声。

王本昌的话使游珊彻底心灰意冷，虽然她的一厢情愿多少有她父亲的推波助澜，但实际上父亲的某些话是被她误解了，她父亲对王本昌的夸赞仅仅针对其学业，却被她理解为某种情感的暗示。

后来每与游老在一起，王本昌心里就潜藏着不安。

他至今都记得游老满含深情的话语："年轻人，开诚布公地讲，你们年轻人的事，作为父辈我完全尊重，无权干涉。感情这问题，我也相信缘分，它不是科学数据的精准分析。但是，就因为你们分手，你居然退出我的课题，这令我非常非常生气。"游老生气地把脸转向研究室的窗外，嘴唇微微有些抖动。

"老师，我……"王本昌想解释。

游老手一挥，打断他的解释，情绪异常激动。从游老的表情中他读懂了游老对他的失望和对女儿的真爱。

吴蓉助理立马给游老搬来藤椅示意他坐下，然而这非但没有让老先生安静下来，反而更让他激动，挥手拒绝。

沉默片刻后游老转过头深情地看着王本昌，说："我……我不能容忍的是，你是我想培养的出类拔萃的人才，而且你的父亲又是上海滩有名的金融家，就连赫赫有名的花旗、渣打的金融家们都暗地称道他。"吴蓉提醒游老平复一下情绪，游老气得略微发抖的嘴唇顿时缓和下来："毛主席说得好，天要下雨，娘要嫁人，随他去吧。既然你去意已决，我也无话可说了。"说罢便坐在椅子里再也没有了声音。

王本昌用惯常的沉默应对着，他知道吴蓉教授会是游老最有效的镇静剂。

  但王本昌清楚,游教授没法向他父亲告状了,父亲已经从金融界的显赫人物沦为被改造的对象。想到即将来临的寒风,他对吴教授苦苦一笑,又面对导师深鞠一躬,而后便转身离开了。

第5章

曲扎出走的十天前,用人志玛的女儿斯郎措刚满十五岁,正值七月草原上鲜花初放的美妙时刻。一个风停的午后,志玛解开带环套和套钩的牦牛绳,递给女儿一卷用粗布包裹的氆氇,说:"通师带来了缝纫师,准备给头人家的女人们做新年的衣服,你等会儿把这卷氆氇送去头人的住处,让她们选。"

斯郎措默不作声接过氆氇,藏青色的氆氇摸上去柔软细腻,手指滑动在上面像摸羊羔,她心想自己恐怕这辈子都穿不上这样柔软的面料。快进门时屋里传出老爷巨大的吼声,咆哮的声音阻止了她,她躲在门外静听里面的动静。吼声刚刚停息,夫人在用人的搀扶下哭着走出屋子,泪水打湿了脸庞,鬓角的长发沾上了泪水紧贴脸颊。老爷的暴吼和夫人的哭啼打破了大家族惯常的森严与平静,透出藏不住的凶兆。

神秘的恐慌气氛笼罩着庄园。平时话语不多的志玛嗅到一种不祥之兆,下午趁头人外出,她牵着女儿斯郎措去问正在搓羊毛绳的平措阿爸:"老爷会带上我们这些贴身差巴吗?"

平日乐天安命的平措阿爸听后望着天空,长久沉默后才说:"要是我知道,我就不是差巴了。菩萨才知道。"仿佛想从云端的菩萨那里获得答案,他眼神里布满强挤出的乐观,皱巴巴的手习惯性地在下巴上一抹,又说,"别想那么多。佛说,一切都是最好的安排。"

"是的,一切都是最好的安排。"志玛用听命的口气重复着,脸上的愁容越发凝重。斯郎措觉察到母亲的担忧,不过她内心最担忧的是,可能在很长一段时间内她都看不到曲扎少爷了。

出走的凌晨,整个院落火把通明,燃烧着过藏历新年都未有过的奢华。头人家发疯似的要把带不走的酥油挥霍殆尽,这让看着油荤就嘴馋的用人们敢怒不敢言,心道富人的心黑如锅底。

斯郎措蜷缩在羊皮袍中睡得正香时被母亲推醒,醒来时发现一只精致的小银嘎乌在手心,被握得发烫。系嘎乌的银链在她手腕上规整地缠了三圈,她还来不及问阿妈这意外的惊喜是怎么回事就被拉着走向院子。

"奇怪,刚才曲扎少爷跑到这里来干什么?"志玛像在自言自语,又像在问斯郎措。

"少爷来我们这里?你一定看花眼了。"

"我也在想,怎么会,可能就是看花眼了。"

"莫非是少爷给我的？"极度的惊喜在斯郎措的脑袋里掠过，但话停在了嘴里。

斯郎措将银嘎乌握在手里，像是握着一场不想醒来的梦。它的精致绝对是说唱艺人口中格萨尔王送给珠牡王妃的那种，对于穷得身上只有虱子的斯郎措而言，一觉醒来如获至宝使她无法判断自己此刻到底是在梦里还是在现实中。"梦啊，最好别醒来。"极度的惊喜像酥油点燃了身体，更像曲扎的两道传情的眼神。为了留住这美好时刻，斯郎措提醒自己不要醒来。她紧紧地捏着银嘎乌，睡眼蒙眬地跟在母亲身后。

"阿妈，我还想睡一会儿，困。"她仍然觉得似梦非梦，问，"我们去哪里？"

"老爷家的经堂。"志玛说完停下脚步，转身看着女儿，替她把一绺搭在额头的头发向后理了理，说，"记住，进了经堂，不许说话，不许打嗝，更不许放屁。"

"嗯。"斯郎措用拇指在银嘎乌上滑动，嘎乌表面凹凸的线条提醒着她这不是梦。

头人家的经堂对斯郎措来说充满了诱惑。虽然她在这里生活了两年，但经堂却是近在眼前又远在天边，除了贴身女佣母亲和纳姆措，十六个黑头差巴是进不去的，他们只能对着经堂的大门顶礼膜拜。在斯郎措眼里，母亲每次进出都是放下盘头，辫子拖在地上，额头几乎贴着膝盖，弓着身子，屁股永远对着门外。劈柴、管牛粪的平措阿爸，每当站在经堂门外等桑布老爷时，一向笑容满面的他会突然变得严肃而呆板，像冒着热气的水倒在地上突然凝结成冰一样。老头儿乍暖还寒的表情增添了斯郎措对经堂的好奇。随父亲游荡近十年，使得她比同龄的孩子，甚至比很多大人知晓更多草原的种种。但她心里一直有一个疑问："难道桑布家的经堂比温波寺的还大？"

父亲阿多泽仁是桑戈草原无人不知的说唱艺人，曾经带着女儿以说唱乞讨为生，《赛马登位》《地狱救妻》《魔岭大战》的故事成了斯郎措身体的一部分。不过故事中那些经典的哲理斯郎措全然不懂，这要等若干年后小酌青稞酒微醉之时，她才能慢慢领悟其中的含义，比如"天是大地的帐篷，家是男人女人的帐篷，女人是男人的帐篷"一类富含哲理的谚语。就像眼前的经堂的神秘，还要等到若干年后斯郎措才能破解和体悟。

用人的住处同头人家的客厅和经堂隔着院子，院子里挤满了驮牛和坐骑，母亲甚至不得不牵着斯郎措侧着身子挤过去。斯郎措能感受到秋天膘肥的牛肚是那样柔软和富有弹性，与冬春两季瘦骨嶙峋的牛肚有天壤之别。这使斯郎措觉得自己仍然在梦中。

为了不让母亲发现手里的秘密，斯郎措一度把银嘎乌放进嘴里，但时间一长，仅靠鼻孔呼吸让她很难受，突然降临的宝贝就这样在她手里和嘴里转换着。

院子里用人们纷纷将牛皮包装好的箱子安放在牛背上，用牛毛花绳牢牢地捆扎起来。奇怪的是，在拥挤不堪的院落里，大地像吸掉了所有的声音，连守夜狗也仰着脖子专注地望着眼前的一切，就是不发出一丁点儿叫声，仿佛头人家事先召集它们饱餐过一样。

之后的岁月里，斯郎措始终觉得那个凌晨所发生的一切既真实又梦幻，直到多年后的一个落日时分，她赶着她的牛阿妈途经头人那已经是残垣断壁的院落。曾经不可一世的庄园成为公社存放粮食的仓库，后来就连堆放粮食的仓库也因有了新修的供销社仓库而被遗弃。从此，院落杂草丛生，破败不堪，辉煌与破败的落差粉碎了斯郎措的梦，她守在心底的这一秘密，除了院落里窜来窜去的鼠辈的祖先知道，一切都深埋在无情的历史尘土里。

所幸的是半个世纪后，来了一批又一批带着摄像机和照相机的省州专家，他们围着墙上的壁画又摸又闻，讨论着什么非物质文化申遗的事。一位年龄比斯郎措还大的老者戴着雪白的手套，一只手里拿着放大镜，几乎把脸贴在积满尘垢的墙上，像发情的公牛将鼻子贴近母牛的后腿根部，深情地说："阿弥陀佛，谢天谢地，还有修复的可能。如果桑布庄园不变成粮食仓库，这些壁画就全完了。"旁边一位年轻助理取下耳机，手里一个巴掌大的盒子放出一段音乐，有点像藏琴弹出的味道。在场的人都停下聆听，年轻人解释说："这是古典吉他弹奏的《阿尔罕布拉宫的回忆》。"老专家说："配着这残破的庄园景象听，苍凉、悲壮而久远。"

斯郎措听得很入迷，感觉曲扎的影子在音乐里飘来飘去，她有点想哭。听说要修复庄园的壁画，这位庄园的准媳妇激动万分，这条信息重新燃起了她内心的爱情之火，她心想党和政府要给庄园落实政策了。

待这些专家走后，她偷偷地贴近那些墙壁，蒙尘的壁画时而现出一只莲手，时而现出一颗佛头，但怎么也看不出个究竟。她长时间盯着被斜阳拉长投射在院落里的影子，呵的一声仰天长叹，七八头在墙角舔舐混有尿液的泥土的牦牛，惊诧地挪动蹄子，同时回头看了她一眼，哞哞地走开了。牛的举动让她笑过之后眼眶溢出了滚烫的泪水，这泪水带着岁月的无可奈何，又带着人老珠黄的自嘲，浇灭了半个世纪以来长久等待的遥远之梦。

睡眼蒙眬中，斯郎措看见桑布头人站在通往屋顶的锯齿形独木梯上，沉默地注视着院子，对差巴们视而不见。他把半边脸贴在衣襟的豹皮上，右手插在褪裤里，像一尊扑满尘土无人清扫的护法。不时有背着叉叉枪的随从仰头踮脚地对他耳语，生怕差巴们听见。

黎明时分，桑布通常在搂着女人睡觉，同许多土司头人一样，他也是草原上最随意、最为所欲为的捐精者。当然有一殊日除外——带领家族男性参加寺庙的降神活动的日子。除了这一日，他习惯在牧人喝二道茶时醒来，之后雷打不动地同各种体形的女人做爱。

他最引以为豪的是三个身壮如牛的儿子，看着他们在草地上奔跑，他老把他们结实的身子骨同自己的那玩意儿联想到一起。这是他不可告人的秘密，就像装在箱子里的若干财宝，秘而不宣。即便在夏季的草原盛会上与不同区域的头人们喝酒间聊些男女同欢的趣事时，他也严守这个秘密。每当他用拳头敲击儿子们硬朗的身子骨时，他都会情不自禁爆发出只有自己才明了的爽笑。突然迸发的笑声弄得周围的人不知所措，只能暗笑，因为他是草原的主宰。

他无法容忍自己有无法主宰的时候。连续三天的打卦都没有一个定准，到底是走还是不走？但管家从岗达带来消息，说银狐神山周围的十九个小头人像被一股旋风卷入空中的羊毛，眼巴巴地看着总头人的行动。桑布也有失重的感觉。"走吧，留得草种，不怕无草。"

斯郎措随母亲走进经堂，这是两年来她第一次看见母亲立着身子快步走进去，令她敬畏的神秘之地如今让她像风一样顺利地进入，这更加让她深信自己是在梦里。不过那个温暖的宝贝在她的嘴里和手心里焐得暖暖的，她又确信自己不在梦里。她打量四周，得出与想象中完全不同的结论：桑布老爷家的经堂比起温波寺的经堂是邛邛热（太小了）。

经堂里密集的脚步声在巨大的柱子间回荡。

八根紧裹幡幢的大柱上残留着几根发黄而皱巴巴的哈达，哈达随着气流胡乱飘曳，连神龛上的金灯盏和银质净水碗都装了箱。除了堆在墙角的一大堆牛皮箱子，就是四壁上无法拿走的壁画。壁画上的诸神一下没有了其他塑像的陪衬，显得格外孤独和冷清。斯郎措搬着箱子进进出出，不时腾出手伸进裋褐摸摸银嘎乌，确信自己不在梦里。

第九次返回经堂时，她看见一群壮汉正在试图搬动本尊像。这尊镀金泥塑本尊立着还没有她高，平日里一个壮汉就能轻而易举地抱起它，可眼下八个壮汉想尽了一切办法，就是无法将它移动半寸，大汗淋漓的壮汉们一筹莫展。

快要天亮时，瓦须部落的大力士郎吉急匆匆来到经堂，他高大的身躯和排山倒海的气势，看起来能把一头千斤重的种牛背在背上跳锅庄。斯郎措躲在柱子后面,看见壮汉推开众人,将光皮藏袍的两只袖筒在腰间系紧,习惯性地把盘缠在额头的辫子放下咬在嘴里,将啐过唾沫的掌心相互摩擦后,弯下高大的身躯去抱住与他相比犹如婴儿般的本尊像,默念道:"几尼桑(一、二、三)!"随即发力。那一刻他的太阳穴青筋凸现,脸变得格外狰狞,额头和鬓角的成串汗珠沿着鬓角往下流。突然间啪嚓一声,纹丝不动的本尊像立在胸前的一只莲花手断了。

"菩萨,惹大祸了!"他弓腰后退三步,扑通跪下,一个劲儿地对着本尊像磕头,很快额头就磕出一个即将流血的大包,"三宝护佑,我惹大祸了,三宝护佑!"他不停地忏悔,在场的人都为突降的凶兆惊恐不已,没有人去安慰他。

很快桑布头人同二管家布邛来到经堂,经堂的大门随之关上,斯郎措和母亲躲在箱子后面,母亲吓得瑟瑟发抖,默念着"菩萨保佑"。斯郎措却格外地平静,她小心翼翼地把手伸进褴褛,将小银嘎乌握在手里,同时瞪大眼睛注视着眼前发生的一切。

一直叨叨忏悔的郎吉看到总头人,反而镇定许多,伸出左手平稳地放在地板上,面带微笑地抽出康巴刀递给管家,然后将一束发辫咬在嘴里,闭上眼睛。

管家二话没说接过刀,只听见经堂的地板发出一声剁肉的闷响,郎吉的手掌与手臂分离了。母亲下意识地用手遮住斯郎措的双眼。

昏暗中斯郎措听见管家说:"觉绒啵(佛祖),本尊都

049

哭了。"

听到这话,斯郎措不知哪儿来的勇气,掰开母亲捂在她眼上的手,看见桑布头人扑通一声跪在本尊像的面前,众人跟随跪下。桑布头人说:"三宝护佑,本尊里装有迦南大活佛虹化后的头发和指甲,今日的兆头充满了险恶。至高无上的佛祖,瓦须骨系二十七代桑布瑞东家族从众水之源的格拉丹冬一路往南,先后有四十一人为了部落吃上盐巴和砖茶死在路上,这是家族的荣耀,更是在本尊的光耀下代代兴盛的制胜法宝。本尊纹丝不动让我领悟,是要我守住这片有着祥瑞的草原,但我的力量拖不住比我更大的力量的牵引,我只好留下不愿挪身的本尊了。"说罢便号啕大哭,声音单调,沙哑,透着失落,在经堂里回荡、旋转。

平日不可一世的头人,此刻凄凉的号哭唤起了斯郎措的同情,她看见了强人不多见的柔软。

"菩萨,不知老爷带不带我们走?"母亲的细语再次被她听见。

斯郎措被桑布头人的哭声和母亲的眼泪弄得不知所措。老爷跪在本尊像面前说的话,让她似乎明白了头人家要离开的事和母亲的担忧。

经堂门再次打开,桑布头人被管家扶着走出经堂。用人们快速进来搬箱子,母女俩和另外两人一道抬起重重的牛皮箱走出经堂。那一刻,经堂留给斯郎措的不是菩萨的塑像或壁画,而是四件她终生难忘的回忆:一是郎吉熊掌般的手掌孤零零地被遗弃在那里;二是本尊像的面颊上挂着的泪滴;三是久久环绕在经堂四周，似乎每一个缝隙里都渗透着的头人的哭声；四是母亲无望的眼泪。

箱子终于全部搬到了院子里。忙碌中天渐渐亮了，院子出奇地安静。桑布头人环顾四周，带着眷恋的神情把脸深埋在胸前豹皮嵌边的衣襟里，数分钟后突然抬头目不转睛地仰视长空。平日里威风凛凛的獒犬突然间变成了极易受惊的马鹿。

当然，桑布头人喝醉了酒时另当别论，"下地狱都会被赶出来的魔鬼"，这话在黑头女人们唠叨时广泛地流传。斯郎措曾无意中听见纳姆措的母亲用极度厌恶的语气告诉她母亲："桑布头人有专门寻找经期的女人睡觉的癖好，特别喜欢血的腥味。"在斯郎措十四岁的初潮之后，母亲就让女儿那几天跟她寸步不离，生怕有怪异癖好的桑布闻到女儿的气味。

此刻的桑布全然没有传闻中的邪乎，他的眼神里充满了眷恋。当管家布邛牵来坐骑，他踏在跪伏在坐骑下的牵马人才丹的背上上马，准备率先走出这个已有数百年历史的庄园。

用双腿夹击马肚的一瞬间，他沉思片刻，俯瞰站成一排的差巴，说："你们都知道，我袭击解放军，欠下了人命，解放军不会饶我。我要去很远的地方，各位去投亲靠友吧。"说罢便头也不回地驱马离开了。

桑布老爷的话音刚落，身背叉叉枪的贴身壮汉才丹，掏出腰间的德国造二十响对着天空连射三枪，巨大的响声吓得斯郎措急忙用手捂住耳朵。桑布家的人应声鱼贯而出，所有人中只有曲扎是被人催促才走的。

斯郎措发现，曲扎的目光在人群中搜寻着，当两人的眼神对上时,她深信少爷刚才在寻找她。这是她两年来第一次大胆地同他对视。

曲扎的举动引来众人的目光,都在猜想他在看谁。行进的马让高大的曲扎头部意外地碰到了门楣,撞得格外响。他没有护痛而叫,转回头随马出了大门。

对视引起斯郎措极度兴奋,她想说一路走好,但忍住了,心里却第一次问:"他会回来吗?"温文尔雅的曲扎说离开就离开了,她若有所失,因用力过度,嘎乌在掌心压出红白相间的不规则印痕,她再次确信这从天而降的圣物就是曲扎送她的。

突然间,院子里十六代都在桑布头人家做差巴的纳姆措,望着渐渐远去的马队,无所顾忌地哭出声来,差巴们纷纷走出院子目送头人家族离开。

斯郎措远远落在送行人群后面,持续的兴奋和伤感让她毫无倦意,她的注意力全部集中在嘎乌上。不知何时耳边响起嘚嘚的马蹄声,当她回过神时,意想不到的事情出现在眼前。

第6章

火车进站的鸣笛声提醒着王本昌，他即将到家。

一路上他似睡非睡，偶尔看看窗外晃过的景物，满眼是"三面红旗"的标语。硬座的靠背有个洞，靠着有些悬空的感觉，他不时调整自己的坐姿，多次试图强迫自己入睡，来暂停杂乱无章的思绪。

铁轨发出的单调压抑的哐当声让他心绪不定，他幻想火车的升级改造可以让火车既平稳快速，又无噪声污染，对，首先升级动力系统，其次是减震消声系统。越想越清醒，睡意全无，他只好自嘲地一笑："打住吧，这不是学金融管理的人该考虑的事。"

他起身来到卫生间，拧开水龙头捧着水往脸上浇，水顺着

053

脸颊流入嘴角。浸入嘴角的水触及舌尖后唤起了食欲，他的肠胃发出咕咕的响声。他用袖口揩揩脸上的水珠，看看窗外，感觉清爽许多，同时想起了母亲，自己这鲁莽的行为如果被母亲逮到，她一定会责怪说："昌儿，你是上海滩上流社会人士的后代，不能有这种粗野的举止，举手投足都要像你父亲那样儒雅得体。"母亲念叨的画面突然浮现，让他意识到自己心灵深处的牵挂被水珠唤醒了。从小到大，母亲的教诲像空气一样渗透在他的毛孔里，如果汇集成册，足足有《三字经》《论语》的长度，这体现出母亲的良苦用心。遗憾的是，母亲倾其一生的言传身教想要营造的贵族氛围，如今像车窗外的景物，被飞驰的列车抛在了身后。

他索性闭上眼，眼前的光明被父亲的"罪行"卷入黑洞。想闭眼打盹儿却无法入睡，他拿起茶缸盖上用作业本纸包着的馒头，咬了一口，满嘴的糊状物裹挟着情绪，像泥浆一样，难以下咽。

从开始搞公私合营到他完成学业，这十年间，他的日常饮食从之前的山珍海味降级到油条、豆浆、梅干菜、酱黄瓜以及开水泡饭，巨大的落差让他感到像背着降落伞悬在空中，还不知能否安全着陆。中学生物课上学到的常识告诉他，人的适应性是所有动物中最强的，而适者生存的重要信条是：靠山吃山，靠水吃水。然而，残酷的现实和精神的压抑使他逐步体会到通往罗马的条条大道纷纷关闭了。大哥王本沪带着杏玥嫂子借去香港学术交流之便，午夜趁人熟睡悄悄离开逃往美国。这让父亲罪加一等，"资本家""里通外国""煽动投敌叛国",都成了无法辩驳的事实。

大哥的出逃成为王家被抄的最直接理由,那是王家最为灰暗的一天,像世界的末日。

王本昌记得那天他和同学在淮南路灯光球场打完篮球回家,正值黄昏,拐过长沙路,就看见三辆苏式卡车满载货物从家里的大铁门轰鸣而出,一辆车的货箱尾部正好冒出姐姐诗静所弹钢琴的一条腿,像在向王家挥手道别。车上站着戴臂章的公安人员。他无法判断家里出了啥事。

进铁门就看见右侧三个车库空空荡荡,一辆福特、两辆奔驰都没了,就连齐师傅存放修车工具的铁柜都被翻了个底朝天,机油桶、废旧轮胎、油腻棉纱,一片狼藉。通往主宅的红砖铺就的路上,两边的大理石花盆东倒西歪,所有的花木都被连根拔起,泥土撒了一地,不时有筷子粗的蚯蚓在突然出现的失乐园中惊慌失措。穿过通道,来到两根罗马柱支撑的遮阳盖下,一个年轻的公安人员误以为他是工作人员,对他说:"中山公园的工友们都在后院。"他点点头。进入过厅,平日照亮过厅的那盏五米高的意大利水晶灯被拆了下来,大如小孩拳头的水晶球散落在红花岗石地面上;墙上用阿富汗玉嵌入的郑板桥竹图浮雕已经被卸掉;一尊从西班牙运来的大卫雕塑横卧着,肩部、脸部和一个膝盖支撑着重重的雕像;欧式大沙发全都底朝天,底部的皮革都被人用花园里修剪花枝用的大剪刀粗暴地剪开了。

穿过过厅朝厨房走去,为了不被人发现,他没有从饭厅直达厨房,而是从饭厅的一个窗户翻出,顺着屋檐走到厨房的窗户下，里面传来园林工人的对话。

"我们这些穷人，虽然跟有钱人同在一片天空下，但同天不同地，差距太大了。"一个年轻的女子说。

"是啊，孙主任他们楼上的那个组，光是搜出的金砖金条就有三大箱，女人的手镯、项链、戒指，各种法国香水、印度香水，各种款型的首饰盒不计其数。"

"我们在衣帽间，高档服装和鞋帽就装了十二大箱。"

抽着烟的中年男人正用钢钎猛戳地板，接话说："我们来时，我在楼上穿过王老板的睡屋听见公安局局长对他说，是他安排了他的大儿子和儿媳投敌叛国。"

王本昌明白了一切，翻进窗户直朝楼上走去。二楼通往各个房间的木质地板全被撬开了。接近父母的卧室，里面传来声音："如果没有异议，那就在这张清单上签字吧。"他在门口默不作声地看着。

父亲没有作任何的辩驳，拿起笔在一摞单子上签上了自己的名字。收好笔后父亲礼貌地对公安人员说："现在，成佛了，终于四大皆空。"

母亲在他身后说："就这样什么都没了？"父亲回头瞪了她一眼。母亲没有回避父亲对她的不满和失望，用手绢揩擦泪水，说："前天你不是还说你准备召集商会一帮人，要联名拥护公私合营吗？"母亲非但没有止住泪水，反而产生了更大的悲恸，她一头扎进父亲的腋窝。这是王本昌第一次看见父亲紧紧地搂住母亲，母亲颤抖的背影给他留下难以忘怀的印象。

王家衰败的一幕幕像嚼成糊一样的馒头停在嘴里。王本昌慢慢收回思绪,发现对面一个两三岁男孩的妈妈在哄哭闹的小孩儿,说:"快回家了,奶奶已经准备好吃的了。"边说边将孩子的后脑勺对着他,但孩子使劲扭头看着他的馒头。他明白孩子饿了,笑笑说:"别哭,给你。"一只小手快速地伸过来,抓到馒头后哭啼即刻停止。孩子的表现为难了妈妈,妈妈涨红着脸说:"这孩子,真不懂事,快还给叔叔。"

"吃吧,我还有。"王本昌伸手摸了摸孩子的脑袋,"乖,慢慢吃,叔叔去抽支烟。"为了不让孩子的母亲尴尬,他离开座位朝通道走去。

纷乱的思绪连同车窗外飞驰而过的杂乱景物交缠在一起。他想起父亲一次在饭桌上的分析,王本昌明白新时代取代旧时代是历史的必然。在座的几兄妹都感到了这番话透出的深度危机。因为没有睡好,父亲的眼袋浮肿得像船舷挂着的巨大救生圈。父亲最后的话让他终生难忘:"……眼下的首选,我们尽快把这一切主动交给政府,我们抓紧时间搬到你母亲未嫁时住的石门坎弄堂的老屋去……"

来不及表达对公私合营政策的拥护,大哥出逃三天后,家就被抄了,雪上加霜让父亲苦不堪言。一个阴雨绵绵的清晨,父亲带着全家将从浙江嘉兴祖籍地传下来的族谱、长辈的灵位以及一些基本的生活用品搬进了弄堂。临别前站在距洋楼不远的芳草坪上,目光凝重地看着法国建筑师设计修建的洋楼,父亲深情地对它微微一笑。"我在这里生活了整整五十四年,它记录了家族和我的故事。到如今不过无可奈何花落去。"说完父亲就把背影留给了洋楼,从此皈依佛门。直到直肠癌晚期,他不能忍受剧痛而投江自尽,他再没有回过曾经的辉煌之屋。

绿皮火车刺鼻的煤烟味盖过了车厢里的汗味和脚臭味,嗓子有毛病的老少或轻或重地咳嗽着,咳嗽声同车轮的哐当声组成了旅途的双重交响曲。高温并没有让王本昌感到炙热,他反而心里越发冰凉,车窗外向后退去的农舍、树木、庄稼、池塘、电线杆等景物都变得如此陌生。

成就感的消弭源于不能言说的愧疚,读书期间为了自保,他违心地与父亲划清了界限。在一次批判一位副校长的大会上,他作为学生代表发言,结合父亲政治上的污点,痛批副校长的资产阶级意识。按照阶级划分,没有剥削阶级基因的人们是无法体恤他的精神痛感的,他明白这种精神与肉体的撕裂,形式上划清了界限,但骨子里却有千丝万缕的牵挂,甚至从心底痛恨一刀切。

在王本昌的印象里,父亲是一个有民族气节和情怀的爱国金融家。世代的书卷气虽然在他的身上没有深刻的烙印,但父亲却把爷爷让他留学报国的想法变成了现实,那张穿着中山装拿着毕业证书的"气节照",是最好的说明。

王本昌的爷爷曾经积极响应推崇康有为的变法,参加过百日维新运动。百日维新失败后,爷爷目睹列强的铁齿钢牙撕破了天朝上国的封闭大门,深悟落后只会挨打,他一心要把儿子送往日本留学,学习法律以图报国家。可奶奶坚决反对儿子做官从政,暗地支持儿子去欧美求学,欲要他掌握一门高级的技术绝活儿,做建筑工程师或工业设计师,改朝换代都无法伤及。

在爷爷送父亲登上去日本的渡轮后,父亲取道日本前往伦敦，在去伦敦的船上同渣打银行的副总经理的女儿秦苏慧相识。两人一见钟情。迎着海风站在甲板的护栏边看着掠过头顶的海鸥，秦苏慧问："你准备去英国学什么专业？"他却反问："你呢？"她回答："按照家父的要求，学金融。"她的话音刚落，他就不假思索地告诉她："莫非是城隍庙的鼓槌——一对？我也学金融。""真的吗？太好了。"两情相悦后为了有更多的交集，她说出一句更为大胆的话："莫非这就是缘分？"为爱不假思索的冲动让父亲赢得了人生最大的收获。

大海邀约海鸥见证了两人闪电般的聚合，见证了一场志同道合、永结同心的结合。最终纸包不住火，爷爷获知妻儿合谋欺骗了他，气得差点一纸休书抛弃结发妻子，并连续发出三封两地书要断绝父子关系。

获得中国蜂蜜加英国雪莉酒勾兑出的爱情的父亲，坠入爱河却没有忘形，收获爱的同时也收获着欧美的观念，一度用极为犀利的言辞驳斥爷爷的保守和误判。在跨洋过海的书信论战中，他亮出了最后的底牌，告诉他的父亲：我和你观念不合，这无所谓对与错，如果你执意要休了母亲，那就别指望我能回到你的身边。

爷爷拿着这封信，对信中理念大为不解，在他的脑袋里，"温良恭俭让"，"修身齐家治国平天下"才是大道。什么观念？哼，大逆不道，洋垃圾，败类。在气得身体都在哆嗦的状态下，爷爷权衡利弊，做出了妥协。最要命的是家里在父亲这辈是四女一儿，父亲一旦"反叛"，王家恐终断后，无奈之下爷爷不再提休妻出门、与儿绝交之事。坚硬如冰的家庭矛盾在父亲学成回国，迎娶渣打银行的副总经理的女儿后融化如水，门当户对的虚荣心掩盖了老爷子的不满。但老爷子常常看着儿子的身影，鼻子里哼哼道："满身铜臭味的逆子，败类。"

彻底改变对儿子的看法，缘于老爷子后来目睹叛逆儿子的救国行为。

日军攻打四行仓库时，父亲王仕钊冒着枪林弹雨闯入参谋部捐出巨款。当被问及姓名要记录下他的壮举时，他一口回绝，说："名字没有打日军重要。"他还充分利用渣打银行在香港的据点，转送国军重伤员去香港治疗。特高课发现后通缉抓捕他，在英国同学的帮助下他躲藏在英国领事馆，这给家里带来了劫难。特高课抄家拿走了一批王家几世收藏的稀世珍品，其中有一只明成化斗彩鸡缸杯，这让老爷子在心里埋下了与日军不共戴天的深仇。

斗彩鸡缸杯不足一握大小，烧制于明代成化时期，因其杯壁上画有公鸡、母鸡，故称鸡缸杯。现存于世的明成化斗彩鸡缸杯被公认为真品且保存完整的，只有十只，其中一只就在王家。老爷子怎么也想不通为什么这只杯子放在家里极不起眼的位置，反而被日本人抄家时第一个就拿走。那个留着仁丹胡的特高课长官戴着雪白的手套，小心翼翼地把它捧在手里，笑眯眯地对老爷子说："哟西，我非常爱看《新民报》的《鉴宝》栏目，《新民报》大大的好，它是告密者。"日后老爷子对《新民报》反感至极，大骂这些心不藏事的好事者是败家子。

半个世纪后，王本昌在《新民晚报》（该报的前身就是《新民报》）《鉴宝》栏目再次读到鸡缸杯的介绍，报道称目前鸡缸杯在国内博物馆实属罕见。再后来，在香港苏富比拍卖会上，一只流落海外数十年的鸡缸杯第五次以1.6亿港元起拍，最后，苏富比亚洲区总裁程寿康电话委托，以2.8亿港元的价格竞得，背后的竞得者就是上海藏家刘益谦。王本昌不怀疑这则报道的真实性，深信家里的那只鸡缸杯一定回到了祖国。

父亲的义举让临终的老爷子看见了儿子的执着和倔强，断气前，他散大的瞳孔突然聚焦，用最后的阳世之力握住儿子的手，说："我一直对你和你妈有偏见，看来是我的判断有问题。文化守国和金钱强国加起来才能护国。好好待你妈。"

久而久之，这段家族爱国史随着时间，从故事变成了传说，从传说变成了神话，时代的变革漏掉了统一战线中需要弥补的环节，印证了民间口传下来的一句话——不是所有的英雄都永垂不朽，也不是所有的坏蛋都是坏蛋。它需要被厘清，需要被理性地再认识。十一届三中全会规模空前的平反昭雪，让王本昌认为王家应该得到平反，平反目的不是拿回被没收的财物，而是恢复父亲王仕钊的爱国者名誉。在材料写到一半时，他询问了在市委工作的一位同学，那位同学说："关键是这些材料缺少证明人，强有力的证明人有的早已归西，有的丧失了记忆，有的即便知道又怕承担风险。"同学的分析让他放弃了写到一半的材料，付之一炬，烧掉了残存的愿景。

时隔半个世纪，王本昌对于历史有了更为客观的理解，明白革命意味着冲破和打碎，而管理是重建，革命者变为管理者需要的是解放思想。这是一个渐进而艰难的过程。

车离上海越近，他却感到离家越远，他无法想象即将与母亲的见面会是何等情势，他尴尬地望望车窗外，那个曾经金山银山的家庭和舒适的环境已彻底消失，已不再是记忆中那朵芬芳的莲花。

第7章

嗒嗒嗒的马蹄声由远及近,敲得地皮颤抖,只有曲扎知道急切的蹄声是时代传递的消除贵贱的最后表态。他和斯郎措有着巨大的贫富落差,要完成如此表态,是死是活都交给菩萨安排。在这个等级森严的千年部落,如此明目张胆示爱下人是给家族蒙羞的,但在这生离死别之际,不表白也许就会遗憾终身。此刻,马背上的激情不顾一切地为心爱的女人点燃,将地位、财富、等级化为灰烬。康巴男人为爱而生、为恨而亡的狂野信条再次洒向草原。

曲扎突然提缰掉头让同行者发蒙,桑布头人掉过马头扯着嗓子冲儿子直嚷:"疯了,干吗?回来!"嘴里喷出的热气同吼叫声一起扑向曲扎。

远处的送行人无法听清老爷的嚷嚷，布邛管家看着飞奔而来的少爷，纳闷道："莫非少爷忘了什么？"

在那一瞬间，唯独斯郎措心知肚明，少爷是冲她来的，她的心咚咚地跳起来，像马蹄敲击大地，以至于此时此刻的感受，在多年以后都难以忘怀。马蹄声、心跳声汇集成密集的鼓点，几乎敲碎了她的身体，她埋下头故意退到路边摆出让道的姿态，表现出少女的矜持。

果然如她所料，飞驰而来的马突然停在她面前，收缰过急勒痛了马，黑马发出一阵痛苦的嘶鸣，前蹄腾空，马鼻孔喷出浓浓的雾气。曲扎背着叉叉枪随马腾空那一刻的模样，终身定格在她刀刻一样的记忆中。

面对突如其来的惊喜，她却意欲转身跑开。

"站住！"黑马前蹄还没落定，曲扎就急匆匆喊道，同时拉下罩在鼻子上的围巾，凶狠的目光中绽放出柔情。直视斯郎措片刻后，他的声音变得格外柔和。"银狐神山做证，"说话的同时他指着远处的神山，"记住，我说完这话，你就是我的女人了。"随后从衣领里掏出挂在脖子上的银嘎乌，"另一个在你那里。等着我回来。"

"嗯嗯。"斯郎措不假思索地应允，重重地点头。

撂下这番话，曲扎用靴跟在马肚上猛敲，大声吆喝："确！"头也不回地朝着断头马道飞奔而去。

曲扎的话犹如旋风，也像一群迅疾飞来的蝴蝶冲进斯郎措的耳道，他的话听上去很蛮横霸道，但她能感受到刚中的柔软，像一枚鸟蛋，壳虽硬但黄很软。她大胆地直视着他，记住了他呼出热气时英俊而凶狠的脸庞。面对梦一般的场景,她表面上呆若木鸡,内心却充满极度的喜悦,巨大的惊喜让她像被母亲推醒后发现银嘎乌时那样,似梦非梦。

少爷的离奇举动引来所有人的好奇,用人们一窝蜂地冲她围来,好奇心驱使大家问出相同的问题:少爷对你说了什么?

面对众口盘问,她装出不知所措的惊愕,她明白草原千年流传的规矩,在这片马儿三天三夜都跑不出边界的草原,头人家的话就是说一不二的围栏,再刚烈的野马也逃不出这无形的围栏。头人家的话,就是石板上刻下的字,任随水冲火烧,都是无法更改的事实。不管自己接受与不接受,少爷的话就是婚姻的宣言,从那一刻起自己就是曲扎少爷的女人了。为了掩饰天降的幸福,她竟然呜咽起来,伸开双臂扑向母亲,把头埋在母亲的怀里。

"别怕,孩子,少爷吓着你了?"母亲搂住她问。

"他问我……看见他的那根……鲨鱼皮做的马鞭没有。"吞吞吐吐说完她便哇的一声放声大哭。

巧妙的谎言打消了围观者的好奇,惊悸的哭声终止了众人和母亲的追问。"乖孩子,别哭,别哭,菩萨会保佑你的。"女佣们你一言我一语的安慰反而让她哭得更加伤感更加动情,一种幸福混杂着谎言的快感让她想尽力留住刚才的场景。

事后她对银狐神山忏悔了自己撒谎的罪过,但并没有消除母亲对女儿本能的担忧。"那段时间,曲扎怎么老在你身后?"母亲在无人的时候问她。

"是吗?"她低着头不看母亲的眼睛,"我不晓得。"

"曲扎真的没有碰过你？"母亲问得很直接。

"没有，"她瞪了母亲一眼，气得双脚在地面直跺，"向三宝发誓。"但她脸色唰地通红，她知道对神撒谎要掉舌头，胆怯地哭出声来。

母亲的某种担忧在她不满的表现里消除了。"没有什么就好。再不问了。"

"阿妈，你老说你肚子胀，拉不出来，这跟担心我有关吧？"愧疚中她话锋一转。

"有关，"但母亲又很快改口，"也无关，可能因为吃了豌豆糌粑吧，气胀导致拉不出来。"

后来的一个月里，母亲一直旁敲侧击地问斯郎措的经期，剪羊毛时趁没有旁人便问："上一个月是什么时候来的？"她并没有反应过来母亲的关心。母亲看到来自她身体的鲜红的液体后，望着天空闭上眼睛说："三宝护佑。"

当时她并不能真正领会母亲的担忧，很多年以后，在一次梦中听到母亲问她是否结婚了，她才真正领悟了母亲的深厚用意。

曲扎一家走后，桑戈草原回到无人管束的纯游牧时代，差巴们都感觉身体像在空气里飘动一样，布邛管家自从头人走后就没清醒过，太阳还没有当顶就醉倒在卡垫上呼呼大睡，任随电闪雷鸣也沉睡不惊。

群龙无首的第一个夜晚下了那年的首场雪，纷纷扬扬的雪花徐徐降落。

落雪之夜出奇地宁静，大地像是滤掉了全部的声音，极度的兴奋和极度的失落让用人们毫无倦意，共同的情绪在他们的身体间交流着。头人家的离去意味着没有人吆喝的新生活开始，但要活命，下一步怎么办？大家嘴里不说，心里都在想："难道新的依靠是面善目慈的解放军和汉人？"

屋子里篝火照着一张张迷茫而无助的脸。众人围在平措阿爸周围，想听听他的见解。掉了牙的老头儿没有牙齿的帮衬，整个面部塌陷得厉害，显得慈祥而无助。此时，他同样一脸茫然，昏花的双眼死死盯着火苗。他给不出任何的答案，这让本来就没有主见的下人们失去了信心。老平措抿干木碗里最后一滴没有颜色的清茶，舌尖在双唇间舔了舔，开始漫无边际地谈起桑布庄园的前世今生。

"头人撇下我们说走就走。"他的语气充满了寒心和无助，发出一声叹息，"听长辈说，和硕特部固始汗控制藏地后，我家和雍登家是最早在桑布头人家做差巴的，九代人有二百多年了。我们瓦须部落从众水之源迁到桑戈一带，首领桑布以赛马登位的方式获得桑戈草原世袭总头人的称号。二十多年前，不吃猪肉的马家军来打我们，派人带来插着三枚针的信函，逼我们投降，桑布头人的舅舅立马掰断三枚针以示不服，并用念了魔咒的羊皮纸包好断针回传给马家军，发誓战斗到底。但眼下，解放军能让头人家逃走，肯定比马家军威力要大得多，我看解放军是比马家军还凶还大的魔鬼……"

"依我看，说解放军是魔鬼还为时过早，他们来桑戈已经八年时间了，跟马步芳不一样，并没有抢占我们的草原。"雍登老头儿眨巴着干涩得几乎看不清物体的眼睛，插话的同时，手里揉着羊皮的动作并没有停下。

略等片刻，见没有人反驳，雍登就继续说："我听回族商人艾伊布说，一九五二年解放军在果洛同大头人巴桑要坝子，上千人的部族武装在解放军面前舞刀弄枪，示威风。巴桑同解放军大官对话，问果洛大还是汉地大。解放军的大官笑而不答，端着茶碗，指着上面的两条龙问头人：看出这个龙碗的秘密了吗？头人摇摇头，不屑地说：我们祖祖辈辈都用龙碗喝茶，龙是我们珍爱的圣物，难道还藏着什么秘密？军官说：依我看，藏着大秘密哩。巴桑问：什么秘密？军官指指碗说：藏族和汉族关系就像这个碗里的水，而青藏高原就像一个巨大的装满了水的龙碗，长江黄河就是绕着青藏高原这个碗的龙，碗里的水沿着长江黄河往东一直流入海里，然后又从海里蒸发形成降雨，补充碗里的水，就这样循环往复，这自然天象跟藏人的轮回观有异曲同工之妙，像一枚铜钱的两面。在汉地神话传说中，龙没有水不能活，自从文成公主嫁给松赞干布，我们就是娘舅关系了，一家人啊。龙碗预示了一个注定的依存关系。军官说罢将碗里的茶一饮而尽。巴桑头人和解放军军官的这段对话，在川、甘、青三省交界的草原流传很广呢。"

老雍登的话斯郎措记得很清楚。

"那你的意思是……"平措满不在乎地抿抿嘴，不解地问雍登。

"如果说他们是魔鬼，可能就像马步芳围杀大墩堡那样，我们早就没命了。你不也是从大墩堡死里逃生的吗？"雍登反问平措。

平措没有回应,雍登继续说:"整整八年了,这八年里,我们藏人还是藏人,去年的草儿子,今年的草爸爸,后年的草爷爷,一点都没有发生变化,解放军并没有动桑布家的一根毫毛。"

"细细想来,倒也是,"平措将贴在一起的掌心互搓着,说,"解放军并没有打扰我们的生活,我也曾听艾伊布说,解放军途经果洛时,一连几天几夜的雨雪天气,有二百多人饿死冻死在露天也没有抢占我们的帐篷。"

"死都不惊动别人的人,说他们是魔鬼,不太合适。"

"不过,大家还是小心提防着点。"

"有道理,不然老爷家怎么会逃走?肯定有我们不知道的秘密。"

"老爷袭击了解放军,会牵连我们吗?"

"菩萨才晓得。"平措将手里的菩提子佛珠绕缠在手掌上,双手合十,抬头看着虚空。众人盯着他,想从他的模样里占卜到未来。平措无奈地苦笑着说:"很晚了,睡吧。就这样说散就散了,真有些不舍。睡吧,睡吧,明天,散伙儿,有家的回家,无家的投亲靠友,没有亲友的流浪乞讨,草原饿不死人。相信菩萨说的话,一切都是最好的安排。"

散伙儿的话加剧了气氛的凝重,沉默中突然传出索甲泰隐隐的哭泣声。这位结婚不到三个月就不幸死了男人的女人,遗腹子刚刚降生还未睁眼就抽搐不停,未哭一声便离开了人世,双重的不幸叫这位脸上长着胎记的女人晕厥数次,认为自己就是女鬼的影子,充满晦气。她一头扎进斯郎措母亲的怀里,志玛紧紧揽住她，一时也想不出用什么话来劝慰她，因为自己和女儿面临的是同样的处境。唯一与索甲泰不同的是，志玛的泪水早在两年前就流干了。

"别哭了，索甲泰，哭没有用。"雍登停下揉皮子的手，"我在想，如果解放军跟马家军一样，惦记着我们的草原，大小头人们早没了。看来解放军不是冲着草原的牛羊和财富来的。"

"老伙计，你还是最好别说外来人的好话，这次他们不是把桑布头人一家都逼走了吗？如果这番话被管家布邛听到了，不割了你的舌头才怪。"平措打断了老雍登的话。

"但眼前明摆着的，老爷说走就走，布邛和邻近的管家凑到一起嘀嘀咕咕，见到我们就装哑巴，生怕黑头藏人给他添麻烦，他哪里有心思来割我的舌头？"

"只要解放军不杀我们就好了。"索甲泰哭泣着说，她的话代表着下人们的顾虑，下人们都不约而同地把目光投向她。

"别多想了，没用，听菩萨安排吧。"雍登说。

"唉，命跟草一样贱的人，雍登的话是对的。"这话是争论中唯一的共识。

斯郎措从这番对话里听懂了大人们的担忧，过去随着父亲乞讨时每遇困难，她都能在《格萨尔王》说唱中找到解决的答案。此刻她闭上双眼，想从冥想中借助格萨尔王的神力来摆脱困境。她在闭眼的黑暗中搜寻着，有一种脚踏虚空而坠入深不见底的深渊的恐惧，她立马睁眼回到现实，将脸贴在母亲的脸上。

此刻,她希望能借助神通广大的格萨尔王帮助大家摆脱困境,就像多年前营救父亲的那一次一样。仁达部落误认为父亲给盗马贼透露了风声,将本部落有九匹河套良马的消息告诉了阿尼玛卿南麓的盗马贼。他们把父亲绑在马桩上等待抓到盗马贼后一并断腿处置。父亲委屈地求饶:"冤枉啊,我就是一个带着女儿靠说唱度日的流浪艺人。"

"哼,说唱是幌子,偷盗才是目的。必须按《红皮法典》来严惩。"头人的语气很重。

"不是幌子,我也会说格萨尔王的故事。"看见父亲被五花大绑地拴在柱子上,斯郎措不假思索地脱口而出,那年她才十二岁。

"嚯嚯,连你这个还在吃奶的羊羔也敢说谎。"头人蔑视地笑笑,动动上眼皮挑衅说,"有本事说一段。"

"孩子,这不是闹着玩的,阿爸从来没有教过你啊。"父亲怒目瞪眼大声责备她。

"哼,一老一小的贼头配合来戏弄我。"头人瞪大眼睛怒道,"小毛贼,说啊。说不出,看我怎么割掉你的小舌头。"

"如果我说出来,你会放我阿爸?"

"孩子,万万使不得,说不出来,会被割掉舌头的。"

"好,如果你会说,我便放你们走。"头人的语气略带嘲弄。

"你敢向三宝发誓?"她问头人。

"大胆!怎么跟头人说话!"父亲怒斥女儿。

"哼哼,老犏牛都露馅儿了,小犏牛还敢撒谎。"头人调侃着，说，"请，尊敬的小骗子。"

"好，那我用'威震大场曲'说一段《格萨尔王》故事里的《魔岭大战》。"

"呵，居然能说出曲调和故事名称。"头人被她的从容惊到，语气缓和下来。

"要不要戴上说唱艺人的红帽子，挂上格萨尔唐卡？"她认真地看着头人问。

"别耽误时间了，开始你的骗计吧。"

"好，那就不戴也不挂。"

斯郎措凝神屏息地闭上双眼，开始了父亲认为的死路一条的冒险。豆大的汗珠从父亲的额头上往下掉，为了保住女儿的舌头，他说："头人，我是……"

没等父亲说完她便抢先高声唱了起来，声音盖过了父亲的声音。"啊啦啦毛啊啦，塔啦啦毛塔啦……话说这一天，格萨尔王出宫巡视，来到邦炯秋姆草场。这里是石山与雪山的交界处。只见这里雪山的雪白得像刚端出来的酸奶，草场的草绿得像绿松石。白绿之间，是一些既不长草也没有雪的乱石滩，而这石头又恰恰是红褐色的。红褐色的石滩把草场和雪山分开，又把二者连在一起，构成了一幅好好看好好看的唐卡画面。岭噶布的马群、牛群和羊群，分别被放牧在草场的右方、左方和中央。那一头头雪白、肥壮的绵羊，像雪山上滚下来的雪球，又像海中的珍珠，在绿草如茵的大草甸子上滚动着、漂游着……"

听着她从容地娓娓道来，头人眼角和嘴角的纹路发生了变化，从最初的向下撇变为朝上扬，轻蔑变成了欣赏，他被小女孩的说唱吸引，眼睛闪着光，嘴巴都合不拢。

听到女儿如此流畅的说唱，父亲激动得几乎晕厥："乖女儿，阿爸做梦都没想到啊。"

斯郎措沉浸在说唱中："……看着眼前的美丽景象，格萨尔王心里舒服极了。一阵倦意袭来，格萨尔王脱下身上的袍子，把头伸进袍子右边的袖筒，脚伸进左边的袖筒，像一张弓一样，在草场的卓措旁睡着了……格萨尔王毫不怠慢，立即起身返回上岭噶，一边走一边盘算着：为了降伏一切恶魔，摧毁所有魔军，我必须像佛祖释迦牟尼激励的大力忿怒王用五种神力降伏恶魔那样，修成忿怒大力法。修法的时机已到，我一定要遵从天母的旨意，带着梅萨王妃立即前往东方查姆寺闭关修行……"

小女孩绘声绘色的说唱迷住了在场的人，他们在痴迷中忘掉了时间。父亲满面泪花，哆嗦着身躯，一个劲地念叨着："菩萨开眼了，三宝护佑……"

四炷香后，远处一骑剽马背上传来吼叫声："老爷，抓到了，抓到了！"

"抓到什么了？"管家伸长脖子大声问。

"盗马贼！跟说唱艺人无关。"来者的话音刚落，马蹄站定。

斯郎措还沉浸在《魔岭大战》的故事中："……回到上岭噶，格萨尔王把要带梅萨一起去闭关修行的打算一说……"

"嗨嗨嗨，小孩，停下，停下！"头人温和地叫道，"松绑！"又调侃说，"看来该用《红皮法典》严惩的不是你，而是我。"说罢哈哈大笑。

女儿完全沉浸在说唱中，当父亲用手扶着她的臂膀用力摇晃，她才从迷幻中清醒过来，双眼模糊地看着父亲，问："阿爸，头人肯放你了？"

"嗯，乖女儿。"父亲喜极而泣地将她的头揽入怀中。在场的所有人都被感动了，他们纷纷向斯郎措投来赞许的目光，然后又惊诧着互看一眼，不知谁说出一句："莫非是神魂附体？"

头人看着父女俩，说："嘿嘿，美丽的误会。"语气带着歉意，他用拳头在斯郎措父亲的臂膀上猛击两拳，大声说，"良马失而复得，应该庆幸；更应该庆幸的是，我今天亲眼看见天才的女说唱艺人在我的草原诞生。"

"尊敬的老爷，没事的话请让我们走。"艺人祈求道。

"慌什么，我又不吃你们。泽仁，你的牛角琴和说唱帽可以传给女儿了。"

"谢谢头人的吉言。"

"管家，拿些风干牛肉、酸奶，我要好好款待这位妙音小仙女。"

"哦呀。"管家响亮地应着头人的吩咐。

刚才的说唱让斯郎措突然觉得自己的身体里装着两个人，一个是平时的自己，另一个是《格萨尔王》故事中的某一位战神，不过这一念头像梦一样缥缈，瞬间即逝。

事后，父亲穷追不舍地强迫她回顾救他时的场景，她却丝毫没有印象,认为父亲在胡搅蛮缠。父亲却认为她在戏弄长辈,凶神恶煞地威胁她,说:"如果你再这样哄我,我就悄悄离开你,让你一人在夜里被狼吃掉。"

听到父亲的威胁,想到夜里空旷草原上的狼叫声,她几乎吓晕过去,号啕大哭,哭得捶胸顿足,脸色铁青。当女儿哭得快要背过气的时候,父亲才觉察自己委屈女儿了,赶紧将她的后脑勺放在自己的臂弯里,用拇指掐住她的人中,着急地念叨:"乖女儿,阿爸错怪你了。阿爸的心肝、阿爸的脂肪,三宝护佑,不要得气死病。乖女儿。"

父亲的祈求夹带着哭声,斯郎措在晕厥中抽搐着缓过气来:"阿爸,你掐痛我了。"

"哦哦。"父亲下意识地松开拇指,掐出的血印要好几天才会消失,"好了,乖女儿,尼玛拉萨(向太阳城发誓),阿爸不再问了。"

"我不信。"

"阿爸保证。"他用舌尖舔舔拇指,做出赌咒发誓的动作。斯郎措也舔舔拇指肚,然后两人的拇指肚紧紧地贴在一起,一起说:"向三宝保证。"父亲显然被女儿的真诚镇住了,心里充满歉疚,生怕失去宝贝女儿。

父女俩在悲喜交加中和解,父亲看着女儿人中上的血印,做出欲哭无泪的表情,努起嘴对着血印轻轻地吹了口气,问:"还痛吗?"随即从襁褓里掏出一个下雪天才用的铁盒子,里面装着发绿的陈酥油,那是平日里舍不得吃的救命宝贝,只有在又饿又冷的时候才用来暖身。他打开铁盒,用食指抠出豌豆

075

大小的酥油给她涂在伤处。

天降般的救父传奇让阿多泽仁对女儿心生敬意，他在空闲时就用赞赏和尊敬的目光看着她："莫非你是传说中扎溪卡草原那位醒来就能唱一百二十八部《格萨尔王》故事的松塔朗格？"

"哪个松塔朗格？"

"就是扎溪卡草原上人人都知道的著名说唱艺人。"阿多泽仁告诉女儿的同时，将沾有酥油的食指顺着八字胡的纹理反复揩抹，目光温和地望着远方的天空，说，"只要松塔朗格戴起说唱帽，挂上唐卡画，口里说起《格萨尔王》的某一曲调，那如大喇嘛又如百灵鸟的声音就会招来无数的听众，把他里三层外三层地围个水泄不通。"

"什么是曲调？"

"你那天救阿爸时说的就是威震大场曲，难道你真的不知道？"

"阿爸，刚才才向三宝赌咒。"

"好好，我不问。"父亲向她挥挥手，"这么跟你说吧，《格萨尔王》说唱有一系列的曲调，仅格萨尔王就有多种曲名，如：长寿永恒曲、修歌小花曲、白颜六调曲、威立马镫曲、蓝色六调曲、悠闲长音曲、如意任运曲、大场演讲曲、箭歌凉爽曲、勇猛英雄曲……记住了吗？"

当听到女儿轻轻的鼾声时，他无奈地笑了："呵呵，我说得口干舌燥，你却睡得跟猪似的。"

"阿爸，你漏掉了，还有白棍青曲。"斯郎措睡眼惺忪地补充说。

阿多泽仁满腹疑惑地看着女儿,问:"孩子,你到底是人还是神?难道你没睡?怎么又有鼾声?"

"我打鼾了?"斯郎措惊恐地问,身体下意识地往后缩,怕父亲打她,"我好像在做一个梦,有头黑白花牛在说有关《格萨尔王》说唱的事。"

"还黑白花牛呢,那是你阿爸在说话。"父亲故意做出咬牙切齿的怒相。

"哦,"女儿的真诚消除了父亲的愤怒,"那我一定是在做梦。"她吐吐舌头。

"尼玛拉萨,一定有菩萨在保佑你。"父亲用看菩萨的眼神看着她,"不管怎么样,阿爸今天太高兴了,为你来一段。"他拉起牛角琴,音域从高音降到低音,听起来悠扬而滑稽,这招常常叫围观的听众大笑不已,斯郎措也不例外。他伸开双臂将牛角琴高高举起,仰天大吼:"菩萨开眼了,我女儿是桑戈大草原上的又一个松塔朗格。挂在天边的彩虹,请为我捎去红玛瑙般的口信,请三宝护佑斯郎措在冥冥中找到自己的一辈子的口粮。"

斯郎措咯咯咯笑得前仰后合,纯净的笑声像高山融雪掠过草地,掠过溪水,淡化着十几年来父女俩的穷困和艰辛。父亲收拾好行头,笑称:"我后继有人了。"话刚说出,他突然感到胃连着肚皮的地方隐隐作痛,心想:"阵痛越来越密集,不是好兆头。"而后隐痛变为前所未有的剧痛,他痛得佝偻着腰,满脸是汗,双腿一软坐在草地上。

"阿爸,你的脸上全是汗水!"

"没事,刚才喝了口溪水,凉胃了。"他挤出惨淡的笑容,说,"没事,歇歇再走。我已经看见前面帐篷里的炊烟了。"

斯郎措将手伸进阿爸的襁褓,手心贴在阿爸的胃部轻揉着。

女儿温暖的抚摸虽然没有止住胃痛,却增加了心里的幸福,阿多泽仁抚摸着女儿的头发,细声说道:"我女儿长大了,懂得心疼阿爸了。"

"要是能让阿爸不痛,我天天揉。"

自这次传奇救父之后,若干年来每遇险情,她都能身不由己地冲出一段《格萨尔王》中的故事或几句谚语,为迷茫的人找到牧归的北斗。斯郎措的能力让周围的人心怀敬畏。但在事后,即从说唱回到现实时,她都觉得自己的脑袋有一段记不住任何事情的短暂空白,她像被什么东西震蒙了一样,顷刻失忆。

第8章

一九六一年年末,三年困难时期趋近结束,清汤寡水的空气中弥散着油分子,被"北极熊"釜底抽薪留下的伤口渐渐结痂,经历了大炼钢铁的跃进激情,挺过了三年困难时期的重创,神州握紧拳头,痛定深悟必须独立自主、自力更生的道理。但风都可以吹倒的"骆驼"需要食物。

王仕钊倒在这大背景中,留下的遗书还散发着墨味,他写道:"三十年河东,三十年河西的冤冤相报在轮回,孙逸仙推翻清朝着手走宪政的道路,可惜被倭寇的铁蹄踏碎,而新中国走的苏联之路又被釜底抽薪,危在旦夕后处在百废待兴中,这也许就是中国小人物随波逐流的千年宿命,王家也逃不出这个宿命。孩子们,我这被时代折了翅的老鹰护佑不了你们了,好自为之吧。爱你们但又无力相助的父亲。"

那个阴雨绵绵的早晨,下葬前母亲委托老二王本林宣读了丈夫的遗言,之后将一纸遗书随纸钱烧掉。

父亲离去,一落千丈的家境让留在上海的王氏兄弟姊妹失去了重心。二哥王本林大学毕业后以优异的成绩分配到上海造船厂当技术员,后来受父亲的牵连被下放到车间劳动,大学里交的女友随即与他分手,双重的失落让他将精力全用在车钳铣刨的工作上,常常在工余时间做些精致的水果刀或西餐刀叉带回家,聊以自慰。大姐王诗静本来学金融管理,欲承接父业成为金融界的女董事,可天不遂人愿,她沦为一介平民,从米箩筐掉进糠箩筐。为了生活,她来到上海纺织厂做线头工,同二车间的车间主任谈了恋爱。

那段日子最不让母亲操心的就是诗静。母亲一度让她隐姓埋名,只字不提自己是金融大佬王仕钊的长女,可纸包不住火,群众雪亮的眼睛看穿了暗角下的隐秘。男友赵大海因为爱不计过去,在一个梅雨季节潮湿的夜晚下跪发誓要一辈子保护她。站在家境一落千丈的最低处,出于感动,她抱定决心嫁给这位根正苗红的工人。在五一国际劳动节期间加班之际,两人在工会主席的见证下,在充满机油味的车间举行了婚礼。婚礼简单朴实,赠每位宾客两颗大白兔奶糖、两支红双喜香烟,他们也收到了庆贺礼品:被单、五磅重的竹篓暖水瓶、搪瓷茶盅、手帕、围巾,最重要的是收到了《毛泽东选集》,从此在厂里的单人宿舍自立门户。

为躲避牵连,读中学的妹妹王慧兰被母亲过继给了崇明岛的远房二表姑家。二表姑家有三个儿子，家境平平，二姑爷雷水生是风水先生，整天就鼓捣罗盘研究诸如地形、朝向、背阳、背阴一类的问题，经常在无人时自言自语。更有甚者，他半夜从梦中惊醒，说如果不砍掉家门前那棵桑葚树，必有血光之灾。他一直认为自己连生三个儿子，从房屋的布局看，门朝大海却无水生根，火气太旺，因此有事没事就嚷着生女，妻子只好忍受身体的不适同他造人，无果，恰好王家出大事，小女儿过继给雷家，风水先生大喜，视王慧兰为亲闺女。

父亲的离世让王本昌变得格外敏感，他极为关心时政，想要在变化中寻找自己的容身空间。他知道，三年困难时期和苏联撤走专家对于中国来说是祸不单行。上海不像东北那样对"老大哥"有着强烈的怀旧和依赖感，这一点，他与研究生楼里的哈尔滨人齐小满的认知相距甚远。

长着一副娃娃脸却故意留满胡须的齐小满，相处之后总让人感到不舒服。平日跟康德、黑格尔一样深沉，可一说起北方的"老大哥"，就一副陶然忘我的样子，什么道里道外的区分，什么哈尔滨的斯大林广场、普希金大街、圣索菲亚大教堂，如数家珍。王本昌假装客气地问："怎么你说得哈尔滨像在别人的土地上一样，不过你如数家珍的深情描绘，还是蛮有意思的。"

当看见齐小满从皮夹里掏出与女友在斯大林公园门口的合照时，王本昌才弄明白，道里道外是指铁道内住着俄国人、日本人和有钱有势的中国人，而铁道外住的是哈尔滨的穷苦人。每每谈到兴致高昂时，东北人的大大咧咧，对比江南水乡儒雅的上海阿拉就显得匪气十足，齐小满一句话一个哈哈，一句话一个巴掌，那宽大的巴掌拍在王本昌的背上让他很不舒服。

王本昌唯一与齐小满有共鸣的是都喜欢《莫斯科郊外的晚上》《喀秋莎》等让女人兴奋、让男人腿软的歌。百乐门早年的靡靡之音，早已湮没在革命歌曲的汪洋大海里了。

王本昌沿着火车站长长的护栏，走在熙熙攘攘的人群里，那双父亲送给他的"老人头"三节头咖啡色皮鞋，早已失去了往日的风采，跟眼下时尚的新上海建设社会主义的解放鞋格格不入。车站外满大街的人都穿解放鞋，帆布面料加黑色橡胶底的解放鞋有军绿色、深蓝色的。他在通往住家的120路有轨电车上偷偷换上解放鞋，配上灰色的中山装和浅灰色的裤子，背一个写着"为人民服务"的洗得发白的黄色军用挎包，一支英雄牌的自来水笔别在中山装的左上方衣兜里，俨然一位新时代中国知识分子形象，一副同资产阶级买办家庭决裂的派头。

王本昌明白，自从父亲戴上"帝国主义帮凶资本家"的"帽子"后，显赫的家族已是扫帚下的尘埃，被扫进了历史，像皮革厂排出的污水，在水沟里散发着恶臭和剥削阶层的腐朽之气。

电车到闽南路的拐弯处停下，他下车朝家走去。街道两旁的国营商铺有了高价的猪肉、鸡鸭、禽蛋、鱼虾一类的商品，他甚至还看见了自己儿时最爱吃的虾仁点心。

记忆中虾仁点心散发出的香味和街道上飘散的香味相遇，虾仁散发着海鲜味，在秘制的糖衣和一层层酥皮面衣的包裹下，香甜可口，这味道伴随他走过了幸福的童年、少年、青年。这一刻,他腮帮里浸出的唾液刺激着味蕾。

那家让他一想起就吞口水的糕点坊就在距家四百米处十字路口的拐角,往南通往英国领事馆,往北就是著名的南林中学。他是这所中学的获奖大户,如果要把他获过的各种奖状贴在墙上,足足能贴满一面墙。往东是仅次于百乐门的通有轨电车的兰登老汇;往西就是他家,紧挨着过去的法租界。

拐角处的派拉蒙糕点屋,还与王家有一段难以泯灭的跨国友谊。二战期间,疯狂的纳粹四处追杀犹太人,未来糕点屋的主人尤格谢福一九三七年秋带着全家从比利时逃到上海。

一个情绪烦躁的午后,王仕钊双脚跷在办公桌上,领口的蝴蝶结撂在一边,告诉助理有人来找一概推掉。日本一家客户出阴招让他无计可施,烟头堆满烟缸。助理蹑手蹑脚进来,说一位自称来自法国的犹太金融家尤格谢福求见。通常情况下只要说闭门不见客,就是天王老子来了也不见,可那天是例外,他没对助理大发脾气,而是不假思索地答应了求见。

个头与王仕钊相仿的尤格谢福一见到他,礼貌地浅鞠一躬,站着直截了当地说:"我想申请一笔为数不多的贷款,回报的条件是凭借我的能力化解贵公司的棘手问题。"他深陷的眼窝透出疲惫,但蓝灰色的眼珠却闪烁着智慧。他的直截了当引起了王仕钊的好奇。

王仕钊也直言不讳向他说明了公司所面临的倒闭危机。尤格谢福首先帮助王仕钊分析了全球的金融走势,以及日占区的被动局势,建议他审时度势放弃对中外企业放贷,缩减投放额度,关键是对日本……王仕钊听后茅塞顿开,诚邀尤格谢福留在公司，但来者婉言谢绝。他说他们犹太人是来躲避战乱的，最终目的是等待时机返回故里，归属感让所有来上海的犹太人心里有着不成文的约定，眼下他们能安身立命，做一些工匠活儿或小买卖就知足矣。

"你助我渡过了生死难关！"王仕钊毫不犹豫地按响了桌上的门铃，助理进门还未站定，他便头也不抬地说，"低息放贷给尤格谢福先生，你马上带着他去办理。最好今天放款。"

尤格谢福听到这话，深深地向他鞠躬，之后就在距他们家不远的拐角处开了一家糕点屋。

糕点屋面积不到二十平方米，有烤炉、案桌、玻璃货柜。面粉口袋、白糖挤满了货架，店主无奈只好在店铺外面支起遮阳防雨的蓝白相间的布棚，又在布棚下放了三张圆桌、几把藤椅，卖糕点的同时兼卖从提俺专购的咖啡，配上犹太人爱吃的石榴、椰枣、蜂蜜，生意不温不火。

日后的岁月里，尤格谢福成了王本昌家里的座上客，王本昌也同尤格谢福的二儿子尤素福交上了朋友，在王本昌家后院宽阔的草坪上拍下了许多一同玩耍的照片。

糕点屋生意变火爆，源于英国糕点师皮耶罗的加入。皮耶罗演绎的传奇就像尤格谢福给王仕钊演绎的传奇，是难以解释但又是事实的连环套，这个连环套让王仕钊深信，迷津中总有高人。皮耶罗烤制的糕点在色香味形上都首屈一指，用中国财神文化来解释，这一奇缘的出现就是尤格谢福家有财神关二爷降临，从此糕点屋外整天排长队，像王家银行兴隆时一摞摞排着队的钞票。

皮耶罗也是"为爱而生为恨而亡"来到上海的。

皮耶罗最初带着殖民者的优越感在印度著名的泰姬陵酒店做糕点师。当时一位外交官带着家人经常光顾酒店，这家人对酒店的两样东西感兴趣：一是其整体布局，认为通往酒店的过水通道堪称一绝，走在上面有一种洗心洗肺的通神体验；二就是对胡须修剪得无比精致的皮耶罗烤制的甜点情有独钟，他制作的甜品曾被这位有公爵背景的官员誉为"甜在情话里的信使"。这话是在他去新德里大学演讲时即兴发挥的创意，一下抓住了男女听众的心，他们纷纷拥向泰姬陵酒店咖啡屋，一睹皮耶罗的美髯和他以糕点做情使的煽情诱惑。糕点上飞动的天使射出穿心的情箭图案让泰姬陵酒店火了，像点在美女眉心的丹砂，红而诱人。消息不胫而走，英国殖民者和印度的达官贵人们在谈情说爱时，定制"甜在情话里的信使"这款蛋糕成为新德里时尚的标配，据说许多公开的或秘密的恋人都在这一甜点的助攻下，获得了意想不到的圆满。从此皮耶罗和他的"甜在情话里的信使"双双走红。

后来这位外交官调往中国上海做领事，基于对甜品的病态般的喜好，他用重金把皮耶罗聘到上海，在领事馆专门负责甜品制作。皮耶罗很快同馆内一名姓赵的女甜点师坠入爱河，二人形影不离，如胶似漆，大有山无陵，江水为竭，天地合，乃敢与君绝之势。

遗憾的是，这对情侣在正确的年龄做了与东西方价值观不合的男女事，英国同伴认为皮耶罗有辱英国男人的绅士风度，羞辱嘲笑他是"华人狗的恋人"。这位糕点师盛怒之下用拳头打掉了羞辱者的两颗门牙,对方正准备还击,皮耶罗立马从案桌上抄起一把切面用的大刀。对手吓得直叫:"皮耶罗,你要干什么?""别叫我皮耶罗,直接叫我华人母狗的公狗好了!"他拿刀对着对手,笑着用一只手从地上拾起一颗裹着血混着唾液的门牙,在穿工作服的胸部抹了抹,笑着说:"你如果不想第三颗牙齿离开牙床,最好闭嘴。拿回去,按照华人的传统,上门牙掉后,朝门脚处扔,下门牙掉后,朝房顶上扔,这样的话,新牙会长出来。"说罢,他把牙齿扔给挨打的人,便扯掉围裙拉着相好的手愤然走出领事馆。

皮耶罗被领事馆除名,按照英国人的规矩交足了罚金,并用书面保证的形式承诺一旦脱离领事馆就离开上海。这样一来领事馆保住了英国公务员的面子,敦促他悔过后乘船回国。

然而,皮耶罗也非等闲之辈,在乘船去往香港维多利亚港的途中,一瓶绍兴黄酒下肚后,他拿着空瓶向掠过头顶的海鸥投去,领头的海鸥非但没有被突如其来的飞行物惊吓,反而将翅膀一斜,从容地躲过了飞瓶。飞瓶达到最高点后在净空中画出一道优美的弧线,而后迅速落入海中。皮耶罗目睹酒瓶并没有吓到海鸥,海鸥反而一溜烟折回,再次在他头顶盘旋。"欧耶,莫大的讽刺。"他双手抱头嘲笑自己,突然似有领悟,大声说,"海鸥并没有被威胁吓住,我还不如它们,我为什么要逃走呢?为了爱,为了证明我是强悍的撒克逊游牧民族的后裔,我必须回去。"等船刚刚靠岸,他立即订了折返的船票回到了上海女人的怀抱。

皮耶罗为了揶揄和报复英国领事,牵着情人来到尤格谢福的糕点屋，自报家门说："凭借我的高超技艺，能帮助这个风雨飘摇的店起死回生，赚得盆满钵满。"《新民报》的一个美食栏目让他和糕点屋名声大振，不看内容，单看标题就让读者大感兴趣：皇家糕点师为爱义投犹太糕点屋。开头引用了一句中国俗语"天干天旱饿不了手艺人"，用"手艺比政客永恒"结束报道。媒体的威力在全上海炸开，迅猛的冲击波四处散开，好奇的人们一来想看看这对中西结合的男女，二来想尝尝夹杂着中国人想听的故事的糕点，于是大家蜂拥而至。

皮耶罗的义举和对爱情的忠贞，赢得了富人的掌声，从此尤格谢福糕点屋门庭若市，两个在一起的异国恋人成为一道景观。

半年后，一个中英混血的男孩降生，浪漫的皮耶罗专门花三天时间用奶油巧克力精心制作了儿子的出月等身像，放在橱窗最显眼处供人们参观。

王本昌是在能记事的五岁时记住虾仁点心的。经过皮耶罗改良的虾仁点心，里面加了少许的盐。酥脆的千层皮同入口即化的砂糖混合，包裹着浸着油气和甜咸味的虾仁，用舌头轻轻去搅拌，虾仁便慢慢成丝，像细密的纱网薄薄地铺在舌面，然后慢慢地被唾液浸泡成浆吞入腹中，那过程日后被他日渐增加的经历概括为一个字：品。每次尤格谢福造访王家，手里总是拎着王本昌所期待的虾仁点心盒。后来他同尤格谢福的二儿子尤素福一同在铺同幼稚园上学，直到一九五〇年，尤格谢福举家去了以色列。

临别时两家人合照了一张照片，这张照片定格了两家人的跨国友谊。但这张照片在十二年后也成了给父亲加罪的证据，说他和美帝国主义的走狗以色列犹太复国主义者相互勾结，里应外合，图谋不轨。"欲加之罪何患无辞，事已至此，最佳的抗议就是沉默。"父亲曾说。

若干年后，偶然的聊天间提及尤格谢福家，母亲说："一九四八年美国和英国帮助犹太人建立了以色列国，获知这一消息，在上海虹口区居住的三万多犹太人陆续离开上海。他们是一个记情的民族，那种空前的归属感和空前的团结值得敬佩。尤格谢福家是最后一批离开的，他一次次帮助你爸在濒临破产时化险为夷，说是恩人都不为过，是该牢记的一家人。"母亲的动情描述让子女们格外尊重这段被阻隔多年的跨国情缘。

拐过弯，王本昌走进了石门坎弄堂。弄堂里嘈杂声迎面而来，不过他已经适应了当下的环境。在路过石门坎商业一门市时，他知道拐过这一角就是他现在的家。商业一门市散发出一阵阵海带的腥味，同弄堂里每家每户门边安放的马桶里散发出的味道交织在一起，形成弄堂特有的味道。夏天，人们为了乘凉将竹编的躺椅放在弄堂的过道上，行路十分不畅，抬头又是家家户户横在上空的竹竿晾衣架，它们同密如蛛网的电线一起遮蔽了天空。

王本昌绕过马桶和躺椅走到家门口，门口石级旁的唯一一对门当早已不翼而飞。两扇门关着没有上锁，他判断家里肯定有人，推开门看见母亲正坐在小天井里的竹椅上专心地织毛衣。他清清嗓门，压低声音喊道："妈，我回来了。"

第9章

志玛盯着忽明忽暗的篝火陷入沉思，火苗的光影在她脸上抖动着，忧郁不安、欲哭无泪的她身体间或控制不住地战栗。斯郎措最怕母亲这种不安的战栗。她闭上眼睛用力握住母亲的手，力图在黑暗中寻找到格萨尔王的力量以排除母亲的焦虑。同时，极度的兴奋也让她沉浸在与曲扎道别的情景中。

索甲泰阿姨抢占了母亲的怀抱，斯郎措只好靠在母亲的肩胛窝里。此刻，尽管不在母亲的怀抱里，无论两位老人的对话多么令人不安，她也深信即便天塌下来都有阿妈，最重要的是曲扎离开时说的话："记住，我说完这话，你就是我的女人了……"这话一整夜反复在她脑海里出现，连每一个毛孔都溢出曲扎的声音，她感到自己像油淋的人参果浸泡在暖暖的酥油里。

不能分享的天降幸福像开锅的牛奶，让她难以抚平不断溢出的幸福泡沫，只好闭上眼睛在黑暗中徜徉。对未来的各种憧憬和期待核心就是一旦曲扎回来，自己就是头人的家人了。日后的漫长等待像一根飘逸的羽毛在暗夜里的虚空中镀上了金光。前程似锦，用一句话打总，等曲扎回来她就是众人羡慕的贵妇了，从此衣食无忧，顺风顺水地给总头人家生一大堆继承人，有的是活佛，有的是头人，总之新的枝繁叶茂将围绕她的根系展开。

此刻，她对平措阿爸产生了无穷的好感，认为他是在为头人说话，而雍登老头儿立马成了仇人，原因很简单，他替解放军说话。曲扎一家就因为解放军才出走的，他们毁掉了她从天而降的幸福。此刻，在挤满用人的屋子里，她却滋生出一种主人家的眼光。于是，她努力回想她在庄园的所有经历。

前年深秋一日，一早，微风带着凉意浸入肌肤，她和母亲去河西牛场取给头人家特供的酸奶。母女俩在牛场住了一宿，天刚亮就往回返，母亲背着大木桶，她拎着小木桶，行至一半的路程，母亲找了一个歇脚的大石头休息。

"阿妈，等一会儿我背大桶。"

"行，你试试。"母亲回答。

她毫不费力地背起大桶，母亲冲她笑笑，说："小牛终于变成大牛了，说不定很快就要做牛阿妈了。"她看着女儿吐吐舌头做出鬼脸，大笑起来。

平日少有笑容的母亲此番神情让斯郎措格外开心，特别是初潮之后，在母亲含蓄的提醒下，她知晓了那些女人必须知道但又不能交流的秘密。初潮之后她对男人有了一种心痒的感觉，这种欲罢不能的滋味只能意会不能言传。

母亲中等个头，有着一双深陷在眉眶和凸起的颧骨间的大眼睛，笑起来总让人感到亲切，但因过分操劳，她苍老得很快。斯郎措从小跟随父亲流浪说唱，格萨尔王的故事告诉她婚姻是门当户对的，头人与头人间的利益结盟，大多是用联姻来完成的。所以她非常清楚头人家的少爷小姐们早已相互许配，她再怎么喜欢曲扎，都像夏季暴雨后的季节河水，一泄而过。

用阿嘎土筑成的桑布庄园静卧在江畔不远的高地上，弥散在空气里的桑烟，还有隐隐传来的转经筒的铃声和偶尔的犬吠声，透出这个家无比的殷实和对佛虔诚的气息。

接近庄园时，斯郎措看见曲扎骑在高高的土墙上，正大声朗读初级经书《陀罗尼集》。领读喇嘛龇牙咧嘴，显然对曲扎磕磕巴巴的读经声不满。

土墙转角处，几只雪鸽懒懒梳理着羽毛，咕咕应和着曲扎不太专注的念诵。曲扎念着经文，眼光却在四处搜寻。正好一只花猫叼着一块风干肉的骨头闯入他的视野。花猫从二楼的小窗中谨慎地溜出，它并没有注意到一只灰猫跟在后面。

百米外的玛尼堆旁边，吃醋比喝酒还上瘾的酒鬼郎扎跟在自己女人身后，似乎在喋喋不休地盘问妻子有什么不忠的行为，女人却不屑一顾地围着玛尼堆转，时而停下一句话也不说，瞪眼看看郎扎，时而又朝头人家的楼顶张望。

视野中，笔直的无草土路从桑布家直通麋鹿江边。十八岁的邻家女孩意姆正弓腰背着装满水的木桶，不太吃力地走着，桶边挂着的舀水铜瓢撞击木桶发出轻微的咚咚声，不安分的溪水溢出木桶，肆意舔舐着她白净的手臂。稍远处，替寺庙放牛的郎吉和一位姑娘交谈，像在商量一件重要的事情。曲扎的视线刚从两人身上移开，他要寻找的人出现了。

"她来了。"曲扎的诵经声戛然而止。

"什么来了？"领读喇嘛看着曲扎不解地问，"经文上有这句？你天赋这么好，今天是什么让你灵魂出窍？"

"没有，格更（老师），你拿错经书了，更高级的没拿。"他对领读喇嘛做了一个鬼脸，随后便不顾领读喇嘛的责问直视志玛母女俩。

领读喇嘛明白了一切，失望地摇摇头，心里骂道："席给（色鬼），跟你阿爸一样。"

斯郎措掉在母亲后面，一直同母亲保持着三十来步的距离，直到进入院门。

曲扎吹响了口哨：

"江河哪里去？江河大海去；

"青草哪里去？青草天边去；

"爱情哪里去？爱情心里去……"

口哨传送着桑戈草原流传已久的恋歌，牧人到了怀春的年龄自然而然都能脱口而出。呼朋引伴的哨音传进斯郎措耳里，挠痒到心里，从未有过的美妙拖住了她的双腿。为了不让用人们怀疑，她索性将奶桶倚在土墙边，佯装休息，为延续这种美妙找到了借口。

看不到她穿越院门，曲扎乱了心性，大声说："喂，背奶桶的姑娘，难道你的耳朵跟桑戈草原出名的淘金者聋子哈桑是一样的吗？"

斯郎措证实口哨是少爷为她吹的，她的心脏擂鼓般跳动，喜出望外，回敬道："尊贵的少爷，我不是聋子哈桑，也没有招惹谁。尊贵的少爷，不要看见女人就发骚，小心你的阿爸阿妈知道后打烂你的嘴巴。"

"呵呵，我是吹给天上的百灵鸟儿听的。"

"那你就继续吹给百灵鸟儿听吧。"

"可惜啊，天上的鸟儿和我心上的鸟儿都要飞走了。算了，还是等你成人了再说，反正你迟早是我的女人。哈哈。"

"少爷，你胡说什么呀，万万不能毁约啊，你的亲事早已在郎木寺活佛的亲见下，跟虾觉部落头人的女儿订好了。你不能随着性子跟下人打情骂俏啊。明媒正娶和纳妾取小是不能端到一个桌子上说的。"敏感的领读喇嘛大声提醒曲扎。

领读喇嘛的话虽然令斯郎措伤感，但曲扎接下来的回答令她心存感激："嘿嘿，尊敬的格更，读经我听你的，至于我要娶谁，经书上没说。"然后他努起嘴继续吹响那支歌曲。

"还是等你成人了再说，反正你迟早是我的女人。"少爷这话像一道七色彩虹横亘在斯郎措的眼前，让她迈不开腿，幸福感减轻了奶桶的重量。但曲扎和领读喇嘛的对话让她冷静地回到现实，她靠着门框调整着哽在喉头的气息。

入了夜，从前头一枕着羊皮袄领沿就呼呼大睡的斯郎措失眠了，脑袋里回响着曲扎的哨音。她咀嚼着"反正你迟早是我的女人"这让她无法入睡的戳心话，通宵在似睡非睡里幻想着

093

做曲扎妻子的幸福光景。

快要天亮时,她做了个既让她惊魂未定又想永不醒来的梦。那是一个两人交欢延续的梦。

斯郎措铭心刻骨地记得,那是太阳要落山的时分,喝得醉醺醺、借酒壮胆的曲扎,躲在草垛背后朝着白塔方向张望。斯郎措同白娜从白塔转经返回的路上,草垛是必经之处。

"来了,来了。" 曲扎盯着斯郎措同白娜道别后朝草垛走来。他一阵窃喜,说:"机会来了。哈哈,我就知道菩萨要安排我们在这里见面。"他从草垛后面大摇大摆地走出来横在路中间,挡住她的去路,醉眼蒙眬地看着她。

"你要干吗?"她躲闪着,却对曲扎的眼神和坏笑产生一种无法抵抗的好感。她捂住鼻子示意曲扎身上的酒气太重,在几经躲闪后还是被曲扎挡住。她故意用生气的口吻说:"让开。"

曲扎笑着说:"这天大的草原上,草都知道我在追你,谁敢跟我争?"他故意瞪圆怒目,将双拳高高举过头顶,"除非我死在你的刀下,我就认。我对着太阳发誓,我爱你。"

"曲扎,我们不会有结果的。"她的表情露出一丝感动,声音变得温柔。

"我今天就是来要结果的。"话没说完他便将她扛在肩上朝草垛里走去。

"放开!放开我!放开……"她拼命挣扎。

曲扎揽小鸡似的揽住她的腰让她无力动弹,她的双手不停地在曲扎胸前拍打。反抗无济于事,反而让曲扎更加来劲,他揽住她的细腰,腾出一只手解腰带,经过一番力量过于悬殊的撕扯,她敌不过曲扎，被按在他身下，从撕扯、反抗到顺从，再到紧紧地相拥在一起，完成了生平与曲扎的第一次也是最后一次神圣的欢爱。这之后的无数个春夏秋冬，入血入骨的短暂片刻成为她终身不嫁的缘由，以及守护爱情的唯一的清晰记忆。

事后，二人的目光无意间碰在一起，曲扎将她揽在怀里，动情地说："记住，我这辈子爱你，下辈子还爱你。为什么我们不能像牛像羊那样自自然然地相爱啊？！"

斯郎措依偎在他的急剧起伏的胸膛上，在兴奋的迷乱中，睁眼看向一望无际的草地上盛开的铁线莲和小黄菊。极度的美妙让她沉醉了，但她还是奋力挣脱出来，理顺散乱的头发后，用爱恨交加的眼神看着他，说："牛羊没有头人和黑头的等级之分，但人间有。"

这话入木三分，让曲扎无从回答，他哈哈哈哈地一阵狂笑，笑声的尾音中拖着哭声。

斯郎措理好藏袍转身离开，走了一段很远的距离，回望见他依旧坐在原地，双手撑地仰望虚空。

曲扎借口哨表达爱慕之情，但之后并没有用凌驾于仆从之上的权威惊扰过斯郎措。这反而让她产生疑问："难道这梦预示着不祥之兆？"这让她失望。她听他的口哨上瘾了，从此，她经常把梦和现实搅在一起。其实自父亲说她能说唱《格萨尔王》的那天起，她就把梦和现实混在一起难以分辨，有时她希望把梦变为现实，但严酷的现实又逼她回到梦里。

头人全家离开的第三天，思念再次把斯郎措带入梦中，不真实的幻觉让她无法做出判断。尽管曲扎撂下的这些话犹如晴空下的霹雳，暴雨后的彩虹，突然而虚幻，但同时，她还是心生喜悦，毕竟是威霸一方的头人家长子发的话。

她幻想同曲扎待在夏季的帐篷里，甚至睡在一起，彼此心疼地看着对方，相对无言，离别的心情寒流般冻住了舌头。炉火映红了她的脸。她双手放在膝间，伴着她的呼吸微微颤动。夜色已是很深了，从帐篷顶露出天光的缝隙看出去，清冷的雪光若隐若现。看着她楚楚可怜的样子，曲扎忍不住搂她进怀。她哭了，用力抱住曲扎，把脸紧紧地贴在他的脸上，泪如泉涌。曲扎也流泪了，此刻，好像两个人的眼泪都属于她。他怜惜地吻着她，用颤抖的手解开她的衣服。面对心爱的女孩，曲扎彻底展现了男性的占有欲。她闭着眼睛，把嘴贴在他耳边呢喃着："记着要回来，记着要回来……"

曲扎早年也做过与斯郎措交欢的梦，支离破碎的春梦汇总起来，无非是雄性动物乐此不疲的肉体征服。直到上了一定的年龄，将愉悦的天平倾斜至精神牵挂时，他所眷顾的则变成了她过得好与不好。瑞士的冬季比藏东高原的来得还早。一次回家走在小径上，路灯拉长了他身体的投影，不知何故他突然想起斯郎措。路边背阴的小沟里还有余雪，他抓起一块表面坚硬里边松软的雪块，用力一捏，扑哧一声，五个手指全陷进了松泡的雪块。雪块在空中散成粉末，他看着空手，说："就像我年轻时的春梦。"

第10章

王本昌拎着包立在门口,静等母亲转身,这一刻他心里充满忐忑、内疚和不安。

进门前他就想好了,若是母亲不理他,那他就一直站着,他做好了用体罚自己来换取母亲谅解的准备。如果母亲不原谅他检举揭发父亲的行为,他站到天亮就离开。

不到十平方米的小天井内弥漫着刺鼻的中药味,煤砖炉上熬药的砂罐溢出的黄白色泡沫沿着边缘翻滚。"开锅了,"他放下包快速过去移开罐子,"哎哟哟,烫死我了。"叫声夸张。

"呀,这不是昌儿吗?不叫门就进来,吓死我了。"母亲惊慌之余带着喜悦,脸微微浮肿,几绺黑里间白的头发搭在额头,没有昔日的精心打理却带着不张扬的优雅。她问:"不是说要中旬才回来吗？"她移开老花眼镜仔细看着儿子，像织锦的绣工在检查纹理的瑕疵，而后放下毛线针站起身来，说，"瘦了，头发要剪短，不然就没精神。"母亲用毛线针指指砂罐，又说："蓄些水，再熬五分钟。"再看看放在窗台上的闹钟，闹钟里一公一母两只鸡正有规律地点头啄米。

母亲温和的语气消解了他的顾虑，趁母亲回头时他仔细打量着她。她的脸色不是他想象中的那样憔悴，只是拿掉眼镜瞳孔收缩后面部呈现失去光泽的苍老，尤为重要的是母亲并没有不理他，这让他心绪平静下来："妈，吃的什么药？"

"胃凉了，吃饭前老打嗝，喝粥就泛酸。"

"哦。二哥和诗静呢？"

"本林一大早说有事就出去了。大姐抱着一大摞报纸去厂里的宿舍，说趁星期天裱糊房子。"母亲将小碗倒扣着滴净里面的水，准备喝药，"快去把包放进屋里，一定饿坏了，锅里的饭还是热的，有刚腌好的梅干菜和雷表叔拿来的腌咸鱼，很好吃，下饭哩。"

"饿了。"他洗手后去拿碗筷。一想到梅干菜，那咸咸的钻舌头的惬意裹挟在开水泡饭正宗的上海味道里，那感觉刺激得腮帮浸出唾液。短短五分钟，就着梅干菜，用开水泡的两碗米饭下肚，待用筷子把最后一粒米饭刨进嘴里后，他满足地说："过瘾。"

母亲看着他狼吞虎咽的样子，抿着嘴露出久违的笑意。

母子漫无目的地闲聊着，母亲对他的分配之事只字不提。这并未走进他的预设，母亲的从容反倒使他不安，他主动问道:"妈……"

话没说完就被母亲反问道:"嗯,想说啥?"

"你就不想关心我安排在哪里了?"

母亲微微仰头喝完药,并没有急着回答,而是端起吃药前准备好的漱口水,喝下后在嘴里咕噜咕噜地鼓捣着,反复几次后吞下,才不紧不慢地说:"其实,妈早已知道结果。"说完微笑着看着他,做出了他意想不到的动作——伸开双臂做出拥抱的姿势。母亲夸张的举动让时光倒退到他能记事的幼年,那是母亲在等待飞累的小鸟投进怀抱。

他鼻子一酸,居然忘记了自己早已高过母亲一个头,带着儿时的依赖感扑进母亲的怀里呜咽起来,眼泪打湿了母亲的肩头。母亲用她看似柔弱的肩膀以千斤顶一样的力量支撑着几近垮塌的他。

整整两个年头,憋着多少委屈、无奈、迷茫、困惑,像火山一般终于猛烈地爆发了,泪如岩浆,时间之长,流速之快,空前绝后,他失声说:"我对不起父亲。"

母亲并未劝慰他,而是等他尽情地哭泣。哭声里的愤懑、压抑和沉闷被她的肩窝消解,忏悔流淌。

多年之后,每当遇到不顺心的事,只要回忆起在母亲怀抱里泪水奔涌的感觉,他都会拾起一种无法被打败的力量。溢出眼眶的泪水更多的不是唤起疾恶如仇,而是母爱的温暖给予的暗夜前行的勇气,以及融化所有迷茫和困惑的力量。

九年后在"五七"干校劳动改造中,同一位一同劳动改造的三流诗人谈及母爱的伟大,那位自称一喝酱油就有灵感的诗人朗读了著名诗人摩可罗耶的诗句："什么比风跑得快——思想；什么能笼罩大地——黑暗；什么爱无边无际——母爱……"其中母爱这句于王本昌而言入骨入血。

后来王本昌对这位诗人一直有莫名的好感，原因很简单：是他朗诵的诗句全面地表达了自己对母亲的无限爱戴。分别那天，王本昌特地在贸易小组花掉一毛七分钱买了一斤固体酱油送给诗人，他调侃地问："都说酒是灵感之源，李白斗酒诗百篇，你却喝酱油诗百篇，喝酱油什么感觉？"诗人摇摇头："我不知道，你问酱油吧。"

"好了。"母亲搂住王本昌的肩膀轻轻地拍着，用儿时哄他睡觉的方式轻声说，"孩子，强者不是没有眼泪，而是含着眼泪依然要奔跑。我现在愈加相信命中注定，一个人的一生是命定的，老天让你三更消亡你绝对活不过五更。你爸生前是我的全部，他看问题那么透彻，对人那么善良，可以说是我的良师益友，他开导我怎么带领家庭学会担当，教我要有真正意义上的担当，万万没想到的是他自己击垮了自己。这反而教会了我坚强，接受现实才是活下去的法宝。"母亲松开王本昌，极为冷静地看着他，说，"目前的处境，在我看来，如果你父亲提前两年被定为现行反革命，你们就谈不上完成学业；如果你不给学校递交那封彻底与父亲划清界限的检举揭发信，你的学业就难以为继。学校已经是网开一面，尽管国家不包你这类人的分配，但……只要放下所谓的面子，生存是没有问题的。我今天重复你没有回来时我告诉本林、诗静、慧兰的话，你看尤格谢福叔叔一家，纳粹灭犹太人时辗转万里逃到上海，人生地不熟，那才叫上刀山下火海，但他们凭着信仰和顽强在上海生存下来。我们的处境跟他们相比，是万万没有他们难的。这一点上，我永远不会原谅你爸，但我也不会恨他，他极为轻率地撇下一大家人一走了之，多么洒脱，多么有尊严。"

母亲的话像出自一位洞穿世事的出家人，过去家里几乎是父亲一言堂，很难听见母亲的见解，今天王本昌却深感母亲的力量非凡。

"我至今都能复述你父亲列举尤格谢福一家负重前行的一番话。"母亲握起拳头开始捶打自己的大腿，"记得是在银杏初黄的深秋，你父亲十分感慨地告诉我，犹太族是时间民族。当时我愣住了，问他什么是时间民族，他说，就是没有自己土地的民族。我们都知道，没有土地就没有家园感，只有时间记录着他们寄人篱下的历史。"母亲喝下半杯水后用询问的眼神看着王本昌，说："要不要听下去？"

"嗯，很希望。"王本昌点点头。

"尤格谢福的妻子华伦太太来家里做客的次数不多，但每次见面，我都吃惊于她穿着的简朴，一条凡尔丁蓝色长裙洗得发白，毛哔叽的咖啡色上衣袖口已经绽线，同她握手时明显感到她掌心有粗糙的老茧，那是做过粗活儿的手，但她谈吐优雅，思路清晰，一听便是有教养有学问的女人。谈话间便对她有莫名的好感。她中文说得如此流利，还带着浓浓的上海腔。去以色列的前一天，她掩饰不住内心的喜悦，说话间泪流满面。"母亲喝了口凉开水，润润嗓子，将茶缸递给王本昌，"你也喝点。"

王本昌摇摇头，接过茶缸再给母亲续上水，说："后来呢？"

"我能够体会到她当时的心情。我叫何嫂送来咖啡和甜品，华伦太太说寄居上海十来年，待在虹口区的犹太人无不感恩上海是一个容忍他民族的天堂，做梦都没有想到，遥不可及的东方古国给了他们活命的空间。过去听闻中国是一个极度残暴的古国，喝人血食人肉，然而在中国生活的这些年间，与传闻相反，他们目睹了真正的残暴者蹂躏着善良的中国人。那个下午，她说了很多，特别提到，当他们一家人登上前往上海的轮船时，尤格谢福把全家人叫到船舱里，翻开《旧约》对着全家人说，此次远行前途未卜，但毕竟逃离了纳粹的追杀，下一步无论会有什么样的苦难在等待他们，他们都要顽强地活下去……"

王本昌从母亲回顾华伦太太的话语中，真实地看见了上海的包容性，东方文化的包容性。

王本昌看着母亲，戴着老花眼镜的她，沉淀磨难后叙事更加有条不紊。"华伦太太的话让我对她肃然起敬。为了报答我们家的恩情，尤格谢福与她商量，将这只全钢的劳力士手表送给我们。当时我一再推辞，尤格谢福太太红着脸说：'千万别误会，这只表对于你们家而言，纪念的意义绝对远远超过财富的意义，这是我们犹太人的做人准则：有恩必报。'我把这事告诉你父亲，他说，收下吧，收下的是情意。在长达一千八百多年的时间里，犹太人散居于欧洲各地，他们从骨血里坚信，生存下来，活下来，就有希望，就有尊严。从这一点上可以看出在《旧约》里为什么他们瞧不起自残者。"

"你在指责父亲?"王本昌看着母亲问,脸上充满疑惑。

"难道一走了之就解脱了?如果他是独身一人,倒也洒脱了。唉,不说了,如果有些中国男人不是为了那该死的面子,在能力上不会输给犹太人。"这番话道出母亲一直在思考家族兴盛败落之因,她对父亲的质疑,何尝不是对所谓中国精英阶层的质疑。

"妈,你的话如此透彻,让我难以置信。妈,你知道吗?这番讲述,让我瞬间醍醐灌顶,你帮我找到了活下去的信心。"王本昌向母亲拱手深鞠躬,虽然这么做形式感极强,外人看来很滑稽,庄重里含有某种表演的痕迹,但此时此刻,他觉得自己一点也没有表演的成分,是发自内心地致谢和感恩。

他的话让母亲感到欣慰,母亲正想说话,一只站在庭院灰砖墙上的鸟儿叽叽喳喳叫了几声后飞走了。两人都朝着鸟儿飞走的方向望去。"它在偷听。"王本昌说,母子俩会心地笑了。

在王本昌看来,传统的中国家庭的女性们,在嫁入夫家后放下了自己的一切,一生都扑在相夫教子上,其实她们中的许多人是很有才学的。在他的眼里,母亲毫无疑问就是其中一位。家庭中道败落,这原本是一次伤感而沉闷的见面,他却万万没有想到,要命的打击没有让母亲一蹶不振,而是凤凰涅槃,一个优雅的贵妇人蜕变为自食其力的劳动妇女。

"妈,"王本昌沉默片刻,鼓足勇气说,"我想去边远民族地区,重新塑造自己。"

他的话并没有引得母亲吃惊,她用爱怜的目光看着他:

"事到如今，妈也是爱莫能助。去吧，孩子，佛保佑你。活着就有机会。其实，你爸是很爱国的。"母亲取下戴在左腕的玻璃佛珠，双手合十将佛珠包在掌心。

母亲双手合十的瞬间，玻璃珠发出了清脆的碰撞声。王本昌能感受到母亲顽强的生命信念，这个信念支撑他在藏东待了二十年。信仰的力量加上母爱的力量，再加上婚后责任的力量，将他历练成了不像父亲那般弃妻儿而去的人。

第11章

母亲离开阳世那年斯郎措十七岁。

在斯郎措终日的陪伴下,母亲躺在简陋的乡卫生院病床上,病魔不分白天黑夜地折磨她,她痛得蜷曲着身体,大汗淋漓。尽管这样,母亲至死都咬紧牙关不发出半点呻吟。她时常眼神恍惚地盯着窗户,语焉不详地说儿子土登在外面给牲口喂草,等儿子喂完草就带他去见阿爸,最最担心的是斯郎措跟曲扎少爷跑了……

斯郎措用力拽住母亲的手,她从医生的表情判断,母亲活在阳世的日子不多了。斯郎措想鼓起勇气告诉母亲曲扎临别前的许诺,让母亲知道这门悬殊太大的婚姻带给自己的幸福,可每每话到嘴边,就被母亲剧烈的疼痛阻断。她明白母亲是在跟死亡较劲，她盼望见土登一面，一睁开眼睛就看着窗外，微弱的气息里夹带着土登的名字，祈求神力帮助母子俩见面。医生被她的坚强感染，嘴里一个劲直呼"铁打的女人"。临终前医生给她打了一针杜冷丁止痛，借消痛片刻，她用回光返照的眼睛看着女儿，说："往北走，拿着这个去找哥哥。遇见一个靠得住的男人就嫁……"话音未落，一串檀香木佛珠还没有递到斯郎措手中，母亲就落了气，佛珠串挂在斯郎措指间，传递着母亲未尽的心愿。

陪伴母亲亡灵四十九天后，斯郎措没按母亲的嘱咐去北边找哥哥，一是北方很远，二是哥哥浪迹天涯，居无定所，犹如大海里捞针。并且曲扎的话犹如一根铁钉，将她的心牢牢地扎在桑戈。她思念曲扎时，就抬头远望虚空里的云朵，常常把紧挨的云朵想象为两人的依偎。在斯郎措的理解里，草是长在原上的，没有原就没有草，曲扎于她就是原和草的相依，她发誓带着曲扎的赠语和信物在桑戈草原等待他的归来。

母亲离开阳世令斯郎措六神无主，无论夜晚还是白天，她除了握住信物，就是默默回想曲扎在马踏之处撂下的话，它就像暗夜里的篝火温暖着她的心，让她在既真实又缥缈的诺言中为爱坚守。日后宗教般的虔诚让她每天在马踏处安放一颗小石头作为爱的寄托。

四十年后一个早春，太阳风夹带冰雪消融的寒气，斯郎措站在曲扎离去时的马踏处，看着捂住鼻子和嘴巴的围巾上冒出氤氲蒸腾的热气，踮起脚将一颗石子放在石堆上。抬头仰望代表曲扎的高出她三个脑袋的石堆，不知什么触动了她，她嘴里念叨着：每天一颗，每年三百六十五颗，四十年后这堆石子共计一万四千六百颗，也就意味着她等待曲扎已有一万四千六百天。"记住，我说完这话，你就是我的女人了。"这念想给石堆写上了这片游牧草地上关于爱的叙事史诗，像王妃珠牡与格萨尔王的缠绵的长诗。天长日久，不知情的人们把石堆视为玛尼堆，念经或路过时不忘记给石堆添垒石头，斯郎措心生喜悦，认为这是众人对爱的加持。随着岁月的延展，她渐渐将石堆看作虔诚的信仰和爱情的合体。

族人帮斯郎措处理完母亲后事，鳏夫平措心生悲悯，担心一觉醒来她的身体早已冰凉，暗自发誓带着她，直到她找到可以托付的男人为止。一个无风的朗日，老人褡裢里装着仅有的熬茶的罗锅，就牵着斯郎措上路了。斯郎措背着一张小牛皮大的毡垫，跟着老人。

"娃娃，我们朝北方走。往后有我吃的就有你吃的，就是我没有吃的，也想法不让你受冻挨饿。"

"我们还会回来吗？"

"你说呢？"

"如果不回来，我哪儿也不去。"

"孩子，桑戈草原是我们部落的命根，怎么不回来？我们只是暂时离开。"

"那好，我跟你走。"斯郎措第二次踏上了乞讨之路。

就这样，孤寂的草原上，一老一小像寻找食物的马鹿迈开双腿走向北方的深处。

一个寒风四起的午后，风卷着砂石打在脸上如刀割一般，两人来到平措的远房表弟洛登家，钻进破旧的帐篷才知道洛登身处祸不单行的困境中。表弟媳妇一月前带着酥油和奶渣去农区换取糌粑，不幸染上了比咒术还凶十倍的炭疽病，回来的路上开始水肿，伤口破后流出黑色的液体，没几天就离开了阳世。懂医的喇嘛吩咐一定要挖坑深埋尸体，不然疫病会蔓延，让整个草原受难。洛登照着喇嘛的叮嘱深埋了妻子，女儿达瓦志玛看着母亲深褐色的皮肤被泥土深埋，她几乎没有泪水，那一刻她想陪母亲一起死，但不想自己的皮肤像母亲那样是黑色的。念经喇嘛用红布捂紧嘴巴，她就觉察这是魔鬼得的病。紧接着一场雪灾将家里的牲畜全部冻死，喇嘛打卦告诉洛登："乌云笼罩了你们全家，一年内最好带着家人远离这里，否则还有一个接一个的灾难，恶魔会带领你们全家去饿鬼界。"

"没有喇嘛说的那么凶。"平措对万念俱灰、瘫软无力的表弟说，"要不我们一道去甘南一带乞讨度日，想法度过这段艰难的日子。"

正处在一筹莫展中的洛登应了平措的邀约，在启明星闪烁的清晨，带着儿女一路北上。

正值三年困难时期的第三年，中苏分道扬镳，中印即将开战，唯有的一盏欧洲的社会主义明灯阿尔巴尼亚又远隔万水千山，该国产量极高的马铃薯种子还在运往中国的大洋上颠簸，饥饿贫困叠加着外部势力的困扰，贫弱的国力所给予的救助只是杯水车薪。即便是杯水车薪也是恩，武装工作队的同志踏着过膝的积雪来到萧索的桑戈草原，带着为数有限的救济粮来救助他们时，才知道他们已远走他乡。

斯郎措比洛登的女儿达瓦志玛小两岁,但论生存能力,斯郎措更像懂事的姐姐,姐妹俩一年间朝夕相处,情同手足。一年后,几人返回桑戈,洛登家得到合作社分给他家的一头牛犊、一头刚刚产奶的母牛。洛登看着赖以生存的新希望,对平措说:"留下吧,熬过年底就有牛奶和酥油了。眼下土匪还在跟解放军对着干,桑戈草原并不安全。"

平措不忍心拖累表弟,在星光依稀的清晨,带着斯郎措离开了表弟家的帐篷。

一觉醒来发现斯郎措已偷偷离开,达瓦志玛大哭一场,抱着牛犊的脖子,三天不跟父亲说话,认为是父亲心狠不愿收留他们。

三天后平措和斯郎措险些被桑布头人的堂兄弟登珠强行掠走。沿途就听说登珠死活不离开桑戈草原,四处裹挟人马要和解放军对抗到底。平措从前随同登珠去过拉萨朝圣,给他牵过马。

大风吹得人睁不开眼睛,斯郎措将母亲留下的腰带裹缠在脸和头部,抵御骄阳和寒风的入侵。正午时分,从银狐神山西面而来的马队,八九个骑马的男人在他们面前收住缰绳,其中一位汉子叫出了平措的名字。这位脸黑如锅底,头发和胡子一样长的汉子说:"走,我们跟解放军对着干,正缺人手。"

"不行啊,登珠头人,她是个女的。"

"撒谎我割掉你的舌头,取下头巾看看。"

"孩子,把头巾取下来。"

斯郎措胆怯地取下头巾后低下头看着地面,登珠佝偻着腰,头几乎贴到马肚底,说:"嗯,是个女的,她可以不去,你得跟我走。"

"老爷，你已经两月没碰过女人了。她长得跟仙女似的，带她走。"一个满脸络腮胡的汉子用极为讨好的语气对登珠说。

"解放军像狼一样追过来了，眼下拉屎都不敢蹲着，命要紧还是睡女人要紧？"登珠抡起马鞭朝那人抽去，"平措，你跟我走。"杀红眼的登珠双腿紧敲马肚，箭一样飞驰而去。

平措知道抗命即死。他用愧疚、无可奈何的眼神看着斯郎措，伸手从褴褛里掏出八九粒石子一样坚硬的奶渣："孩子，就剩这些了。拿着。"

斯郎措推回平措的手，那一刻她突然觉得自己长大了，浑身聚满力量，没有像其他女孩子那样哭天喊地，而是一只手握着平措阿爸的手，一只手紧握打狗棍，像从前跟着父亲一样，笑着说："这么大的草原，我像一个晒干的牛粪团，随风而去好了。饿不死的。阿爸，小心。"说完她转过身，泪水已经模糊了双眼，模糊中她看见平措阿爸的背影被风刮进了草原深处。

风吹干泪水后残留的白色的盐分挂在斯郎措脸颊，她决定抄起阿爸留下的行头做说唱艺人。牛角琴的琴声响起，招来好奇的听众，令他们惊喜的是弹琴者是一位女子。悠扬的琴声响起，万万没想到，她却没了声，一双双等待的眼睛仿佛在说："还等什么，唱啊，唱啊。"她却半句都唱不出来。面对席地而坐的围观者，颜面丢尽的尴尬让她宁可在梦里，她像一只人人喊打的老鼠冲出人群拼命狂奔，心里只有一个念头，前面无论是悬崖或大河她都往下跳，身后追来的嘘声和嘲笑声让她怀疑自己是个骗子。

她开始怨恨阿爸曾经的恩宠,是阿爸哄她开心的赞扬,让她眼下成为围观者鄙视的笑柄。

她疯狂地奔跑着,耳边风声呼啸,直到心脏快要蹦出胸膛,身后早没有了围观者,强烈的饥饿感让她连号啕大哭的力气都没有。她躺在地上,草原默默地倾听着她的哭泣,不知不觉中她饿得睡着了。

日后的三天,九颗奶渣延续了她的生命,她决定返回桑布庄园。路上,帐篷与帐篷间,微薄的布施救活了世世代代乞讨的人们,也包括斯郎措。口中的六字真言成为她的护身符和通行证,悲悯、仁慈、友善串缀的歌像草原生命的链条。佛悟道后说,遇见就是缘起。她活下来了。

一天上午,天空灰蒙蒙的,看着快要下雨,斯郎措经过麦狼沟沟口,沟里传来密集的枪声,她朝右边的草坡上跑,想看个明白。一口气跑到草坡顶,一颗流弹从她耳边擦过,她只觉得背上的牛角琴拖拽了她一下,她立即俯卧在草丛里,拨开草丛向沟口张望。只见头上缠着绷带的登珠身后跟着三个人正在策马狂奔,几十个解放军紧追其后,追到沟口左面的山岗上便停止了追击。

她凝神屏息,静观眼前发生的事。三三两两陆续返回的解放军除留下警戒的外,其余的开始清理战场。一个战士正准备去抬躺在地上的藏人,那人疼得哇哇哇地大叫,举起石头试图反抗。斯郎措想,完了,那个穿黄衣服的汉人一定会杀了他。然而,眼前发生的事与她预想的截然相反,黄衣服汉人非但没有杀他,反而叫来一个背着印有红色图案的箱子的女人,图案有点像十字符号。女的蹲下来，从箱子里拿出一卷白色的纱布缠在那人伤口处，包扎好后叫来担架将他抬走。

眼前的事实告诉斯郎措，解放军不是传说中吃人的魔鬼，他们没有挖俘虏的眼睛，抽俘虏的脚筋，没有向死者身上吐口水，更没有朝他们撒尿撒土，而是见到还活着的人就救，将一具具尸体抬出沟口。

不到一炷香的工夫，十几具尸体集中在一起。她突然想到平措阿爸，心想："说不定在地上躺着的人中有平措阿爸。如果有他，我必须去为他收尸。"她站起身不顾一切地朝尸体走去。

负责担任警戒的战士发现了她，大声干预："嗨嗨，姑娘，站住，嗨……"战士张开双臂阻拦她。她明白他在制止她，从前跟阿爸穿行在川、甘、青交界的草原，汉语的日常用语她虽然不会说但知道其义，她对战士朝尸体方向用手指了指。

"哦。"士兵明白了她的意思，叫来一位一直跟在一个别短枪的汉人身边的中年藏人。

中年藏人同士兵交流后向她走来。"布姆（姑娘），这里很危险，没事的话赶快离开。"中年藏人对她说，"这里面有你的亲人？"

她点点头又摇摇头。

"那好，跟我来。"

她跟在翻译身后，双手罩着脸，透过指缝寻找平措阿爸。面对一具具尸体，她念诵着六字真言，仔细辨认。没有平措阿爸。

"有你的家人吗？"翻译问。

她摇摇头，抑制不住内心的喜悦，心想："平措阿爸还活着。"

不远处别短枪的人大声地叫翻译。"活着就好。我要马上过去,说是前面的山洞里发现一大群孩子,你快离开这里。"翻译说着朝那人跑去。

听说是一群孩子,斯郎措想看个明白,跟在他们的后面朝山洞走去。到了才明白,他们所说的山洞是一个山坳,三十多个年龄不一的孩子聚集在山坳里,小的三四岁,大的十四五岁。衣衫褴褛、蓬头垢面的孩子们不时地发出撕心裂肺的叫喊声和哭声,眼泪、鼻涕混在脸上,一旦有人靠近就发出惊恐的尖叫。

翻译笑眯眯地说:"孩子们,解放军叔叔不会伤你们的。你们一定是肚子饿了,来,我这里有馒头。"他从襁褓里掏出两个馒头走过去,试图接近他们。

"当心!"别短枪的军官大声提醒。一块石头击中了翻译的额头,"哎哟。"翻译用手捂住额头,因疼痛而紧闭双眼。停顿片刻,他看着孩子们,努力挤出笑容,移开捂住额头的手,亮出凸起的血包。原来,是孩群中年龄最大的大眼睛男孩袭击了他。

别短枪的军官哈哈哈地笑起来,微微浮肿的脸上没有一丝皱纹,调侃说:"你那两个馒头给孩子们塞牙缝都不够。战友们,把你们身上的吃的统统拿出来。"

翻译很配合地做了一个被石头打中的动作,说:"调皮的孩子,你的石头打中了阿枯登巴。"他的滑稽动作引来年龄小的孩子们的笑声。他把军官的话翻译给孩子们,年龄小的孩子看着馒头用舌头舔舔嘴唇,转过头去看那个扔石头的大男孩。

大男孩被翻译的调侃和滑稽动作所触动,但那一头浓密、发黏的黑鬈发下,眼神中的敌意仍未消散。

斯郎措把这些看在眼里,军官的话像桑布头人的话一样管用,她判断他一定是他们中的"头人"。

很快五六十个馒头集中在了一起,极度饥饿的孩子们早已迫不及待了,别短枪的中年军官对翻译说:"告诉孩子们,让他们排好队,一个个地来取。"

翻译用藏话给孩子们说了,所有孩子都用祈求的眼光看着大男孩,一个刚学会走路的小女孩跌跌绊绊地走过来想领馒头,突然间那个大男孩吼道:"小格桑,敢去,打死你。"小女孩被他的话吓住了,哇地哭出声来,与她年龄相仿的五六个孩子也跟着哭起来。声音极有感染力,尖锐的哭声让那个大男孩也不知所措,但他仍然充满敌意地注视着解放军。

翻译把大男孩的话翻译给了军官,军官急得来回踱步,大声嚷道:"嗨,这屁蛋子毛孩,想揍你一顿呢,又违背了纪律,不揍你呢,急得我想死,要是你是我的娃娃,我早把你揍扁了。"他用力将手掌在脑门心上使劲一拍,发出"啪"的响声,面朝天空大声说,"毛主席啊,你派出的金珠玛米遇见了从未有过的麻烦。面对土匪的遗孤该怎么办,告诉我!"说这话时,他眉心间的皱纹像犁出的一道深深的河沟。

正束手无策时,耳边响起了牛角琴的琴声,循着琴声众人看见刚才同翻译说话的姑娘拨动琴弦朝孩子们走去,啼哭的孩子们听见琴声马上安静下来,军官心想:"她要干什么?"

随着琴声,斯郎措念念有词地唱起:"啊啦啦毛啊啦,塔啦啦毛塔啦……话说这一天，格萨尔王出宫巡视，来到邦炯秋姆草场。这里是石山与雪山的交界处……岭噶布的马群、牛群和羊群，分别被放牧在草场的右方、左方和中央。那一头头雪白、肥壮的绵羊，像雪山上滚下来的雪球，又像海中的珍珠，在绿草如茵的大草甸子上滚动着、漂游着……"

翻译凑近军官告诉他："这是《格萨尔王》说唱。"

看见孩子们慢慢安静下来，军官点点头："有点意思。莫非她有办法？"

"……看着眼前的美丽景象，格萨尔王心里舒服极了。一阵倦意袭来，格萨尔王脱下身上的袍子，把头伸进袍子右边的袖筒，脚伸进左边的袖筒，像一张弓一样，在草场的卓措旁睡着了。就在格萨尔王酣睡之际……"

孩子们被斯郎措的说唱迷住了，连那个大男孩也安静下来。

翻译在一旁给军官翻译唱词，斯郎措有如毛主席派来的神兵天降，让军官大喜过望，说："呵呵，这女孩子还真行。千方百计留住她，她能镇住这群孩子。"

斯郎措的出现，让孩子王巴嘎从此安静下来，孩子们围绕着斯郎措形影不离。别短枪的军官成为桑戈工委的书记后，在他苦口婆心的诚邀下，斯郎措答应留下来，成了那群孩子的临时管理者。

然后，自治州将来自平叛各地的二百多名叛逃者和叛匪遗弃的孩子集中起来，在州府驻地康定建立福利院。多年以后，这群从小就由国家照看并培养的孩子回到家乡，成了家乡建设的骨干力量。

叫巴嘎的大男孩也在福利院长大，从民族干校毕业后当上了国家干部。一个日落的黄昏，巴嘎从距离桑戈有三天路途的真达公社骑马而来，风尘仆仆的他敲响了斯郎措的门。他几乎高出她一个脑袋，面对强壮的他，她喜出望外的同时也显得不知所措。他非常自信却非常唐突地向她求婚，被她婉言谢绝。

面对斯郎措的拒绝，巴嘎没有死缠烂打，从衣兜里掏出当年斯郎措的牛角琴上被流弹打下来的一块角尖，啪的一声重重放在土屋的门楣上后打马而去，像一道雨后阳光下的彩虹，来得快去得也快。斯郎措来不及回味，这道彩虹就消失在了虚空中。

斯郎措跟随两百多名孩子在康定待了一年半之久，因勤奋好学学会了汉话，并能认识报纸上百分之九十的汉字。然而，就在院领导特批她留下来入院工作的时候，她拒绝了。谁也闹不明白她为什么要这样做，他们哪里知道，在桑戈草原有爱情在召唤她，这是她心中不能言说的秘密。

福利院院长找她谈话，以充满爱意的口吻开导她："斯郎措，你太年轻、太幼稚了，可以说还不懂事。你知道吗？我们千方百计留下你，一来是你的工作能力让院里满意，让老师们满意，二来是你举目无亲，我和我爱人杨老师都非常喜欢你，你留下来就等于参加了革命工作，你的生活就有了保障。"

院长夫妇你一言我一句地苦口相劝，甚至把她带到家里，夫妻俩给她做好吃的，想感化她留下，但她都报以微笑或沉默拒绝，只是说她想回桑戈草原。院长夫妇哪里知道她心里深藏着一个男人，爱情的引力一旦发力，它就能吞噬一切。

临别的早晨，院长夫妇送给她一个皮箱，惋惜地说："我们看着你，单身孤影的，实在让人心疼，心疼得想打你，打掉你的执迷不悟。好说歹说你死活不听，算了。这个送给你，你需要一个家。"斯郎措如愿以偿地回到了桑戈草原，回来后打开皮箱，里面装着一套军黄色的棉衣棉裤，一条狗皮褥子，一面梳头用的镜子，还有梳子、牙膏、牙刷等日用品。一个家的雏形铺展在小皮箱里。

第12章

王本昌走进弧形拱门,门边挂着"静安区劳动人事调配站"的牌子。进门就看见穿灰色中山装,上衣兜里插着两支自来水笔的陈站长,他正躬身用毛笔潇洒地书写"大字报"三个字。

中年站长待人和气,看完王本昌的简历,他神情凝重地瞧瞧王本昌。"嗯,没错,你是高端人才,前几天复旦人事处的丁处长还专门提及你的情况,想留你。唉,没办法。"站长苦笑着摇摇头,"年轻人,有成分论,不唯成分论,重在表现,去吧,去祖国边远民族地区洗心革面,重新做人。"随即将一张填好的劳动调配单交给他。

"谢谢陈站长。"

走出调配站，王本昌感到除了鼻孔和嘴巴在呼吸，他的七窍都变成了呼吸的通道，手里的调配单变成阿拉伯飞毯，身体如羽毛在空气中飘飞，像崇明岛上的野鸽。但禁锢的裂缝突然释放出的轻松很快如断线的风筝般随风而逝，让他心里空空荡荡。

离开石门坎，视线透过门右上角的瓦当，他再次转头回望，母亲侧倚在窗框上默默地注视着他。正当他欲挥手与母亲告别之际，父亲的遗像刚好在母亲的肩头露出半边脸，微笑中略带失望，似乎看透了他的心机，似乎在给母亲耳语。那神态同父亲过去叼着烟斗不动声色地从二楼的窗户俯瞰楼下的他一样，洞悉了他背叛的深度原因。这眼神到底是父亲的最后通牒，还是最后的告别，他无法判断，五味杂陈铺垫的离别并不轻松，他向母亲挥了挥手。她没有回应，像一根木头般立着，毫无表情的面容令他发虚。他低头闭眼片刻，然后直视母亲，在心里说："妈，我去的地方很远，您保重。"随后扭头离开。

走过看不到家的拐角处，泪水忍不住溢出眼眶，鼻尖像被泪水撕开了一道口子。王本昌将头靠在墙上，身体斜倚着墙壁隐隐哭泣，任泪水恣肆，而后忍不住哇地哭出声来。

哭声引来围观，恰好派出所的管段民警罗正良路过，看见他的额头正好倚在一行大标语"誓叫一切地富反坏永不翻身！"的"反"字上。罗民警操着苏北口音大声嚷嚷："这鬼哭狼嚎是想对无产阶级专政发起进攻吗？我勒令你马上离开。"这番质问像重量级拳手的一记重击，打得王本昌无力还手，他没有辩驳，拎着包消失在围观的人群里。

从那一刻起风筝西飘,从零海拔飘到四千米海拔,断线的风筝由最初的彻底决裂到后来的魂牵梦绕,这一飘就是二十年。二十年的风吹雨打在岁月的年轮里被时代雕刻着。

一路向西,向西,向西。

冒烟的绿皮火车快到汉口时,眼前的景观不再是一马平川的大平原,火车在起伏的山地、丘陵和岗地间穿梭。王本昌从衣兜里摸到母亲临别时给的牛皮信封,信封里面装有二百元钱、十市斤全国粮票和一只劳力士手表。他戴上手表,日历和指针准确无误,秒针匀速地转动着。他重新将钱和粮票装入信封里,回味母爱的同时纳闷母亲哪儿来的这么多钱。他一直藏着这份母爱舍不得用,直到三年后同达瓦志玛结婚生下头生子的那天,才拿出来在桑戈国营一门市买了十个点心、五斤鸡蛋、三斤白糖,用来给产妇补身子,由此将这份母爱传递给了开启新一轮母爱的妻子。

列车即将到达汉口,王本昌看看腕上的劳力士,刚好十二点。车窗外下着雨,看着这只远渡重洋来到上海的全钢手表,他凭借想象还原着尤格谢福的妻子把表送给母亲的场面。

若干年后,王本昌的二儿子琪加达瓦带着这只表见到了尤格谢福的儿子尤素福,同他在海法一家啤酒馆,高举经过时间见证的友谊之物,合影留念。在按下快门的瞬间,一个二战时期颠沛流离、悲情又温暖的异地结缘故事被定格,同时又在迷乱中呈现人生各自的渡口,各自的归程。身处以色列,琪加达瓦感觉自己不是生在一个和平的时代,而是生在一个和平的祖国,他对自己研究生毕业回国的决定充满自信。透过两人干杯的啤酒相互对望的那一刻，他更加坚定了自己的选择。

曾经上海一家电视台的纪录片编导陈珂，建议琪加达瓦拍一部反映中以友谊的片子，名字就叫《一只表的故事》，以再现三代人的友谊。故事的梗概是：尤格谢福一家人为躲避纳粹的迫害，随着三万多犹太人逃亡到上海虹口提篮桥地区。王家爷爷当时是嘉道理家族的座上客，获知嘉道理家族为了资助犹太难民孩子的教育，在荆州路上创立了上海犹太青年协会学校，专门吸收犹太难民子女到该学校上学。王本昌是在学校迁到东余杭路627号时认识尤素福的，之后王本昌常常带着尤素福在王氏豪宅穿进穿出，在客厅、厨房、卧室、花园、车房留下孩童浪漫无邪的足迹。后因陈珂在一次航拍中不幸坠亡，此事暂停下来。在火葬场与陈珂作最后道别时，琪加达瓦默默看着陈珂的遗容，说："好兄弟，我不会让你失望。"

西行的火车轰鸣着，车窗外的农田、冒烟的厂房、树林、行人、反向而行的汽车快速地被抛掷于脑后。王本昌闭上双眼试图小睡，但此次的远离非同往常，亲人的身影和面孔在脑海中不停地轮换着出现，令他无法入睡。他索性盯着腕上的表，才恍然觉察父亲仍然在试图同他对话。靠剥削起家的资本家榨干了劳动者的价值，即便是对儿女无限关爱的长辈，在马克思政治经济学一针见血的剖析下也显得那样狰狞，同父亲决裂是难能可贵的阶级觉悟。一想到这一点，他差点把劳力士抛向窗外。

拨乱反正后不久，当几个兄弟姐妹站在父亲衣冠冢前致哀时，他才真正感悟到父亲留下的这只表是多么珍贵。当年，父亲是趁钱塘江涨潮时离开上海来到盐官堤岸跳江自杀的。

后来回想起在火车上弃表的冲动,王本昌庆幸封闭的车窗阻挡了他,他才留下了父亲这一珍贵的遗物。二十年后,在回到上海的第二个清明节,当着长辈、同辈、晚辈的面,他无所顾忌地在父亲的衣冠冢前号啕大哭。当时儿子琪加达瓦作为复读生正处于准备考大学的最后冲刺阶段,他第一次目睹了哭成泪人儿的父亲,父亲嘴里还不停地骂自己是忘恩负义的不肖之子。

单调的火车行进声向西碾去。

初来高原的王本昌在日记里写道:

> 九月三日。晴。我怀着洗心革面的一腔热血来到边远民族地区,为了与曾经是资本家的父亲做一个有革命力度的决裂,凭直觉选择了川西高原上新中国成立后设立的第一个少数民族自治州,去实现自己脱胎换骨的梦想,洗清有资本家家庭史的污点。一直沿着北纬30度由东向西,辗转十二天来到藏汉交会地康定。康定的天气晴天多,日照多,但风格外大。在这个"火"字形的小城里,一有太阳就吹风。我被分配到州气象局工作,跟所学的专业风马牛不相及。工作量不大,每天的工作就是去距城边一公里的子耳坡观测站抄报气象数据,早晚七点钟放黑色或红色的气球,晴天放红色,阴天放黑色,就这么简单。康定的川北凉粉吊人胃口,就着锅盔和酥油茶一道吃是一绝,饮食杂交了,文化也杂交了,人也杂交了,杂交出的孩子很聪明。

半年时间不紧不慢地过去，重新做人的选择并没有带给王本昌报效祖国的光明前景，也没有让他逃过"四清运动"工作组雪亮的眼睛。工作组在他的履历中透过蛛丝马迹找到了他的反动家庭背景，经过组织与上海的信件联系，获知他是王仕钊的儿子，属于必须教育改造的对象。他被定性为跟臭老九一样的反动知识分子，从此进入"地富反坏"的行列。好在九月三日日记里的话，"……我怀着洗心革面的一腔热血来到边远民族地区，为了与曾经是资本家的父亲做一个有革命力度的决裂，凭直觉选择了川西高原上新中国成立后设立的第一个少数民族自治州，去实现自己脱胎换骨的梦想，洗清有资本家家庭史的污点……"也在工作组雪亮的视线里，这些话拯救了他，上级决定保留公职，以观后效。

春节刚过，内地已是早春二月油菜花开的时节，勤劳的蜂农陆续在大片鹅黄色的油菜花地驻扎，嗡嗡的蜜蜂和翻飞的蝴蝶同菜花组成初春的乐章，而康定依旧躺在严寒的怀抱里，缩着脖子等待春天的到来。

被戴上"帽子"的那晚令他猝不及防，当时寝室门没有插上插销，局革委会副主任带着一帮人将寝室门一脚踹开，二级残疾转业军人大个子吴明军义愤填膺地盯着王本昌，像是跟王家有世代冤仇似的，大声道："听好了，经查，王本昌是漏网的需改造的对象，群众的眼睛是雪亮的，你隐瞒得再好，也逃不过人民群众的眼睛，现在宣布……"声音义正词严，像在朗诵一篇革命战斗檄文，"你后天去县粮车队，正好有一辆运粮的车要去桑戈。好好劳动锻炼，接受人民的监督。以观后效。"

话毕,门砰地关上,王本昌平静地坐在床沿,看着地板冷冷地一笑,拉过被盖和衣而睡,心想,从上海到康定两千多公里都过来了,去桑戈,管他什么戈,川、青、藏交界的地方,小菜一碟。他再次拎着帆布包离开这个他刚刚熟悉的著名的"情歌"小城。

在康定度过了夏秋冬三季,这个弹丸之地在王本昌的印象中是缩小版的上海,虽然它同样经历着"破四旧",但多元文化的底蕴仍然弥漫在街头巷尾。在回民街能听见穆斯林小声的祈祷,在南门北门的藏族聚居区能听见虽然含糊却有韵律的六字真言,在早已废弃的天主教堂周围能看见过路的教徒偷偷在胸前画十字。那种形而上的精神存在依旧浸润在空气中,包容成为康定的城市气质。

走出州气象局大门,一段较长斜坡的墙壁上写着"让一切牛鬼蛇神威风扫地!打倒一切地富反坏!"的大幅标语。最具讽刺意味的是这些口号还是王本昌亲自写的,白色的石灰写在黄泥的墙上,字迹醒目而熟悉,他做梦都没有料到自己的命运会再次落入那些标语的粉碎性含义中,他此刻连骨头都感受到口号声的穿透力,革命的洪流触及了每一位身临其境者的灵魂。起初王本昌以为远离了上海就远离了灾祸,没有想到一切对他而言仍是一场绵长的噩梦。

他在浸骨的雪风中把缩在衣领里的脖子伸长,攥紧拳头咬咬牙,心说:"妈的,豁出去了,下放再远都无所谓了,总不会下放出地球。"

运粮的解放牌货车蜗牛般爬行在九拐十八弯的折多山上，在四千米海拔的山峦间吃力地喘息着，司机不时地停车打开引擎盖给热气腾腾的水箱加冷水，三十多公里约莫四个小时的折腾，才渐渐地把大雪山的高山峡谷抛在身后，真正意义上的青藏高原呈现在王本昌的眼前。凝固波浪般的群峰旷远，沉寂，一望无际，长期禁锢带来的压抑被苍茫大地消解了，王本昌亢奋地站在车顶大声吼道："活下来，才是好汉……活下来……"

下山时车迎风疾驰，师傅隐隐听到王本昌的狂吼，一脚刹车停下汽车，哐当一声打开车门，一只脚踏在脚踏板上扭头将车顶砸得砰砰直响，开口便骂："傻瓜，冻疯了吗？你就不怕把鼻子冻掉，耳朵冻坏？！盖好篷布。要不就给老子下车，滚蛋。"说罢砰地关上车门。

骂他的时候司机嘴角叼着半截纸烟，耳朵上还夹着一支，纸烟随着嘴唇的开合一上一下的，王本昌担心烟会掉下来，后来才发现司机说话时嘴角一直挂着黏性好的唾沫。中年司机凶神恶煞却带关心的责骂，让王本昌领略了康巴汉子的率真与火气，支吾着点点头，盖好篷布躺在大米口袋上，嘴里满含委屈地嘟哝："野蛮。野蛮至极。"

正值积雪融化、牧草返青的季节，四百五十公里的路程，翻越了四座海拔四千多米的大山，一路王本昌经历了缺氧、呕吐、心悸、气短、头痛欲裂和睡不着觉。不过，他所经历的与司机的艰辛相比不过是区区小事。

一路上，司机在冰辙中换轮胎，胡须和眼睫毛都挂满冰碴

125

儿；在热气腾腾的引擎盖上用冰块或草皮给水箱降温；在泥泞的道路上仰躺着给减震钢板换卡子，脸上、手上糊满机油；在冰雪交加的冰面路上给车胎挂防滑链条……工作的艰辛并不妨碍他们乐天安命的直率，路过每一个道班，只要看见女人的身影，他们就把头兴奋地伸向窗外，用调戏的语言释放他们枯燥单调的压抑。司机对生命置之度外的乐天安命嘲笑着王本昌的矫揉造作。

运粮车在坑坑洼洼的公路上艰难前行，留给王本昌的印象是除了喇叭不响，其他部件全都在响，像头咬紧牙关的老牛吭哧吭哧随时都会倒下。不出所料，车在途经农区色尔坝时，引擎盖冒出刺鼻的青烟，发动机风扇皮带断了。这小毛病在内地三分钟就能弄好，可在桑戈，要到一百四十公里外的318国道线上才能买到配件，他只好耐着性子等待司机回来。他被好心的司机安排在朋友雍宗家，在她家认识了重庆来的小"右派"田永春。

那是王本昌第一次走入藏家农舍，他没想到的是，司机五天后才回来。

雍宗带着他穿过黑黢黢的底楼，扑面而来的是牲畜粪便和腐草混合发酵产生的恶臭味，黑暗中还能听见牛吃草的咀嚼声和猪拱土的呼呼声。两眼一抹黑地来到通往二楼的独木梯前，上独木梯有点像内地电线工爬电杆，但电工有脚齿套，面对粗壮的独木梯王本昌则几乎是被人拽着拉上去的，下楼又被女主人的丈夫背下楼。还好，没几天他就熟悉了上下的要领。

藏地农舍最闹心的是解大小便，农舍里不设专门的厕所，大小便都在底层关牲畜的地方解决，小便还好，要是大便，一蹲下去黑暗中的藏猪就会闻着大便味跑来，圆圆的拱嘴在屁股下磨蹭，带着扎屁股的猪毛，令人生厌，刚要拉出的排泄物又会被吓回去，憋得团团转。第五天，雍宗更换了圈里的树叶和草，王本昌一蹲下去就被带刺的树叶扎了屁股。最为尴尬的是，刚刚蹲下正痛快时，突然女主人从楼上下来，拎着奶桶到圈里来挤牛奶，弄得他很难为情，站也不是，蹲也不是，只好把头埋在双膝间，大便味冲鼻而来。女主人觉得他的行为不像个男人，暗地告诉田永春："不就是跟动物一样拉屎拉尿嘛，扭扭捏捏的。"

连续五天夜里失眠，深信田永春的今天就是自己的明天，现实比"活下去"的口号残酷很多倍，王本昌开始怨恨自己是背了上一辈的黑锅。侧过身发现黑暗里发出鼾声的田永春在黑夜保持着平衡，王本昌意识到放弃抱怨成了田永春的制胜法宝。

田永春夜里发出鼾声，起初王本昌对他咬牙切齿，想过去用他的臭袜子堵住他的鼻孔，但又没这胆量，索性瞪眼等待天亮。无法入睡让王本昌的眼圈发黑，他开始望着窗外数星星。早晨刷牙时他问田永春初来是不是跟他一样的感受，田永春告诉他，这都是城里人的小资产阶级情绪在作祟，天长日久后就是小问题了。最大的问题是饿肚子的难受。"眼下的生活人只能勉强填饱肚子，生产队每月供应三十斤小麦、一斤酥油、一斤盐肉、一块肥皂，算是区别于农牧民的待遇。但在这偏远之地，钱是没有用处的，生活就是日出而作，日落而息。垦荒要消耗体力，我一顿饭能喝下一壶五斤装的酥油茶，能吃一斤麦麸面做的锅盔，三十斤粮食半个月就吃完了，夜里肚子经常咕噜咕噜地直叫，饿醒才是真正难熬。实话说这里的农牧民是天底下最善良的人，每天在地里，大家在空地上围圈吃午饭时，女人们把自己带来的锅盔分给我吃，后来队长知道了，就给我吃派饭，这几天在这家，过几天就在那家。但愿你去的桑戈比这里好。"

听见这位邋遢的同龄人的讲述，王本昌从埋怨中清醒，深夜里他站在楼顶仰望似乎唾手可得的星星，再次想起母亲的话："活着就有机会。"

运粮车经过十天的颠簸到达桑戈县，运来了大米也运来了王本昌。

到达公社粮站时太阳已逐渐偏西，王本昌同司机道别后拎着包朝公社大门走去。接近公社大门时，黑压压一群野狗正懒洋洋地卧伏在大门两侧，他的出现引来狗群的好奇，突然间大小不一的野狗集体抬起头看着他，闻风而动的姿态像随时会发力扑向他。

王本昌从来没有遭遇这样一种令人生畏的尴尬场面，心里开始哆嗦，双腿发软，是拔腿而跑还是迎面而去，他处在两难的境地，心想也许进退的结果都是遍体鳞伤。他只好原地不动，眼睛却死死盯着公社的大门，盼望着有人出现替他解围。左等无果，右等无果，时间分分秒秒地过去，奇怪的是他不动狗就不动，他稍微改变姿态它们就蠢蠢欲动，他只好像哨兵一样一动不动。就这样，约莫两个小时过去了，阳光晒得他既口干舌燥又想撒尿，又是半小时过去，他实在憋不住了，憋屈地大吼一声:"里面的人都死啦。"骂声一出群狗集体大叫,与此同时尿实在憋不住了,他又不敢在外面撒,怕群狗蜂拥而至咬断他的命根,热腾腾的尿液顺着大腿往下流,他感觉这是生平最舒服的一次撒尿,也是最憋屈的撒尿,委屈的泪水呼应着尿液流满脸颊。

狗叫声惊动了院子里的人,公社的老炊事员桑吉气势汹汹地走出来大声呵斥群狗。王本昌觉得自己获救了:"大叔,你终于出现了。"桑吉听不太懂汉话,看见王本昌穿汉装,猜他是来找公社书记的,领着他进了公社大门。行进中王本昌斜着眼睛看群狗,心脏都快蹦出来了,群狗却转动着脑袋集体目送他在桑吉的守护下进入大门。

四郎是隔着办公室的窗户看着王本昌走进公社院坝的,他推开窗户对王本昌说:"进来吧。"

王本昌拎着装满书本的灰色帆布包,帆布包上用白漆画有外滩的外白渡桥和江上渡轮的简笔画,有的地方白漆早已脱落;背上背着一件薄薄的棉被背包,肩上斜挎着一个写着"为人民服务"的军用黄书包;戴一副断了一个镜架腿的圆眼镜,用线绕了无数圈固定断腿,因捆绑处过软,镜架老从鼻梁上往下滑,他不时用手把它调整到原位。

"四郎书记,王本昌来向你报到,县上说可能很长一段时间我会在你的领导下抓革命促生产,等待命令返回州气象局。我稍微收拾一下就开始干革命工作。"他放下包用手抖拍身上的尘土,尘土飞扬。

全桑戈只有四郎知道王本昌从多么远的地方来。看着他干裂的嘴唇略微发紫，明显是缺少油脂的滋润，四郎没有正面回答他的话，只说："上海对于桑戈草原的牧人而言，是天边的天边了，再远一步就掉入大海了。"

四郎的话听得王本昌莫名其妙，不知说什么好。看着他的不知所措，四郎心生怜悯，但仍然故意调侃说："你的这身穿着在上海能凑合，但你知道吗，这里海拔四千二，你穿这身过不了秋天就会冻死，像倒在地上的水一样，倒成什么形状就冻成什么形状。"他从前面绕到王本昌背后，故意装出硬汉凶神恶煞的口气说，"看看，你长得白白净净的，一看就不是干力气活儿的人，现在，我安排你抓革命的任务就是守好公社与外界联系的电话机，做好记录，及时报告上面传达下来的革命形势、革命要求，然后以文件的形式下发到各牧业组，至于外出促生产，你就不参加了。你睡觉的房子我已经安排好了。"随即呼叫达瓦志玛。

"保证完成上级安排的革命工作。"王本昌机械地回答道，"谢谢啦，四郎书记。"

很快屋外传来女人的回应声。

"嗨，大上海见过世面的人，怎么说话这么死板、客套。去找记分员达瓦志玛给你带路。"王本昌欲转身退出。"等等。"四郎叫住他，从身后的木柜里取出一件折叠好的羊皮袍，打开抖抖，说，"拿着，我阿爸的，我没舍得穿，晚上盖在被盖上就冻不死了。"

"谢谢，书记，你还是留着自己用吧。"

"废话，叫你拿着你就拿着。"说完直接扔给他。

王本昌接过厚重的羊皮袍，心生温暖，没想到这位藏族书记对自己这么宽厚，再次重复："谢谢，谢谢。"他日渐冰凉的心被身材高大的黑脸书记的温暖举动融化了。

四郎，向阳公社的公社书记，虎背熊腰的大个子，充满军人气质，曾经远足千里之外，是桑戈最有见识的人。当兵时他坐过火车，坐过轮船，看见过天上轰鸣掠过的飞机。在福建当炮兵时能在五分钟内装填三发重一百五十斤的炮弹，边装填炮弹边高喊"一定要解放台湾"的口号，气宇轩昂，成为全军优秀装填手。三年的军营生活让四郎深知下级要服从上级的命令，战士要遵守纪律。不过，他当上书记后，偷偷对不符合牧区实情的一些一刀切的政令借天高皇帝远之便进行了微调，当然前提条件是不违反大政方针，这些大胆的微调保护过很多人。

多年之后，当上县人大主任的四郎调侃自己的政策微调充满菩萨心，不过这种微调是不能公开的。在当时，这种举动是搞阶级调和，革命态度暧昧，况且他身处四级干部一把手的位置，这样搞是会被革职的。对远道而来的王本昌就是微调的典型，但四郎也在无人时面对头顶的蓝天白云向伟大领袖毛主席做过检讨，细声细语请毛主席老人家原谅自己因同情心引来的过错，原谅自己稍稍宽容了这位单纯得一塌糊涂的上海青年。

王本昌退出办公室就看见站在院子里的一位藏族姑娘正对着他腼腆地笑。

"你是达瓦志玛？"他问。

"嗯嗯。"姑娘点点头,带着他朝四合院东边的第四个房间走去。

空旷的院子除了偶有画眉鸟旁若无人地飞落啄虫吃,安静无人。"到了。"姑娘替王本昌推开没有上锁的厚实的木门后,没有跨进门槛,而是很有礼貌地站在门边让他进去。

"没有锁吗?"王本昌问。

姑娘利落地摇摇头,说:"这里的房间从来不上锁,院子住的就是一家人。"

"哦哦,"王本昌傻傻地笑了,"治安好得像一句成语说的,夜不闭户。"

王本昌的穿着让达瓦志玛好奇,她只偶尔看见四郎书记穿没有领章的军服,除此之外在公社很少有穿汉装的。不过令她这辈子做梦都没想到的是,她带领这个陌生人进驻这个房间对她而言就是春梦的开始。在她眼里,他笑起来特别有亲和力,不像被专政的对象,不像牛也不像蛇更不像鬼神,不是"关牛棚"的对象,而是一个与康巴男人有着不一样魅力的汉族男人。

"关牛棚"作为新的政治术语,意思是将一切反党反社会主义的坏分子聚集在有围墙的学校里进行学习和改造,但这一术语传达到藏地时,先天与草原有亲密联系的藏人非常纳闷,在他们的认知范畴里,无边的草原上,牛羊从来都是天当被地当床的,哪里去找什么牛棚子、羊棚子,顶多有露天的草库伦(蒙古语,意为草圈子),而且草库伦都是学习内蒙古牧业的经验,把草原上的草连土带根地弄成六十公分长宽的正方形,将它像垒砖房一样砌成齐腰高的围栏,用于储存牛羊在冬季食用的草。"关牛棚?"牧民常常上牙咬着下唇看着天空要答案,天空不语,于是他们索性把"关牛棚"直观地理解为——把一切牛鬼蛇神关进牛棚子进行劳动改造,如果在白天,牛鬼蛇神们在阳光下还受得了,晚上怎么办?在桑戈这个早穿皮袄午光膀子晚围火炉的地方,晚上还把牛鬼蛇神关牛棚,不冻死才怪。

工作组的干部们听后哭笑不得,用家长关心爱子的手势抚在牧民的背上,说:"亲爱的同胞啊,'关牛棚'这词对牧民和基层干部而言是抽象了点,这样说吧,就是把这些与党和人民为敌的人看管起来进行劳动改造。更多的是管住他们的思想,这就叫'关牛棚'。"

四郎对"关牛棚"的解释最直白易懂,一次在公社大会上他大声说:"关牛棚就是要牛鬼蛇神永世过像牛马一样的生活,只许规规矩矩,不许乱说乱动。"但看着王本昌这个牛鬼蛇神,这个高学历的牛鬼蛇神,憨头憨脑的,让他过牛马一样的生活,四郎真的于心不忍。

王本昌被藏地人民的悲悯情怀护佑着,他那貌似骨感实为温暖的下放生活就这样在四郎的关照下,从做电话记录员开始了。

第13章

斯郎措坐在运粮卡车的货厢里回桑戈,归心似箭,呼啸的寒风吹不冷种在她心里的爱情,额前的一缕头发不时被风撩起在眼前晃动,心里装满曲扎的她居然将头发幻化为他的身影,仿佛立马就要见到曲扎一般。越是接近桑戈,她心跳就越快,甚至呼吸都开始急促起来。手心里的小银嘎乌被体温煨得火烫火烫的,似乎传导着曲扎滚烫肌肤带给她的两性体验,这种感觉随着车轮趋近桑戈而日益高涨。她甚至产生幻觉,看见自己和曲扎相拥的身体粘在草原上,动感犹如奔腾的骏马,借助天际线起伏的韵律写就那个终生难忘的良宵。不觉中她流下两行滚烫的泪液,热泪中有曲扎的名字,并伴随着她的呼叫声。

车一路上拖拽着斯郎措揪心的思念和沉重的失落驶向草

原深处。

脚一踏上家乡的土地，面对草地，面对天际线上的云朵，面对牛羊和头顶盘旋的鹰，斯郎措顿觉神清气爽。熟悉的一切扑面而来，仅凭嗅嗅空气，她都能判断出今天是晴天还是雨天，更为重要的是在这里曲扎的笑容、体味无时无刻不在围绕着她。

走出县劳动局大门，她揣好调配科开具的介绍信到向阳公社报到。来不及喘口气就直奔公社，傍晚时分竟遇见了已在公社上班的达瓦志玛，真是喜上加喜，命运居然把姐妹俩捆绑在一起。"啊麻麻，菩萨，我们在一起了。啊麻麻，菩萨，我们在一起了。啊麻麻，菩萨，我们在一起了。"两人同时喋喋不休地说出同一语句，喜极而泣，索性就同住一个房间，那一夜星星通宵达旦地目睹了姐妹情深。

半年时间很快过去，斯郎措再次接到上级通知，去州卫生学校学习，学习时间一年半。接到通知的晚上，斯郎措失眠了。

藏着心事且悟性极高的斯郎措在后来的岁月里，养成遇事都等对方先表达而后再见机行事的习惯，以静制动成为她的护身符。极强的自卫能力使她在深夜回顾白天的所为时，深信是凡事不露声色的习惯保护了自己。她像一只机敏的旱獭，有多个进出自由的洞穴，在洞外晒太阳时稍有异样立马入洞，耐心的狼在洞口等待多时，自己却早已在另一个洞口窃喜。与之相反，从州师范学校分配来，名叫甲秀容的城关镇小学女老师就很背运。甲秀容老师长得小巧精致，挺直的高鼻梁配在精致耐看的瓜子脸上更显挺拔，像横卧在蓝天绿草间的一道优雅的分界,硬朗的线条堪称完美。她走起路来一双穿着翻毛皮鞋的小脚格外利索,羚羊般迷人的眼睛配上百灵鸟的歌喉,让她一旦放歌,蝴蝶都会停飞,大雁都会驻足。一时间机关和部队有一官半职的未婚男人一有空就借故往学校跑,听她唱歌只是一个很好的借口,心里装着的意图就是见到她。

蝴蝶围着鲜花飞舞是在最诱人的季节,然而这个季节对甲老师而言是六月间突降寒雪,初绽的花朵一夜间遇到冰凌。她在试用不到三个月时就被查出是康区四大土司之一的女儿,批斗会上斯郎措亲眼见到她的一头秀发被狠命抓扯,撕心裂肺的痛叫让斯郎措都控制不住地战栗,惨叫声听得野狗都夹起尾巴逃走。

从此,百灵鸟变成了秃头乌鸦,斯郎措曾偷偷地把糌粑团子兜在襁褓里给她送去。甲秀容拿着糌粑团子,直视着斯郎措,欲哭无泪,她常常躺在草地上看着天空发呆,然后昏昏欲睡。出于同情,曲珍婆婆曾暗地里一瘸一拐地走到甲秀容身边,偷偷从襁褓里掏出一块羊皮垫子递给她,小声说:"大地方来的姑娘,千万别睡在草地上,吸了湿气以后腿和腰会痛得让你直不起来。"甲老师从太阳的怀抱掉进了冰窟,从拿教鞭的老师变为拿牧羊鞭的牧羊女,她萎靡不振,瘦削不堪,颧骨高凸,眼窝深陷。与甲老师的惨状相比,斯郎措暗自庆幸,曲扎离开时引来围观者的好奇心,是她告诉围观者的谎言和号啕大哭保全了她,是她的守口如瓶,让她以贫牧的身份成了新时代的主人之一。

斯郎措常常在被窝里庆幸自己有三宝冥冥中的护佑,她相信自己的福报,即便天寒地冻,她都会在铜灯盏里倒上平日舍不得吃的酥油,点上灯祈求三宝的护佑。在祈求保佑中她常常后怕,如果那天自己因为激动而说了实情,她就是剥削阶层的一员,在划分"地富反坏"时就是要被革命的对象,就是另一个甲老师。一个个突降的新词,浓缩了那个时代的宏大变革,虽然对于生活在千年诵经声覆盖的区域的大部分人而言格外陌生,但她却领略了新词山一样的威力,这个威力让她为北边的哥哥担忧。

她没有按照母亲的遗嘱去找土登,她在静静地等待曲扎的到来,但这丝毫不减少她对哥哥的牵挂。在她的记忆里,比他年长五岁的土登是一头没有缰绳的野马,常常跟父亲逆道而行,气得父亲吹胡子瞪眼甚至摔碗。那只揣在父亲襁褓里的木碗上,满是大大小小的疤痕。

斯郎措十三岁那年,兄妹俩随父亲到皮查草原赶赛马会,草原沉浸在赛马展示男人雄风、舞蹈展现女人妩媚的天赐时节里。

年满十八的土登处在展示和被诱惑的热血期,根本不愿意子承父业。赛马结束准备跳锅庄的间隙,是说唱艺人大显身手的时机,土登却把装道具的毪子口袋摔在地上,这举动让身体欠佳的父亲大为光火。"你这是对神的不敬。"父亲瞪眼指责他。

"我没有对神不敬,只是不想做说唱艺人。"土登怒目以对,像一头刚长出硬角的公牛。

"你不想做我们家七代人做的事,那是对祖宗的不敬。哼,难道非要做甲棒(强盗)不成?牛变的。"父亲气愤地伸出手卡住儿子的脖子，因用力过猛，土登双眼外凸，脸部变形扭曲，面色潮红，一时说不出话来。父亲意识到自己出手过重，急忙松手，却被眼疾手快的儿子双手托住腋窝举向空中，父亲离地的双腿不停地晃动，"你，你，土登，你要干什么？"

父亲急促的声音让土登突然清醒，意识到自己举起想摔在地上的人不是别人，而是自己的阿爸。他赶紧把父亲轻轻地放下，但用冷漠的眼神看着父亲说："做甲棒都比你流浪乞讨强。"说完转身走开。

父亲气得摇头，抖动的嘴唇无法停下，胸膛像跑累的牲口般起伏着。他失望地看着离开的儿子，强忍住愤怒，因为赛马已经散场，他要抓住这一时段吸引众人来听他说唱。他顾不上跟儿子较量，但那口气一直憋在胸膛。他故作镇静地从皮囊里掏出牛皮鼓，戴上红帽子，手执敲鼓棒等行头，一阵嘎嘣脆响的密集鼓点吸引了围观者。

斯郎措记得在过去每当开场前父亲都会吩咐哥哥："孩子，这一段是《地狱救妻》，也是最精彩的一段，你要认真看、认真记。"说罢便击鼓提膝，口中念叨着"啊啦啦毛啊啦，塔啦啦毛塔啦"的开场白。土登的扬长而去令父亲没想到他终身托付的事，在继承人的强烈反对下化为了泡影。

凭斯郎措的经验，只要父亲眼睛翻白，直视天空，他就进入了另一个世界。直到四炷香的时间过去，故事收场，头上的汗珠一个劲儿地从耳鬓流下，然后至少要在一张几乎没毛的老羊皮上躺上半炷香的时间，他才能缓过气来。斯郎措知道父亲很累了，立刻从糌粑口袋里抠出拇指大的酥油放进父亲的嘴里，帮助其恢复体力。

皮查草原因汇集良马而久负盛名，每年周边十三个部落的骑手都会来皮查一决高下。

从小对马情有独钟的土登是宁要马不要命的种，只要父亲进入翻白眼的状态，他就一溜烟跑去观察各种马匹，马的体格、马的颜色、马的牙口、马的四蹄、马的鬃毛，不一而足，于他而言，马才是他的宿命。就像在父亲心目中，《格萨尔王》说唱是他的毕生使命。经过天长日久的观察琢磨，土登成为选马驯马的高手，他能从马的头部和五官判断其是不是良马，他常常在马市告诉别人，一匹好马，耳孔要像强盗藏身的深洞，耳尖要像秃鹫的羽毛，额头要像野牦牛的额头，眼睛要像青蛙眼，眼珠要像蛇眼珠，鼻孔要像狮子的鼻孔，更要有秃鹫一样的胸部，丹顶鹤一样的颈部，母马鹿一样的头部。他练就了一手识马的绝佳本领，具备能识别良马鬃毛下方旋涡状的被称为"吉朗"的罕见本领，他能一眼从马的牙齿的齿纹说出马的年龄，能从马的头部辨识出七种良马的特征。一言以蔽之，他就是为马而生的种。不知从何时起，他识马的经验之谈在那片草原被编为顺口溜，他的分析让视马如命的汉子们佩服得五体投地。

遗憾的是，顺口溜传播了开去，父子俩也缘尽了。

一个浓雾不散的清晨，土登消失在雾中，专门给充嘎部落的头人牵马去拉萨朝圣。一年之后，等父女俩找到他时，他的名字都被人们忘记了，人们都叫他"惹绕"。"惹绕"意为钉在马背上的钉子，骑在马背上无论怎么颠簸，他都会像钉子一样安然不动，完全同马合而为一。牧人形容他是马身上长出来的鬃毛。再凶悍不羁的烈马，只要缰绳落到土登的手里，他都能在最短的时间里驯服它。

部落头人获知父女俩是土登的亲人后，将双手的食指抵住舌头，用口哨召唤在远处驯马的土登，他闻声驱马飞奔而来。在父女俩的眼里，他哪里是骑马而来，简直就是箭一般从云端飞来。马背上的他，将羊皮袍的袖筒捆在腰间，与风的摩擦使他一头飘逸的长发与马尾同地平线平行，那就是一道闪电。由于太阳暴晒，他的皮肤像锅底，且除了有锅底的黑，还有锅底不具备的反光。他油亮的身躯展示着男子汉让女人心动的体魄，肩上、背上、胳膊肘上到处都是伤疤。他的一对黑眼仁在眼白里游弋，像是被什么神秘的声音牵动着，又像在等待天边最好的神马的呼唤。

下马刚刚站定，还没来得及看清眼前人的面孔，百感交集的父亲便举起打狗棒一阵猛击，边打边骂："打死你，野狗变的！打死你，野狗！"

土登本能地用手护住头部，等他看清打他的人正是自己的父亲后，不再躲闪，若无其事地双手紧攥拳头，两眼倔强地望着天边。很快皮肤上凸起一道道打狗棒留下的伤痕。头人看不下去了，说："好了，好了。这么好的驯马手，真是几代充嘎草原人的福分，我看，还是遵照菩萨的指引好了，做什么说唱艺人。"

头人的话阻止了父亲恨铁不成钢的暴力，看着倔强但不反抗的儿子，父亲心疼了，这次他流下的不是艺人的泪水，而是一个盼子心切、找子心急的慈父的泪水。

敏感的头人看出了父亲的泪水的真实含义，说："可怜的人，要是我的儿子丢失了，我也会这样做吗？"

持续较劲的父子听到这话，像是冰块遇到了阳光，被温暖的语言融化了，父子俩紧紧地拥抱在一起。在头人的劝和下，土登没有任性，而是含泪告别了那一匹匹直视他的良马，跟着父亲和妹妹离开了充嘎草原。

但沾了腥的猫很难忘记鱼的香味，归家的儿子整日像是掉了魂一样无精打采。整天除了游走，余下的时间他就是躺在草地上昏睡。前几次，父亲都是大声吆喝，同时拳脚相加，但土登只是笑笑，说："我满身都是伤疤，没有新伤我不舒服。"任父亲打骂都无动于衷。临近初冬，一个寒风夹着砂石吹打在脸上令人生疼的午后，父亲再也无力动手打他了，他咳嗽的频率有增无减，在黎明时分，土登依稀看见挂在父亲嘴角的液体不是口水和老痰，而是鲜红的血，他咯血了。

当那红色的液体从父亲的嘴里溢出，土登心里阵阵发怵，甚至疼痛。他不敢正视父亲，悄悄把斯郎措拉到一边，从襁褓里掏出两根宋柯（挂在脖子上的吉祥绳），说："这是我在拉萨求得的，你的，阿爸的。听好了，就在这里等我，我去给父亲找治病的钱。很快就回来。"

钱没有等到，等到的是让父亲一命呜呼的坏消息——土登偷了甘人部落头人的七匹河套良马，在赶往夏河拉卜楞卖钱的途中被甘人部落阻截，生死未卜。奄奄一息的父亲获知这一消息后，在悲愤中闭上了眼睛。

第14章

"五一六通知"在中国大地迅疾铺开,王本昌也想融入其中,但阶级划分的标准让他融不进这个大熔炉里,他的生活日历在草绿草黄间留下的是枯燥和乏味。

桑戈县"万山红遍雪山宣传队"以歌舞朗诵加快板的形式宣传"文化大革命",从一个公社到另一个公社,忙得马不停蹄,脚不沾地,形势一片大好。

距公社大门不远的小山坡恰好是六个公社抵达县城的必经地,坡前有一片平坦的开阔地。一个无风的午后,血气方刚、精力旺盛的宣传队长陈耀武骑在马背上放歌:"无产阶级文化大革命,嗨,就是好,就是好来就是好就是好……"无意中听见旁边的梦中情人兰兰说:"这个草坝用来跳舞才过瘾。"

"好，就把这里定为大舞台。"陈队长为了让兰兰开心，将烟头一扔接话说。

之后草坝表面上成了陈队长做宣传工作的大舞台，私下却是他利用权力为兰兰手舞足蹈开辟的场所。宣传队的年轻男女在跺脚挥臂舞蹈时，掷地有声地喊出革命口号："滚滚滚，滚你妈的蛋，不革命，不造反，让你靠边站。""贫下中牧站舞台，站到就不下来。""拿起笔来做刀枪，集中力量打黑帮。"

创造性的顺口溜通过一番革命的加工，在牧区被不太懂汉语的牧人们很快牢记住，并且很快搞懂了它的含义，一时间"让你靠边站"这话成了人们相互打趣的口头禅。

陈队长的做法赢得了兰兰的欢心，为了加快示爱的步伐，他叉开双脚，双手叉腰站在大草坝上，面对草坡，脑袋一热做出惊人举动——将白色衬衣袖口挽起，豪迈刚劲地大声说："瞧，要是大舞台后的大背景有一个'忠'字该多好。"

兰兰鼓掌，说："说干就干，不干就滚蛋。"同时挥动胳膊迈出弓步做出"顶天立地"的造型，那饱满的胸部像两座浑圆的山坡，看得陈队长两眼发直，立刻接话道："说干就干，不干就滚蛋。"

兰兰的话让陈队长热血偾张："好。"他立即在马背上用纸烟盒给上级打请示报告。他腾出一只手掏出上衣兜里的钢笔，随即用嘴咬着笔帽，转动笔杆拧开丝口，熟练地握住笔杆在空气里抖动几下，写下了请示的文字。请示很快获批，而后他召集向阳公社的牧人，经过二十二天的苦干加巧干，在草坡上用石头摆出了一个长六米宽四米五的"忠"字。大字沉稳地展现出草原的大写意,非常壮观。文艺调演的开幕式上,县革委会主任大力表扬了陈队长的革命创新,文艺调演在"忠"字的大背景衬托下大获成功。

调演结束,"忠"字石周围恢复宁静,被宣传队高亢嘹亮的歌声、口号声震得绕着舞台飞的麻雀、乌鸦、野鸽子和鹰有了落脚点,它们把粪便拉在石头上。

调演的成功帮助陈队长获得了兰兰的芳心,两人打情骂俏着带着照相机来到"忠"字石前,他们要以之为背景留下革命加爱情的靓照。走得满头大汗的兰兰一看,石头上布满鸟屎,急得哭了。这还了得,兰兰的不开心就是陈队长的不开心,他把这事及时向县革委会作了汇报,小事变成了大事。县革委会主任说:"革命无小事,去,你马上组织人员用红油漆把石头染红,让'忠'字石像永恒的红星在那里闪耀。"

"忠"字石很快被粉刷一新,但问题也随之而来,谁来保证鸟儿不在石头上拉屎拉尿?必须有专人来驱赶鸟儿,守护"忠"字石。问题是谁来完成这一枯燥费时的活儿呢?公社连续开了三天的讨论会,王本昌成为首选。

选王本昌的理由是他在接听电话时不会藏话,没有准确、按时地完成上级下达的任务,同时指责四郎书记暗地袒护他。最要命的是从东屋传出的口琴声引来嫉妒者告状,说琴声借柔和的月光穿过走廊穿过庭院,声声飘入西屋达瓦志玛的耳膜,勾起了怀春少女的翩翩情愫。

苏联歌曲《小路》达瓦志玛早已烂熟于心,呼朋引伴的口琴声，唤起她一次次打开房门走到他的身边去聆听。但隔墙有耳，她的行踪早已被心怀于她但又无计可施的人发现，而后被这个"我吃不到牛肉别人也别想吃到"的妒忌者举报。

四郎再三考虑，把王本昌从电话值班员的位置换了下来。很快公社责令王本昌和还俗喇嘛赤勒多吉戴罪立功：去"忠"字石处住下，赶走那些危害革命成果的乌鸦和麻雀。

缘分让汉族高才生王本昌和藏族文化人赤勒多吉，因共同的目标——清除鸟屎，走到了一起。还俗喇嘛只比王本昌大十二岁，但因过早衰老看上去更像长辈，黄中带黑的粗糙脸庞上两道目光却格外有神，显得他和善而睿智；见面时习惯性地双手合十冲王本昌笑，用半生不熟的汉话向他问好。王本昌也冲他笑笑，抬手平伸示意他先走，友好地说："你先请。"看着赤勒多吉穿着一件厚厚的羊皮袄，手里并没有被盖一类的行李，王本昌纳闷地问："你的被盖呢？"

赤勒多吉微笑着双手一摊，说："晚上你就知道了。现在最重要的是找避风处搭挡风的棚子，保卫'忠'字石。"赤勒多吉说"保卫'忠'字石"五个字时语气坚定，像是充分地做好了一场战斗准备，说罢伸手抓过王本昌的被盖卷朝避风口走去。那一刻王本昌跟在赤勒多吉后面，体会到自己真正走入了藏族民间生活。经过一个下午的东拼西凑，棚子搭好，还俗喇嘛拍掉掌上的尘土，说："晚上就管用了。"说罢佝偻着腰钻了进去，在事先铺好的石片上给王本昌演示了一下和衣而躺的姿势。"我这才明白藏袍有棉被的功能。牧人很智慧的。"王本昌竖起拇指说。

睡棚子的第一个晚上，草原的风呼啦啦地吹，面对漏风的棚子，王本昌感觉自己像寒风里的杨白劳。冷风刮在脸上刀割般刺痛，涌出难以抑制的酸楚，心想这棚子还不如过去家里两只拉布拉多犬住的狗窝好。"命啊，想不到我会沦落到如此境遇。"他不禁潸然泪下，旁边的赤勒多吉鼻孔里却发出细而均匀的鼾声。

赶鸟工作的大幕于第二天拉开。天刚亮两人的身影就出现在"忠"字石边，他们各拿一根长长的竹竿，在顶端捆扎上布条用来驱赶飞禽。两人在"忠"字石前来回移动，飞禽因他们的存在不敢越雷池半步。

久而久之，飞禽少有飞临"忠"字石上空，更不用说在上面拉屎，两人从此闲下来。冬季到来，王本昌手背冻得红肿流出白脓，耳廓上全是冻疮结痂，赤勒多吉看着格外心疼，准备回家带来发绿的陈酥油给他抹上。他钻出棚子，却看见公社的记分员达瓦志玛朝他走来，说她从平措阿爸那里带回了些酥油，说什么都要分些给他俩吃。赤勒多吉听出了志玛的弦外之音，这姑娘一定是喜欢上了王本昌。接过酥油他竖起拇指，抿抿嘴眯上眼睛，说："这是一个好小伙儿。"达瓦志玛顿时脸通红，头也不回地消失在草坡上。

烧旺三角石垒起的炉灶，赤勒多吉用毛巾替王本昌热敷冻伤的皮肤，而后抹上酥油，让王本昌移至火边烤手。王本昌直嚷嚷："老哥，又痛又痒，受不了。"赤勒多吉却笑着说："忍一忍就好了。"然后用细条的羊羔皮裹缠他的手心手背，"只要保好温，很快就好。"看见王本昌龇牙咧嘴的模样，他轻言细语地说："造孽啵。"

王本昌被赤勒多吉的质朴所感动，连他的鼾声都因此变成了悦耳的打击乐，上半夜是高八度，如雷贯耳，到下半夜是低八度，和风细雨。朝夕相处，他从赤勒多吉醒来就蠕动着嘴唇发出的闷在喉头的诵经声里，听见了藏文化的前世今生，领略到了极寒之地的生命本色，以及学会在漫长的冬季如何用信念来融化极寒；他从赤勒多吉的眼神里开悟，高原拒绝肤浅，拒绝一切形式的矫揉造作，生命的单纯和本真，就写在赤勒多吉被风霜雕刻的脸上。高原的极高、极寒、极苦、极贫、极豁达已经融进了王本昌的身体，都市的做作和浮华渐渐退去。同赤勒多吉的每次讨论都让他心生喜悦，只是讨论在形式上没有像寺庙的道场里那样击掌论道。他在勾画赤勒多吉的精神轮廓时，用"水深则流缓，语迟则人贵"来形容赤勒多吉身上高原藏文化的厚重。

近一年的时间里，两人同"忠"字石组成了一道景观，他们坚守的身影在革命大舞台，像钟表一样在有光的白日移动在人们的视线里。

来往的人们都爱来此歇歇脚，喝一碗几乎没有颜色的清茶，同两人说说话。而后县宣传队还把守护"忠"字石的故事编排成了舞蹈，但主角却换成了有阶级觉悟的贫下中牧。

两人看过由他俩的故事原型改编的舞蹈后，赤勒多吉指着王本昌说："磨糌粑有你，吃糌粑没有你。"他也回敬赤勒多吉："磨糌粑也有你，吃糌粑也没有你。"狭小的木棚里装满了幽默。

王本昌的藏语有长足进步是在守护"忠"字石的隆冬。最初赤勒多吉说什么他都用小本子记下，比如赤勒多吉说"一二三四五六七八九十"的藏语，他就在这些数字的下面标注上汉字的注音，"几尼桑些岸珠邓结各巨"；"百头牛"的藏语，他就标注"索甲拉藏"；说"多多麻烦你了"，他就写上汉字"切哦几切特"。大半年过去，赤勒多吉对他藏语会话的能力大为赞许。王本昌也从语言这个温暖的通道深深地走进了这个民族。

牧草返青的季节，"忠"字石迎来的不光是鸟儿，还有带着测量仪的公路测量员，王本昌从他们的谈话中得知，桑戈通向青海杂多的公路要途经"忠"字石，心里大喜，总算要告别守石头的日子了。目送扛着测量仪的测量员走远，他就给在远处赶鸟的赤勒多吉打手势叫他过来。赤勒多吉看见他的召唤后慢悠悠地走过来。他把这个新闻告诉了赤勒多吉，赤勒多吉笑了笑："看来我们要分手了。"随后他望着远处的天际线，带着不舍的语气说，"我在你那里学到了许多关于水的知识，知道我们是喝同一条江的水长大的，你让我对轮回观有了新的认识。"

"老哥，"王本昌双手合十，有些哽咽，"感谢你给了我一双天眼，让我看见内心的恶业，帮助我消解了无数欲望带来的困惑。一句话，是你让我领略了青藏的苦寒和信仰的高贵。"说完他紧紧地拥抱了赤勒多吉，"后会有期。"

"哈哈，这么伤感，八字还没有一撇呢。"赤勒多吉用赶鸟的长竿碰碰他，努努嘴说，"乌鸦飞过来了，快去。"

县革委会经过慎重考虑,同意设计队开山搬石筑路的方案。

一个风和日丽的午后,赵文书把他俩叫到公社。赵文书站在楼道的护栏边,表情严肃,带着轻慢不屑的口气道:"你俩听着,赶鸟的长竹竿可以休息了,从今天起,王本昌回公社改造,赤勒多吉回家思过。"

王本昌和赤勒多吉站在院子中对望一笑,赤勒多吉细声说:"伙计,接下来你会有心爱的女人了。"

王本昌笑了,笑得过于收敛,但赤勒多吉能读懂这种淡淡一笑的重量,那是朝夕相处积淀下来的理解。在贸易小组买了两斤黑茶和一斤盐巴给赤勒多吉后,王本昌说:"老哥,一定别推辞,请收下我的一点心意。"赤勒多吉倒是平静地接纳了他的礼物,冲他笑笑,转身走出院子,消失在大门外。

王本昌结束守护"忠"字石的日子,被长竹竿赶走的飞禽,再次在天空依照各自的飞行高度自由翱翔,用高低不同的叫声唾骂连动物拉屎都要管的过客。

随着形势的发展,从公社书记转为县革委会主任的四郎在对待王本昌的问题上,多少夹杂着政治上的不信任和实际上的同情和关照,但悲悯大于不信任。四郎在立场上貌似与王本昌针锋相对,但在工作上又依赖于他,关键是向上写汇报材料离不开他。他常常在无人时咬牙切齿却语调温和地对王本昌说:"你这个全县最年轻的改造对象,从表现来看,我早就想给你把帽子摘了,你不像跟革命路线对着干的坏人。听组织安排,去做临时文书兼电话记录员。"

"主任,我不能干这么重要的工作,你还是安排我干点别的。比如说再去和'地富反坏'一道守'忠'字石什么的。"

王本昌知道四郎是刀子嘴豆腐心,同上海家庭成分不好的伙伴相比,他背负着的只是名义上的重担,而留在上海的成分不好的同伴们身背的负担远比他重。

有什么办法,"有成分论,不唯成分论,重在表现",这话虽然极具高度,但落实到民间,完全被千年的惯性思维所割裂了。这些在大时代变革中被革命的第二代,背负着上辈人的冤孽前行,苦苦求生,即便再有个性,最后最温暖的交流就只剩相互鼓励:好死不如赖活着。王本昌常常躺在床上告诉天花板,自己是幸运儿,高原苦寒却暖心,桑戈是他在寒冷中找到的温泉。

在桑戈的二十年时间里,王本昌通读了《中国史纲》《鲁迅杂文集》,也偷读了《红楼梦》《战争与和平》《悲惨世界》等一系列当时的禁书,他逐渐对社会科学感兴趣,开始思考自己的命运是如何被无常和政治拖入不属于自己的轨道的。后来他又补修了《红史》《青史》《柱间史》《米拉日巴传》《宗喀巴传》等。他的好学、勤于思考和认真比对,使得日后他对大变革的评估为后人提供了看待问题的多重角度。最直接的受益者是二儿子王反修,藏名琪加达瓦,他是因在珍宝岛自卫反击战时出生而得名。王反修在日后对自己的出生地和祖籍地感情深厚,因长江接连不断地发生大洪灾,他发誓致力于拍摄保护生态、保护人类家园的纪录片。

"去去去,别跟我多说,只许规规矩矩,不许乱说乱动。"四郎挥挥手,用既不像南方普通话又不像北方普通话,同时还夹杂着藏味的四不像普通话打断王本昌，"我说呀，你们这些文化人，鬼把戏就是多。你明明知道向阳公社没有几个识字的，目前公社的文书临时抽调到县革委会写大文件去了，这是你立功的重要时刻。"说罢四郎将硬壳的电话记录簿扔到电话机旁边，"看好了，这里就是你的办公桌。你干也得干，不干也得干。"而后他做出生气的模样走出办公室。

王本昌太明白恶语中包含的温暖。传闻四郎跟军管会的刘主任意见不合，长期被安排在基层一线工作，但他出身贫牧，资历比刘主任还老，刘主任拿他没有办法，掰不断这根正苗红的革命树。一九五一年解放军的工作队第一次到达桑戈草原建县时，他就同工作队一道平定土匪叛乱立下功劳。一次战斗中他右锁骨被子弹打得粉碎，带着肩伤坚持战斗。退伍回来他又被派到州里民族干部学校学习，是党培养的第一批藏族干部。

四郎的善良一直温暖并感动着王本昌，王本昌深感他不是亲人胜似亲人，四郎就像冬天里贴身的羊羔皮。

接到回公社的通知的第二天，王本昌去桑戈贸易小组的营业部买牙膏和肥皂之类的日用品。那是一个雪后放晴的中午，营业部的空地上聚集了五六百匹马儿。"呵呵，这阵势，是在搞集会吗？"好奇心驱使他穿过马群朝营业部走去。走近才发现营业部门口聚集了六七百人，正等待着营业部开门。

营业部是用圆木做成"人"字形排架搭建而成的平房。正午的阳光把营业部瓦上的积雪晒化了，雪水顺着凹槽牵线似的往下流，看上去像水幕墙。让王本昌吃惊的是，屋檐下的牧民根本不怕冰凉的雪水淋到头上、身上,而是簇拥着等待营业部的窗口打开。问一位中年牧民才知道大家从方圆几十上百里外赶来,就是来买毛主席石膏像的。在草原,如果在帐篷的正中央摆放一尊毛主席的石膏像,那是一件无比光荣的事。这场面实在让王本昌感动,许多牧民要骑马走三天的路程才能到这里,毛主席的石膏像召唤着他们,在牧人的心目中毛主席就是大菩萨。

太阳渐渐西移,营业部的窗户哗地被推开,牧民开始涌动,你推我攘地将窗口挤得水泄不通。这种拥挤使得窗口前买到主席像的人退不出来,外面拥挤的人进不去,王本昌看着都心急。拥挤中一个足有一米八五的魁梧汉子从人丛里像犁头一样将两边的人推开,怀里像抱婴儿一样抱着主席像,满脸汗水、笑容灿烂。汉子退出来要穿过屋檐的水帘,无意中水滴在主席像的脖子上形成了污渍,他急忙用舌头去舔,没有效果,于是他耐心地坐在地上用指甲去刮,却怎么也刮不掉污渍。一筹莫展时,看见一旁有营业部丢在外面的包装玻璃用的草绳,汉子急中生智,用草绳细心地将石膏像的脖子一圈一圈地缠起来,这样污渍就盖住了。

突然间,一个身材矮小挤不进窗口买不到主席像的中年人指着大个子吼道:"快来看啊,他要用绳子把毛主席吊死。"这话一经喊出,众人的视线都集中到大个子身上,看见伟大领袖脖子上缠着一圈一圈的绳子。高个子根本来不及张嘴解释,牧人蜂拥而上,拳脚并出,大个子被打得鼻青脸肿,一个劲地大呼:"冤枉哦,不是这样的,不是这样的,我是想……"

解释被拳头暴揍的沉闷声湮没,尽管遭受愤怒人群的暴揍,大个子弓着腰,双手依然小心翼翼地把主席像紧抱在怀里,用自己的身躯组成一道铁壁铜墙,那种为了伟大领袖视死如归的气概,并没有输给围攻他的人群。随后他被扭送到公社。

这一切让王本昌目瞪口呆,看在眼里,痛在心里。同样在保护伟大领袖,大个子却被推向对立面,极度的心酸和悲悯驱使王本昌去看个究竟。王本昌好奇地跟在人群里。一路上王本昌有了一个基本的预判,这不是一般的人民内部矛盾,如果上纲上线的话,大个子是用最残忍的手段进行最邪恶的报复,会被戴上现行反革命分子的帽子。

人群在吵吵嚷嚷中向公社拥去。他们刚进公社大门,正好同四郎主任撞个满怀。面对气势汹汹的人群,四郎主任大声问道:"干啥,吆三喝四的?"

听完满脸血迹的大个子和愤怒的群众的陈述,他扑哧一声大笑起来,笑得前仰后合,所有人一脸蒙,面面相觑,大个子同样茫然地看着他。他笑着说:"哎呀呀,笑死我啦。我非常理解社员杰杰对伟大领袖毛主席的热爱,毛主席他老人家在我们的心中是超过了神,而社员冲翁尼玛是一个普通的人,如果说他敢和伟大领袖毛主席较量,那就是人和神的较量。神是什么,神是上天入地、钻云下海无所不能的菩萨,是比我们长命百岁的万岁万万岁,就凭冲翁尼玛,能有本事把上天入地的神吊死吗?我看根本不可能,给他一百个胆他也不敢。"四郎的话似乎让所有在场的人一下明白了什么,他拍拍大个子的肩,

"我认为是社员冲翁尼玛好心办了坏事，就不要给他上纲上线了，他也好不容易才请到了一尊宝像，也挨了一顿饱打。"众人笑个不停，"好了好了，散了吧。冲翁尼玛，这儿有草纸，拿着去河边把你脸上的血洗干净。"冲翁尼玛回过神来，哇地大哭起来，哭声里充满了委屈，也充满了感激。大难临头得以逢凶化吉，冲翁尼玛泣不成声，泪水浸湿了胸前的麻布衬衫。

人们陆续离开公社院子，四郎在人群中发现王本昌："你小子也看热闹？你怎么哭了？"

"我哭了吗？"王本昌下意识地摸摸脸颊，居然是湿的，谎称说，"嘿嘿，是汗水。"他的担忧顷刻间让四郎主任的巧妙解答化解，他佩服藏族人的智慧，在"帽子"满天飞的年代，四郎创造了逢凶化吉的传奇故事，堪称经典。

重返公社的日子，做文书兼电话记录员对王本昌而言跟呼吸一样轻松。环顾值班室，一张掉漆的课桌摆在窗前，上面放着一台黑色的摇把子电话机，窗户的右边绑着电话机用的一对酱油瓶大的电池，窗台的下面钉着一排钉子，上面挂着几本橙皮色记录簿；四面墙上挂满了各种锦旗，值班室中间放着一个铁皮炉，旁边放了两张长条凳。这条件比他守"忠"字石时好一千倍，唯一不同的是站在"忠"字石旁的夜空下，伸手可触的灿烂星空是何等富有诗意。

守电话机的第七天，一场突然降临的大雪灾肆虐了桑戈草原。齐腰深的积雪覆盖了原野，如果用文学语言来描写，一定超越了屠格涅夫笔下的浪漫，但王本昌知道这绝非牧民喜欢的浪漫，这是要命的现实。

四郎带着工作人员奔赴灾区第一线，留下他和几个女干部留守公社。

呼啸的狂风过后，大地安静得像聋人的世界，鹅毛般的雪片以自由落体的方式降落，一层层一层层覆盖了草地。牧草被厚厚的积雪压在下面，牛羊根本吃不到，草原陷入了最为忧困的境地，牧人们陷入了与寒冷、饥饿抗争的日子，就连那些平日惧怕人的旱獭都跑到院子里来寻找吃食。饿得瘦骨嶙峋的牦牛见什么啃什么，木桩、胶鞋的鞋底、线手套的残片……凡能啃的都啃了，它们的嘴唇和舌头被划破，伤口一时难以愈合，看着着实让人心疼。

王本昌常常因过于无聊，站在积雪过膝的院子中发呆。

分配到州气象局的那段时间，他学了不少气象学的知识，但尤为启发他的是后来同赤勒多吉的一次聊天。两个"坏分子"站在季节河的空地边，赤勒多吉说："别看眼下的雪大，雪为明年的牧草长势打下很好的基础。这很矛盾，积雪覆盖了眼前的牧草，牛羊没有吃的，要是能提前把牧草收割储存起来，牛羊既有吃的，雪化在泥土里润土，明年一定又长出好草。我认为坏的不坏，就看你有没有本事把它变好。"王本昌对赤勒多吉的话大加赞赏，这些话对他日后对长江生态的利用和保护起到了开示的作用，让他对藏民族的自然崇拜充满敬畏。他问赤勒多吉为什么不给公社建议，赤勒多吉吃惊地说："不，不，我的身份，在别人眼里，我一开口就是封建迷信，只许规规矩矩，不许乱说乱动。"

"难道这里冬天没有储草的习惯？"王本昌问道，赤勒多吉摇摇头。"我发现佛学充满辩证的哲理。"他看着赤勒多吉说。赤勒多吉听后吐吐舌头不语。

眼下正是为牧民解困的关键时刻,王本昌却站在场院里望着天空无计可施,他想:"温带大陆性气候对高原的影响是非常规性的,必须实时监测。但眼下就连最基础的观测仪都没有,我拿什么来预测?"突然值班室响起的铃声震醒了他,拿起电话,话筒里传来藏语,道:"我是县农牧局,县里急需你们那里的灾情汇报。"

"目前向阳公社受灾情况严重,据不完全统计,全公社共三个作业大点、三十九个作业小点受灾,共计死亡牛一万四千二百三十七头,羊一万六千四百五十五只,目前死亡数字还在上升,如果在四天之内牧草短缺得不到部分缓解的话,损失面更大。据我推测,四天后天气会变得晴朗,气温逐渐升高,但化雪需要一段时间……"他用流利的藏话报灾。

"喂,你是哪一位?"

"王本昌。"

"开玩笑,你怎么可能藏话说得如此流利?"对方语气坚定,"你真是来改造的上海人?"

"正是。"

"你的藏话这么地道让我吃惊。我是县农牧委主任格桑,你确信四天后天气会转晴吗?"

"没有设备的支持,只能凭观察,无法准确判断。只要天气放晴,连续几天的大太阳,积雪融化,牲畜就能吃到草了。"

"如果确信四天后放晴,我就敢赌一把。"

"别别，千万别相信我的胡言乱语，赌输了，我会罪加一等。"他没说完对方已挂机。

王本昌预测准确，果然四天后晴空万里，县里的救灾草料陆陆续续调度到灾区，饿得东倒西歪的牛羊得到了救命的草料，死亡率大大降低。

格桑因"押宝"有功得到军管会表彰，很快被提拔为县革委会副主任，这位升官的主任没有忘记王本昌，但在那个大环境下，格桑主任只能暗中关照他，这同公社书记四郎的做法不谋而合。两人在四郎的办公室兼宿舍的东屋安排完工作后，四郎偷偷拿出一瓶绵竹简装大曲，用嘴咬开铁皮盖后，倒掉茶缸里的剩余茶水，倒出酒瓶里的一半后两人平分。两人茶缸一碰，格桑抿下一口酒，说："那天小上海接电话让我非常吃惊，我还以为是藏人在说话，能把受灾的情况、受灾的数据、对天气的预判说得那么简明扼要的人不多，要说立功也不为过，就让他在你手下好好地待着。"四郎太理解格桑主任这番话的用意了，说："自从我把他调了回来，平日里就让他接接电话，做好记录。"

"的确太大材小用，我想把他调回县气象部门，但恐怕许主任那里通不过。"格桑吞下一口酒后用舌尖舔舔上唇，再看看四郎，眼神略带疑问，他在等待老朋友的反应。

"我看，最好还是别跟许主任说，现在就在我手下待着，保他挨批斗时也就是走走过场。要是调回县里，许主任会说你搞阶级调和。"四郎在说话的同时用茶缸碰了碰格桑手里的茶缸。

"好的，就这样，干。"

多年以后，王本昌回上海之前，四郎和格桑专门到家为他送行。

王本昌深有感触地说："是你俩让我在那个年代获得了最温暖的庇护，要是在其他什么地方，我的日子真的难以想象。"

"也许吧。"已是县政协主席的格桑接话说，"那个年代，藏地刚刚完成民主改革，百万翻身农奴沉浸在废除了地契和债务的喜悦中，农奴主被打倒了，有共产党替他们做主，他们跟定了共产党。但是，上千年只念六字真言的、目不识丁的农牧民，对政策和口号是一头雾水，他们看到的就是今天在台上干革命的，一转眼明天就下台被打倒，戴上高帽子。"同时他双手一摊，连珠炮般的语言引来全屋子人的哄堂大笑。

"是这么回事。"四郎拿起酒杯跟格桑碰了碰。正起劲的格桑全然不理会，说："牧民最真切的感受就是毛主席派来的金珠玛米好，在大灾大难面前，他们就像是从天上跳下来的一样帮助我们。毛主席还派来了好门巴（医生）替广大牧民看病治病，还培养了大批的赤脚医生，他们活动在广阔的农牧区，极大地方便了牧民看病、治病……"

如果不是四郎县长的掌声打断了格桑风趣而细腻的回顾，格桑的舌头就如脱缰的野马，大有万里奔腾之势。四郎调侃说："哎哎，停停，伙计，我发现你现在当上政协主席后，口才越来越好了，但是……"他把说话的节奏放缓后拍拍格桑的肩膀，"今天，今天我们是来干什么的？"

"我知道今天是来给桑戈草原的女婿一家饯行的。"格桑提高嗓门，"刚才我说了那么多，其实，还是有点心疼这位海边上来的书生。"他看看王本昌,"说他是书生,的确是,但他绝不是奶油小生。一个二十年待在我们藏地的汉人兄弟,其实,我们康巴人真正应该向他学习才是。"

王本昌连连客气地说:"哪里,哪里,是桑戈草原让我真正成熟了,像个康巴汉子了。"那一刻,王本昌满心希望格桑把过去的经历梳理成为有调研意义的论述,可惜没有听见他总结性的话语就被四郎打断了。

"小伙子,就这样说走就走。自己走了不说,还把我们桑戈最漂亮的女人也拐走了。"格桑抿一大口酒,话中隐含的不舍让他把酒停在舌根难以下咽,表情显得滑稽,引来满屋的笑声。烈酒的辣味直蹿鼻根,辣得他直掉眼泪,他尴尬地笑笑,说:"还真有些舍不得。不过留你在县气象局或州气象局工作,真是大材小用了。去吧,回到大上海去发挥你的聪明才智。以后带着家人,常回草原看看。"

第15章

　　黑帐篷门过于低矮，让高大的土登每次进出都不得不佝偻着腰。

　　为躲避死亡报复，土登深夜敲开了贸易小组的门，营业员秋尼取下笨重的木门闩，还来不及放下，就被寒光闪闪的刀尖抵住喉头，门闩横在两人中间。"听着，秋尼，我要买够用一年以上的干电池、明火枪用的火药、盐巴、茶叶，还有糖果。"

　　秋尼为了保命不得不屈从他，把东西装到木箱里后，低声说："你早晚会喂狗，这样对我，有点过分。"

　　土登没有接话，丢下钱便消失在夜幕中。备受惊吓的秋尼直愣愣地站在大门口，许久没有回过神，直到喷嚏声惊醒守夜狗，秋尼才意识到自己被吓得失魂了。

下半夜草秆上裹了一层晚霜，在月光的照射下像穿了一件晶亮的薄衣，土登钻进帐篷。这之前四五个小时他都躲在距家不远的地方，他要观察秋尼是否带人保组的武装人员来抓他，确信没有后他才溜回家。四周死一般地寂静，连间歇的狗吠声都没有。

妻子梅卓似睡非睡中被腹中婴儿踢醒之后就再无睡意，望着帐篷顶等土登回来。

进门后土登伸直腰，月光从帐篷顶上直照在他的脸上，他放下木箱，长长吁了一口气，来到妻子的身边，沉默地看着她。他不知怎么向妻子开口。

"你是想像马一样站着睡？"她撑起腰在黑暗中看着他，说，"再不睡，天都亮了。"她在等待黑影的回答。

"阿姆嘀嘀（心肝），听我说，"土登凝重的声音在黑暗中传来，身体依旧不动，"我必须带着你和孩子逃离这里，再不走的话，我们家的牛羊没了不说，说不定人都没了。"

"啥？阿姆嘀嘀，呵，叫错人了吧？"她坐直身，话里虽带怨气，心里却滋生出一股十三年前才体会过的暖意，这话是当年他的触角第一次钻进她身体内时说的最肉麻的话。她湿润着眼故意调侃说："深更半夜说什么酒话。自从生了索木东，你就没有这么叫过我了。你心里的阿姆嘀嘀早已不是我了。"

"大祸临头，没有时间开玩笑，"土登的声音从蚊子的嗡嗡声变成了天边的闷雷，"德杰他们要对我们下手了。"守夜狗都被吓得原地转圈，扯得拴狗的铁链哗哗直响。

孩子们被吵醒了。"小点声。依我看啊，德杰一伙几年前就想对你下手了，就因为你能说会道爱打抱不平，得罪了他们。我们的成分从贫牧到中牧，现在快要变成富牧了。这些都是对我们下手的证据。不就是你嘲笑挖苦了他，伤了他面子吗？至于连命都保不住？"

"妇人见识，德杰的心像白玛湖一样深。一旦戴上富牧的帽子，这些年来辛辛苦苦养起来的牛羊就会被没收。"

"真的？谁说的？"

"妇人见识，难道我还骗你？你要是不肯走的话，我就豁出性命把他们几个杀了，这样才能保住牛羊，保住全家人的性命。至于我，肯定是杀人偿命。"

"你说什么？"梅卓急得哭出声来，"你死了，三个孩子还有肚子里的孩子怎么活？"她知道土登的脾气，话一旦说出口来就要做到。

"岗久、纽纽、岗达三家不就是被他们暗地里捣鬼打成'地富反坏'的吗？现在轮到我们了。"声音缓和下来的同时他划亮火柴点亮松明子放在灶台上，"抓紧时间，我把屋里的东西收拾一下，你去把牛羊集中，把牛粪装进口袋，收拾完就走。"

"谁说的要对我们下手？"

"塔洛。他下午离开公社的时候，亲耳听见公社正在确定专政的对象，就是我们家。"

"好日子才过没几年，菩萨。"黑暗中土登听见梅卓隐隐的抽泣声。

"有什么要命的，不就是离开这里吗？离开这些下地狱的，就是死也轻松。"

"说得跟羊毛一样轻，那时跟着你东抢西抢担惊受怕倒也快活，可眼下有了家和娃娃，明年夏天就有老四了，难道还要带着娃娃去东抢西抢？"梅卓开始失控地哭出声来，"一定是他们死逮住你过去做强盗的事不放，看见我们牛羊多了，日子过好了，伤到这些懒人了。"

梅卓的哭诉让土登无话可说。这个家通过他起早贪黑而日渐兴旺，是民主改革后共产党让他们过得安稳的，如果没有遇见梅卓，他还是一个风餐露宿、居无定所的流浪汉。他第一次开始心疼这位默默跟随他的吃苦耐劳的女人。他走过去紧紧抱住她，她的身体日渐发胖，十三年前的花容月貌早已荡然无存，她为这个家付出了一切。

她的脸紧贴在他的胸膛上，那宽广如草原的胸膛给了她作为女人的依靠，她说："公社干部里有我的亲戚，我去跟他说，你虽是强盗出身，但我知道，你根本没做过伤天害理的事，从没有抢过穷人的钱财和牛羊。帮强盗打劫，你只不过是为了生活。"

第一次听到老婆的评价，土登很感意外，他一直以为她只是一个死心塌地、美丽温柔但没有想法的女人，没想到，在关键时候她比他冷静。他把她更紧地揽在怀里，抚摸着她的头发。他处在两难中。

"谁都知道，过去多数甲棒专抢有钱人的钱和牛羊，是行善积德的。我们现在怎么就变成了人人喊杀的甲棒？而且，我们把从戈登头人那里抢来的金菩萨和犀牛角的大印上交给公社不就没事了吗？解放军和公社头头被这些人蒙骗和利用了。"

梅卓的话瞬间唤起了土登抢劫戈登头人的那个早晨的回忆。

短兵相接的惊心场面在脑中闪现，当时他手握康巴刀砍断大帐的牛毛绳，马踏进屋，帐篷的一角因失去支撑而塌陷下去，他的脑袋顶起帐篷，一种雪山压顶不弯腰的英雄气势震撼了帐里的所有人。他用蔑视的眼神俯瞰床榻上的戈登，受到惊吓的戈登居然把正在陪睡的白嫩女人推到胸前做挡箭牌，嘴里一个劲地祈求："刀下留人，神龛上最值钱的金菩萨和犀牛角大印尽管拿走。"但眼睛里却没有丝毫的惧怕，而是左顾右盼寻找求生的机会，这一点让事后静下来琢磨的土登后怕。他一股脑儿将神龛上的贵重物品揽入襁褓里后，箭一般冲出大帐跃上马背，只听见背后戈登的声音咆哮而来："替强盗卖命的土登，你听着，总有一天我要把你撕成肉条做成风干肉下酒……""哈哈哈，也许吧，戈登老爷，你只能在睡梦里吃我的肉干，在我眼里你只是趴在女人身上的英雄，一个只会打掐巴的英雄。哈哈哈……"他调侃着回头，看见戈登头顶缎面藏袍、未扎腰带的狼狈相，心想："这仇结大了。"他知道戈登在这片草原就是一只肥瘦通吃的狼。正心存疑虑时，不幸的事情发生了，没想到自己这只螳螂在捕食时背后有更凶恶的黄雀——他们遭遇了马步芳手下的突袭。

一阵排子枪横扫过来，坐骑中弹，过快的马速将他的身体高高地从马背上抛向空中，失去平衡的他经过一段空中飞行后重重地摔在地上，着地时他听见了身体撞击草地的声音，顿时脑袋里一片空白，只有一个意识在反复提醒自己：不能死。等他清醒过来时，两支快枪枪口抵在他的太阳穴上。"听好了，如果把襁褓里的宝贝全部交出来，你可以活命。"没等他回答，四个壮汉分别用脚踩踏在他的四肢上，另一个解开了他的腰带，鼓胀在腰间的财物顿时完全暴露在众人眼里。只见一个骑在马上的军官朝他这里扔过来一个皮口袋，两个士兵迅速将宝贝哐哐当当地扔进皮口袋，却唯独没有看见那尊金菩萨和犀牛角印章。等兵匪远去，他咬着牙艰难地爬向不远处的一座寺庙，定下神来后，他发觉那两样未装进兵匪皮口袋的宝贝不知所终。疗伤数月后，他的身体恢复，被解放军抓获，一番教育后他回了家。而后梅卓和他以翻身农奴的身份建立了家庭。

梅卓怀上索木东后，他在一个夜深人静的时候，将这个疑团讲给了梅卓听。梅卓的判断是，一定是两件宝贝在马匹遭到枪击将他抛在空中的瞬间一同从襁褓里滚出去了。后来两人在事发地点的荆棘丛里找到了完好无损的两样宝贝。

"你以为上交了宝物，我们就能没事？那会罪加一等。"土登从回顾中清醒过来，厉声呵斥道，"来不及了，赶快收拾。"

"去哪里？"

"不知道，先离开这里再说。"

"木箱里装的什么？"

"电池。"

"收音机吃的糌粑？"她常常把电池比喻为他揣在怀里那台收音机的粮食。

"是的，以后就全靠它了解外面发生的事情。"他走到她

165

面前,伸出粗壮的手极其小心地摸摸她日渐膨胀的肚子,"没问题吧?又一个小土登要降生了。"

带有温度的大手贴在她肚皮上,驱散了她所有的怨气,她用手按住在她肚皮上滑动的手,满含着泪水朝他笑笑,说:"土登呀土登,成事是你这张嘴,坏事也是你这张嘴。看来这辈子我和孩子们的命全在你的嘴上飘来飘去。"

她想起过去土登挖苦嘲笑德杰的情景。德杰那副铁青的面孔像要死去一样难看,嘴角不停地颤抖着,气得说不出话来。土登得理不饶人,越说越来劲,话就像草地上疾驰而过的马蹄声,密集而铺天盖地。

梅卓坚定的微笑明确地向丈夫表达了跟随他的无怨无悔,她随即拿着一卷牛毛花绳便钻出了帐篷。

整个收拾的过程中谁都没有说过一句话,仿佛多年前跟随土登当甲棒时的默契又回来了。不到天亮,包括梅卓肚子里怀着的孩子,一家六口人赶着牛羊消失在西边的黑暗中。

临行前土登跨上马背绕着露天的土灶转了三圈,表情由凝重、伤感变得狰狞。他从襁褓里掏出一小块插着三根针的褪毛羊皮,说:"德杰,记住,我土登有仇必报,你做的见不得人的魔鬼勾当我全部告诉给张组长了。德杰,总有一天你会在达通马永远抬不起头。"

随后他双手合十面对银狐神山,心里默念:三宝护佑。

第16章

　　王本昌收获爱情缘于一场经久不停的春雪。不期而遇的爱情超越了他的经验和预期,是没有前兆的缘定。在这片广袤而偏远的草原上,缘定显得尤为说一不二。一场春雪在孕育春天的同时,也孕育着一场跨地域、跨族别,大海拥抱高原的恋情,仿佛是数千万年前不断隆升的青藏高原逐退的海水疯涌而来,不容商量。

　　他曾调侃自己,一千多年前是文成公主进藏完婚,一千多年后上海男人带着海风扑向雪莲,二者之间形式、规格和排场差异巨大,唯一的重合点是都关涉爱情和民族融合。

　　冬春交替是牧人、牛羊的灾难季,就连躲在避风处的野狗都蜷缩着瘦骨嶙峋的身体,一动不动,偶尔在阳光下像躲在母狗的体内胎动似的伸伸腿。每遇这种状况，公社除留守人员外，其他人都被派去统计灾情，整个公社空空荡荡。鹅毛般的雪片静静地垂落，用寂静覆盖着高原。

对王本昌抱有独特好感的达瓦志玛，希望自己的视线里随时有他的身影出现。觉察到他的房门三天紧闭后，她开始猜疑。从与文书小赵转弯抹角的交谈中才获知他没有外出，但又见不到人影，她坐在钢炉边走神。刚捏好糌粑团子准备吃午饭时，那只生过九胎的三色猫出现在门口，边叫边用爪子不停地抓刨她的门。开了门，三色猫那双琥珀色里带黑点的圆眼盯着她，不停喵喵叫，鼻子两边几根对称的胡须抖动着，用头轻轻地撞击她的脚踝后扭头就走，走几步回头看看她又发出叫声。起初她以为是猫饿了，喂它又不吃；猫不停地重复着刚才的行为，她似乎明白了猫的意图，对猫说："走，带路。"

猫像听懂了她的话，一声长叫后扭头狂奔。

她被猫领着来到王本昌的门前。猫纵身一跃从窗户一个被石头击穿的玻璃洞钻进屋子，随后就听见猫在里面急促抓刨房门的声音。

她故作镇定地用指关节敲响房门，没有回应，只在寂静中听到自己心脏加快的跳动声。出于少女的矜持，她羞涩地转身踮起脚小碎步走在木质的回廊地板上，回到住处长长地出了口气，如释重负，随即转过身从门缝里偷看他的房间。没有丝毫的动静，整个院子空荡而寂静。

心跳渐渐恢复正常，她为自己的虚惊笑了，顺势将额头倚在门缝后，心想喜欢一个人真的是一种折磨，但放弃这种折磨又心不甘，兴奋、零乱的意识随着眼前的雪花模糊起来。不知道过了多久，一只流浪狗夹着尾巴匆匆跑过院子，从门缝吹进的寒风让她关上了门。

一个多小时后再次传来三色猫的叫声，凭借草原人与动物相处的特有的敏感，她确信猫在求助。她责怪自己是傻瓜，是胆小鬼，刚才应该在他门口多停留一下，这是接近他的最好机会，要不然干部们查灾回来，自己就很难有机会单独去接近他了。她拿上热水瓶，再次鼓起勇气去敲响了他的门："喂，有人吗？我给你送开水来了。"

三色猫重复着刚才的行为，她凝神屏息地将耳朵贴在门缝上，隐约听见屋里传来求救声，她伸手将玻璃破洞后的窗帘撩开，看见他蜷缩在被窝里发抖。"嘿，上海阿拉，快开门。"

他没有动静，她朝着院子里喊："来人啊，上海阿拉出事了。来人啊，上海阿拉……"院子里没有回应，她迅速将窗闩拔起，欲将两扇窗户推开，但只推开一扇，另一扇被长钉钉死，身穿羊皮藏袍的身子怎么也进不去，只好将两只袖筒在腰上使劲扎紧，用力收腹挤进窗户。她快步走到他床前，将耳朵凑到他嘴边才听到他说："冷，冷，冷，我冷。"他脸色灰青，双唇发紫，牙齿磕出密集的响声。达瓦志玛伸手摸他的额头，像滚烫的钢炉，她说："嗯，感冒了。"她抓起热水瓶给碗里倒上水，伸臂将他轻轻揽在臂弯里，说："先喝点水。"

迷糊中王本昌闻到她的身上散发出一股雪花膏香味，这味道带着女人特有的气息，像原子弹的冲击波瞬间驱赶了病魔。当头枕在她柔软而温暖的臂弯里那一刻，他因激动颤抖得失去控制，不是病魔令他窒息，而是幸福令他窒息。就在因这种窒息几乎付出生命代价的同时，他居然在闪念间想到《牡丹亭》中那句话：牡丹花下死，做鬼也风流。"对，勇敢地做一次风流鬼。"他想。突如其来的异性温暖让身体和灵魂叠在一起，突降的勇气和激情让他在两性相吸的驱使下向爱奔去。迷糊中他做了一件永远不可告人的事——把半个脸贴在她丰腴的胸上，享受着剧烈的颤抖中触碰和挨擦的快感，在那浑圆且弹性极好的软组织上风流着不想停下，在全身滚烫的迷糊中仍然不要命地将脸紧贴她的胸脯。他偷眼看她。她救人心切，似乎忘记了性别，他被她的真诚感动着，突然说出让他后来备感肉麻的话："如果你不来，恐怕我以后就再也见不到你了。"说完便哽咽起来，感觉泪水是从心里通过血管溢流出来的，在滚出的热泪里他品味着自己既邪恶又真诚的情绪流露。

后来，他一直对那只三色猫和那场春雪怀有极大的好感，二者是天赐的红娘，爱情的使者。

"怎么说出这么不吉利的话，呸呸呸，你不会有事的，先喝点水。"她将碗轻轻地放在他嘴边，"吃药了吗？"

他摇摇头。

"先喝点水，我去给你拿药。"

为了延续天降般不可告人的巨大快感，不想把紧紧贴在胸上的脸移开，他故意抖动得更加厉害。他太想留住这突如其来的幸福和温暖，故意将牙齿叩击声扩大到她能听到的地步，重复着那句话："我冷，抱紧我。"

她迅速脱下厚厚的藏袍盖在他身上，将上半身压在他身子上，一时不知道用什么话来鼓励他，情急中对他说："来跟我一道念，菩萨保佑，菩萨保佑……"他跟着她反复地念，藏袍、女性身体的温暖还有她的善良叠加在一起，他的身心被融化了。

时间分分秒秒地流淌而过，他提醒自己这种带邪念的可怜不能再装下去，不然被她觉察出邪念来，岂不鸡飞蛋打。残存的理智让他恢复了平静。

"还冷吗？"

她耳鬓和额前垂下的头发挠得他无比惬意，他半闭着眼睛看她，竟一时说不出话来，泪水不知不觉地流出来。

"好了，好了，坚强些。"他的泪水激发着她母性的慈悲，她无意中将他抱得更紧。

她没有避让，心里充满着窃喜，用女性不露声色的回应放纵着他的进攻。两个富含高浓度青春荷尔蒙的青年，在重感冒的"引诱"下点燃了爱火。从此这团火焰，从二十世纪六十年代中期燃烧到跨世纪的千禧年，从桑戈草原燎原到上海长三角，上海的咖啡和藏东的酥油茶搅混在一起，完成了高原与大海的人性拥抱的最新剧本。

"你救了我，我恐怕这辈子也还不起这救命之恩。"他说。

她没有直接回答他半带感恩半带探问的话，只是感到他的泪水流过滚烫的脸颊，热噜噜地浸透了她的胸脯，幸福的湿润渗进少女的羞怯，她带着母性特有的温暖问："你烧得这么厉害，还说冷？"这一问使他反而抖得更厉害。生理的颤抖与不可告人的荷尔蒙冲动搅在一起，奇迹般打退了病魔。后来，他把这段含混着各种感觉的颤抖写成诗,题为《那一刻》。

诗中写道:"那一刻/我的魂以自由落体的速度/掉入你浑圆的山丘/充当月下老的三色猫笑了/无法抑制的喜悦/定格了我的未来。那一刻/我以海之奔涌/击拍爱的高山/从此/山和水的热吻/留下爱的印迹。"

三色猫再次出现在窗台时天已黑尽,猫的叫声中断了两人的热拥,两人同时看见猫正用前爪在脸上揉搓,似在调侃的模样消除了他们的紧张,两人会意一笑后再次紧抱在一起。

喜形于色时,达瓦志玛看见窗外一个黑影快速闪开,心里咯噔一下,在猝不及防中他被迅速推开,定睛再看院里空无一人,她说:"天哪,是有人偷看,还是看花眼了?"后来她一直心有余悸。

王本昌的重感冒因爱奇迹般缓解了。

吃下一大碗她亲自给他煮的仅有郫县豆瓣做作料的挂面,辣味助他出了一身大汗。双方蓄谋已久又突降而来的爱,让他像喝足母牛奶水的牛犊般迸发出了前所未有的活力。这位曾经家境富足而后一落千丈的上海阿拉,终于找到了生命的归宿。

若干年后,王本昌走遍中国的东西南北做学术报告,即便吃尽北京的炸酱面、成都的担担面、兰州的牛肉拉面、重庆的豌豆杂酱小面、武汉的热干面、陕西的油泼面,味蕾上留存的最美的面味还是达瓦志玛给他煮的豆瓣面。因此,每年的结婚纪念日,他都要她给他煮一小碗豆瓣面,而且一定要用四川郫县的红油豆瓣。孩子们对父亲的单调乏味的纪念方式很不理解,后来知道这一"典故"后,便开玩笑叫他们"豆瓣夫妻"。

烧饭是这位曾经的大上海公子的短板。记得第一次在州气象局宿舍煮面，开锅时面条已经成了糨糊，同他一道支边的小宋和小李看见一锅糨糊面条，五官也皱成糨糊。从那以后，他开始逐渐调整自己的生活态度，认识到普通人的生活就是工作和衣食住行组成的平凡。在州气象局的工作，只要有初小的识字能力和算术能力就能胜任。每天步行半小时去子耳坡半山腰观测站记录下当天的风向、气压、干湿度等数据，晚上七点准时放飞代表阴天的黑色气球或代表晴天的红色气球，一天的工作就在气球升高破裂后结束，轻松如呼吸，跟王本昌研究高原气象或利用气象为农业、工业、交通服务的理想相差十万八千里，日子在天高皇帝远的高原显得风平浪静。在跟赤勒多吉守护"忠"字石的时光里，王本昌记下了赤勒多吉告诫他的佛语：别人怎么对待你是因果，你怎么对待别人是修行。高原教会了他如何在精神上获得愉悦。

身处在随时都有疾风暴雨的年代，他同所有的知识分子一样早已步入人生的冰河期。大量空闲时间里他开始学烧饭，来桑戈前已经在康定学会做几个地道的川菜，特别擅长用红糖加酱油煨出东坡肘子，汤汁略带甜味，极其符合上海人的口味。红中带亮的肉皮连着一层酥化不腻的肥肉，喂进嘴里，肥多瘦少的肉连同汤汁混合在嘴里，那才叫舒服啊，跟他在杭州吃到的东坡肘子没什么差别。另外还有蒜苗回锅肉，先把三线肉煮到八成熟，然后切成薄片，放在锅里炒，等三线肉里的肥肉熬出油后，加入甜面酱和永川豆豉，香味即出时放入蒜苗，爆炒出的清香混合着肉香，周围五百米都能闻到。

后来整个公社，包括粮站、卫生院、帐篷学校、牧民的帐篷与帐篷间，都在暗中疯传，雪莲被黄鱼迷住了，彩虹被台风迷住了，吃牛肉糌粑的女人被做东坡肘子和回锅肉的男人迷住了。

第17章

太阳跃出天际线露出半个脸时,土登家的灶头还留有余温,金黄色的阳光照着巨大浑圆的草坡,意味着草原渐渐从睡梦中醒来。

一队人马在逆光中翻过草坡朝土登家帐篷踏踢而来。

"今天又是大太阳,等能晒化酥油的太阳照到甲棒家,甲棒又会有新的绰号了。"德杰说完故意歪着头看看松塔,一只眼不停地朝他眨巴,充满幸灾乐祸。

"哒哒热(是的)。"松塔故意拖长嗓门回应幸灾乐祸的调侃,伸手把茶色水晶石眼镜往下拉,用同样的眨巴眼回应德杰,之后两人爆发出肆无忌惮的笑声。

张组长对爆出的笑声大为反感,问旁边懂汉话的索朗:

"这笑声怪怪的。德杰的话我只听得懂甲棒是强盗的意思。"

"我没有听出来哦。"索朗解释的同时向德杰使了一个眼神，语调谦卑地细声说，"组长同志，他俩对土登变为'分子'非常惋惜，说他是一个可以挽救的好甲棒。"随即朝德杰和松塔挤眉弄眼，透出他调侃土登的同时也调侃了张组长的高明。

"什么？难道强盗还有好强盗？这样理解的话，我们都成了专革好人命的坏人了！"张组长对索朗的解释很不满意，心知他的翻译漏掉了主要的内容，"我看，你们几个立场过于摇摆，昨天你们还对他的反革命行为深恶痛绝，怎么今天就没有原则地搞阶级调和，贫苦牧人的阶级觉悟哪里去了？看来我得加紧学藏话，以后就能和广大的牧民打成一片。"他的话镇住了随行者，松塔吐吐舌头把脑袋缩进衣领里，显示出不真诚的恭维。

作为工作组的一把手，张新建对五天前针对土登的批判会记忆犹新。会上说土登严重抵触和破坏牧业学大寨运动，将他定性为"地富反坏右"之中的富牧加坏分子，但言辞过于含糊。作为下基层来指导工作的领导，张组长深知在不了解具体情况时，不能擅自在公开场合打断会议议程，更不能在会上插话询问公社做出的决定，即便有疑问会下了解也不迟。倒是土登与干部的对话让他深感疑惑，几天来他常常回顾那天的对话内容。

"土登，给你戴上富牧加坏分子的帽子，是公社的决定，你要好好接受社会主义的改造，只许规规矩矩，不许乱说乱动。"公社干部用手指着土登的头，那手势像端着一支枪，随时都可能扣动扳机,"看你一副吊儿郎当的样子,好像不接受公社的处理决定?"

"吊儿郎当?"土登微微躬着的身躯没动,只将眼珠向上眼皮方向滑动了一下,反问,"有什么好吊儿郎当的?反正,戴不戴分子的帽子都要过日子。"

"闭嘴,难道你想反攻倒算?"

"是嘛,吊儿郎当能当糌粑吃?我本来不想说,你们给我戴什么帽子我无所谓,我干啥子要吊儿郎当的?在我看来,当分子,不外乎就是多出点力,给公社守粮库,给公家人牵马,做些干活儿不拿钱的事。再说,我吊儿郎当的年纪早过了。"

"难道要你当单干户你都不发愁吗?"公社干部提高嗓门问。

土登笑笑,做出一副满不在乎的模样说:"其实我早就想好了,当着所有的人说句大实话,如果你们真的让我连社员都当不成,我也没什么愁的。这个帽子、那个分子的,有什么呢,当这当那都没有什么关系。你们总不能不让我当人吧?总不能把我变成一只羊、一头牛吧?就算再戴上十顶帽子、划成十个分子,我的骨头还是人的骨头,我的肉还是人的肉嘛。"

"住嘴。"德杰厉声呵斥。众人万万没有想到,当着县里工作组的面,土登会如此胆大妄为,批斗会只好草草收场。

令张新建意外的是,会后公社领导并没有把当天的失控局面给他做总结性报告,也没有对此做任何的解释,好像此事发生就发生了。这反而引起他的疑问,在他的工作经历里,很少有"分子"敢在强大的无产阶级专政面前展开对攻的。他开始前后比较土登来接他时的温和和在会上的胆大妄为，反差太大。

半个月前因拉肚子脱水在医院吊盐水瓶，张新建没有随工作组到达通马，止泻后等待公社派马来接。那是一个很冷的大清早，玻璃窗上结满了冰花，他开门就看见一个高个子将头缩在袍子里，牵着马等在革委会的院子里。没等他招手，牵马人就主动朝他走来。

"干部你好，我叫土登，这是你要骑的马，我牵来了。"土登对他说，"另外带有一份公社头头要我带给你的文件。"说着把一张折叠如飞鸽的纸条递给他。

"这不是文件，"张新建笑笑向他解释，"就是一张纸条。"土登吐吐舌头，有些不好意思地低下头。纸条上的大意是，公社专门派一个会说汉话的"分子"来接他，特别叮嘱说这人从前做过甲棒，很不老实，提醒他留神。他不露声色地将纸条揣进上衣兜，用充满警惕的眼光打量着土登，心想自己与他较量不是对手，但腰间别着的手枪不是吃素的，只要扣动扳机就能歼灭一切胆敢来犯之敌。于是他对土登谎称说："我不会骑马，我骑上后你牵着缰绳走前面。"

"哦呀。"土登面无表情地答应道。

前行中张新建悄悄打开了手枪的保险，顿时备感安全。不经意间仔细打量着牵马人的背影，身材高大结实的汉子穿着一件光板羊皮藏袍，腰带上横别着一把小斧头，走起路来似乎充满用不完的力量。

"你多大年龄？"

土登回头冲他笑笑:"三十二。"

"腰里别一把斧头干啥?"

"一会儿你就知道了。"土登指指远处被一朵巨大的蘑菇云笼罩着的山说,没有正面回答他的提问,而后专心致志地牵马前行。

约莫走了两个钟头,土登突然回过头带着疑问的表情问张新建:"难道你对我不放心?"

张新建没想到牵马人在两个小时的时间里一直惦记着这事,像是猜到了他问话背后的含义,也就直截了当地说:"那东西别在身上重,放在马褡子里吧。"他满以为这样说直接将了对方一军,但没有想到对方更干脆,面无表情地将斧头从腰间取下递给他。

约莫又一个小时后,他们要翻越前面一个超长的山坡,马的鼻子喷出浓浓的热气,两腿内侧接触到马肚能感觉到越来越快速的起伏,土登的步伐也缓慢下来。张新建有些自责,毕竟人是走不过马的,通常牵马人只要把缰绳交给骑马人,而后跟在后面,等到下坡或到渡口时,骑马人才停下来等待被甩在后面老远的牵马人。

就因为"文件"的提醒,张新建让牵马人同行,等走到山顶时,他才从急促起伏的马肚和紧忾的鼻息声中感到自己很过分,说:"歇一会儿吧。"

土登揭下羊皮帽子,顿时头顶像蒸笼一样热气腾腾,他的双鬓被汗水打湿了,头发被汗水粘在一起。

张新建问:"这一片你很熟?"

"是的,我常常被安排来给干部牵马,这条路我闭着眼睛都能走。"

"你的汉话说得很好啊。"

"我给下来的干部们多多地牵过马,"土登用手抹了一把脸上的汗水,"汉话也就多多地学会了。你会说藏话吗?"

张新建摇摇头。

"不会不要紧,我现在就教你。"

"好啊。"张新建爽快地回答。

"你先上马,边走边教。"土登说,"先从说一、二、三开始吧。"

"好啊。"

"几尼桑些岸珠邓结各巨。"他认真地读着,为了让张新建听懂,他语速很慢。

"就是一二三四五六七八九十吗?"张新建问。

土登点点头。他重复念着,念读的声音合着脚印一路延伸,念着走着,走着念着,不一会儿来到山阴,路上覆盖着厚厚的积雪。土登停下问:"下马会吗?我扶你。"

"当然。"碍于面子,张新建的回答很利落,但显然从马背上跳下来他不太熟练,马儿被他的急促和不得要领的下马动作吓住了,嘶鸣着快速踏着脚。站定后张新建尴尬地冲土登笑笑。土登也淡淡一笑,将缰绳递给他,说:"牵着马跟着我。把小斧头给我。"

"你要干什么?"张新建警惕地问,随即想到自己子弹上了膛的手枪。

"你看了就知道了。"土登伸手的同时转头看向远处的山峦。

迟疑片刻,张新建从马褡子里抽出小斧头递给土登,同时将右手按在了枪盒上,心想:"只要他接过斧头有过激行为,我就鸣枪警示。"

土登接过斧头,转身朝前走去,离张新建越来越远。

张新建紧张的心情缓解下来,长长地松了口气,按在枪盒上的手松懈下来。看着土登停下的身影,他才明白,原来前面的小路上草凹里浸出的水结了四十多米长的冰层,形成了一条延伸到小河沟的冰板路。

"怎么过?"张新建大声问。

"你牵马在原地等着。"说话间土登褪下肩上的皮袄衣领,将双袖扎在腰间,随后双腿跪在冰板上,挥动斧头在冰板上砍,冰碴儿四溅。

张新建这才恍然大悟,原来小斧头是为他和马安全过路砍冰用的。

约莫二十分钟后,冰板上出现了一串小坑,一条由牵马人跪着砍出的路出现在张新建眼前。张新建感动得不知说什么好,对这位"文件"上提醒的危险分子充满好感,但又想:"这是不是他的糖衣炮弹呢?还是不能放松警惕。"

土登在冰路对面向他挥手,于是他牵着马踏坑而过。走过这段用汗水和力气砍出来的路,张新建冻得瑟瑟发抖,却看见土登的头顶热气腾腾,他自责自己过于小心眼儿,不停地问:"累坏了吧?累坏了吧?"

土登并不作答,而是微笑着将斧头再次递给他。

张新建领会了土登充满调侃的用意,摇摇手,说:"不用,你拿着。"

"上马吧,边走边教你说藏话。""文件"上的"分子"眨眨眼,语气充满关心,像在对一个小孩说话,"一到十的藏话会说了吧?说一遍给我听。"

张新建一口气从一数到十,土登竖起了大拇指。

他冲土登笑笑说:"你一定累坏了,你来骑马,我来牵,顺便休息休息。"

"干部,你说什么?"土登做出龇牙咧嘴的吃惊神态,反问,"你让我骑马?你走路?"

张新建肯定地点点头,说:"你出了一身大汗,累了,我却冷得发抖,走走路,暖和暖和。"

"不行不行,让干部走路,叫我这个'分子'骑马?"土登把脑袋摇成左右晃荡的拨浪鼓,"那不行,公社晓得了又要开斗争会,不斗死我才怪,批斗时连撒尿都不准。"

那一刻张新建真的拿捏不准土登是在推辞还是在挖苦,总之死活不肯上马,他的善意被土登坚决拒绝。一路沉默,细想土登的话又不无道理,他是因接受改造来给干部牵马的,反而干部给他牵马,岂不罪加一等?他打消了纸条上给他的提醒带来的顾虑,放心地同"分子"并排走着,问:"你是牧主,还是富牧?"

"都不是。"土登的语气很坚决,一阵沉默后轻微摇晃着头苦笑着说,"实话告诉你吧,我哪有当牧主当富牧的命哦！"说罢他望着远处，似乎想从远处找回什么，说，"解放前我专门抢头人的钱财，四处流浪，睡觉不要说帐篷，就连一片帐篷的毛毡都没有，是毛主席、共产党让我翻了身，过上了吃得饱穿得暖的日子。跟你说，我这个'分子'跟那些分子不一样，我虽然戴着帽子，但我是社员哦，那些分子都是单干户。单干户的地位就是民主改革前铁匠的地位，在牧区，打铁是人人都看不起的活计。"

"怎么讲？"

"在这片牧场，只要是牧主、富牧一类的分子，是不许加入合作社的，所有的单干户都是有帽子的。但我不一样，我是戴着帽子的社员。"为了强调与其他分子的区别，土登的话音很响亮。

"是吗？这种情况太少见。"张新建觉得好笑，好奇地问，"我观察到，说起毛主席、共产党，你充满了感激，说起自己是社员，你的口气很自豪。"

"那当然，毛主席、共产党就是我心中的菩萨。"土登双手合十地说，"县上来的大干部，你就像菩萨一样，能看透我的心，你跟他们不一样。"

"那我想知道，你到底是四类分子里的哪一类呢？"

"我也不知道啊，我只知道我戴了帽子，但不是那种老分子，我跟他们完全不一样，我是新分子。"

在张新建的印象里，土登谈"分子"一词如同谈飘浮在空气中的羽毛，跟时代变革的严肃与沉重反差太大，张新建想，精神上的举重若轻或许就是牧人的精神气质，但现实是土登就

183

如悬崖边骑马的盲人，命悬一线却毫无知觉，他替土登的盲目乐观捏一把汗。

但土登的话刺激着张新建，他谈得越轻松，张新建越觉得自己所做的工作用力过度，等于是重拳头砸在沙堆上。张新建来到牧区工作也快十个年头了，在他以往的工作经验中，从来就没有哪个分子连自己戴的是哪顶帽子都不清楚，也许土登在戏弄他，但看着真诚的土登，言谈间没有丝毫的狡诈，反而更加让他犯糊涂。

在土登的分子问题上他想探个究竟，到公社询问了土登的情况，彻底弄清了原因。

公社文书告诉他，前年区上一把手格旺到大寨取经，回来后就召开牧民大会，激情洋溢地说："社员们，牧区不能拖国家的后腿，牧民应该自己种粮食，不能老让国家月月十八斤青稞一直供应下去。看看人家西藏，条件跟我们一样，但粮食种得过了河、过了江。我们这里的草长得好，种粮食一定也差不到哪儿去。牧业也要学大寨，学大寨就要种粮食。人家大寨的玉米栽得整整齐齐，一排看过去，比我们基干民兵在县上大比武还要整齐……"

经过大会小会上的充分动员，格旺在草地上挖下第一锄，草皮下的土壤果然黑油油的，肥沃极了，抓一把都捏得出油。青稞种子播下后不久，苗子从地里冒出来，绿得人见人爱。这下美得格旺整天夸自己的远见和胆识，牧人们乐得开始想送公粮时要让驮牛驮马披红挂绿，敲锣打鼓。但没过多久，青稞刚刚抽穗，一场说降就降的大雪覆盖了青稞苗，众人看着茫茫白雪傻眼了，等到收获的季节只能抖下几粒干瘪的青稞籽，放在手心里揉揉，吹口气全在空中飞舞，颗粒无收。被霜雪冷冻的青稞苗喂马马都不吃，牧民们悲痛得呼天叫地。格旺却铁青着脸说："看见你们个个拉长的马脸，愁得像旧社会，愁什么愁！失败了明年接着干，要发扬战天斗地的革命精神，直到吃上自己种出的青稞为止，不获全胜决不罢休。"

第二轮动员大会上，没等格旺鼓完劲，土登跟他杠上了，他大声说："要种你自己去种，种不好也不要紧，反正你有地方领工资吃饭，牧民还是放牛稳当。"

土登的当面顶撞惹怒了格旺，德杰一伙儿又在格旺面前添油加醋地说土登的坏话，格旺立即在会上宣布：土登公然反对牧业学大寨，从现在起他必须接受群众监督，只许规规矩矩，不准乱说乱动。就这样土登成了"分子"。

张新建了解缘由后隐约感到事情复杂，暗下决心要公开真相，做到"惩前毖后治病救人"。

令他惊奇的是，在一个星期三的晚上，土登居然神不知鬼不觉地闯入把刀架在了他的脖子上，威胁说，容他说完真相，不反抗就不杀他。他说："张组长，你是毛主席派来的大好人！我知道灾难要降临我们家了。我不是坏人，是你身边的不安好心的人蒙蔽你，告我的黑状，但眼下我是好人还是坏人都无关紧要，我会走到你们永远找不到的地方去做一个善良的人。"

"为什么要这样呢？"张新建问。

"你别说话，告诉你一个秘密，在达通马我是上门女婿，哼，要知道，上门女婿是被当地人看不起的，就因为这个，老婆家的亲戚暗中看不起我。我上门时的身份是贫牧，现在变为'地富反坏'，这都与你身边好吃懒做的德杰、阿布、索朗有关，就是这帮好吃懒做的人联合起来想整死我。"

"哦，是吗？说说看。"

"为了让你认清德杰，你只需要问他两件事：一是上交生产队的三个大包的酥油为什么不记账；二是格旺到县上汇报赛马会准备情况时，委托德杰召开牧民大会，讨论赛马会期间杀两头牛的事，为什么在开会期间，那头膘情最好的没有下过崽的母牦牛弄丢了。只有我知道，那头牛的两个后腿还埋在德杰家的帐篷后面。只要你去看阿青的小记账簿就能查到大账簿的漏账，只要你去他的帐篷就能挖出他埋着的赃物。公家牛的前腿和牛蹄被他家的亲戚、阿布、索朗吃了。说到这里你会反问：你为啥要跑呢？你带着我到现场指认不就说清楚了吗？对，你只看见了第一步，你可以保护我，但第二步你是做不到的，一旦你离开，我土登全家就完蛋。我们达通马有打冤家的习惯，一旦结仇，世世代代的仇杀就永远不会结束，我绝不愿我的下一代为复仇而生。其实，德杰他们这伙人早就因嫉妒而对我怀恨在心，他们惦记着我辛辛苦苦喂养大的牛群和羊群，他们是又想吃肉又不想放牧的懒汉，岗久、纽纽、岗达三家就是一个个都被他们打成了'地富反坏'的，现在轮到了我。"

"真的吗？"张新建语气略带不信。

"别说话，大好人。你知道，我是个作孽太多的人，在民主改革前我是甲棒，做过太多偷牛盗马抢劫的事，但解放军帮助我们翻身后，我就放下屠刀一心向善了。自从当了上门女婿,我就向佛发誓,每天只做两件事:第一件事是守好自己的家,第二件事就是养越来越多的牛和羊,让家里人过上好日子。但爱打抱不平的臭脾气就是改不了,因此得罪了德杰一伙,如果我没有老婆和孩子,这些坏人早就是我的刀下鬼了。前想后想,我决定带着全家离开这里,摆脱恶魔的纠缠。你是公家的人,他们不敢轻易惹你,但万万小心,菩萨保佑你!"

"我不能只听你说,要调查后才有发言权。"张新建话音未落,土登已收起刀消失在黑暗中。

第18章

达瓦志玛收获爱的同时也收获了重感冒，不过这次是爱情叠加喷嚏后躺下的，她坠入了来自几千公里外的男人的爱河，像莲花生步履情深地翻越喜马拉雅山来藏地传播佛爱。这条爱河里一半糌粑一半大米，一半藏语一半汉语，一半桑戈一半上海。日后谈情说爱的日子里，两人在太多不同中找到了重要的相同点，爱超越了一切。王本昌虽不信佛，但他母亲信，他告诉达瓦志玛，他们同饮一江水，麋鹿江在长江的上游，上海在长江的下游，像茶壶的壶肚和壶嘴。他双手捧起达瓦志玛肉嘟嘟的脸蛋，用拇指反复抚摸，说他们是心和心的相连。

达瓦志玛重感冒期间王本昌无微不至，给了她孤独的内心安全的空间，更给了少女寄存温暖的男性胸怀。他给她煮红糖稀饭，滚烫的稀饭舀在调羹里用嘴吹冷喂她，她被体贴细心的汉族男人融化了。爱随着暖暖的红糖稀饭进入胃里，又惬意地扩展到全身，直赴灵魂，一场互感的病毒感冒孕育了看似偶然实则必然的人性相惜，爱情相惜。

"吃牛肉糌粑的女人被会做回锅肉和东坡肘子的男人迷住了"，数千年来桑戈草原破天荒地出现不同民族的人相恋的号外新闻。

新中国成立后，不同民族间的广泛交流加深了文化融合，藏汉通婚已经不再是什么新鲜事。特别在汉藏交会地带，户口簿上，什么李阿佩、张益西、陈格桑这类名字出现的频率直线上升，成为民族交融的黏合剂。但在当时，两人对自己的恋情喜忧参半。

草原男人们用异样的眼光看着他俩的一举一动。恐惧、孤独和青春期的渴望混在一起，更使两人惺惺相惜。为了给初燃的爱情再添一把火，王本昌决定以口琴加美食为武器，彻底俘获达瓦志玛。他用四郎给他擦镜片的麂子皮将口琴擦得锃亮，还做了规划，晚上用口琴拴住她的心，白天用美食拴住她的胃。

由于牧区的藏猪通常瘦肉多，脂肪含量较低，他决定用牛肉代替猪肉来做东坡肘子。但这一创新的结果事与愿违，原因在于牛肉的肉质比猪肉肉质粗，瘦巴巴的牛肉吃起来口感极差，没有猪肉的肥而不腻，柔嫩爽口，但他的用心用情让坠入爱河的姑娘心花怒放。

牧草返青的日子，高原的风吹到皮肤上不再冰凉，一束月光透过窗户代替了蜡烛照在王本昌的屋子里。燃着牛粪火的铁皮炉边,他同达瓦志玛依偎着,他的手除了不被允许摸她生悬悬的部位,在其他地方一律畅通无阻。红里带蓝的牛粪火照映着两人的脸膛,美妙的口琴声回荡在屋子里。达瓦志玛将头枕在王本昌的肩头,用嘴贴在他的耳根告诉他:"我有一个以心换心的朋友。"情真意切地透露出她那颗少女的心在预谋一个崭新的未来。

达瓦志玛的话让王本昌心里一抖,按照汉文化的逻辑,女人告诉他的以心换心的朋友通常是男的,他顿时严肃起来,又想尽快获知,又怕失去她,搂着她腰的手松弛下来,茫然地看着炉火发呆。

她感觉到了他的突然变化,问:"刚才还好好的,怎么突然就不说话了?"

"他,是男的还是女的?"王本昌问得干净利落,语气很硬。

听出他的担忧,达瓦志玛双手捂住脸扑哧笑了,笑得发抖。她的举动让他摸不着头脑,神态木讷,这与他在月光下吹口琴的迷人姿态迥然不同。心软的达瓦志玛此时喜极,为了不让他多虑,她赶紧告诉他:"笨牛,是女的。"

"哦,"他说,严肃的表情有了笑意,"我见过吗?"

"没有。"说罢她顺势伸手理了理从额头散下的头发,然后给炉子里添了些牛粪。炉火映红了达瓦志玛的脸蛋,红中带黄的炉火映照下,她的鹅蛋柑形脸配上高直的鼻梁,更像妙音仙女,楚楚动人,那对流光溢彩的双目里滚动着藏族女人独特的含羞意蕴。她说:"她叫斯郎措。"

"仙女湖，对吗？"

"嗯嗯，"达瓦志玛点点头，"她是我命里的朋友，现在在州卫生学校参加卫生培训班，快要回来了，到时候我们三个可以在一起做饭吃。"

"她没有家吗？"

"没有，她早就失去了父母，听她说只有一个哥哥在北边很远的地方，至今没有消息。"

"她没有结婚？"

"喜欢她的人很多，都被她拒绝了。"

"那她一定有心上人。"

"没有，我了解她。她比我小，但比我能干，比我漂亮，是桑戈草原上的大美人。桑戈草原上的牧民都传她会说唱《格萨尔王》，她在他们心里，就像仙女一样。"

"你听见她说唱过？"

"嗯。你要是见了她，你就会喜欢上她的，等她回来后我们一起过。"

"一起过？"王本昌抿抿嘴，两边的法令纹像问号，"什么意思？不怨我？"

"不会啊，"达瓦志玛将头一歪，"为什么要怨你？我的朋友也是你的朋友啊。"

"难道你一点醋意也没有？"王本昌被她的大方弄得很吃惊，也就毫不掩饰地问她。

"什么醋意？"

"就是我脚踏两只船，如果你在意的话，这就是醋意。就是心里酸酸的。"

"什么又叫脚踏两只船?"

"一边和她好一边又和你好。"她问这话要么是因为不知道汉地的规矩,要么就是在故意戏弄他。

"你想和我们两个都结婚吗?"她似乎明白了他的意思,眼神带着询问。

他啼笑皆非,被她的问话伤到了自尊,心想在大是大非面前还是必须表明自己的立场,说:"两个都娶,那我不是犯了重婚罪吗?"

"什么叫重婚罪?"

"这也不知道,不会吧?又在捉弄我。"为了不引来直接的唇枪舌剑,王本昌把想问的话吞进肚里,温和地说,"重婚罪就是两个女人一起娶。"

"这在你们那里算犯罪?"达瓦志玛的表情略带嘲笑和不解。

"难道这里没有重婚罪?难道国家法律在这里不执行?"他摇摇头表示不解。

"过去,我们这里一个男人有两个三个女人很正常啊。"她嘻嘻地笑了,看见他木讷的表情,停顿片刻后,说,"你呀,一天待在院子里守电话抓革命,外出去促生产的机会太少了,桑戈草原的事情你了解太少。"她轻轻地折叠着披垂在膝盖下的邦典(围腰)裙边,边折边说,"等斯郎措回来后,我们三个人一起过。"

"天哪!这怎么行?我原本一腔热血地来支援边远民族地

区，心想跳出了旧家庭就能脱胎换骨，就能为社会主义建设奉献自己的热情和才干，万万没有料到，走得再远，资本家后代的血统并没有改变。阶级的烙印远非一走了之就能消失的，现在我落得如此下场，你竟然还要雪上加霜，让我再犯重婚罪被关进监狱。"他狰狞地看着她，像月光下偷袭羊群的狼。

他的话让她目瞪口呆，不知怎么回答，月光刚好照在她的脸上，直到她的脸被他的眼神烧出红晕，她才不知所措地用手捂住脸，一言不发，极为尴尬地离开。

她的背影消失在门外，他没有去阻拦，而是呆呆地立在原地。不知过了多久，月光慢慢移到窗外，连续地打出几个喷嚏后他才意识到夜间的凉意从窗户和门外袭来，牛粪火已经只剩灰烬。他站起来关好门走到窗户前良久地凝视她的房间，清冷的月光洒满屋顶和院子，万籁俱寂，达瓦志玛东屋的顶上满天的星星密密麻麻，似乎在维护达瓦志玛的初夜权。

"我不能没有她。"他想，此刻他的双脚比想法还快，身不由己地朝达瓦志玛的房间走去。从西头走到东头，行进间他根本没有考虑这是冒着犯罪的风险在闯女人的禁地。在木质的地板上，他踮着脚尖，尽量不发出声音。院子出奇地清静，他几乎听得清楚自己走路时衣服发出的摩擦声。院子里的声音都是他制造的，就连蜷缩在廊檐下的狗抬头看见他飞身而过时也没有躁动不安，继续蜷缩着慵懒的身子将头藏在腋下打盹。

没想到他刚要走到达瓦志玛的门前，虚掩的门正轻轻慢慢地阖上。他迅速伸出手抵住即将阖上的门。"我知道你会等我的。"他细声说。

"我才没有等你哩。"达瓦志玛用力地抵住门,声音小得只有自己能够听见。

"那你在等谁?"他明显感到她的用力,这样他更加来劲了。

"猫。"说话间她很快就支持不住了,门缝的口子被强大的力量掀开,吸进了这个上海男人高大的身子。

"你在等那个会吹口琴的四眼猫?"

听到这话她再也坚持不住,扑哧笑出声来,瘫软地坐在地上。

半推半就的女猫敌不过来势汹汹的威猛男猫。他迅速地关上门,气喘吁吁夹杂着过度的兴奋唤醒了雄性的本能,他横抱住她直接将她放在床上,她没有推拒,而是顺着他发力的方向接受他的每一次激吻,每一次抚摸,每一次揉捏。在上气不接下气的极度幸福中,达瓦志玛始终守着婚前的底线,未让他偷到禁果。

窗外的皓月记录了长江源头的女人用身体、灵魂和流尾男人的身体、灵魂绕缠在一起的全过程,男欢女爱在高原大写意的星空下展开,但她始终觉得窗口有幽灵般的眼睛在窥看。

第19章

冬日阳光像一件暖和的藏袍,冻骨的冷空气被阻挡在外,让马背上的人温暖惬意。

张新建的批评让索朗窃喜,他想:"张组长才是一把砍肉的好刀,可怜的土登,等着挨宰吧。"他缩着脖子做出恭顺的表情,用手指着心脏,说:"哦呀,哦呀,组长的话,装在这儿了,对土登就要像严冬一样寒冷。"

"这还差不多,你们这帮贫苦牧人家的青年,看上去个个虎背熊腰,心肠却跟酸奶一样柔软,可别掉以轻心哦。"

"就是,就是。"他的话引来跟随者一味地迎合。

索朗深知在牧人的眼里,张组长和解放军天远地远来这里,就是给穷人撑腰,跟坏头人过不去的,就是把富人的东西没收来给穷人的。一直穿着一件洗得发白、打着补丁的军大衣的张组长，会上会下常挂在嘴边的"解放""阶级对立""阶级调和""反革命""四类分子"这些话，在索朗听起来就跟听天书一样，只能从他的语气和表情上领会他的态度。至今索朗对"解放"一词的最直白的理解就是"打倒"，他觉得解放没有革命好理解，认为革命就是让头人和有钱人一夜之间变穷，看见穷人就点头哈腰。但对"阶级""阶级调和""阶级对立"就哈木阁（不知道）了，脑袋想炸了都不解其意，这些词于他而言跟经书上的经文一样难懂。总之，解放军和工作队就是给吃、给穿、给帐篷、给面子的活菩萨。

"我不是活菩萨。"张组长听后却拱手说，"毛主席才是天下穷人的活菩萨。"

整个草原无须张组长说，毛主席在牧人心里早就如草原上盛开的鲜花，绽放着经久不息的芳香。毛主席的画像在公社的办公室、在牧民家的神龛上都摆放在最显赫的位置，毛主席的名字像天上的太阳一样温暖着草原，他是牧人心中无所不能、无所不知的大菩萨。

最让索朗铭心刻骨的是随同张组长回达通马时，突遇贸易小组火灾，火源紧挨着一排垒起的用羊皮包着的酥油墙，融化的酥油助大火燃得更加凶猛。眼看着国家财产被大火吞噬，貌似文弱的张组长毫不犹豫地用一桶水浇透身体，将拴在挎包上的毛巾打湿捂住嘴巴和鼻子，冲入火海。

众人的心堵在喉头，商店的木板窗户被他一扇扇打开，茶包、胶鞋、一卷卷布匹从窗户被扔出来。

"危险，屋顶马上要塌了，赶快出来。"有人大喊。话音刚落，土木结构的屋顶轰然垮塌，众人在一片哀呼声中认为他没命了，甚至听见了女人的哭声："完了，完了，好人啊。"

万般惊恐之际，一个"火人"怀抱着嵌有毛主席画像的镜框从烈焰中冲出，贸易小组组长手拿一条装粮的麻袋向他扑去，迅速将麻袋从头罩住"火人"在地上翻滚，火很快熄灭，张组长得救了。所幸的是大火只烧掉了他的头发和眉毛，他被熏得猩红的皮肤脱了一层浅皮，不到三个月又长出又红又白的皮肤。张组长誓死保卫国家财产、保卫毛主席画像的举动在达通马草原传开，他像一尊移动的菩萨一样温暖着牧人的心。菩萨即神。"万万不能这么叫，"他摇晃着手表情严肃地解释说，"我们共产党人信仰的是共产主义，是无神论者。"

牧民对他的解释很不解，但没有怨言，因为有关心他们、连死都不怕的人带领他们过好日子，他们心里很踏实。踏实的依据存在于索朗的心里。他知道，自己家衣不蔽体食不果腹的根本原因是还不起头人的债务，头人的利一年四季要涨四次。二十五年前，达通马草原发生了一次近五十年未遇的大雪灾，索朗的爷爷借了头人尼玛家的一克（八十斤）糌粑，连本带利算，二十五年，累计要还二万七千五百斤。天哪，沉重如山的数字吓得爷爷昏厥了一个上午，后来一想到这数字就气短心跳。同他们家一样命运的牧户欠债数量加在一起数字惊人，这也使得头人家的粮食和财宝堆积如山。索朗做梦都没想到，从草原东边来的解放军替他们做主废除了债务。

烧毁地契和账本的早晨，牧人同头人的站位颠了顺序，头人被集中在最不起眼的角落,低着头,看着地契和账本被熊熊的大火化为灰烬。白色的灰末升腾上天,压在一代代人心中的大山顷刻间化为缕缕轻烟。身体轻如空气,人们载歌载舞,通宵达旦,翻身农奴知道谁在为他们做主,从前头人脸上开心的笑移到了他们的脸上。

索朗在当积极分子的这几年里,目睹了阿布和德杰借刀杀人、公报私仇的事情,今天又要专土登的政,索朗有些于心不忍,他太明白只要工作组一到土登家的帐篷,不到一分钟的政策宣布后,土登家五六年来辛苦养大的牛羊就会一夜间充公,土登变为富牧,土登会变为专政的对象,会变为在焚烧地契那一瞬间不敢抬头的头人。何等的冤枉?一想到悲剧即将发生,他心里充满自责,觉得自己和德杰、阿布是制造这一冤案的罪魁祸首,而背地里使坏是菩萨不容的,是地狱六道中去饿鬼界半个身子在火里、半个身子在油锅里的结局。

张组长在这点上跟他们不同,他说从来就没有什么救世主,也不靠神仙皇帝,要创造人类的幸福全靠自己。细细想来他的话也对也不对,但一想到这个天远地远跑来解放他们,帮他们过幸福日子,同他们同吃同喝同劳动,甚至一根香烟都掰成两截与人分享的人,特别是看见他的皮夹子里面还放着与妻儿的合照,心知他是听党的安排来为人民服务的,索朗心里的疑团就散了。后来细听公社的高音喇叭唱的词,他才明白张组长说的那几句话是《国际歌》的歌词,索朗便把《国际歌》唱得滚瓜烂熟,歌声像一根能随手控制鹰翅的线一样。

即将突降土登家的灾难,让索朗对德杰和阿布产生了反感，他侧眼看看德杰，这个绰号叫甲斜吉登（意为说一百句话里只有一句是真的）的人，凭借谎言蒙蔽了干部，如鱼得水，这点索朗清楚，只是闭口不提而已。恰恰见多识广的土登是德杰的克星，德杰认为土登处处戳穿他的谎言，抢他的风头，所以德杰对他恨之入骨。

平叛结束，土登作为可以教育的对象结束了土匪生活，因为爱情而放下面子做了上门女婿。每当节庆之日，土登都独自待着，更多的时间是和牛羊马在一起。随着岁月的流逝，他在宽广的草原上变得了无声息，一个洗净当年坏名声的康巴汉子把生活交给了家，交给了佛，隐匿于草原深处，没事时就反复数自己家的牛羊，谁是配种最雄壮的牛，发情交配的季节它有什么独特的举动，谁是生育最多的羊，它最多一次生下多少只羊羔等等，他都烂熟于心。

自从德杰名噪一时，土登的平静日子就被掀翻了。德杰是运动中涌现出的风云人物，德杰的一穷二白，正好是按当时标准量身塑造的新蓝本，可以说是一张白纸上好画图。他虽然没有当过喇嘛，但他的藏文水平不一般，过去整日闲着没事就在喇嘛舅舅的指导下学藏文。一贯按佛规行事的舅舅常常被他漫无天际的奇谈怪论弄得不知所措，认为他天资过人，就是染上了无可救药的坏习气，像狼群中的狈，只好用细声的责备来表达对他的不满。

整个达通马都广为流传，德杰是达通马几百年才出现的狐狸精，那些几千上万的加减乘除，经他眨眨眼瞬间就会获得准确的结果，这让他毫无悬念地当上了生产队会计。达通马人都清楚，德杰的能力如果用在正路上，他一定是一个了不起的人，可他偏偏心眼儿极小，容不得别人比他好。只有土登能破解德杰的骗术，每次听到人们赞颂德杰的神奇时，他总是噘着嘴扬起脖子傻笑，对着天空说："甲斜吉登，甲斜吉登。"

两人的眼神碰到一块儿，总是心照不宣。经土登这么一调侃，人们只要一看见德杰，自然就把他和"甲斜吉登"联想在一起。

绰号传入德杰耳朵里，气得他咬牙切齿，但他在众人面前却装得若无其事，说："这话我爱听。"说完暗自攥紧拳头发誓："我知道，这话只有土登能说出，走着瞧，一辈子的仇人。"他的计谋成全了他狭隘的报复心，眼看土登马上就要落入自己的圈套，他望着远处笑了。

到达土登家时，众人看见帐篷早已被拔下地桩不翼而飞，张新建对自己说："果然走了。他的话八成是真的。不过我得稳住，即使肚里冒火，也不能让嘴巴冒烟。"于是他不动声色地说："哼，居然畏罪潜逃，莫非跑得出无产阶级专政布下的天罗地网？"这话让德杰听来心里像老熊偷吃了蜂蜜，但张组长接下来的一句话又让他掉进了冰窟，"走，去德杰的帐篷休息休息。"张新建掉转马头朝德杰家的方向走去。

德杰心里咯噔一下，与阿布互相对望，都想在对方的表情里找到答案，但二人都只能摇头不知所措，认为答案藏在张组长的嘴里。其他人上马随行，唯独德杰站在原地，脸色铁青，他明白土登家灶上放着的插着三枚针的羊皮，是对他进行死亡报复的提醒，再者张组长说去他家，引来了他的巨大恐慌……

第20章

培训结束，临近傍晚，斯郎措背着背包拎着箱子回到向阳公社。在血红的天际下，斯郎措娇小的身躯在细长的路上移动，给草原旷达而恢宏的背景增添了诗意的孤寂。

刚在院子露头，她就高声喊："达志（平日里她把达瓦志玛简称为达志，显得格外亲切），达志我回来了。"不等屋子里的人回应，她就无所顾忌地径直推开门，然而一看傻眼了，屋里一个穿汉装、戴眼镜的小伙儿正在吹口琴。她突然收步，一个趔趄险些摔跤，幸好一只手扶住门框才站稳。她的脸色唰地通红，尴尬地冲王本昌笑笑："啊麻麻，走错门了？"但又看见临窗的长条桌上摆着自己和达瓦志玛的合影，旁边的搪瓷茶盘里放着竹编外壳的热水瓶，还有两只玻璃杯，一只杯里插着一把塑料梳子和牙刷，另一只空着，显然是自己生活过的场景。"对呀，是达志的屋子呀！"她涨红的脸上充满疑问，习惯性地吐吐舌头。处在进退两难间，她听见吹口琴的男人发话了：

"你是斯郎措吧？请进，没错，这是达瓦志玛的屋子。"

他叫出达瓦志玛的名字让斯郎措很意外。"啊啧啧，不会吧。"听见这位穿汉装的男人一口纯正的藏话，她惊叹着捂住嘴后退一步。

"什么不会？"王本昌将口琴的琴孔对着手心拍拍，微笑着问。

"一看你就是内地来的，可藏话说得这么好。"斯郎措的语气充满好奇和赞叹。

"你真像达瓦志玛说的，是桑戈草原最美的岗拉梅朵（雪莲花）。"

这赞美语气尽管平和低沉，却让斯郎措听得美滋滋的。她冲他笑笑，害羞地不敢正视他。

"还站着干什么，这里是你的家啊。你先喝点水，我给你倒洗脸水。"王本昌的姿态和行为像个主人，"听说你要回来，上前天我们把你床上的马褡打开，把被子和铺床的棉絮拿到外面晒得软软的。"

从这个男人说话的口气和接待她的态度，聪明的斯郎措明白了他与达志的关系，她镇定下来，笑笑说："咔作（谢谢）咔作，你是？"

"哦，我是去年从州气象局下放来劳动锻炼的，叫王本昌。上海人。"

"哦呀。达志去哪里了？"为了避免与陌生男人面对面说话的尴尬，她开始收拾行李。

"她同公社干部去统计患包虫病的人数，今天回来。没想到包虫病这么厉害。你学成回来就好，牧区缺的就是赤脚医生。"王本昌往洗脸盆里倒上热水，说，"就在前十多天，朗姆村的一个牧民患了重感冒，本来打打针吃吃药就能没事，可拖了时间，送到医院因发烧转为胸膜炎死了。"

斯郎措听后遗憾地摇摇头，竖起鼻子在空气中嗅着，说："好香哦。"

"东坡肘子，我做的，在色尔坝农区买的藏猪肉。你真有口福，等达瓦志玛回来一起吃。"

"你会做？"

"对，我还会做四川人最爱吃的蒜苗回锅肉，可惜草原上买不到蒜苗。"

"我在卫校食堂打牙祭时吃过，好吃。"两人就这么断断续续地聊着，沉默的时间多些。

天快要黑时，院子里传来了一阵密集的马蹄声。"回来了。"王本昌推开窗户就看见达瓦志玛，"嗨，斯郎措回来了。"

"真的吗？"达瓦志玛撩开额头的一缕刘海，将信将疑地问道，紧接着便看见斯郎措打开了房门，手里拿着梳子。"啊啦啦，我的小乖乖，回来了。"达瓦志玛把缰绳递给旁边的人，小跑着冲向屋子，语不成句的惊喜声感染着整个院子里的人。

"小乖乖。"四郎学着这话，转过头向众人做了个鬼脸，说,"休息吧,小乖乖们。年轻真好。"在场的男人们嘿嘿地笑着,目送着这位一下乡就穿马靴的转业军人。这双军靴是骑兵团的杨政委去剿匪时送他的,铿锵的步伐隐藏着男人吸引女人的秘密,隐藏着烽火硝烟中的穿越感。

姐妹俩欢喜的声音在场院里回荡着,守夜狗歪着脖子仔细辨认着似曾相识的声音,头顶盘旋的苍鹰都不知所措,忽东忽西。

王本昌生平第一次听两位藏族女子聊私房话。他庆幸自己走进了对方民族文化的深处,探寻着隐秘世界的原样。斯郎措用自己的洗脸帕给达瓦志玛揩擦,随后两人又相互给对方的脸蛋上搽雪花膏,相互给对方喂糖果,笑着聊着,完全忽略了他的存在。

他在一旁静静地欣赏着姐妹亲密无间的缠绵细节,心里滋生出从未体验过的畅快。

斯郎措从口袋里拿出了带给达瓦志玛的百雀灵雪花膏,还有康定的油炸麻花、桃片、花生糖、蛋子糖,数量虽然不多,但能感到斯郎措已是倾尽其财。

"礼轻情意重"之举让王本昌心生怜悯,但又能感到一种无边的幸福。过去这些糖果对于他而言,可以堆积如山,但未必能带来满满的幸福感。从米箩筐掉进糠箩筐的王本昌认为:幸福跟钱有关,但又与钱无关。

斯郎措每打开一个装糖果的褐色牛皮纸袋,就亲手喂给达瓦志玛一颗,志玛的嘴被糖果填满变形时,才意识到男朋友还在旁边。她难为情地用胳膊肘轻轻触碰斯郎措,两人不好意思地偷眼看他。达瓦志玛埋下头,深陷的酒窝荡漾着幸福。斯郎措再用胳膊肘捅捅她，随后又爆出爽朗的笑声，笑声中达瓦志玛像是突然意识到了什么，将食指竖立在嘴唇前，屋子寂静数秒后，笑声再起。斯郎措再用胳膊肘捅捅她，示意给王本昌一些糖果，达瓦志玛羞答答地递给他一颗，头却歪在一边，他用嘴接过糖，笑声再起。

王本昌笑着歪歪脖子摊摊手，说："你们姐妹俩的友情真让人羡慕。志玛，快叫你妹妹一起吃饭吧。"

饭桌上，达瓦志玛向斯郎措说明了她和王本昌的恋爱关系，乃至准备在夏天结婚的打算都没有漏掉。斯郎措端着茶碗道："我用汉地的祝贺方式，以茶代酒，祝福你们。"而后祝贺的语气变得忧伤，她又说，"一年没见面，变化真大。"

只有达瓦志玛才能感受到斯郎措失落的话外之音，她往斯郎措碗里夹了一块东坡肉，说道："妹妹，即便我们结婚了，你还是吃住在这里。直到你有了家我才准你离开。如果……"话未说完，泪水哗啦啦地流出来，停顿片刻，她才哽咽着继续说，"如果你不按照我说的做，我就不结婚。"

这话让斯郎措转过脸长时间看着窗户，眼里噙满泪水。为了缓解凝重的氛围，她回头抿抿嘴冲达瓦志玛和王本昌笑笑，欲言又止。

为了不让斯郎措难受，王本昌抢先加重语气说："同意。坚决同意。"说完这番话，氛围使然，他情不自禁地将两人的头揽入自己的怀中，两位年轻女人激动的哭声冲击着他的左心右肺，他能感受到情感像巨大的山洪倾泻而下。良久，他耐心地等待两人平静后，说："好了，我们吃饭吧。"

三个人品尝着美食，偶尔赞叹菜的可口，无意间谈话再次转到了斯郎措身上，话题围绕希望她找一个好的归宿而展开。斯郎措咀嚼着，沉默不语，达瓦志玛丰收的爱情让她对曲扎生出强烈的怨恨，她无法预测这种等待要持续到何年何月。头人和上层喇嘛被革命了，现在是夹着尾巴做人，有朝一日，即便曲扎回来，也是当不成公社社员的单干户。不过她对此早有思想准备，曲扎临别时抛下的话，已经有近十个年头被她深藏于心，白天还好，忙这忙那，可一到夜深人静，曲扎就在她的脑海里漫游，这种漫游的苦涩多于憧憬，如人饮水冷暖自知。另一种怨恨来自自己，她认为自己过于痴情，也许曲扎当时的话对于一个头人而言，很快就会遗忘，她何苦这样苦苦等待。其实她知道，在她身边有排着队的好男人在对她示好，就在州卫生学校学习期间，一位陈老师就开诚布公地向她求爱，被她拒绝了。苦苦挽留她的院长夫妇，给她介绍了军分区的一名军官，个人条件非常好，人又帅气，也被她婉拒了。这一切仅仅缘于一个遥遥无期的等待。

多年后她耳边不时回响起院长夫妇送她的一句话："娃娃，爱不能等。"

不过，她很快从低落的情绪中恢复过来，开始给达瓦志玛和王本昌讲些学校的逸闻趣事。

饭后王本昌再次端起爱情冲锋枪，借撩人的月色和柔和的烛光吹起口琴。

三色猫拱起背冲着达瓦志玛喵的一声长叫后，纵跃上窗台，消失在夜色里。

猫的消失让达瓦志玛心生不安，总觉得黑暗中不祥的暗影又在偷窥。当然，事实上即便处在爱情高温期，她仍然保持着女人的节操，她和斯郎措肩靠肩地偎在一起，动情地为王本昌吹奏出的悠扬的琴声鼓掌，虽然夜已深，但房间奢侈地燃着蜡烛，一根接一根。

夜色中两位少女撩人的青春气息，点燃了王本昌的热情，奔涌在胸膛的血液鼓励他使出浑身解数，把能记住的中外曲子都吹了一遍。悠扬的琴音飘进达瓦志玛的耳道，流进心里，沸腾的血液助长了音符催化力，让她快活得阵阵眩晕，眩晕中她看见他双手扶住口琴横在双唇间左右移动，额头冒出的热汗顺着脸颊流到下巴，烛光照着汗珠，晶莹剔透。她融化在琴声里，听得入神，毫无倦意，认为这琴声比记忆中的唢呐和铜钦流畅动听。

那天晚上，王本昌冒着成为教唆犯的危险吹了禁歌《莫斯科郊外的晚上》。后来达瓦志玛才知道这首爱情歌曲是由苏联传到中国的。他在冒着生命之险向她示爱。

第二天醒来，王本昌发现自己的嘴唇肿得像猪八戒，唇上鼓起的血泡像晶亮的葡萄。"这是关关雎鸠，君子好逑的快乐代价。"他对着镜子满意地看着自己的"丑态"，那种长期闷在胸腔里的压抑情绪被另一个民族女子的爱情所驱散，他因爱获得了重生。他做梦都不曾想到，川西高原成了他温暖的家。

在斯郎措的帮助下，经过一番精心的准备，达瓦志玛和王本昌的婚礼定在初夏的一个星期天。

第21章

　　阳光晒进窗户，达瓦志玛正在梳头，无意中看见准新郎的半个身影投在地板上，心想："今天起这个汉人就是自己的丈夫了。"她有一种有别于草原女人的感觉，认为自己前世的前世就生在大海边，喜悦中略有不安。

　　咚咚咚，王本昌穿着灰色中山装敲开门，刮得干干净净的脸让志玛看着就舒服。她冲他微微一笑，礼貌地问候："早。"

　　"新房布置在我的寝室。"他说。

　　"嗯嗯。"这正合她意，她从心底里感激这个汉族男人的细微温暖。她本想隐瞒一件事，但既然两颗心都叠在了一起，那就不该隐瞒。她说斯郎措是前年回来的，好心的四郎考虑到她的难处，就派她去州卫生学校学习当赤脚医生，这样回来的话起码有一条生活的出路。经济条件好一些的公社，都给赤脚医生基本的生活补助，她往后住在达瓦志玛的寝室里，估计公社也没有什么异议。

王本昌将达瓦志玛抱在怀中，说："你的事就是我的事。我们一起帮助她。走，去领证。"

达瓦志玛紧紧地将脸贴在王本昌的胸膛，轻声地说："嗯。"

两人来到文书那里领取结婚证，王本昌拿着大红封面的证书端详，封面印着毛主席语录"领导我们事业的核心力量是中国共产党"，另一句是"指导我们思想的理论基础是马克思列宁主义"。

他翻过背面，用胳膊肘碰碰达瓦志玛的胸。这一次的触碰与过去的感觉明显不同，过去带着某种试探，而这次是在触碰本该拥有的。

文书看见后做了个鬼脸，吐吐舌头。而达瓦志玛也不再回避，结婚证书在帮她证明。

他指着封底落款上的字"中华人民共和国婚姻法第八条"给她看，念道："夫妻有互爱互敬、互相帮助、互相扶养、和睦团结、劳动生产、抚育子女，为家庭幸福和新社会建设而共同奋斗的义务。"打开内页，顶端是国徽，两边是对称的三面红旗，边框有金色的麦穗和花朵图案，印有"结婚证"三个大字，中央写着"王本昌，男，25岁，达瓦志玛，女，25岁，自愿结婚，经审查合于中华人民共和国婚姻法关于结婚的规定，发给此证"。两人沉浸在幸福中。"走，先去四郎主任那里。请他做主婚人。"他再次用胳膊肘触碰她的大胸。

四郎正在认真擦拭他心爱的配枪，看见两人拿着红本本，当即就明白了他们的来意。原本以为四郎会说一番诸如白头到老、永结同心、早生贵子的祝福之话，没料到他竟然这样说："上海秀才，你真的要娶我们草原的女人当媳妇？"

王本昌咬着下唇看着四郎诚恳地点头，握紧了达瓦志玛的手。

"不是一时兴起，闹着玩的？"四郎的语气带着审问。看见达瓦志玛脸都红了，四郎偷偷对她眨眼睛。

四郎霸道的语气急得王本昌红着脸说："我向伟大领袖毛主席保证，向你保证，我是真心的。我会一辈子对达瓦志玛好的。如果我食言，你是军人出身，你打断我的腿。"

准新郎的赌咒发誓让准新娘心里舒服极了，心里无限感激四郎的激将法。

"打住，向毛主席保证就行了，他是天上的太阳，我是地上的芝麻，我怎么能跟他老人家比。"四郎主任做出挥拳揍他的姿态，"听着，你要是欺负她，当心我打断你的骨头。"

"嗯嗯，我会一辈子对她好。"王本昌赌咒发誓的模样，连他自己都觉得很夸张。

四郎垂下头闭上眼睛，将下巴搁在胸前，沉默了许久。他的举动让新婚夫妇十分紧张。随后四郎抬头看着他俩，说："姑娘，你要想好哦，你身边这个男人可是人民监督的对象。"

达瓦志玛点点头，眼神坚定地看着四郎主任，说："老人们常说,利箭射进草地还能拔出,女人的心交给了男人,就不能收回。我们此刻已经是牦牛花绳,紧紧地扭在一起了,乐时同吃坡上草,苦时同饮沟中水。"

她的话并不让四郎吃惊,让他吃惊的是,平日里这位矜持有度的女孩,从不敢用正眼看着长辈说话,如今却目光坚定地表达着自己的愿望,这一举动让他深知,她已经深深地爱上这位汉族小伙儿了。"听见了吗?"四郎瞅着王本昌,"你真有福。"说着用拳头在他的胸膛上砰砰两下,"实话告诉你们,有人告你们未婚同居,伤风败俗,还在夜里唱黄色歌曲,给修正主义鸣锣开道,是对社会主义的公然挑衅。强烈要求达瓦志玛不要被上海阿拉的甜言蜜语所迷惑。唉,我算是顶着压力跟告密者周旋了多时。"

"利箭射进草地还能拔出,女人的心交给了男人,就不能收回。"达瓦志玛流着泪水重复说道。

四郎的话让王本昌想到了和达瓦志玛第一次拥抱时她看见的黑影,一定是那个偷窥者在使坏,他说:"主任,告密者说的都是事实。"他偷眼看了看闷声哭泣的达瓦志玛,用手去揩擦她脸上的泪水。

达瓦志玛定定神,说:"他,没有告黑状的人说的那么坏,他对毛主席老人家的爱,是真的。"她又开始哽咽,"不管以后发生什么,就是讨饭,我都会跟着他。"她说话过于激动,原本想多说几句,话却全部拥堵在喉头,泪水像下雨似的落在地上。他再次当着四郎的面伸出手,紧紧地握住她的手,是对她的誓言的深度回应。告密者的恶语伤人,非但没有分离他们,反而成为强大的黏合剂,将两颗心永恒地粘在了一起。

"好啦,好啦,别说得那么绝望,还有我在哩。我看啊,有些人是吃不到牛肉鼓上报仇。"四郎发出一阵爽朗的大笑,拿起桌上的笔在纸上唰唰地边写边念,"蛋子糖五斤,双喜牌八磅的保温瓶一个,《毛泽东选集》一套。好了,拿着我批的条子去贸易小组办理吧。"

超过预想的批条不知触动了达瓦志玛的哪根神经,她竟然毫无顾忌地哇哇大哭起来,王本昌一时找不到止哭的妙方,只好由着她放声释怀。王本昌火速去关上窗户和大门,被关住的声音在屋子里越发响亮,两个男人只好耐心等待哭声由高变低,由急变缓,直到她趋于平静。

"主任,不是有规定,办婚礼只批三斤糖果吗?你多给批了两斤。太感谢你了。"王本昌牵着达瓦志玛给四郎深深地鞠了一躬。

"好了好了,多愁善感的姑娘,提前祝福你们。"四郎故意做出狰狞的模样,大手一挥示意他们去办,"等等,给文书小赵说,就说我说的,结婚的当晚把公社的两盏煤气灯借到婚礼上用,弄得跟白天一样,让婚礼热闹起来。"

"哦呀。"王本昌感激地应着。

"等等,不给小赵说,会坏事。我直接给武装部长说。"四郎的话立刻引起了两人的警觉。"莫非小赵就是……"王本昌话没说完,达瓦志玛就朝他点了点头。

"别瞎猜,这没有你们的大喜事重要。"

回寝室的路上两人并肩而行,如今等于是向全公社公开了他们的关系,这份沉甸甸的喜悦中透着隐隐的不安,坏事的"影子"终于从四郎主任的嘴里跳了出来。刚关上门两人就迫不及待地紧紧相拥在一起,没有言语,没有赌咒发誓,情不自禁滚涌的热泪沿着紧贴的脸往外溢,他大胆地脱光了她的衣服,掉进了温床,唯有三色猫提醒,两人才知道到了吃午饭的时间。

婚礼前的头三天,斯郎措就邀约卫生院、学校、粮站、打井队场部的姐妹们把新房收拾一新,女人们在门上和窗户的玻璃上贴上了大红的"喜"字,在房间的四角牵上了用大红色皱纹纸拉出的彩条,在大红被盖上放上了金黄色的双喜剪字。

婚礼在时代倡导的喜庆、节约、不铺张的氛围里如期进行。"破四旧、立四新"的年代,活佛念诵吉祥经为新人祝福的仪式不复存在,婚礼按照主婚人和证婚人的新规矩举行。婚礼的当晚达瓦志玛的娘家人还有平措阿爸也来到了现场,主婚人是四郎主任,证婚人平措阿爸,两人的左胸挂着标签。前来祝福的人们送上了《毛泽东选集》、热水瓶、茶杯、茶盘、锅碗瓢盆、被盖等礼物。新婚夫妇收到上海家人拍来的祝贺电报,已经是一个月以后的事了,收到上海家人送来的礼金和礼物则是两个月以后的事了。

婚礼当天,达瓦志玛穿一件毛哔叽的藏青色藏装,里面套上一件王本昌的妹妹寄来的大红色毛衣,让人在人群里一眼就能辨别出她就是漂亮的新娘。王本昌穿了一套锦纶的蓝灰色中山装,左胸和新娘一样别着标签。

婚礼由武装部长杨格桑主持,这位曾经的投弹标兵,用洪亮的声音宣布:"王本昌和达瓦志玛的婚礼现在开始。"话音一出,新人和客人一起挥动《毛主席语录》,口中念道:"敬祝伟大领袖毛主席万寿无疆,万寿无疆。"接着高唱《东方红》和《大海航行靠舵手》,歌声像一把火点燃了婚礼的气氛。在汉语普及程度极低的桑戈草原唱汉语歌,在王本昌听来总觉得韵味独特。

附近的牧民循着歌声和灯光向院落集中,他们像过最热闹的赛马会一样,来看传说中的"夜明珠"(煤气灯)。煤气灯的神奇让他们咂舌,看见发光的灯,牧民们惊呆了,尖叫着,唏嘘着。面对院子里黑压压的人群,王本昌高兴得说不出话来,一个劲地说:"山潮水潮不如人潮……"

日后很长一段时间,牧场上都流传着关于煤气灯的生动形容:"近看一滴滴,远看一滴滴,结果满屋都装不下。"王本昌反复念叨着,惊叹于牧人的生动比喻——这得益于《格萨尔王》说唱里丰富的谚语,这部永不枯竭的英雄史诗沉淀着藏民族的人生智慧。日后他把富含哲理的谚语一一记下,不是以口传和羊皮卷的形式,而是以纸质书写的形式传递给了二儿子琪加达瓦,为他今后的多元文化研究提供了丰富的素材。

屋里屋外、走廊和院坝里挤满了前来祝贺和看热闹的人,除了来看一个藏人和一个汉人结合的婚礼,人们其实更是冲着神奇的煤气灯来的。面对接踵而来的人群,王本昌把达瓦志玛拉到窗口说:"山潮水潮不如人潮,给大家发糖。"两人端着瓷盘里的蛋子糖走出新房,给每人发了两颗,仅发了三分之二的人盘子就空了,场面极为尴尬。达瓦志玛的脸涨得通红,王本昌望着空盘发愣。一筹莫展之际，斯郎措想到刚从康定带回的一大坨红糖，她在窗口向院子里的人喊道："还没有吃到喜糖的客人，喜糖马上端来。"她迅速用刀将红糖分切成小块后小跑着把糖递给他俩，她的解围让达瓦志玛眼角噙满了泪花。

婚礼在武装部长的主持下热烈进行，先拜伟大领袖毛主席，再拜广大的革命群众，再夫妻对拜。欢笑声和孩子们在走廊上跑来跑去的声音，传递着喜庆的气氛，整个公社的场院变成了大蜂箱，数里之外都能听到它的嗡嗡声。婚礼的热闹场面超过所有人的想象，接下来通宵达旦的对歌成为一道不眠的风景，前来庆祝的人们把所有的革命歌曲轮番进行了演唱，大家越唱越起劲，直到王本昌唱得嗓子沙哑发不出声来，婚礼仍在进行。

王本昌唱哑了嗓子，发不出声来，两天后粮站的老吴献出偏方，将烧红的木炭放在装有水的碗中，将熄灭红炭的水让新郎喝下，管用，喝下不到两小时，嗓子就发出了声来。

告"黑状"的赵文书孤独地躺在床上，院子里传来的时高时低的嬉闹声让他妒火中烧，他不时用拳头敲打床板。他想着自己给达瓦志玛写的一张张因怕被拒绝而没有递出的留有唇印的求爱字条，越想越觉得自己窝囊，最后他将被子往头上一罩，咬牙切齿地说："哼，别高兴得太早。"

婚后的一天下午，达瓦志玛和斯郎措姐妹俩拥在一起，嘴里嚼着奶渣发出脆响，达瓦志玛说："谢谢你那晚帮我挽回了面子。"

斯郎措对她的致谢做出鬼脸，咬牙切齿地说："再说这话，我就不理你了。"

看见斯郎措生气，达瓦志玛哀求说："好，好，姐妹俩不说两家话，但是……"

"但是什么？"

"希望你早日有心上人。"

斯郎措若有所思，沉默片刻，说："我这样不也好好的吗？以后再提这事，就不理你了。"

对于斯郎措的"最后通牒"，达瓦志玛无话可接，她知道自己再也不是单身女子，角色的转变让她明白，不能像从前那样口无遮拦了。斯郎措在婚礼夜晚消失了一段时间，看不见赵文书是达瓦志玛最乐意的，但片刻看不见斯郎措就让她心中空空。在一遍遍招呼客人的同时，她在人群里找了很久，后来在无人的走廊拐角处看见她，当轻手轻脚走到背后探头看见斯郎措泪流满面时，她心疼极了。

第22章

刮了一天的西北风终于在天快要黑时收住了风势，风止草静。

土登拉着头牛的鼻环前倾着身子往前走，直到头牛发出哞哞哞的痛苦叫声，他才意识到自己用力过猛扯痛了牛鼻。如果不是飞沙走石让牲畜辨不清方向，他也不愿拽住牛鼻环。头牛急促的气息喷在他的手背上，极不情愿地挪着步，抗拒粗暴的主人。牛的叫声惊动了牛背上三岁的儿子道吉，"阿爸，我要撒尿。"

土登保持着惯常的沉默停下脚步，朝地上啐了一口唾沫，伸手兜住道吉的腋窝从皮口袋里将他拽出，然后托举在半空中，道吉很配合地分开双腿，一股清亮的尿液唰地形成一道弧线落在沙土里,很快溅出一个小坑,直到弧线消失,他又颠颠道吉的身体将他放回口袋。邻近的几头牛凑到尿液处,伸出舌头舔舐着带盐的沙土,七八对牛角交错在一起发出刺耳的碰撞声。土登悲悯地看着牛变粗的眼睫毛,上面裹满了灰尘,像阳光下苍蝇的腿,穿过睫毛的尘土刺得牛不停地流泪,土登也在流泪,方才感知自己的眼睫毛同样沾满尘土。他鼓捣舌头在嘴里旋转,顿觉嘴里全是泥沙,骂道:"全是泥浆。"用手揩了一把汗水沾着沙土的脸,脸上的细沙摩擦得皮肤火辣辣地痛。

上路前土登琢磨要不要学驮队那样给头牛戴上铃铛,只要铃铛发出响声,后面的牛羊都会紧随其后。"但我们不是驮队啊。"他否定了这一想法。牧区放牧通常是不带铃铛的。牦牛不像骡马走起来雄赳赳的,永远都是慵懒自在的样子,像唐卡画师慢悠悠地在绢上画线条。牛群缓慢地行走跟他的心境相背,因此他恨牛羊不懂人事,一路上骂着不堪入耳的脏话。他清楚,必须在天黑前绕到草坡的背面,才能避开风口安营扎寨。风停过后,空旷的原野万籁俱寂,间或能看见藏野驴或野牦牛在山脊探头打量这群不速之客。空中没有一丝浮尘,唯一的感觉是空气在快速变冷。

土登回望跟在后面数百米外的妻儿,看见妻子正挥动手里的哦多(抛石器),阻止牛羊远离畜群,五岁的二儿子仁青正在给阿妈捡哦多用的石头,刚满七岁的大儿子索木东则紧紧拽住一只走偏方位的羊朝畜群方向拉。

看着远处拳头般大的孩子们稚嫩的躯体,以及已有身孕的妻子,土登一想到要把他们带到一个魔鬼都不敢进入的地方,心就像掉进冰水里了一样发怵。"没办法,只有铤而走险才能保全他们。"他同自己对话,说这是没有办法的办法。出发前他趁着酒兴狠狠给了自己一耳光,恨自己从前刚烈的血性不见了,一个甲棒居然能容忍别人的欺辱?但反复掂量,无论逃到何处,德杰他们通过无所不能的人保组,一纸通缉令就可以让其他公社抓到他们,逃往无人区才是唯一保全财产和生命的选择。他发誓只要孩子们长大成人,他就杀掉德杰全族。

记得当甲棒的第二年,他同甲棒七兄弟抢了嘉登部落的稀世财宝——一条镶了翡翠的金马鞍。翡翠里有条金龙,一旦金龙听见雷声就会在翡翠里游动。如此神奇的宝贝是嘉登部落的至上图腾,每年的草原盛会都有慕名而来的人排着长队来顶礼膜拜。抢走这一圣物等同偷走了部落的灵魂,部落上下发毒誓追回圣物。嘉登看着十八岁到五十岁的男人聚集在自己帐篷的旗杆前,抿着嘴将喇嘛诅咒过的叉叉丢进火里,誓言要把盗宝人斩尽杀绝然后讨回圣物。

甲棒们深知即便退回金马鞍也是必死无疑,情急之下,他们选择了逃往无人区。嘉登部落追至无人区边沿便停下了脚步,他们知道甲棒们在那里熬不过冬季就会冰冻成干尸。

在无人区煎熬三个月后,七兄弟发誓宁愿下地狱,宁愿跟追杀者拼命也不能待在只有野牦牛和藏羚羊的地方,因为人没有它们那样的生存能力。奇怪的是土登在无人区并无绝望之感,那些随处可见的羚羊,是他们轻而易举就能获得的食物,只要寻找到它们的活动规律,适时地下好套,猎物就到手了,不费一枪一弹。他深知,七兄弟活不下去的致命原因是没有女人。

令土登深感宽慰的是，这次再度进入无人区，他有梅卓，就像甲棒老大说的有女人就有家，他是有梅卓就有家。死心塌地跟着他的梅卓在遇见他之前，是小部落头人的女儿，三岁时就与同级别的小部落头人的儿子定了亲。就在家里准备送亲的前一个月，与土登一次偶然的接触，她便不要命地爱上了土登。血性、浪漫、为爱不要命的土登找到头人，直言不讳地说他和梅卓已爱得死去活来，自己愿意拿出钱财来偿还男方定亲的仁（金价）。头人正用手指掏牙缝里的肉末，听清他的意图后，根本没有正眼看他，而是略带嘲弄地随意开出了二十个银锭的天价。天哪，一个银锭相当于四头成年牛、六十斤茶叶！头人原本想用天价的数字吓走土登，意外的是土登二话没说："吐出来的口水是舔不回去的，一言为定。"一个月后他带着二十个银锭出现在头人面前，对方当场吓得晕厥过去，第二个晕厥的是梅卓，但她是因高兴晕厥过去的。事后梅卓才知道是有甲棒七兄弟在强力支持土登，他们打算如果头人反悔，就直接将她抢走。梅卓第一次领略了土登的胆量和说一不二。

眼下最要命的是：要在无人区待多久？这个时间土登无法估计，也许一年，也许三年，也许五年。看着脚下砂石渐渐多过板结的草地，从未有过的后怕油然而生，土登长时间凝视天空后自言自语道："难道我当甲棒作孽太多，罪孽深重，菩萨在惩罚我？"但他深信一旦进入无人区，全家就安全了，德杰一伙做梦都不会想到他会如此不要命地铤而走险。

土登曾听能吃苦的回族商人说，无人区是"鸟飞不下，兽铤亡群"的死亡地带，当时他不太懂这句话的真实含义，回族商人解释说:"这片区域别说是魔鬼待不下来,就连鸟都不敢停下来歇脚,因为土地上没有它要吃的虫子,几乎都是砂石,只零星地长着一些野牦牛和藏羚羊吃的草。你想,那些吃肉的动物,比如豹子、老熊、狼之类的,到处都是,停下来就是死。"

其实,对土登而言,豹子、老熊、狼并不可怕,他是神枪手,有着另一个绰号叫"指哪儿打哪儿"。

一到夜晚,他是睁一只眼闭一只眼地似睡非睡,他的手指从没有离开过扳机。临行前他做了两件心里犹感踏实的事:一个是买来了足够供收音机用的干电池,那是知道外界大事的宝盒,是他重返家园的"耳朵";另一个是买了足有三百发明火枪的子弹。用于买电池和火药的钱,是他背着家人偷偷卖掉三头牛换的,他对妻子谎称牛被偷了。

他知道一旦进入无人区,牛羊想吃到大量的青草就是妄想,这里的草几乎贴着地,无人区边缘的牧人叫它们贴地草。要想活下来就必须有野牦牛、藏野驴、藏羚羊一样的体质和耐寒能力,这对土登来说,无疑是拿着全家人的性命去赌。面对着眼前的一片空旷他想痛痛快快地大哭一场,责怪自己无遮拦的嘴招来了灭顶之灾。

不觉间手里的佛珠加快了转动,他把所有的希望都寄托在这根串有一百零八颗佛珠的手串上,希望滑动在指肚上的佛珠护佑全家。在祈求三宝护佑的同时,他也告诫自己必须做顶天立地的丈夫和父亲。他撑撑紧扣在眉毛处的毡帽檐,回望家的方向,深深地呼出一口气,心说:"终于逃出魔掌了。"

他将中指和拇指放进嘴里吹出响哨，召唤妻儿和牛群紧跟他。

没有风的阻止，哨音很快传到听者耳里，他们加快步伐朝他围拢过来。

宿营过程中分工有序，没有谁说话，索木东帮助土登安放地线，用石头敲紧连接地线的木楔，这样连接牛鼻绳的地线才更加牢固。仁青是个一看别人怎么做就很快能学会的天生的牧者，小脚掌在地上翻动着，来回在十几根地线间穿梭，熟练地牵着牛鼻绳将它们连接在地线上。土登看见孩子们利落的行动，无意间想到父亲对他暴跳如雷，甚至拳脚相加，愤恨至极时他恨不得把父亲杀了，现在他以温和的方式对待孩子反而效果很好。

宿营地选择的是相对避风的草窝，六十多头牛组成了一道挡风墙，羊群在牛围着的内圈，它们的身体恰到好处地挡住了从牛肚下吹入的冷风，因此人不会冻着。妻子带着仁青在圈心用挂在腰间的火镰点燃三石灶的篝火，开始煮茶，一切在井井有条中展开。

土登在依稀可见的天光下松开了獒犬的索套。这一带是狼经常出没的地方，但他无法判断狼群会在什么时候出现，眼下过于寂静的夜让他心有不安，他摸了摸身边一头獒犬硕大的脑袋，说："放尖双眼，放开鼻子。"守夜狗呜呜呜地回应着，似乎听懂了他的叮嘱。

他从紧挨着的两头牛中间侧身走近三石灶盘腿坐下，看见锅里的茶水开始翻滚才意识到自己饿了。他抬头看看天空，说:"明天的天气不会好,说不定要下雪。"

"我们去的地方还要走多久?"梅卓给他的茶碗里续上清茶,问。

"快了,如果不遇上下雪的话,再走十天就到了。"

"还有十天?"她很吃惊。

"这样,全家才能真正躲过仇人的报复。"

妻子听后没有再问,把头歪向一边,看着黑暗的虚空,土登隐隐感到她的肩头微微在抖动。他想发火,但忍住了,用手扶住她的肩,用极度耐心的口吻轻言细语地说:"多吃些,明天好赶路。"

梅卓没有说话,同时轻轻躲开了他的手。吃过食物后一家人在没有星星的寒夜里因白天的艰难跋涉而很快入睡了。

土登在睡梦中被吵醒,三只守夜狗在朝着同一个方向叫。

"不好,狼群。"

第23章

达瓦志玛婚后很快就怀上了头生子王反帝，牧区称这是"进门喜"。

次年垂穗披碱草高至膝盖时，不到一岁的王反帝就被送回了上海。以后的日子，奶奶替小两口照看了除老二以外的三个孩子。达瓦志玛怀上次子王反修后，对预产期斯郎措比她还清楚，即便巡诊回家累得想倒头就睡，她也会硬撑着眼皮去看日渐鼓凸着肚子的达瓦志玛。达瓦志玛的妊娠纹早在生反帝时就密布在滚圆的肚子上，这之后丈夫与她同房时她死活不让看肚子。

从年龙乡返回公社，斯郎措第一件事就是推门问询达瓦志玛的孕期反应，恰好达瓦志玛正用厚被盖作靠垫坐在床上聚精会神地织毛袜，王本昌坐在窗前的桌旁看书。看见斯郎措很搞笑地猫着腰轻手轻脚地走进来，王本昌冲着她做了个鬼脸继续看书，达瓦志玛则十分自然地挪了挪屁股给她让座。

斯郎措没有照达瓦志玛的指令行事，而是严肃地看着她，用女巫般的声音说："达志，你听好，不要把替我怀的孩子饿着了。"她用手指轻轻戳了戳达瓦志玛浑圆的肚皮，随后从褴褛里掏出一饼酥油递给她，说，"远牧点的牧人给的，补补身体。"酥油用大黄杆的宽边大叶包着，透出诱人的奶香。王本昌接过酥油闻了闻，说："嗯，好新鲜。"随后将酥油放在装糌粑的木盒子里，用糌粑覆盖好，又拍了拍手里的糌粑粉，"这样就密不透风了。只有远牧点的牧民会趁天高皇帝远，偷偷做一些酥油自用，不然被生产队发现后，是要被'割资本主义尾巴'的。"

"你这么喜欢娃娃，还不如让他给你弄一个，正好戴眼镜的公牛空着。"达瓦志玛说。

"呸呸，你有本事再说一遍！"斯郎措将拳头举过头顶，装怒的模样透出女人的羞赧。

王本昌瞪圆眼睛看着妻子，差点被妻子的话噎住。看着她俩同时迸发出哈哈大笑，他说："这话在大上海也是超前的，我老婆真大方。"而后他放下书加入玩笑的行列。

"什么大方不大方，在桑戈，两个女人嫁给一个男人的情况有的是。"斯郎措也一本正经地开玩笑，板着脸问他，"上海男人，你敢吗？"

两姐妹互望着会心地挤眉而笑，等待他的回答。这强大的同盟令王本昌不知所措，但心里却非常快乐。瞬间的快感使他感到自己的身体像梦一样飘浮在空气中。一位是自己的妻子，另一位是妻子穿连裆裤的伙伴，美貌如花的未婚女，她们似乎在联手怂恿他冲破现代文明的禁忌。貌似玩笑的挑战超越了他的伦理边界，关键是她们的态度看上去是如此真诚，简直令他无法判断是在考验他的定力，还是拿他来作为生活过于寂寞时的消遣。

王本昌笑着看看天花板，又看看她俩，她们的表情纯净真诚，令他觉察不出丝毫一夫一妻制度下那种道德观折射出的罪恶感。如此奇妙的三人空间，奇妙的化学反应，让伦理道德在人性本能的冲击下有点招架不住，一种虚妄在他心中膨胀，幸福荡漾下的舒坦在身体内凝固为永恒，想入非非让他暗自窃喜，心想："如果她们都是我的妻子，做鬼也满足了。"但最后他摇了摇头说："我选择从一而终。"

"什么从一而终的，我不懂，你的意思是你不敢娶斯郎措？"达瓦志玛认真地看着王本昌问。

"我不敢。"他语气坚定地说。

他的表态让两个女人再次爆发出开心的笑声。

多年以后他始终忘不了这美妙的三人对话，草原民族超人性的魅力深深吸引着他。

"喔喔。"两个女人的笑声似乎在起哄，嘲弄他的口是心非，她们相拥着把头钻入对方的怀中，女人奇妙的心思和表现让王本昌既欣喜又摸不着边际，心想："不同文化对夫妻关系的理解差异太大，从某种意义上看，我更喜欢这里的两性关系。"他笑了，笑得欢畅而夸张。

聪明的斯郎措转移了话题，她给达瓦志玛说一些巡诊时的趣事，告诉她在卫校学到的关于女性产前产后的注意事项。总之，女人间的闲聊显得又像多余又像必不可少。

间或王本昌也加入，聊他在上海有关妇婴的见闻，聊过去美国人、日本人、英国人和法国人开的圣婴堂或圣婴医院，用发达地区对妇产和育婴的关爱和重视来表达对牧区妇女在牛圈里生小孩的意见。有时他的话会引来达瓦志玛的不解甚至和他打嘴仗。她告诉他，藏族人世世代代生孩子都是在牛圈里，产后三天就要下地干活儿，这是天经地义的事，哪里有那么多产前产后的养护？嘴仗常常让王本昌急得跺脚，急得变成结巴，嘴里只连续地说出三个字："你你你！"最后冒出一句，"我这是为青藏高原的妇女们好啊。"

斯郎措如果没有在卫校学习，会站在达瓦志玛的立场为她说话。她看着王本昌急得像被围攻的孤狼，觉得要是有曲扎这样的呵护她就幸福了。在她的心目中，尽管曲扎远在天边，但每天都不会走出她思念的边界。不过，此刻达志浑圆肚皮里的婴儿似乎与她有一种神交。

斯郎措清晰地记得达志生老二的全过程。

那晚她去粮站给仓库保管员阿秋注射安乃近，刚刚在炉子上煮好注射器和针头，就听见王本昌在粮站门外大声叫她。听到他急促的声音，她便知道达志临盆了，由于进针和出针几乎同时，阿秋直痛得叫唤，她来不及致歉就用粮站的板车把达志送往县医院。

向阳公社距县城三公里，王本昌拉着板车，斯郎措跟在旁边，用手紧紧地握住达志的手，一路上说些鼓励的话。

到医院门口，月亮出来了，正是满月。

县城只保证晚上七点至九点的供电，主要是聆听县广播站半个小时的《新闻联播》，余下的就是四川人民广播电台的转播，以及零星的不定期的自办节目，九点准时断电，包括医院。

达瓦志玛发作时是十点十三分。看着疼痛得快虚脱的达瓦志玛，王本昌跑着去找妇产科莫医生请他发电，但莫主任跟他一样是靠边站的改造对象，无权叫后勤科发电。王本昌急得愣是一口气跑到三公里以外的尼玛院长家，敲开门，尼玛院长已经酩酊大醉，雷声都轰不醒。他向院长妻子说明来意，好心的妻子不顾丈夫在酣睡，说："生孩子要紧，我来想办法，走。"院长妻子是一个胖子，像唐朝壁画上的胖美人，大眼睛、大耳垂、圆下巴，平时能听见她因过度肥胖而发生的呼哧呼哧的喘息声。两人一路快走加小跑来到医院，她已经满头大汗，豆大的汗珠从下巴牵线似的往下掉，见到后勤主任，院长妻子假借院长的名义准许了发电。

当发电机再次轰鸣时，达瓦志玛已经凭借她的坚忍，在月光加电筒的照射下生下了老二。"唉，不是雪中送炭，只是锦上添花。"医生剪断婴儿的脐带后说，随即用手倒提着婴儿的腿在屁股上一击，在场的人听到了婴儿清脆响亮的啼哭，这声音给无声的月亮做了一个诗意的伴奏。院长妻子的大义之举让王本昌在情急之下生平第一次单腿下跪致谢。男人的动情之举引来了院长妻子的不安，她连忙说："啊擦擦，不要这样不要这样，造孽啵，快起来快起来。"

一股柴油发电机的油烟味蹿入病房，达瓦志玛有气无力地问斯郎措："怎么有狗屎的味道？"斯郎措四处嗅嗅，说："哪里来的狗屎味，你是不是误把柴油味当成狗屎的味道了？你们闻到了没有？"院长妻子、王本昌还有医生和护士都肯定是柴油的味道。达瓦志玛乐了，说："就叫孩子琪加达瓦吧。"王本昌为讨好虚弱的妻子，端详着孩子，说："琪加意为狗屎，好，就叫狗屎月亮。"在场的人都开心地笑了，那一刻，一个充满狗屎气味的人间月亮诞生了。

斯郎措从院长妻子那里接过婴儿，嗷嗷嗷地对孩子说："听见了吗，在桑戈你就叫琪加达瓦，在上海你就叫王反修。"

"我举双手赞同。"王本昌感受着大城市不曾有的小地方的温暖，担忧地问，"要是尼玛院长知道这事，恐怕……"

"救命是最大的积德行善。"院长妻子温和的面孔生气时也和颜悦色，"何况他喝得醉醺醺的。放心吧，没事。以后就是知道我做了这事，他也会高兴的。你现在好好地照顾达瓦志玛，给她熬些酥油奶渣，熬些夏克烫烫（牛肉汤），补补产妇的身子。"

"好的好的。"王本昌应承着。

斯郎措用毛巾小心翼翼地擦掉琪加达瓦小身体上的血迹，用柔软的羊羔皮将婴儿包好，再用调侃的语气对产妇说："说好的，送我了？"

达瓦志玛极度虚弱地笑了笑，额头上的毛巾被汗湿透，一缕刘海湿湿地贴在额头，长时间没有回答她的问话。

"哦,明白了,后悔了?"斯郎措不依不饶地调侃着。

达瓦志玛笑着摇摇头,有气无力地说:"这孩子命好,生下来就有两个妈妈。你抱走吧。"

斯郎措看看愣在一旁略有不安的王本昌,故意点点头,说:"这就对了。"

"你俩又拿我开玩笑。"王本昌冲着斯郎措龇牙咧嘴地说,"这娃娃真有福。"

琪加达瓦出生不到十个月,"黑影"浮出水面,像照相机的负片突变为正片,赵文书当上了公社的副主任。立冬的上午,县革委会副主任亲自宣读"黑影"赵文书的任命书。按程序任命副职一般由正职宣读,上一级领导莅临坐镇,然而四郎主任被雪藏了,他被雪藏期间赵副主任掌控了领导大权。赵副主任一上任,王本昌就被万山红遍战斗队带回翁达"五七"干校学习改造,归期无日,"黑影"上演了"吃不到牛肉鼓上报仇"的戏码。

去干校的早晨,达瓦志玛天不亮就起床给丈夫做麦麸面锅盔,将热乎乎的锅盔装进挎包。她知道他最喜欢两面黄的锅盔,他曾告诉她:"味道很香,像饼干,就着清茶细嚼慢咽,跟过年一样,这感觉让我想起尤格谢福家的糕点,那香味充满回家的感觉。我沿着北纬三十度一路向西,将命根扎在草原,书写着苦寒与欢乐交织的生命礼赞。"

达瓦志玛对王本昌的表达一知半解:"识字的人说话就喜欢拐弯抹角。"她常用这句话来掩盖她的不明就里,但今晨的离别中,无意中说起这话却格外亲切。她替丈夫正正眼镜,苦苦一笑，说："'黑影'让我俩有家无园，可心与心更紧地贴在一起了。"他没有说话，直接把她揽在怀里。只听见她埋在他胸口的嘴在说话："锅盔是带脚的家园，有它就有我的香味。等你回来。"质朴的语言深深打动了王本昌，滚烫的泪水夺眶而出，他用紧紧的拥抱应允了她的叮嘱。很快她呜呜咽咽地哭出声来，他把下巴搁在她头顶，半晌无言以对。心里的愤懑和酸楚阻止了泪水，他心想如果自己同妻子一起哭，"黑影"不知有多开心，当他听见自己的锉牙声时，他才清醒地意识到此刻他把"黑影"嚼成肉末都不解恨。他轻声对妻子说："好了，照顾好你自己。"

两人一前一后往外走，谁都没有说话。走出公社院坝，他跨上马低头看着妻子，她将缰绳递给他，他挤出一丝笑容朝她点点头。寒风吹起她额前的一缕头发，透出一种凄楚的美，他不敢正视她，扭头便走。当他忍不住回望时，她的身体只有拳头那么大了，但依旧站在那里一动不动。

丈夫离开不到半天时间，达瓦志玛就接到了新的任务，除担任记分员外，还要到伙房劳动，背水、烧水、劈柴。她找到四郎主任，说："对老王进行劳动改造我没有意见，让全国的知识分子接受改造，是革命的正确选择。但我只念过三年的小学，我不是知识分子，把我划进改造对象的行列，恐怕不太合适，这样的话，只要念过高小三年级的都算改造对象，恐怕修再多的'五七'干校都装不完。"

"你说的好像有道理。"四郎用赞赏的口气对她说，同时撩起办公桌上的一纸文件，沉默片刻，苦笑着说，"但看看这你就知道,我也靠边站了,明天就去翁达'五七'干校,同你的男人一道接受改造。"

"开什么玩笑?"

他将文件折叠好放在衣兜里,平和地说:"志玛,我知道,你是个能忍的女人。只要不被整死,就能看见第二天的太阳。"

看见文件上的字,达瓦志玛相信了,问道:"你家庭出身这么好,也要改造?你和本昌绝对不是坏人,桑戈草原究竟中什么邪了?"

"这话在我这里说了就扔掉。心平气和地接受现实吧。给你们家老王有什么带的吗?"

"麦麸面锅盔,他特别爱吃。他今天已经带了。"

"那就下次吧。"

自从州里决定在桑戈草原建县后,向阳公社就划为城关的一个区,是西北部的其余四个公社到县上去的必经之所,格外热闹。

"革命"者四海为家的大串联时期,向阳公社的接待负荷超过了县上的招待所,光是熬茶送水就让达瓦志玛忙得汗流浃背,衬衫常常拧得出水。有时她累得几乎连喂奶的劲儿都没有,一天下来根本没有时间照顾孩子。

斯郎措对她的无微不至更加让她依赖。当达瓦志玛备感无助之时,斯郎措就会像度母一样降临她的身边。斯郎措一出现她就站着也能睡着,而且鼾声大作。琪加幸运地得到了两位妈妈的细心照料,直到他能下地走路。如果说琪加一条腿的力量是达瓦志玛给的，那么另一条腿的力量就是斯郎措给的。食品匮乏的年代，不幸中的万幸是达瓦志玛的奶水能满足孩子，琪加十个月就能摇晃着行走，十三个月就能发音叫阿妈，十八个月就能背诵三十个藏文字母，这让达瓦志玛和斯郎措获得了巨大的满足感。

若干年后，一有闲暇斯郎措就会回味难忘的那天：

她们带着琪加在公社场院后面的小河边晒太阳，五颜六色的花开满了草地，阳光、蓝天、白云、河水、绿草地组成了高原有别于外界的独特景观。一旦琪加的嘴里漫出奶水，斯郎措就会抢着抱过孩子责怪达瓦志玛："看你这头奶水太多的母牛，把小乖乖的肚子胀爆了。"随后她轻轻地将小琪加托举起来，用嘴在他肉嘟嘟的脸上地毯式地亲吻着，"叫妈妈。先叫谁，谁就是妈妈。"

"好啊，先叫谁谁就是阿妈。"

达瓦志玛对斯郎措爱孩子到近乎痴迷的状态略感不安，一想到她至今单身便心生一个念头，想跟丈夫商量把琪加送给她，但又怕伤害她，怕她问："难道我不能嫁人生子？我是一个嫁不出去的丑女人？"这个想法达瓦志玛一直留在心里，此刻她突发灵感，对着小琪加说："我和你阿妈商量好了，如果你阿妈以后有了丈夫，有了孩子，我就把你从她的身边要回来。"

"一言为定？"斯郎措看着达瓦志玛问。

"尼玛拉萨，对着太阳城发誓。"达瓦志玛表明了决心。

整个下午，琪加被最柔软的声音氢气球般推来推去，他咯咯咯地笑个不停。落日时分,他盯着斯郎措叫出了第一声:"阿妈。"

声音顺着耳道直奔心脏,顷刻间电流般让斯郎措幸福得眩晕,整个身体都被"阿妈"的叫声包裹,她惊喜地说:"达志,听见了吗,他看着我喊的,他叫我阿妈了!他叫我阿妈了!"

"听见了。"达瓦志玛被斯郎措惊喜的神情感动着,回答的同时泪珠顺着脸颊滚下,为了不让斯郎措看见,她将头扭向一边,快速用手抹干泪水,回头故意用羡慕的目光看着斯郎措。斯郎措动情地在孩子的笑声中用双手托起孩子的胳肢窝旋转着:"哦哦,哈哈,叫我阿妈了,再叫一个,再叫一个,哈哈……"喜悦的声音穿过达瓦志玛的耳道蔓延向草原深处。

"小狗屎,好臭好臭,要记住喔,不要把漂亮的阿妈臭倒哦。"达瓦志玛的用意十分清楚,她要用力所能及的安慰,让独守空房的斯郎措拥有做妈妈的感觉。

十五年后姐妹俩相聚上海,喝着从桑戈带来的青稞酒,清淡的低度酒却把斯郎措的怀旧情绪瞬间点燃。微醉中,她的眼神变得扑朔迷离。她半眯着眼睛虚视远方,许久后才说:"我被等待吸干了一切。"片刻后,她收回视线,看着达瓦志玛,说,"这就是命。我认了。"

"等待谁?他到底是谁?"达瓦志玛皱着眉头问她。

"曲扎,桑布的儿子。"斯郎措说。直到那时,一个遥远而从未中断的梦才在遥远的上海解了密。

达瓦志玛听后惊诧不已,困扰她多年的疑问终于解开,但同时她也看到了一个永无结局的悲剧。沉默包含着惋惜,也包含着对斯郎措选择等待的不解。洗净铅华的姐妹俩此时的状态无声胜有声,带着一种笑看往事的从容,她们的酒杯再次碰在一起。

斯郎措喝干杯中的酒,轻轻唱了起来:"江河哪里去?江河大海去;青草哪里去?青草天边去;爱情哪里去?爱情心里去……"达瓦志玛干了酒随即附和,和声顺着黄浦江弥漫开去。

翁达是桑戈唯一的半农半牧区,四周的山峦把这个小镇围成盆地,气候温和湿润,有大面积的原始森林。王本昌所在的学习班距离森工局不远。

到了大地解冻的时日,干校按惯例会给森工局营林处提供劳动力。王本昌一口气种下六株冷杉树苗后,汗水浸湿了内衣,坐下休息时,他递给老曹一支香烟。常年打绑腿的老曹是林科所的技术员,在苗圃做技术性指导。老曹用火柴点燃烟头,两人的头碰在一起,王本昌深吸一口后吐出烟雾,问:"听说州里几大森工局为修铁路提供枕木?"

"没错。无偿支援国家建设。"

"营林更新的补偿都没有吗?"

"有,很少。"老曹摇摇头。

"厉害。"王本昌深吸一口烟吐出烟雾后说,"听工人们说,一株冷杉要长到四到五米需要八九十年,这些原始森林砍完要多少年才能恢复?"

"需要一两百年。"

"这些年,我跟气象打交道,知道森林跟气象关系太密切,如果森林砍光了,水土保不住,中下游就麻烦了。"

"没错。东边那一大片，几乎被砍光，照这个速度砍下去，营林更新跟不上，中下游迟早遭殃。"老曹正欲松开绑腿舒服舒服，远处有人在挥手叫他，"真不让人歇息。"他灭掉烟蒂。

"那怎么办？"

"老王，我说你啊，你是被动实践、主动思考的人，难得啊。"老曹扔掉烟头，用手指着他说，"别担忧那么多，担忧也没用，这已超过了普通干部该关心的范围。况且，你还在学习改造期。哎，说点实惠的，告诉你一个好消息，过几天局本部的供应站要上货了，你给老婆孩子买些好吃的。"森工局物资供应相对丰富，能买到限量的白糖、腊肉以及牡丹牌香烟一类的物品。

"被动实践、主动思考的人，嗯，有道理。"王本昌点点头，"但这样折腾会出大事，我们得有所建言才对。"看见老曹挥手免谈的手势，他欲言又止，只说了一句，"哎，你的鞋带没系。"他提醒老曹，老曹冲他努了努嘴，做了个鬼脸。目送着老曹离开，王本昌反复咀嚼"你是被动实践、主动思考的人"这句话，心想，这些年自己的生活经历，无意间被老曹一句话总结得如此透彻。"嗯，真是山外有山，楼外有楼。"这无意间同老曹闲聊的话题成为他后来致力环保研究的由头。

学习班像一锅大杂烩，有历史问题的是"配料"，支持过"造反派"的，包括在打砸抢中背过枪的是"辅料"，"地富反坏右"是恒定的主角，但坐在其中的四郎至今都想不通自己到底是什么料。在王本昌看来，四郎豁达的性格让他把疑问置于身后，他虽然变瘦了，但精神乐观。不像一同参加学习的县委组织部原部长杨新奎，在会上学员们相互检举时，有人揭发他暗地伙同"造反派"哄抢了军械库的枪支，一个伤不到皮毛的检举揭发居然吓得他通宵失眠，不到一个星期头发都白了，眼袋变肥，身心交瘁。经过艰难决断，最后他在枕头下留下一张纸条，用死来表达自己的选择。

组长拿着纸条向管理员报告杨新奎失踪的第二天，给大集体放牛的小孩就来报告，说在湖里发现了穿汉装的浮尸。王本昌和四郎第一时间赶到西面的湖边。浮尸仰面朝天，一看便是杨新奎，两人鞋都没脱直接走进湖水里。将尸体拖上岸后，四郎冲着死者说："老杨，你这个大傻瓜，脆弱的笨蛋。"骂声充满了爱和同情，兴许过于激动，四郎一时找不到准确的表达，竟然把矛头指向王本昌，"你看看王本昌，从前充满书生气，现在变成'老油条'，改造、学习，学习、改造，反复锤炼，现在就是有人把刀架在他脖子上，他都会睁眼看着是谁杀的他。"

王本昌听出这调侃的另一层含义是在赞美他的抗压能力，破口而笑，由于笑得过猛，他像是被猛抽的烟呛住，咳嗽不止，随即勾起右腿把烟头在鞋后跟上摁灭。

"慢点笑，小上海，"四郎提醒他，关心地问道，"最近一段时间你怎么老是咳嗽？"

"不知道。"等咳嗽稍有缓解，王本昌探过头来便问，"你的话很刺耳，我得罪你了？"

四郎乐了，说："实话说，通常打捞起来的，是你这种钻牛角尖的知识分子，可是今天呢，糌粑坨坨有沙子都能吞下的工农干部，却死得这样轻率，不值。"

"哦，懂了，你的意思，该死的是我而不是他。"王本昌说着，把准备递给四郎的飞马牌香烟收了回来。

动作利索的四郎一把抢过香烟，骂道："小家子气。"

岁月的艰辛早已洗净了王本昌昔日的斯文，黄铜色的皮肤褪尽了海派男人的粉气，不修边幅的络腮胡使他看起来很像连环画里的绿林好汉，他怒目瞪眼地向四郎冷冷一笑，说："放心吧，我才不会寻短见呢，好死不如赖活着。"刚把话说完，一个响亮的喷嚏破鼻而出。

四郎点点头，说："小子，你受凉了，赶快去把湿衣服换掉。这里我们几个来处理。"

王本昌点头的同时又传来接不上气的咳嗽声，身体躬成干海马的形状，脸色跟喝过酒一样通红。反复几次后，他觉得脊背冰凉，水一样没有黏性的鼻涕牵线似的流，他心想："不妙，以前感冒的前兆不像这样。"他摸摸额头，略略发烫，便对四郎说："那我先去换衣服。"

"快去，"四郎用恶狠狠的语气对他说，"记住，叫我四郎大哥。"

王本昌转身向住地走去，没有路径的鹅卵石滩上刮起一阵强劲的冷风，吹得他湿透的衣服贴在皮肤上格外冰凉，他佝偻着身体迎风前行。走了约莫二十分钟，快到住地时他的身体瑟瑟发抖，不觉中看见前方一楼一底的汉式房子在眼里东倒西歪的。"感冒了。"自言自语的同时他感到呼吸有些困难，他摇摇晃晃地走上二楼的大寝室，换上干衣服后就觉得额头火烫，吞下几口热水后还想呕吐，心想自己睡一觉也许就会好。

晚饭时四郎走到他床前叫他去吃饭，他咳着说："不想吃，想睡又睡不着。"

"感冒了。"四郎从床脚拿出一瓶酒，"来，大喝几口，睡一觉，保准没事。"

王本昌接过瓶子咕噜咕噜喝掉三分之一。"慢点，你小子，给酒鬼留点。"四郎做出心疼酒的模样一把抢过酒瓶，"听命令，好好睡觉。"

"嘿嘿，你都靠边站了，还命令什么。"

"好，你小子也这么说，看我怎么收拾你。"四郎捏起拳头，两人会心地笑了。

王本昌因笑而引发的无休止的咳嗽让四郎觉察到不妙，四郎见他咳得身不由己地坐起身来，还没有问出"你没事吧"，就看见王本昌吐出粉红色泡沫状的痰。"糟糕，血？"四郎放下碗筷，"看来比感冒严重。"

"没事。"王本昌挥手否认，努努嘴示意他去吃饭。

"牛变的，你都吐血了，我还吞得下饭？！"四郎话音刚落，王本昌哇地开始呕吐，一股浓浓的酒糟味道弥漫在空旷的集体寝室里。四郎将王本昌的胸部抵在自己的双膝上，用手轻轻地击拍他的背心："病得不轻，我送你去森工局医院。"

王本昌看清楚呕吐物除了食物，还混有红色的液体，就没有拒绝四郎的提议。迷糊中他记得同寝室的七八个人把他抬到了医院。

经过一番检查，年近五十岁的刘大夫非常生气地把四郎叫到隔壁房间，说："再不送来，他可能活不过今晚。哼，还不要命地喝这么多酒，这人是不是真的不想活了？"

"刘医生，真的有那么严重？"四郎细声地问，心里充满了愧疚和自责，趁医生没有注意，他望着天花板吐了吐舌头，"他不是一般的感冒吧？"

"初步诊断是肺水肿，等检查结果出来才能确诊。"刘医生将听诊器揣在白大褂的衣兜里，生气地说，"还高才生呢，简直是亡命徒，还喝酒，知道吗，高原肺水肿是严重低氧引起肺动脉压急剧升高，肺血容量增加，通气和血流比例失调，液体通过肺毛细血管漏入肺间质和肺泡，阻碍了正常气体交换的一种急性恶性高原病，是要死人的。"

"刘医生，你讲的东西太专业，我听不懂，你就告诉我一句，他不会死吧？"他还保留着军人的习惯，双手的手心手背焦急地互相击拍着。

"我刚才说的难道你没有听到，难道你们是在一起喝了酒？"刘医生取下口罩反问道。

"没有。"四郎摇头否认，但心里却十分难过，口气软和下来，"肺水肿是什么引起的？"

"进入海拔三千五百米以上地区，与寒冷、劳累、饥饿、呼吸道感染、饮酒有关。临床表现为……"

"刘医生，太专业了，我听不懂。"四郎尴尬地摊摊手说。

"幸亏及时送来了医院，不然……最好通知他的家属，今晚你们几个轮流值守，人命关天啊。"

"好，刘医生，我马上通知。"

达瓦志玛是在第二天中午，用了将近半个小时的时间才断断续续听懂整个事情的来龙去脉，区乡电话的电流声强于通话声，斯郎措获知后给她讲了肺水肿的严重性，她随即去请假。

赵主任正在案头练毛笔字，反复写着"舍得一身剐，敢把皇帝拉下马"这句话，看见是她后继续旁若无人地埋头练习。一听是请假，他很不耐烦地说："目前革命形势一片大好，上上下下都在鼓足干劲，为巩固'文化大革命'的伟大成果添砖加瓦，你不能拖后腿哦。"

"可我丈夫都要……我不能眼睁睁干等着吧。"

"人固有一死，或轻于鸿毛，或重于泰山，看看雷锋，牺牲在车头，再瞧瞧欧阳海，千钧一发之际在铁道上推开别人，而自己舍身殉国。现在是抓革命促生产的关键时期，一个自私自利的人，是没有划清阶级界限的勇气的。"

达瓦志玛眼眶噙满泪水，憎恨代替了伤心，她恨不得冲上去把这个蛇一样的冷血动物拧成无数截。他一提划清界限，她就想到甲老师的遭遇。一次批斗会上甲老师的丈夫为了同她划清阶级界限，居然动粗打得她鲜血直涌，达瓦志玛和斯郎措实在看不下去了，等批斗会一完，她俩就将黄色的草纸烧成黑色的粉末，抹在她的伤口上止血。那一刻她看到了甲老师无助的眼神，直到那时甲老师都无法相信与自己同床共枕的丈夫把自己出卖了。

一想到那个出卖妻子的恶心男人，达瓦志玛对苍天发誓，打死也不跟自己的丈夫划清界限，那一刻她感到自己的上下牙齿紧紧地咬在一起,根本不想去听他的狗屁道理,在她眼里他就是谚语常说的"恶狗拴在楼上,尾巴都会翘上屋顶"的那种邪恶之人。因此未等赵主任说完,她就直接打断了他的话,问:"你到底准假还是不准假?"赵主任却把视线移到办公桌上的一张报纸上,做出一副不理不睬的样子,达瓦志玛啪地将请假条拍在桌上,扭头走出了办公室。

没想到她的强硬反而让赵主任的态度软和起来。"你等等。"他说。

那一刻达瓦志玛觉得一股不可阻挡的力量在鼓励她,必须拿出全部的爱奔去见自己的丈夫,哪怕挖出自己的心也在所不惜,她心想大不了就被除名,有什么?偌大的桑戈草原,还容不下他们一家?

把孩子托付给斯郎措后达瓦志玛就动身去翁达。她翻身上马,看着被抱在斯郎措怀里的儿子,说:"阿妈要去照顾生病的阿爸,你要听斯郎措阿妈的话。不许调皮。"

"哎呀呀,啰唆,放心去吧,快走吧。翁达距向阳骑马有一天的路程,要天黑前才能到。走吧。琪加,跟阿妈说再见。"

琪加达瓦像听懂了她们的对话,从斯郎措的怀里挣脱下地,小跑着来到达瓦志玛坐骑的后面,踮起脚尖用小手掌猛击马臀,一个劲地冲着马吼:"确确确。"

"当心。"两位阿妈同时喊道,马却非常乖顺地迈蹄前行。琪加的惊人之举让两位阿妈动情地流出眼泪,她们在孩子身上看见了比坚强更令人欣慰的力量和希望。

第24章

枪响后,狗的叫声停止了。

土登踮起脚越过牛背朝狗叫的地方张望,隐约看见三只狗的屁股抵在一起,狗头朝三个方向对着围过来的狼群,再次听到枪响后三只狗分别向三个方向猛扑过去。

定睛一看,黑暗中约莫二十只狼的眼睛正放出绿莹莹的光,绿光在黑暗里快速移动着,像平日人喝醉酒后眼里冒出的晶花。狼群没有退却的意思,分散为五六头一群直扑守夜狗,咬得守夜狗不停惨叫。"梅卓,点燃火把!"说着他穿过牛羊组成的"围栏",对着游动的"绿眼睛"大声吼道:"来呀。饿鬼!"话音刚落,明火枪再次响起,一头与守夜狗缠斗在一起的狼惨叫着倒地,他正前方的狼群急退,守夜狗乘势追击。土登正准备装子弹时,从后面袭来的狼飞身将前腿架在他肩上,他只感到狼牙咬住了他后颈窝上的皮领,本能地腾出一只手反手击打狼腰,但狼并未松口,只是一只耳朵被他紧紧拽住,无力下口,人狼撕扭在一起。

正较劲间,狼一声痛叫松开了牙齿,土登转身用带火球的棍子再次朝狼的脑袋砸去,狼哀嚎着仰躺在地上,发出呜呜的叫声。他在火球光焰中看见妻子挥动棍子的轮廓,还隐约看见两个儿子跟在母亲身后用石头击打狼群,他顺势冲到仰躺着的狼前,用双手抓住狼的后腿,大声吼道:"来呀,魔鬼!"那头被他举过头顶的狼因猛烈的旋转失去了重心,土登一松手,随着巨大的惯性,狼飞了出去,头撞击到石头上,惨叫着一命呜呼。

其余的狼看见同伴惨死,停止了攻击,夹着尾巴开始后撤,两只追击的守夜狗也停住了脚步。为了镇住狼群,土登举枪对着天空再次扣动了扳机,清脆的枪响震耳欲聋,但这一枪遭到了梅卓的责怪:"留着吧,还要去有钱都买不到火药的地方用呢。"

如果在平日听见这责怪,土登会大骂:"你的头发像草遮住了双眼,你看得见什么?"但今晚他忍住了,妻子的果敢和无畏让他迅速而冷静地意识到,如果不是妻子手里的这根带火的棍子,狼群不会后退。他走到妻儿身边用双臂揽住他们,动情地说:"是我平日爱惹事的狗嘴让你们跟着我吃苦头了。"

他的拥抱和自责让梅卓的脸上露出一丝笑容,脸上挂着因被男人强力拥抱而生出的泪水,她以母性的笑容温暖着这个平日有些自以为是的男子："别说了，知道你爱打抱不平。趁天还没亮，抓紧时间躺一会儿，还要赶路。"

"哦呀。不好，道吉呢？"土登松开母子三人，眼光迅速在他们的脸上扫过，"道吉在哪里？"他推开他们，转过身大声喊着道吉的名字，朝三石灶冲去，羊被踩痛后发出咩咩的叫声。梅卓也发出焦急的呼唤："道吉，道吉！"

"把电筒给我，你带着孩子们点燃篝火，照看好他们。"寻不见道吉，梅卓像是丢了魂魄，完全没有回应。"别哭了，能把道吉哭回来吗？"土登吼着慌乱无措的妻子，"快把电筒给我。"他一把从梅卓的怀里抢过电筒，迅速推开关，不亮。"霉鬼。"他又骂了一句。

"为了省电，我把电池倒装了。"梅卓哭啼着解释。

土登拧开电筒，装好电池，来不及推亮就冲出围圈，母子三人看着他骑上黑马在电筒光的晃动中朝黑暗冲去。狼看见明亮的光柱，呼啦一下乱了阵脚，一溜烟地四散开来，生怕那耀眼的光柱照到自己。它们被光追逐着四处逃散，在黑暗的深处发出一阵阵凄厉的哀嚎。

夜在黑暗中静止了，唯有悲伤的梅卓双手揽住孩子，一夜没有合眼，她焦急地等待着。

天已大亮，土登凝视着对面山腰上的宿营地，牛群围圈的中央没有煮茶的烟雾，他知道梅卓处在万般焦急中，哪里顾得上饥饿和寒冷。一向行事果断的土登一筹莫展地寻思怎么去面对妻子，他有勇气说道吉被狼吃掉了，但没有勇气向梅卓描述道吉躯体的惨状。

马背上横放着一头全身没有一处完好的死狼，散架的狼像柔软的氆氇披在马背上，几乎每一寸骨头都成了碎渣，一双鼓凸在眼眶外的眼珠滴答着绿色的液体，鼻孔、嘴角和牙齿挂着带黏液的血块，扭曲的舌头耷拉在嘴外，肛门处还露着一截黑黢黢的粪便。精明的猎人一看便知狼是活活被敌人折磨死的。

累坏的黑马神情怠倦，不停地喷出鼻息。土登全无倦意，血红的眼睛里依旧燃烧着未尽的仇恨，如果还有狼在他眼前出现，他还会让它变得像氆氇一样软。持续的愤怒使他即便看见狼崽也会重造相同的惨烈，此刻，大山和蓝灰色的天幕死一般沉寂。

土登手里拿着道吉生前穿的一只小康靴，他将靴筒罩在鼻子上，一股儿子脚上的汗臭味和生命的余温再次点燃了他的自责和愤怒，他冷眼看看那头死狼，滚烫的眼泪再次打湿脸颊。极度的悲伤再次唤起他的疯狂，他冲过去抓住狼的双耳，对狼头歇斯底里地怒吼道："魔鬼，我叫你咬！"他一口咬住狼的下唇一阵胡乱撕扯，狼的下牙齐齐崭崭地裸露在外面，他吐掉狼唇狰狞地说："菩萨要报应就报应到我的头上好了，为了家人，下地狱进入饿鬼界我都毫无怨言。"

永远无法向梅卓讲述的惨景再次浮现在脑海。

土登牵着马来到积雪未化的阴山草坡处，黑马嗅到血腥味，四蹄向后退。他扯住缰绳侧耳聆听，急促的撕扯声让他毫不犹豫地冲了过去。越过一段泥石流堆积区，推亮电筒，他看见了群狼刚分食完儿子的身体剩下的一堆白骨。他双腿一软跪在地上，哀求说："求求别吃他，吃我吧。"随后冲过去对准狼头砰的一枪，那头狼没有叫一声就直接毙了命，其他狼呼啦一下四散逃开,一头狼不顾性命地去抢剩余的肉时被斧头砍中后腿,一声撕心裂肺的嗥叫后向土登发起攻击。狼嗥声点燃了土登的暴虐,他吼道:"来呀,魔鬼,来呀!"他抡起斧头一阵狂砍,每一次落斧,狼的叫声都惨烈地响彻天际,骨头都被砍出了火星,狼的声音由大变小,由小变弱,直到再也听不见。

"来呀!"土登再次抡起斧头高声吼叫时,一线阳光已经分开了山与天空的交界,他看见其余的狼站在分界线处,向惨死的同伴发出凄婉的叫声。他握着儿子血迹未干的软皮康靴,另一只小靴子距新鲜白骨不远。土登完全没有勇气去闻自己骨肉的血腥味,他从怀里掏出酒囊大喝了几口,借着浓烈的酒的麻醉作用,他蹲在尸骨旁,对着白骨说:"阿爸来晚了。"说罢解开腰带,小心翼翼地把白骨放在铺展开的腰带里裹好。触碰着热乎乎的道吉的骨头,他由最初的呜咽变为号啕大哭,边哭边拾起无肉的儿子。

在藏地,小孩的尸体通常采用水葬,牧人认为用这种方式,小孩就能通过水的传送重返母体,再生为人。他抱着白骨走到小河边,自己充当起开路喇嘛,反复低诵六字真言,将骨肉的遗骨放进了河里。伴随着他的诵经声,遗骨在水的推送下,在他的念想中朝梅卓的子宫漂去。

回到宿营地,三只獒犬在风里最先嗅到了熟悉的味道,仰着头翘起尾巴发出呜呜呜的声音。他下马后,看见梅卓手里紧握着打狗棍,两个孩子因疲劳正在酣睡。他不知怎么向梅卓描述寻找的结果,木桩一样呆立着,原本那种康巴男人坚毅的眼神被狼摧垮了,他耷拉着眼皮,静静地等待一场女人空前的哭泣和指责。

梅卓似乎明白了一切，表情坚毅的模样出乎他的意料，她将泪水转化为接纳一切伤痛的坚忍，表现出游牧女人的沉稳。此刻土登才明白祖辈所唱的歌谣究竟深意为何："天是大地的帐篷，家是男人女人的帐篷，女人是男人的帐篷……"

梅卓放下手中的棍子，用手捧住日渐凸起的腹部朝他走来。他扑通跪下把脸贴在她的腹部，隔着一层天麻布衬衫，明显感觉到妻子呼吸的起伏。她像揽孩子一样揽住他，大难时的淡定反而让他像孩子般再次呜咽出声。之后他站起身朝黑马走去。

"你想干什么？"

"我受够了。我要杀掉德杰全族。"

"回来，你疯了吗？"梅卓的喊声惊醒了熟睡的孩子。他停下脚步，陷入深深的自责。索木东揉揉眼睛诧异地看着阿爸阿妈，问："阿爸，找到弟弟了吗？"

梅卓听见索木东的问话，向索木东摇摇头，说："阿妈以后不会让你们离开我半步。"

妻儿的对话让他转身过来紧紧地抱住了妻子。"我没有找到孩子的……"妻子捂住了他的嘴巴，用信任的目光看着他。

"收拾上路吧。"梅卓说罢便转身提醒索木东和仁青准备出发。

"我去去就回来。"土登走出围圈，牵着黑马走到妻儿看不见的僻静处，把那头狼拽下来，用斧头揭开一层浅浅的高寒草甸将狼掩埋。

一路上两个孩子只字不问道吉的事，似乎同梅卓形成了默契,这让土登心里更加空虚。痛失骨肉的感觉让他一直处在身体失重的状态里,而沉默和只字不提削弱着他的男人的自信,这意味着他不再强大,不再是他们的保护神。而后五天的行程中,谁也没有过多地说一句话,一路上尽是沉默。在寒冷中目睹远处藏羚羊迁徙时,那鼻孔里呼出的烟雾般的热气,证明着生命与大自然同在,让土登联想到自己在偌大草原上的渺小。在这种空前的失落中,他深知自己眼下最要做好的就是,把手里的枪握得比任何时候都紧。

第25章

　　这些年有多少次把琪加全托给斯郎措照看,达瓦志玛早已记不清,但印象最深的还是我国第一颗人造地球卫星上天那年,举国敲锣打鼓鞭炮齐鸣的日子,也是丈夫与死神擦肩而过的日子。令达瓦志玛欣慰的是,丈夫的生命体征像升空的人造卫星一样运行正常。她深信,除了三宝护佑和她的精心照顾,也是人造卫星的神奇功能帮助丈夫击退了病魔。

　　翁达是桑戈海拔最低的地方,时至四月,半农半牧之地依旧下着雪,白茫茫一片。在没有阳光照射的日子,积雪会持续十天半个月,牧草要等到农历四月中旬后才陆续返青。

　　王本昌坐在病榻上喝了些热水,在听见高音喇叭播送卫星上天的号外消息时,鼻孔里还插着输氧管,中央人民广播电台援引新华社的消息在室外回响,并即时从太空转回《东方红》的音乐。清晰、悠扬的音乐激发了这位知识分子的自豪感:"中国终于迎来这一天了,伟大。"他突然拔掉输氧管,起身侧耳聆听,眼睛直勾勾地看着天花板。

王本昌这僵直的坐姿和凝神屏息的表情吓坏了妻子,达瓦志玛误以为这是病人临终前的回光返照,问道:"老王,别吓我。老王,你想干什么?"见他毫无反应,她急坏了,径直朝值班室跑去,楼道间传出呼救声:"刘医生,救救老王……"祈求夹带哭诉的声音在空旷的楼道从一端传向另一端。楼道间的所有病房都听见了求救声,人们纷纷探出头来。

值班医生听到求救声立马跟随达瓦志玛来到病房,又是量血压又是听心音,认真观察病人的症状。然而除心脏跳动偏快外一切正常,医生疑惑不解地问病人:"你有哪里不舒服?"

"估计是一颗科学实验卫星,如果用在军事和气象上,这些领域将会上一个新台阶,气象上将会给农林牧以及交通运输业带来长足的发展。"

病人的答非所问令医生慌了神,值班医生紧皱眉头,凝神看着他,半晌下不了结论,心想:"莫非要转精神科?"

达瓦志玛十指绕缠着、摩擦着,口里涌出苦涩。医生突然恍然大悟,说:"我的天,没有想到一个靠边站的改造对象爱国心如此之切。"他回头对达瓦志玛说,"奇迹,是人造卫星播放的《东方红》救了他。"

"真的吗?"

"除激动引起的心跳加快外,他的血压在正常值的范围。

没事，好好休息。"

"谢谢人造卫星，谢谢《东方红》。毛主席真是大救星。"身体僵硬得如冰棍的达瓦志玛突然软为一摊水，险些瘫软在地上。她听懂了医生一半的话，另一半却令她困惑，心想："人造卫星和音乐都不是药，怎么会救人？"然而看着病情突然好转的丈夫，她高兴得直落泪，连声对医生说："谢谢医生，谢谢护士，哦，对了，谢谢人造卫星，谢谢《东方红》。"

人造卫星和《东方红》救了王本昌的命，这消息在医院传开了，之后又传到了学习班，王本昌"临终"前的爱国行为变成了无数个传奇的版本向外扩散，爱国壮举轰动了县城。

时隔多年，王本昌回想起这段"神圣"的笑话，得出一个不偏不倚的结论：在这片充满英雄史诗的雪域，人们习惯于把传说和神话当作真实发生的事来接受。毫无疑问，在这片土地上传承千年的英雄史诗，它不仅活在他们的心中，活在过去，更活在当下和未来，这里诞生的史诗具有世界性。这样，就不难理解《格萨尔王》为什么能与《荷马史诗》媲美了。

在特定年代练就超强适应能力的四郎，创造性地将这一传奇和王本昌打捞尸体的行为嫁接在一起，升级为见义勇为的英雄行为，并形成材料上报，赞扬这位改造对象在《东方红》音乐的感召下，脱胎换骨地蜕变为拥护党和国家的新人。

管学习班的谭主任居然在四郎的鼓动下来到医院看望王本昌。刘医生很配合四郎的妙招，对谭主任说："事实上，是我国的第一颗人造卫星帮助王本昌击退了病魔，重要的是伟大领袖毛主席的革命路线成功挽救了一个需要改造的知识分子，让他的身体和灵魂彻底脱胎换骨。"谭主任一边听一边不停地点头称是。"不过，病人的身体状况很差，目前不适合做高强度的体力活儿，建议要多休息，多晒太阳。"

谭主任高度重视医生的建议，并同向阳公社的赵主任通电话，对达瓦志玛留下照顾病人一事进行了商议，赵主任敏感地意识到任何阻拦都没有作用，便见风使舵地撤销了对达瓦志玛不请假而离岗进行处分的决定，同意她留下照顾病人。

如此一来，两人就在王本昌初来桑戈途经翁达时去过的雍宗家借宿养病。谭主任的原则是，他在养病期间不干体力活儿，但每天的学习改造会必须参加，未经自己的同意，他不得擅自离开翁达。

达瓦志玛照顾丈夫的日子里，是斯郎措第一次长时间地带孩子，她如获至宝般地享受着当妈妈的全新体验。达瓦志玛临走时将过量的母乳挤在茶缸里，但斯郎措过于激动一不小心掀翻了茶缸，奶水泼洒在了地上。她深感愧疚，额头上急出了汗水，为了弥补自己的粗心大意，她背着琪加达瓦足足走了三公里远，获得了平措阿爸看养的一头刚生产的母牛的初乳。看见琪加达瓦美美地喝足了乳黄色的牛初乳，响亮的饱嗝弥补了她不小心的过失以及内疚。

后来她每隔一天就去平措阿爸那里取鲜奶，琪加达瓦得到了精心呵护，身体疯长。

达瓦志玛等丈夫病愈从翁达返回公社，就被赵主任抽调到区上去做统计员，做四个公社的统计报表。这无疑加大了她的工作量，她哪有时间照顾孩子。

明知是赵主任使阴招,但达瓦志玛不想去跟这个老是跟她过不去的人妥协,经验和事实告诉她,不想帮助你的人,再费口舌也是白说。更为过分的是,赵主任通过文书告诉她,她调走后,要交出现在住房的钥匙,这件事惹火了她。

达瓦志玛准备去跟赵主任理论,被斯郎措挡住:"吵闹是没有任何结果的,兔子斗不过狼。"直到达瓦志玛完全平静下来,斯郎措才又道,"达志,没有过不去的关口,你放心去吧,孩子我暂时给你带着。房子,退了。早就想对你说,这几年我都住在分配给你的屋里,时间久了也不是个办法,我这几年积攒了点钱,准备自己盖土坯房。"

"太给你添麻烦了。"达瓦志玛说完把头紧紧地靠在斯郎措的肩上不再说话,泪珠滚涌而出。

斯郎措搂住她,说:"我做赤脚医生,活动范围就在向阳公社周围,出诊再晚也能回家,何况琪加都两岁零八个月了,看管他一点都不劳神。"

达瓦志玛索性在她的肩头放声大哭,哭泣着说:"我真的不知道怎么感谢你。"

斯郎措等达瓦志玛哭够了,伸手捧着她的脸蛋,笑眯眯地说:"好了好了,达志,你都是两个孩子的母亲了,还这样孩子气,他们看见阿妈这样,怎么长得大?"

达瓦志玛收了哭声,点点头,若有所思地对她说:"我又怀上了。"

"什么时候?"

"两个月前。"

"行啊，又要当阿妈了。替你高兴。"

"还高兴，"达瓦志玛苦笑着朝斯郎措摇摇头，"我想把他流了。"

"放屁，"斯郎措怒目瞪眼地推开她，说，"你有本事再说一遍，三宝会惩罚你的。"达瓦志玛看着她，露出无可奈何的倦意，斯郎措又把她揽入怀中，笑着说："乖乖，你们家老王真能干，像格萨尔王。"

斯郎措的调侃让达瓦志玛破涕而笑，用担忧的语气说："生下来谁来带？不可能又交给上海的婆婆。她老人家倒是说过，她是大户人家出来的，习惯了家里人多，习惯了热热闹闹。她还说，她帮我们带孩子不是替我们分忧，而是她喜欢孩子。"

"那你还哭哭啼啼的？你有一个菩萨心肠的汉人婆婆，要好好珍惜。多生几个，给大户人家出力。"这话让斯郎措自己都情不自禁地笑出声来。

"去你的，就没有正经过。"达瓦志玛嘴上说着，心里却突然羡慕起斯郎措来，未婚的单纯、随性，不受一切繁杂牵绊的生活成为婚后女人的憧憬。她妒忌地看着斯郎措，直到泪花闪烁。

在达瓦志玛借身体原因拖延调离的时间里，令她做梦都不敢相信的奇迹在她眼前变为现实。

斯郎措在距公社不远的城乡接合处，同二十几位前来帮忙的人一起盖好了由厨房、睡屋组成的土坯房。这群穿着各异、分文不收的志愿者，有打井队的，有县建筑队的，还有周围的牧民,许多人都是斯郎措的病人,她曾经帮助过的人也来帮助她。当然,也有想借机在她这里收获爱情的,几方面的力量凑到一起,低矮的土坯房很快就建好了。

在混合着草味和泥土味的屋子里,达瓦志玛兴奋地从厨房走进睡屋,又从睡屋走进厨房,左顾右盼,好奇地在门楣上摸摸,在土灶边闻闻,在窗户边看看,用赞赏的眼光看着紧随她身后的斯郎措。当两人的目光碰在一起,斯郎措便扬起头,微笑着眯上眼睛,用很有成就感的语气说:"达志,这下放心把你的小'公牛'给我看护了吧?"

暖心的话像牛粪火,让心绪低落的达瓦志玛情绪瞬间失控,她抱住斯郎措,将下巴重重地搁在斯郎措的肩头,忧愤、感激、滚烫的泪水再次打湿了斯郎措的肩膀。她告诉斯郎措,今天赵主任给她下达了最后的通牒,如果三天内她不去区里报到,公社即可视为她自动离职。离职意味着王本昌的那点维持生活的费用要承担起难以支撑的开支,过去她拿出一大半寄给婆婆的工资立马会消失。

"别再哭天哭地的,你的事就是我的事,我会尽力帮助你渡过难关。"

"谁哭天哭地?我只是跟你说说,我把琪加的东西收拾一下,明天就把他送过来。"

"真的?尼玛拉萨?"斯郎措半信半疑地问,用舌头舔舔右手的拇指肚,伸给达瓦志玛。

"尼玛拉萨!"达瓦志玛的语气很坚定,她也舔舔拇指肚顺势伸给斯郎措,两姐妹将拇指肚贴在一起,这种发誓犹如汉地的字据，铁一般牢不可破。

随后达瓦志玛双手搂着斯郎措的肩，缺少脂肪的肩胛骨铁块一样坚硬，支撑着斯郎措娇小而匀称的身体，紧紧的相拥让达瓦志玛感到斯郎措既孤独又坚强，想到自己有丈夫和孩子，其实斯郎措才是最需要关爱、同情和帮助的。她俩似乎都听见了对方的呼吸和心跳，谁都没有说话，唯有土坯屋目睹了姐妹俩的动情相拥，庇护着水一般柔软又如石头一般坚硬的女性。

斯郎措因独身多年而引来外界的种种猜疑，心中那个秘而不宣的等待像冰山在凝固，只有菩萨知道谜底。斯郎措太喜欢孩子了，怀春岁月里她曾不止一次幻想自己怀上了曲扎的孩子，而达瓦志玛就是她的化身，她努力在与达瓦志玛的朝夕相处中体会着做一个母亲的细微变化。琪加达瓦在产房剪断脐带的那一刻，血红湿润的小身体被医生倒提着，响亮的哭声冲击着她的心灵，吮乳后的酣睡，饿后的哭喊，刚下地颤巍巍学步，嗷嗷地咿呀学语，拉在褴褓里那热乎乎湿漉漉的尿液和粪便，都让她欣喜。随后的一切从姐妹俩在开满鲜花的草地上带着琪加玩耍那日铺开，"琪加有两个妈妈"变为了真实。琪加达瓦被寄养在她这里，从心理上暂时弥补了她做不成母亲的空白，她珍惜这份爱的真实感受。

姐妹俩相拥着直到黄昏。"我要回去收拾一下，明天一早就走。""哦呀。"斯郎措目送着达瓦志玛背负着压力的身影，硬朗的步伐似乎在向使坏人表明，她绝不向生活低头。

直到达瓦志玛消失在夜幕里，斯郎措才转身回屋拿出铜灯，点上灯后双手合十祈求三宝护佑，祈求曲扎回来与她结婚生子。那一刻，难以拾回的青春期愿望装满了土坯屋。

达瓦志玛永远不知道斯郎措的心里有多么感激她，相反，她发自内心地感激斯郎措。返回的路上她一直想，如果没有斯郎措替她解决这一燃眉之急，她真的不知该怎么办，斯郎措是她的活菩萨，她的救命稻草。

天黑尽时，斯郎措来到厨房，看到火塘的神龛位置挂着毛主席的照片，毛主席那慈父般稳重的微笑给了她安神定气的安慰。一想到就要迎来琪加达瓦同住，她心生快乐，扫视着属于自己的家园。新屋散发出阵阵泥土混合着草根的味道，连同崭新的开端弥漫在土屋里。不觉间她再次想到曲扎，距新屋仅二十米的地方，那堆逐渐变大的小石堆，是她每天因思念而投放的对爱的寄托。此刻，天空出现了传说里的吉相，一轮东升的满月悄无声息地挂在房屋东侧，月亮静静地目睹她将一些香雪芭（柏树枝）拿到石堆旁，点燃后双手合十，仰望远方。月亮、人物、石堆、房屋，在深蓝色夜空勾画着人间的拼图。

月亮、石堆、土坯房成为斯郎措往后生命中最为隐秘的寄梦空间。月光推着黑夜走，除了月亮，斯郎措堆起的小石堆已经幻化为挥鞭而去的心上人，她下意识地伸手从胸前掏出挂在脖子上的小银嘎乌，合掌将它夹在掌心，像抱着曲扎的手臂，不觉间哼起"江河哪里去？江河大海去；青草哪里去？青草天边去；爱情哪里去？爱情心里去……"的调子，她能感到曲扎就在身边。哼着哼着，她索性收圆双唇把哼唱转换为吹口哨，但吹出的哨音远不及曲扎的悠扬婉转，哨音时高时低，断断续续，那种变调后的滑稽感惹得她笑出声。无意中看见平措阿爸送的獒犬正歪着头看她的奇怪模样，她用一只手捂住自己的嘴，一只手指着獒犬说："不许看。"笑着笑着，笑声渐渐转化为哽咽，一抹泪挂在脸颊，獒犬也发出似乎明白了的呜呜声，大地收下了草原深处因爱情而守活寡的女人的幽怨、思念和孤寂。

凉风吹起额际的刘海，斯郎措睁开眼睛望着暗夜笼罩下的草原，思绪依旧沉浸在被月光包裹的遐想中。月光下这孤独的身体突然感觉脚踩的草地回弹的力量特别有劲，她想，这一定是曲扎给她的力量。她正准备回屋，远处传来驮骡脖子上的裂口铜铃的声音，獒犬闻声，将拴它的牛毛花帽绳扯得粉尘四起，昂着头朝着河边的木桥直叫，警告来者别靠近。

斯郎措看见一个头戴白帽的人牵着一头骡子迎面而来，一看便知是偷做小生意的回族商贩。"真管用。"藏獒仍然冲着过桥人叫，她伸手在藏獒硕大的脑袋上抓刨，在喝住狗叫的同时朝商人挥挥手，对方挥手回应。"嘎特（辛苦了），甲通（喝水）。"她说。

"嘎嘛特（不辛苦），咔作（谢谢啦）。"商人停下脚步，动手将驮在骡子背上的沉重的褡裢放下。斯郎措发现，身材不高的中年人已经没有力气卸货，她帮助他卸下货袋，无意间看到来者是个独眼人，他左边的眼睛合成一条缝。等不到斯郎措叫坐，独眼人就在门边盘腿席地而坐，将背和后脑勺靠在土墙上，重重呼出一口气，呼气的同时眯上眼睛片刻，他累坏了。随后他从褡裢的前袋里掏出自带的茶碗，双手捧着碗等她倒热茶。

看见他如此熟悉草原的生活习俗，斯郎措一下增强了对他的亲近感。"你的藏话说得很好。"她在倒茶时说。獒犬看见主人给客人倒茶，便将前爪伸直降低了警戒等级，但后腿弯曲地蹲着，做出随时发力的姿势，眼睛死死盯住来者。

中年人咕噜咕噜喝下半碗茶，用手把嘴角溢出的茶水抹掉，说："我在川、甘、青交界的这一带卖百货已经十三年了，康巴话、安多话、汉话、裕固族的话都会一些。"同时递过碗来续茶，借助明亮的月光环顾四周，"看来这里是一个新家，神龛上的铜灯和净水碗都还没有摆放，刚好我这次的货物里有这些，如果你要请的话，我可以便宜一些卖给你。"

两人聊着，斯郎措无意中获知中年人对哥哥当甲棒的那片草原很熟悉。"你那么熟悉强盗七兄弟的事，那一定认识土登？"斯郎措问。

"当然。他是后来入伙强盗七兄弟的，他才是一条真正的汉子。仗义，对穷人特别友善，达通马草原上的人都佩服他，他也是我很佩服的汉子。"中年人竖起拇指赞叹着，突然语气变得低沉，"可惜他不是本部落的，他为了争夺银狐部落北面一位小头人的女儿，跟强盗七兄弟中一个叫秋杰的闹翻，他杀了情敌，惹怒了众兄弟，他们发血誓要揭下他的天灵盖为死去的秋杰点灯。为了躲避追杀，他带着女人连夜跑到小头人管辖的两岔河躲避，后来六兄弟被三十九族的复仇者杀绝，土登幸运地逃过一劫，但再也没人知道他的下落。"

"他没有死？"不觉中斯郎措泪水满眶，顾不上揩擦问道。

"你哭了？"她的泪水引来他的不解，"姑娘，土登是你的什么人？"

"我哥哥。"

"亲哥哥？"

她点点头，伤心地把头垂在胸前哭出声来。

中年人嘴里发出吱吱吱的感叹声，说："天地太小了，我居然认识了敬重之人的妹妹。"在他的安慰下她慢慢地平静下来，她告诉了中年人她家的遭遇，恳请独眼商人如果再遇见土登，告诉他他的亲妹妹一直在寻找他的下落，一直在桑戈等他团聚。随后斯郎措将母亲留下的一串檀香木佛珠交给商人，说："如果遇见他，请替我转交给他。"

守信的独眼商人一直揣着斯郎措的嘱托，多年以后他与土登不期而遇，将他妹妹的嘱托和他母亲的遗物转给了土登。不过，土登获知家里的一切时，已经是三个孩子的父亲了，他还同妻子商量等生下老四的时候，准备回一次桑戈草原，但事与愿违，突如其来的横祸催促他远走他乡。

独眼商人困得说着说着就打起了呼噜，被斯郎措叫醒后，他倚在门框边拒绝了进屋留宿的邀请，略带感激地说："谢谢，姑娘，把门关好。"说罢便倒地和衣而睡，响亮的鼾声让守夜狗通宵失眠。

斯郎措无法在北边的草原大海捞针般地去找哥哥，又惦记着一旦离开桑戈，曲扎回来找不到她怎么办，于是才决定终生坐等曲扎和哥哥归来。

令她悲喜交加的是，哥哥生死未卜的疑团解开了，她躺在床上无法入睡，闭眼朝虚空双手合十，说："天上的阿爸阿妈,告诉你们一个好消息,哥哥还活着,还活着。"如今有关哥哥的谜团被解开,剩下的就是全身心等待小银嘎乌的合璧。

斯郎措一直把小银嘎乌藏在身上,新房盖好后,她用红绸一层层将它包好,放在小土坯房的小洞中,总在夜深人静时拿出来抹上一指甲盖酥油,用氆氇把它擦得锃亮,她坚信那是心上人的化身。

第26章

　　半个月之后的一日下午，土登全家来到沱沱河。一旦跨过青藏公路，再往西，就进入无人区了。

　　梅卓的身体看上去比想象的好，除了脚有些浮肿，与平日没有多大异样，只偶尔在行进间她会打盹儿，闭着眼睛走路有时会偏离方向。好在这片草原地势平坦，即便摔跤也无大碍。

　　土登一再叮咛她骑马，她却执意走路。以往她若不听从，他早就大声呵斥了。那种刀子嘴豆腐心式的呵斥梅卓早已习惯，她知道那是康巴男人柔软心灵之上的自尊。但自从道吉出事，土登说一不二的行事方式大大收敛，与恶狼一战后，他感到维系家庭的力量并非所谓的顶天立地，而应像三石灶般既坚挺又温暖。土登开始在人烟稀少的草原上琢磨康巴男人的脾气，认为刚烈火暴的脾气会带来严重隐患,他破天荒地意识到做草原女人的不容易,眼下要铤而走险去无人区,梅卓是家庭成员中唯一的女性,是唯一能让他和孩子感到温暖和满足的帐篷。看见她步态日渐沉重,铁塔一样的康巴男人意识到了自己的外强中干,压抑在内心深处的悲悯洗掉了男子汉昔日的光环。

一路上与家人的对话虽然依旧严肃,话语却充满了关怀和温情。

穿过一片硬如石头的盐碱地,马蹄踏着地面不时地溅出蓝色的火星,午后的阳光把早晚的温差拉到极致,时而暴热时而暴冷。梅卓也跟身边的三个男性一样,把藏袍的袖筒在腰间扎成一个活结,这让她原本就凸出的腹部更加浑圆。在太阳的灼烤下被汗液湿透的衬衫紧贴着肌肤,红扑扑的脸上几绺湿发紧贴在额头;但湿透身体的汗液丝毫影响不了她对周围的警惕,她不时地用手搭在眉眶上前瞻后望云团一样的牛羊。

自从失去了弟弟,索木东和仁青一路上不再打闹,那个平日里装着弟弟的皮口袋蔫了,弟弟不再把头露在外面,不再咯咯咯地笑,不再哇哇哇地哭,像没有风时的空气,哑巴一样静默。或许觉察到了梅卓的失落、孩子的沉闷,土登格外难受。"趁她的身体还能承受眼下的奔波,我们必须尽快赶到目的地。"这个想法是土登目前对自己唯一的提醒。

来到河湾一片宽阔的草滩,土登停下来环顾四周:"我们今天就在这里住下。"

"不是还早吗?可以再走一阵。"梅卓不解地说。

土登没有正面回应她的话,转移话题说:"前面草滩的右手边是一个小寺庙，左手边是一个老渡口，这里是冬夏牧场的中转地，过往都会遇见零零星星的牧人。如果他们问到我们要去哪里，就说我们要一直往东走，千万别说要跨过公路往西走，不然会给德杰他们留下线索。"他看着妻儿，加重语气说，"都听清楚了吗？"三人点点头，他又说，"那个寺庙也许有喇嘛，我们进去求三宝护佑，但如果喇嘛问我们往哪走，千万不能告诉他。虽然要撒谎，但也没有办法，不是我们对菩萨的不尊敬。"交代完后他又对梅卓说，"你留下休息，孕妇不能进寺庙。"

从寺庙返回时，梅卓已经熬好了清茶。土登把从寺庙求得的宋柯（护身符）递给仁青，努努嘴说："给阿妈拿去，喇嘛加持过的，索木东跟我搭帐篷。"仁青接过宋柯走到母亲身旁，梅卓十分自然地埋下头等待儿子把宋柯挂在她的脖子上，随后用食指和拇指捻起一截贴住额头，加持的力量让她短暂地闭上了眼睛。

撑起小帐篷后，太阳渐渐隐去，距他们不远的老渡口，孤单的小土屋冒起了炊烟，土登对梅卓说："我去看看，打听一些情况。过去小土屋住着一个老船工尼麦，不知还在不在。"他将明火枪递给梅卓，自己拿着电筒朝渡口走去。

成团的牛蚊子盘旋在空中，梅卓接过枪放在身边，对孩子们说："今天我们早点睡。索木东，把弟弟的茶碗递过来。"同时挥手驱赶蚊子，"你俩坐到火边来，牛蚊子怕烟熏。"

天色黑尽时土登回来了，守夜犬闻到熟悉的气味，没有发出叫声，他钻进帐篷打开电筒朝里面晃了晃，两个孩子已经熟睡,妻子则背靠在马鞍上半躺着等他,明火枪横放在大腿上。土登关掉电筒,在黑暗中对妻子说:"睡吧。"

梅卓没有出声,在昏暗的光线中把枪递给土登,躺下后问:"找到老船工了吗?"

"嗯嗯。"土登在她身边盘腿而坐,轻轻地用手贴在她腹部,停了很长时间才说,"船工老了,说话直喘气。他收养了一个用手脚走路的少年。"

"用手脚走路?"

"从森格塘捡回来的。据说他们全家在查通湖边放牧,遭到雷击,少年只是被击昏,家人都死了。后来他同一群野牦牛一起生活,老尼麦带回他时,他已经奄奄一息。牛群吃了一种开紫色花的草,他跟着吃后中毒了。老尼麦用马把他驮到寺庙,寺庙给他灌了汉地的淘米水,他吐出绿色的液体和食物后,活了下来。"

"和野牦牛一起生活?"

"老尼麦说,他同野牦牛生活了近三年,他喝母牛的奶,吃地上的草,连走路都跟牦牛一样。只能说一点简单的话,但看上去挺机灵的。"

"他现在还吃草吗?"

"只要尼麦生他的气,他就会躲到河边的水草地里,几天不出来。但吃了草就拉肚子,老尼麦为了不让他吃草,给他糖吃,从此他上了瘾,对糖产生了依赖。前年这里遭受大雪灾,野牦牛没有吃的,越过无人区来找吃的,有一头白色的牦牛看见他就哞哞哞地叫。当那头白牦牛用鼻子拱他的屁股时,他突然忆起了这头牦牛是他七年前的同伴。他咿里哇啦地告诉老尼麦,老尼麦大概听懂了他的话,他要老尼麦给他一些糖,他要跟这群野牦牛走。老尼麦死活不要他离开,他打昏了老尼麦抢走了糖。"

"那后来呢?"

"三个月后糖吃光了,他回来了,原本是来抢糖的,但看见老船工病了卧床不起,他跑到寺庙将喇嘛又是拖又是拽地引到了老尼麦的住处。老尼麦获救后,他和白牦牛留了下来,白天帮助老尼麦划船摆渡,晚上就枕在白牦牛的肚皮上睡觉。没过多久那头白牦牛死了,自那以后,他除了帮老尼麦划船,变得沉默寡言。"

"他叫什么?"

"老尼麦叫他仲(野牦牛)。"

"他跟野牦牛生活的地方,是我们要去的地方吗?"梅卓问。

她的语气流露出可怕的担忧,土登却满不在乎地说:"放心,我们要去的地方比那里好。"

土登的安慰反而让梅卓不安。这么多年来她领略过无数次平安中的惊雷,躺下后她一夜没有合眼,一想到用四肢走路的仲,她仿佛看见了孩子们的未来,问自己跟随着丈夫进入无人区是不是一个天大的错误。

土登其实也后悔跟梅卓说了仲的事,他原本只想告诉她,尼麦的土坯屋里的杂货店居然能买到电池、明火枪的火药,还有砖茶和盐巴,只要有这四样,全家就能度日。和衣躺下后他

267

打开半导体收音机，调到最小音量，里面传来男播音员高亢的声音："普及大寨县，县县是关键……"他关掉收音机，长长地吁了一口气，嘟囔着说："听腻了，又在瞎推广，让草原种麦子。哼，草原迟早会毁在这帮人手里。"

天色渐渐亮开，阴沉沉的，起伏的山峦把天空和大地分开，大地随意的线条把草地和江湖分开，人的分工协作把男女分开，一切看似无序的组合铺展在大地上，透出粗犷有序的美。

"孩子们，别磨蹭，快来吃糌粑。"梅卓端开三石灶上烧得沸腾的茶锅喊道。

土登躬着身拔掉一根根扎在泥土中固定帐篷用的木钉，两个孩子听到母亲的叫声后钻出帐篷，梅卓晃眼发现仁青的脸肿得像包子，两只大眼睛眯成一条缝。"被牛蚊子咬的。"她笨拙地蹲下端详孩子的脸。

土登睃了梅卓一眼，对她一大早就大呼小叫很反感，憋闷地摇摇头，认为这声音惊动了清晨喜静的诸神。看见仁青肿得像革囊一样的脸，他放下木钉走到仁青面前，用手摸摸孩子的后脑勺，说："没事，擦点万金油就会好。"

"万金油，你疯了，这哪里有？"梅卓问。

"装电池的箱子旁边有药。"土登朝驮着木箱的牛走去。

"我明白了，带着全家出走是你早已谋划好的。"梅卓说。

土登不吭声，找出万金油，打开五分钱硬币大小的红色盒盖，从里面抠出酥油一样的油脂，涂抹在仁青的脸上，问："还痒不？"

仁青摇摇头："嗯哼（不痒）。"抹过油的脸明晃晃的，看见孩子肿得变形的模样,土登心疼之余又想笑。

梅卓闻着那凉悠悠的刺鼻的味道,说:"去年夏天文工队的女解放军红英演节目时,我看见她用过,就是这个味道,也是铁盖上有这样一只会飞的老虎。红英说这是虎标牌万金油,蚊虫叮咬后涂上能马上止痒,还说我喜欢就送我,当时我不好意思收。"她闻了闻,说,"好闻,我揣着。"

早餐后一家人继续上路。

抵达沱沱河中段,河面逐渐变宽,正值秋末初冬季节,河水深过牛背,无法蹚水过河。"比达通马的鹿溪河宽,我们要绕道过河吗?"梅卓问。

"是的。"土登接话,他觉得梅卓今天一改往常的闭闷,心里感到一丝安慰,"这叫沱沱河,冬季河上就结冰,人和牲畜就可以直接过。燃灯节前,两岸的人们会集中到这里,把染成红黄蓝白色的河沙,一背篓一背篓地背来倒在事先画好的'唵嘛呢叭咪吽'的线条内,上百头牛站在冰面上,像彩虹。"

"阿波波,那么长,吱吱吱。"梅卓赞叹着。自从道吉出事后,细心的妻子也体察到了土登的变化,丈夫变得温顺有耐心,在看孩子和她的眼神里充满了过去从未有过的温情。她知道这个为面子要命的男人,为孩子和她告别了狂躁,他心里最柔软的部分在发酵。如果没有这个家,那就绝不是他们一家憋屈地出走了,而是德杰一伙甚至其家人无一幸免的灾难,这就是过去她眼中丈夫会有的举动。

经过半天的跋涉,一家人午后来到上游的沼泽地带,头上的阴云压得很低，似乎抬手就能摸到。土登蹲在沼泽地的僻静处拉屎，不到三十步外的水草丛里，突然惊起一群黄鸭，从他头上掠过，速度之快，使他霍地站起身，警惕地向黄鸭起飞的草丛望去。黄鸭飞走后留下空前的安静，这反而引来土登的不安，刚拉出一半就憋回去了，此刻他全无解决之意，索性端着枪朝草丛走去。脚下的土质越走越软，越走越湿，什么也没有发现，但他心里总隐隐有一种不祥的预感。

在追赶母子三人的途中，突然下起鸽子蛋大小的冰雹，密如细雨，像密集的鼓点敲响了大地，发出泥石流来袭般巨大的响声。土登本能地把宽边大檐帽戴在头上，头皮已凸起几个大包。"这会要命的。"他迅速穿上藏袍的长袖，松开腰带将厚厚的藏袍衣领顶在头上，像头盔保护着脑袋。突降的冰雹打得三只守夜犬扬起脖子旋转着对着天空的来犯者狂吠，羊群全部钻到牛的肚皮下，不安地叫着，几十头牛黑云一样挤在一起，集体闭上眼睛，密集的冰雹在牛背上反弹着，像溅起的白色水花。看不见妻子和孩子的身影，土登急得大喊三人的名字。焦急的等待中，回音从冰雹的缝隙中传来。"没事。"他惊喜地对自己说，循着声音跑去，看见妻子将背篓倒扣着顶在三人的头上。他叹了口气，说："菩萨，放心了。"

"阿爸，你的帽子里流血了。"仁青蹲在妈妈的腋窝下看着土登说。

他这才知道自己头部被冰雹打伤了，冲着儿子笑笑，说："小事，只要你们没事，阿爸就没事。"他蹲下来象征性地挤进梅卓支起的背篓下，逗得全家人开心地笑出声来。他伸开五指插入仁青茂密的鬈发里刨了刨,说:"从今晚起,再累也要把小帐篷撑起,帐篷就是战神的头盔,刀枪不入。每天晚上都必须保证电筒随时能亮,豹子、老熊、狼都是怕光的。"

冰雹顷刻间停下,眼前白茫茫一片,悄无声息。藏獒停止了对天上来犯者的嗥叫,把冰雹踩在脚下,愤怒地咬着。

土登看着獒犬有仇必报的狠劲,用赞赏的口吻说:"好样的,以后全看你们了。"他转动着身子前后左右望了望,说:"我老觉得有什么东西盯着我们,抓紧时间离开这里,一定要在天黑之前走过沼泽区。"他将仁青放在马背上,对梅卓说:"都骑上马,我和仁青在前面带路,索木东把骑马的缰绳交给我,只需抓紧马鞍就行,你跟在后面。"

一路上他们始终保持着这一队形,土登在前,梅卓殿后,把牛羊放在中间。散漫惯了的牛羊在沼泽地里也吃不到它们所需的草,出奇地配合,这让土登非常意外。约莫一个小时后,他们沿着河流绕过弧形的河湾来到对岸。沼泽地的灌丛高过马背,牛羊很容易走失在灌丛里,土登的身前坐着仁青,他不时收紧缰绳掉转马头回望梅卓。

刚刚走出冰雹覆盖区,天色就阴沉下来,远处传来沉闷的雷声,天边的闪电越来越密集,一团巨大的乌云黑压压像有魔鬼推着一样朝他们移动,哗哗的大雨呐喊着奔来。

"快披上防雨毡。"话音刚落,闪电就开始在牲畜的脚下乱窜,紧接着第一声炸雷在牛羊群中心炸开来。索木东尖叫一声,马受惊了,土登牵着的缰绳猛地脱手,瞬间给土登的手勒出一道血痕,火辣辣地刺痛。被巨大雷声刺激的马嘶鸣着跑开,他拽紧手里的缰绳,嘴里发出"朵朵朵"的声音要马安静下来,同时看见索木东的马正拼命狂奔。"抓紧马鞍,抓紧啊。"他向索木东大喊,随即掉转马头告诉梅卓,"看好牛羊,我去追索木东。"

"快去呀!"她朝他吼道,"要是索木东再出事,我就不想活了!都是你惹的祸!没有了孩子,牲畜拿来有什么用?我跟你一起去。"

结婚这些年来,土登第一次听见梅卓顶撞他,他的火暴脾气再次爆发,啪地给了梅卓一耳光,吼道:"别他妈动不动就不想活。"随后驱马追去,梅卓不顾一切地紧跟在他后面。

泥泞的沼泽地里,马深一脚浅一脚地艰难前行着。这种环境中最受折磨的就是牲口,经常失蹄,一颠一簸地无法提速,鼻孔里喷出急促的鼻息。走了百十来米,土登隐约听见求救声。

"阿爸救我呀,阿妈,救我啊,阿爸阿妈,我在这里。"急促又绝望的求救声从远处的灌木丛里传来。

如注般的雨水遮住了土登的视线,他根本看不清十步以外的一切。听见儿子绝望的呼喊,土登翻身下马,迅速把缰绳递给仁青:"等着,原地站着,阿妈马上就来。"

"阿爸,我怕。"仁青在如注的雨水中接过缰绳。

"不怕,阿妈马上就来。"土登在过膝的沼泽地里摇晃着,朝儿子求救声传来的地方冲去,大声吼道,"阿爸来了。坚持住,坚持住!"他用手拨开带刺的灌丛荆棘,一道道被刺划开的伤口火辣辣地痛,救儿子的急切心情胜过自己的生命,他终于看见了深陷在泥潭中的儿子和青马。沼泽漫过了青马的四蹄，索木东趴在马背上绝望地呼喊着。

看着青马和儿子急速下沉，土登在过膝的沼泽中费力地一步步向儿子靠近，突然身后传来吼声："停下！过去就是死！"土登循着吼声看见了一个四肢着地的少年，少年看看他，将手里拿着的野牦牛的腿骨别进腰间。土登惊讶地喊道："仲！"心里滋生出一种莫名的踏实感。

仲的身体在泥潭里轻盈得像浮在水面一样，他迅速向索木东靠拢。然而他的举动却吓坏了索木东，以为他是沼泽里钻出的怪物，发出声嘶力竭的尖叫声，身体在马背上急速晃动。这样一来马下沉得更快，泥浆淹没了索木东的大腿，马只有昂起的马头和马背露在面上，鼻孔一半已浸在泥浆里，危在旦夕。

仲已经来到马背边，土登看见仲在跟索木东讲话，但索木东厌恶地转过脸去，不愿看仲，仲越接近他越尖叫，绝望地喊着："阿爸阿妈，快来救我啊！"

土登扯起嗓门高喊："别怕，他是来救你的，快爬到他的背上去！"绝望中的索木东听清了阿爸的话，他极不情愿地从马背上移到仲的背上，仲背着他三步并作两步很快来到土登身边。土登一把揽过索木东紧紧地抱在怀里，受到极度惊吓的索木东在阿爸的怀里号啕大哭。

梅卓目睹儿子被用四肢行走的仲救起的全过程，突然想到昨晚丈夫讲的关于仲的情况，双手合十感恩，哭着说："菩萨，这是最好的安排啊。"喜极而泣后她当场晕厥过去。

仲抓住马头的套绳龇牙咧嘴地往后拽，大青马顺着他发力的方向努力移动。终于将大青马拖出泥潭时，他已经累得精疲力竭,仰躺在地直视天空,同大青马一道喘着粗气,胸膛急剧起伏。土登一条腿跪着蹲在他身边,激动了半晌才说:"大恩人!这辈子为你做牛变马,我都愿意。"

仲听着土登说话的同时看了看从惊愕中渐渐放松的索木东,慢慢地平静下来,说:"昨晚我偷听到你告诉尼麦你要去森格塘。带我去吧,我带路。求你了。"

"如果带你走,我太对不起老尼麦了。你还是回去吧。"

"带我跟你们去吧!"仲哀号起来,声音像牛犊一样,"昨天晚上你走后,我求得了尼麦的同意,我要跟你们去森格塘。尼麦一夜没有跟我说话,天亮后,尼麦对我说,去吧,生死在天,你的家园在森格塘。尼麦带着我来找你们时,你们已经上路,我就来追你们了。留下我吧。"

土登对仲的话半信半疑,问:"你敢向三宝赌咒发誓?"

"我敢向三宝赌咒发誓,向太阳城发誓,向觉沃佛发誓。"仲用舌头舔舔泥泞的右手拇指伸给土登。两人拇指贴在了一起。

梅卓醒来时发现自己躺在土登的臂弯里,她的脸上土登扇耳光的印迹还留存着。索木东跪在她身边,用手替她抹去脸上的雨水,问:"阿妈,你没有事吧?"

"只要你没事,阿妈就不会有事。"看见儿子完好无损,所有的担惊受怕顷刻间消散殆尽,她伸手将儿子脸上的泥浆抹掉,说,"只要你们活着,牛羊都是眼睛里的云雾。"而后她转过脸用充满感激的神情看着仲,说:"仲,你是土登家的活菩萨。"说话时眼角滚出了泪水。她翻起身对仲跪下,双手合十准备给仲磕头,被仲阻止了。仲看见他们向自己投来温和的目光,笑了,笑得单纯而真诚,伸出手朝远处指了指,说:"快去收拢牛和羊。"

土登说:"按仲说的做。"那一刻,夫妻俩不约而同地互视了一眼,心里已经认养了这个恩人。随后土登朝远处疾步走去,仲紧跟在他后面。

一阵呼唤和驱赶,四散的牛羊听见主人的召唤,慢悠悠地集中在一起。梅卓逐一清点着。其实,土登早已心里有数,只不过想用问话来试探妻子的承受力。"还剩多少?"他问。

"死了十二头牛、十八只羊。"梅卓的语气干脆,没有女人失财后的后悔和埋怨,"比起生索木东那年的那场雪灾,还算幸运。那场雪,一夜之间啥都没了。"她看着倒在地上的牲畜,口里念诵着"嘛呢",为亡者超度,也包括那群因仲而惊起的黄鸭。

土登心疼地看着妻子,她的坚强和韧性被他低估了。一种莫名的感激和冲动让他打破常规,不顾孩子们的眼光走到梅卓的身后抱住她,紧扣着十指贴在她的腹部。梅卓知道丈夫是想用此举表达他的歉意和承诺,她心里涌出的暖意烤干了雨水,心想:"从跟你的那天起我就决定,就是死到天边也从了。"她用手捏捏他合围在自己腹部的手,表示领会和致谢。

土登知道此时此刻说什么都是多余,一家人——包括仲——双手合十为亡灵诵经,而后默不作声地出发赶路。

高原的天空像恋爱中少女的脸,说变就变,暴雨过后,原本灰色的天空突然放晴,蓝色的天幕随即展现出大自然的宁静和清爽。赶在太阳回收地平线上最后一抹阳光之际,他们来到一个距小溪不远的地方安营扎寨。

"今晚就在这里住。"仲说。

"这里没有遮拦,会受到狼的攻击。"土登停下来,大口大口地喘着粗气。他感觉胸腔里像挂了一块大石头,明白这里海拔已经很高了。

仲说:"不会有狼来。"

"为什么?"

"这里已经没有跑得慢的小动物了,狼根本跑不赢野牦牛、野驴和羚羊。"

梅卓相信仲的建议,插话说:"仲的话有道理。"

土登找不出理由辩驳,默不作声地开始搭建帐篷。这时土登才发现,仲腰间别着的野牦牛腿骨是用来敲击地桩的。搭帐篷时除了仲,四个人都觉得呼吸费力,土登喘着粗气,拿着仲手里的腿骨锤,仔细打量了一番,然后递还给仲,说:"今晚我睡在帐篷的门口。"

天还没有黑尽,但白天经历了密集的冰雹、雷击和惊心动魄的营救,一家人都疲惫不堪,简单就着溪水拌和糌粑面聊以充饥后就躺下了。

唯独土登没有睡意,他环顾四周,拾起几片薄石片,心想:"虽然逃脱了人祸,但在往后的岁月里,跟狼群和其他动物的恶斗会很多,跟环境的恶斗也会很多。"一想到这些,他的手下意识地插进褴褛里摸了摸手电筒,告诫自己,这东西派得上用场的时候还多。他围着牛羊围起的圈子转了一圈,浸骨的寒冷使他感到心惊，他钻进帐篷，将刚拾到的石片压在盖在妻子孩子身上的双层厚氆氇上，又把戴在头上用羊羔皮做的帽子拉下捂住自己的脸。他走到帐篷门口躺下，将头缩进厚厚的羊皮袍中。之后静谧的大地收录了他的鼾声，他累坏了。

这一夜很漫长但格外宁静，有了仲的加入，一家人感到了前所未有的温暖和力量。

天刚亮，雪的反光将大地照亮，如果不是昨晚这场无声无息的鹅毛大雪压塌了小帐篷的话，所有人都还在熟睡中恢复体力。突然被压塌的帐篷里传来梅卓的叫声，土登从睡梦里惊醒，睁开眼睛就感到一股冰凉浸入，他用手一抹，才发现雪已经厚厚地盖在他的脸上，身体也已被积雪覆盖。他立马站起身来，看见帐篷被积雪压塌，白色的帆布帐篷蠕动着，是妻子在用手顶托。土登大声说："别急，天哪，是昨晚的大雪把帐篷压塌的，都别动，等我抖掉积雪。"

他旁边的仲听见说话声也惊醒过来，翻身坐在雪地上，机敏地观察着眼前发生的一切。

"不是叫你睡帐篷吗？"土登责骂的语气里包含着关心。

"在帐篷里我睡不着，就出来给你做伴。"仲利索地帮他除掉帐篷上的雪。其实，仲整夜都半睡半醒，怕自己被抛弃。在后来的几年里，仲像孩子一样对梅卓袒露了自己曾经的心迹。

很快小帐篷被他们俩支撑起来。索木东和仁青被吵醒，睡眼蒙眬地观察周围，看见阿爸猫腰钻进帐篷看着他们微笑。梅卓心里暖暖的，对孩子们说："下大雪了。"

"没事了，娃娃些，起来。趁雪还没封山，我们好赶路。"

梅卓帮助仁青系好腰带,索木东缩着脖子钻出帐篷撒尿,他踩着一脚一个坑的积雪,看见牛羊的背上覆盖着厚厚的雪,鼻孔里呼出白色的热气,显得很安静。仲朝他笑笑,用手捧着雪放进罗锅,然后用嘴咬住罗锅的边沿,用手端稳罗锅,用另一只手和两条腿走进帐篷。

日后的岁月里,渐渐长大的索木东明白,这个用四肢走路的仲已成为全家不可或缺的亲人,是阿妈的好帮手,也是他和仁青的好兄弟。一个夏季的午后,两人趴在草地上掰手腕,他好奇地捧着仲的手,问:"冬天站在雪地里,不冷吗?"

仲摇摇头,摸着手掌上的硬茧,说:"刀都砍不开。"

因为梅卓,仲每次吃糌粑前都要洗手。"再粗鄙的男人也好面子。"她明白仲的心思。

第27章

　　住进新居的第一个夜晚斯郎措通宵无眠，心在漆黑的夜里向父母倾诉着终于有了属于自己的家。最要紧的是商贩带来了她哥哥还活着的消息，给她原本兴奋的神经又添加了清醒剂，她脑袋里曲扎、土登、琪加的身影交替穿梭，甚至产生三人在房间里轮番同她交谈的幻觉。曲扎平静地在枕边同她说话，憧憬着迎娶她后带她去神山朝圣，他俩在开满鲜花的草地上唱着"江河哪里去"的情歌；哥哥土登在她嫁给曲扎时，将坐在马背上的她托付给曲扎；而只要一想到琪加，她就觉得是自己身上掉下来的肉，因为他脱胎时就散发出一股跟自己身上一样的味道，乳香中夹杂着夏季开紫色花的铁线莲和小黄菊的香味，一想到这两种味道合在一起，她就浑身痉挛，仿佛体验着临盆剧痛后初为人母的幸福和安稳。昨天,她特意把铁线莲和小黄菊摘回家插在牛角里,这混合的味道让她神情迷乱,即使它们水分干掉也舍不得丢,以至于屋角处堆满了两种花草的枯枝败叶。后来,在琪加离开后的多年,她只要闻到枯枝败叶的余香就觉得他仍睡在她旁边。

天刚亮,她就起床点燃土灶,从柔软的糌粑口袋里取出一坨平日舍不得吃的酥油,准备好生款待带来天大好消息的商贩。接下来是同琪加共同生活的时间,一想到他的小脚板在屋子里跑来跑去,她像旱獭妈妈那样带着小生命,在返青的草地上警惕地散步,那种当母亲的快活就难以言表。琪加的到来最大限度地弥补了斯郎措等待爱情、婚姻和生育后代的空缺。她曾多次在不同地点、不同季节的白天黑夜里幻想,如果自己当年给曲扎怀上孩子,那孩子现在都快十二岁了;如果同孤儿院院长介绍的军官结婚,孩子也都十岁了;如果同孤儿院长大的来向她求婚的巴嘎结婚,孩子也近七岁了。"这就是命。遵从菩萨的安排。"她呢喃自语。她从睡屋穿过中堂来到厨房,眼前的一切既陌生又新鲜,中堂正中央供奉着毛主席的画像。她知道,供神应该有神龛,神龛前面应有铜灯和净水碗,到了鲜花盛开的季节,要采摘金黄色和嫩黄色的花朵摆在桌上,以示对神的恭敬。她认为对待毛主席也应该这么做。

当锅里的茶水翻滚时,她用镀铜的瓢往锅里蓄了些水,这样反复添水熬出的茶色才浓、味才香。放好铜瓢,她双手在邦典上习惯性地抹了抹,走到挂在壁柱上的小圆镜处,整理了一下搭在额际的乱发,洗净脸后抹上白甘油;打开房门,看门狗在打盹儿，独眼商贩已不见踪影。她快步跨过房门四处打量，四周一片宁静。门槛旁边放着一对铜灯，七个镀铜净水碗。她快步走到木桥处，心想那里地势稍高，或许能看见离开的好心人。但除了远处的炊烟和驮骡的铜铃声，一切悄无声息，没有好心人的身影。

多年以后，曲扎的好友绒塔仁波切在木桥上交给斯郎措天边的来信后，她就每天都以迎接心上人好消息的心情站在木桥边，等待驮骡的铜铃声传来。她深信，回族商贩的铜铃声带来了哥哥的下落，那邮政驮骡的铜铃声会源源不断送来曲扎的消息。

这一等又是十几年，令斯郎措情迷的铁线莲和小黄菊在盛开和枯败间轮回，岁月因等待而蒙上一层层密不透风的铁甲，但祈盼的信念早已成为她生活的一部分。有时在清晨的晨星中，有时在风雪交加中，有时在烈日暴晒中，有时在残阳或黄昏中，一坐就是大半天。县邮政员驮着报纸和信件的骡马经过木桥，乡邮递员多吉以及后来多吉的继任者小多吉，父子俩总是遗憾地看着她尴尬地笑笑，晃晃脑袋示意没有她的信件。她依旧笑眯眯地看着乡邮递员，说："会来的。"若干年后，她向来看望她的养子琪加道出了在木桥边等信的秘密。琪加听后半晌说不出一句安慰的话，他动情地将斯郎措阿妈揽入怀中，把下巴放在老人的头顶，哽咽不语。那一刻，他将老人等待的身姿幻化在桥心，塑起心中现实版的"织女盼郎归"的雕像。

没有让带来好消息的客人喝上热茶，斯郎措深感歉疚，倚在门框边面朝通往向阳公社的路尽头，祝福商贩一路顺风。她

281

对着虚空说:"好人一个。菩萨保佑。"说完她闭上眼睛,双手合十。此刻,银狐神山的轮廓隐现在天幕中,大地才刚刚苏醒。

新灶里燃烧的牛粪火混杂着泥土的味道,红中带黄的火舌舔着锅底,久违的新鲜感提醒着斯郎措,真正的独立生活从现在开始。她将平措阿爸给她的带骨风干肉煮进锅里,准备同达志母子俩饱餐一顿。一想到琪加虎头虎脑的吃相,她对着小圆镜抿嘴一笑,冲镜子做着怪相。

斯郎措快活地往返于厨房和家门间,感觉走起路来像在跳舞一样,飘然放松。直到银狐神山一侧的太阳升上天空,阳光正好照着房屋的正门,土墙变成黄铜色,优美的景色和美好的心情让她自言自语:"好的兆头。感恩三宝。"刚说完她又警觉地往四周瞧瞧,吐吐舌头,低声说,"这些话被工作组听见,会说我在传播封建迷信。"多年的单身生活让她养成了跟自己说话的习惯。

当锅里的肉香弥漫在新房里时,草原上一高一矮两个小黑点在逐渐变大。"一定是达志母子俩。"她踮起脚尖向小黑点挥手,没有回应,"大概还要走十分钟。"她抿嘴一笑回到厨房。锅里的带骨肉翻滚在乳白色的汤汁里,散发着扑鼻的香味,她从木架上取下两个茶碗准备迎接客人,随口哼起"青草哪里去?青草天边去"的曲调,对新屋里说:"曲扎,你听见了吗?想你了。这里,就是你回来后的家。"

达瓦志玛一大早就开始给儿子收拾行装,两件麻布做的春秋衫,两件她亲手织的元宝针的毛线衣,两条羊毛裤和两双羊毛袜;另外,除了儿子身上穿的藏青色氆氇藏装,还有一套四季都可以穿的缎面的羔皮藏袍。"有这件就可以过冬了。"她捆扎好行李对自己说。

母子俩穿行在晨曦里，早起的雪芝鸟在头顶飞来飞去，直到琪加歪着脸直埋怨母亲捏痛了他的手，她才意识到要与儿子分别一段时间了。她低头看见琪加一路上哈欠连天，表情酷似丈夫，不过儿子不像丈夫那样有忍耐力，想到自己不止一次在亲热时用力过猛，一定让他愉快地难受着，她禁不住开心地笑了起来。斯郎措曾不止一次问达瓦志玛，你就那么喜欢那个汉人？她毫无保留地对斯郎措说，他虽然身体不像种公牛那么强壮，但他像冬日里的阳光，温暖，体贴，持久，不像草地男人既多情又薄情。

"这段时间跟着斯郎措阿妈，一定要听她的话，别让她操心。"达瓦志玛提醒着小琪加。

"你昨天睡觉时说，早上起床又说，我记住了。"琪加拿着木质大刀对着鸟儿挥来挥去。这把让他入迷的大刀，是雅安来的韩木匠照着《沙家浜》里新四军的大刀样式做的。韩木匠来给公社搭建拖拉机车房期间，琪加就一直在他周围晃悠。琪加对用刨子推出的刨花感兴趣，拿着纸一样的薄片直对着太阳看，说："啊啧啧，用它敢看太阳。"那副天真可爱的模样惹得中年木匠哈哈大笑。他露出一排被劣质烟熏黑的大黄牙，像壁画上的魔头。琪加几乎天天泡在工棚里，很快就熟悉了木工工具的名称以及功能，木工刨是将木板刨平的，木工锯是用来锯断木头的，墨斗是用来画墨线的，角尺是用来画线条的，他也学着韩师傅在耳朵边卡着一支红蓝铅笔。他的聪明很讨韩师傅喜欢，韩师傅临走时专门做了一把大刀送他。琪加拿着大刀在小伙伴面前风光了整整一个月。

公社、粮站、帐篷小学、卫生院的孩子看见琪加手里的新式玩具，很是羡慕，当家长们被闹得整天心神不宁，纷纷问是谁做的时，才知道韩木匠已经离开此地了。

乡卫生院爱子如命的尼玛院长，居然在二十公里外的大章区专门把韩木匠请来给儿子做大刀。这下一发不可收拾，整个城关区没有大刀的男孩子整天缠着父母，木匠被留下做了多少把大刀他已经记不清，总之在这一区域，小至三岁大至十四岁的男孩都有一把。这也给木匠带来了一笔不小的收入，他临走时为了感谢小"财神"琪加，又悄悄送了琪加一把做工更精致的大刀，还专门用砂纸给大刀抛了光，摸着像玛瑙一样光滑。拿着双刀的琪加更神气了。

看着整天在院子里挥舞着大刀闹闹嚷嚷的孩子们，前来公社调研的革委会主任灵机一动，说："公社搞文艺调演，把孩子们的大刀舞也拉上去。革命不分老少，那多闹热。"这话让文书又是找帐篷小学的老师编舞，又是请县文化馆的老师来辅导，如此一来，二十个孩子根据音乐舞蹈《大刀进行曲》，创制了《大刀舞》。

"瞧，那就是斯郎措阿妈的新房子，今天晚上你就睡那里。"达瓦志玛轻轻地松开儿子的小手，指指远处的房子，"阿妈要走很长一段时间，你想阿妈不？"

琪加没有直接回答她的话，而是问："斯郎措阿妈怎么不住我们家了？"

"她不是公社干部,没有分房子给她。"达瓦志玛解释的同时又问,"你还没有回答阿妈的话,你想阿妈不?"

"那就把我们的房子给她住。"

儿子的话让达瓦志玛既心酸又感动,他还不明白大人的事,她不想在这么小的孩子心灵上埋下怨恨,她不能告诉他家里正面临着太多的打压和排挤。她冲儿子笑笑,说:"斯郎措阿妈自己盖了房子,不住的话房子就会空着,所以她就邀请琪加一道在新房子住。"

"那里有没有小朋友跟我玩大刀?"

"乖,你是最听话的娃娃,斯郎措阿妈会给你讲故事的。她有讲不完的故事。"

"我最爱听故事,可惜阿爸不在。他讲的愚公移山、女娲补天、精卫填海都很好听。"

"斯郎措阿妈讲的故事比阿爸讲的还好听……"

母子俩一路上就斯郎措阿妈和阿爸谁的故事讲得好听作比较,如果不是听见看门狗发出叫声,他们还在争论不休。达瓦志玛最怕儿子问阿爸怎么老学习不回来之类的问题,这问题回答起来很让人头痛。在她看来,用草原部落打冤家的说法来界定王本昌的事,像又不像,她无法跟儿子说清年复一年的"学习改造"是怎么回事。

"阿妈,我来了。阿妈阿妈,我来了。"琪加顾不得狗的吵闹大声对着新屋高喊,稚嫩的童声给新屋包裹了一层新鲜的活力。

听见琪加的叫声时,斯郎措正往白汤翻滚的锅里续水。

"哎哎,来啦,来啦!"她应着,快步冲出大门向他们挥手,同时呵斥看门狗。狗停止了狂吠,跟随着主人,向来人摇尾示好。"哦呀呀,阿妈的小乖乖来啦,快,快进屋,阿妈给你弄了好吃的。"

"阿妈,你看!"琪加迫不及待亮出新玩具,双手挥舞着大刀,边舞边唱,"大刀向鬼子们的头上砍去,全国爱国的同胞们,抗战的一天来……"因急于在斯郎措面前展示新花样,他用力过猛,在旋转中失去重心,一个趔趄摔倒在地,滑稽的模样让两位阿妈笑得前仰后合。

摔得并不痛的琪加顽皮地趴在地上,他是在等待她们的鼓励,说他是不怕痛的男子汉。然而等了一会儿没有如愿,反而听见她们开心的笑声,便哇哇哇地大哭起来。无泪的干号藏不住撒娇的表演,大人似乎看透了他的表演,于是笑声更大,他的假哭也变成了真哭,连看门狗也歪着头不露声色地看热闹。

"好了好了,还是阿妈心疼一下乖娃娃。"斯郎措抱起琪加,将脸贴在他脸上,"别哭了,狗狗在笑你哩。"呵护止住了哭声,戛然而止的哭声再次引来两位阿妈的笑声。

"看,这是杀日本鬼子的。"琪加举起大刀显摆着。

"真漂亮,谁给你的?"斯郎措替他抹掉混在一起的鼻涕和眼泪。

"来给公社搭拖拉机棚子的木匠送的。"达瓦志玛接话,"你给斯郎措阿妈说说你们跳舞的事,我进屋放包。"

"你要去参加跳舞?"斯郎措松开他,替他拍掉身上的灰尘,"来,给阿妈跳一个。"

"《大刀舞》。"琪加说着边唱边舞,一旁的狗以为他要攻击它,喉头发出呜呜呜的警告,竖起双耳注视着他的举动,伸直前腿将硕大的脑袋夹在前腿间,半蹲后腿做出随时发力的准备。

斯郎措鼓掌说:"真厉害,像《格萨尔王》里的大将嘉察。"

"才不是呢,是八路军新四军。"

达瓦志玛放好东西后倚在门框边听他俩争论,儿子不知道格萨尔王的故事,更不知道眼前的斯郎措是赫赫有名的说唱艺人。在"破四旧"的年代,格萨尔王的故事伏藏在牧人的记忆里。

"好好,八路军、新四军和格萨尔王都是英雄。"达瓦志玛插话走到他们面前,说,"下个月六个公社要搞文艺调演,琪加他们二十个娃娃要跳《大刀舞》,这个月的每个星期天都要去公社彩排。要辛苦一下阿妈,陪他去练舞。"

"好啊,陪小英雄打日本鬼子。"斯郎措爽快地应承着,突然面朝厨房,说,"光看小英雄跳舞了,进屋吧,看我给你们准备了什么好吃的。"

"闻到肉香味了。走。"两个阿妈牵着琪加朝新房走去。守门狗生气地将头一转,看着一只在它头上盘旋的蝴蝶,用一只前爪在空中抓刨。

文艺调演如期而至。

六个公社的参演人员云集向阳公社,一夜间帐篷城拔地而起,四五百匹牲口聚在一起,纷乱而热闹。舞台披红挂绿,巨幅褶皱均匀的红色平绒中央贴着毛主席像，下方围着半圈"忠"字图形。舞台的木架上檐写着"桑戈地区六社一镇文艺调演大会"的大字，两边的立柱上则写着"将无产阶级文化大革命进行到底""誓死保卫文化大革命的丰硕成果"。

高音喇叭播放着革命歌曲《大海航行靠舵手》，高亢的旋律营造着欢天喜地的气氛。牧民穿上压箱底的盛装，胸前都佩戴伟大领袖的像章。像章的种类非常齐全，从大小而言，有拇指大的，也有乒乓球拍大的；从材质上而言，有金属的也有塑料的。琪加达瓦的那枚夜光的像章是在上海的奶奶寄来的，在桑戈草原大放异彩，就连公社的干部也惊叹它的神奇。他们用糖果换来一睹为快，把琪加叫到用被盖将窗户围得严严实实的办公室，面对这枚在黑暗中发光的像章惊叹不已。

琪加走后，干部们抽着烟冥思苦想，对发光体发表各自的观感，借此来消除午后无事可做的寂寥。嗜酒如命的尼玛手里拿着一副一用就是三年的扑克牌，这副早已毛了边、折痕斑斑的扑克牌，成为大部分公社干部的亲密伙伴。尼玛觉得毛主席是活菩萨，自带光芒，但他的说法很快被否定，大家反问毛主席的画像、石膏像为什么不发光，尼玛无言以对。武装部长看着尼玛说，半瓶喝下去你就会发红光。众人哈哈大笑，尼玛冲着部长做鬼脸。武装部长认为是打火石的作用，说河边上捡来的白石头互相摩擦后会发出亮光，但他自己很快又否定了这一说法，因为像章并没有摩擦发光。徐文书上过中学，他突然想到一个化学元素叫磷，内地农村的乱坟岗常常"闹鬼"就是磷发出的冷光，心里咯噔一下，心想像章是不是用磷做的……他不敢把这一想法说出来，觉得把磷火与伟大领袖联系在一起，这话说出来会让他吃不了兜着走。他吐吐舌头，把自己的见解藏在了心头。

那段时间琪加一有空就钻在被盖里，他惊讶地发现，把像章对着太阳或是用电筒强光照射之后，在黑屋里或被窝里它会更加通体发亮。斯郎措也常常把脑袋钻进被盖分享他的惊奇发现。整个夏天，桑戈草原都在传播，说达瓦志玛家有一枚从上海寄来的发光宝贝，一大群孩子整天围着琪加转。

斯郎措一早带着琪加来到公社，公社的会议室挤满了孩子，县文化馆的曹老师正给孩子们脸上涂抹食品红。食品红是县革委会招待所食堂特供的，每逢节日，白案师傅在馒头蒸好后，为了增添一些喜庆，会专门在馒头上点缀一点红色。轮到琪加，曹老师叮嘱："小乖乖，今天你领队。拿出精神，全看你的了哦。"琪加的注意力显然在别的化好了妆的孩子们脸上，看到红脸蛋黑眼圈的同伴，他笑个不停，把曹老师的叮嘱当成了耳边风。

粉红色节目单散发出刺鼻的油墨味，第一个节目是措桑公社的舞蹈《大海航行靠舵手》，琪加对这首歌曲的熟悉程度远不及《我爱北京天安门》，也不及斯郎措哼唱的"江河哪里去"。若干年后他还专门录制了《江河哪里去》，在配以藏族传统的弦胡和笛子的基础上，特意增加了打击乐，强调时空的广度和长度。他用自己的方式怀念毛主席，还专门在收藏店购买了一枚乒乓球拍那么大的毛主席像章来作为歌曲的最佳搭配。他尤其记得《大海航行靠舵手》最后一句是"毛泽东思想是不落的太阳",舞者双手举过头顶做围抱红太阳的姿势。为了托举太阳,他们双腿齐肩宽做半蹲马步状,极富戏剧色彩。

轮到向阳公社了,孩子们一上台就赢得潮水般的掌声,年龄最小、个头最矮的琪加雄赳赳气昂昂走在最前面。每次练习,曹老师就一手叉腰一手在空中挥舞,说:"只要我在台下向你们挥手,琪加就高喊口令'几尼几(一二一)、几尼几、几尼桑些(一二三四)'的号子,然后其他孩子就跟随他的口令重复'几尼几、几尼几、几尼桑些',听明白了吗?"

斯郎措挤到舞台前,为避免琪加看见她影响表演,她把赤脚医生专用的急救箱放在舞台边,将自己的脸藏在后面。她有一种莫名的担忧,怕孩子们演砸,担心加快了心跳,她的呼吸变得急促,口里默念着六字真言,祈求孩子们演出成功。让她特别自豪的是,今天她是以家长的身份来的,在等待音乐声响起时,她甚至不敢正眼去看孩子们是怎么进场的。

高音喇叭刚播放《大刀进行曲》的前奏,编导一挥手,琪加就机械地高喊着口令把队伍带向舞台中央,然而行进到一半时喇叭突然哑了火。"糟糕。"斯郎措比谁都急,此时台下的工作人员焦急地围在电工的周围,音乐突然中断令孩子们进退两难,台下曹老师的手势也乱了,队伍里有的孩子停下,有的孩子准备往后退,有的跟着琪加往前走。关键时刻琪加仍然喊着口令,走出队列小声叮嘱小伙伴:"大家跟着我的歌声跳完。"

手心都急出冷汗的曹老师此时乱了阵脚:"这孩子想干什么?"她差点冲上舞台把孩子带下来。然而,只见孩子们在琪加的口令带领下继续行进。面对突如其来的尴尬，没有音乐的伴奏，琪加高唱"大刀向鬼子们的头上砍去，全国爱国的同胞们，抗战的一天来到了，抗战的一天来到了，前面有工农的子弟兵，后面有全国的老百姓，咱们军民团结勇敢前进，看准那敌人，把他消灭，把他消灭，冲啊，杀……"舞蹈表演在歌声中顺利进行。

"好样的！"斯郎措喊出声来，但她很快意识到自己的叫声比喇叭还响，偷偷左顾右盼。庆幸的是，观众被琪加镇定自若的表演吸引了，根本不介意她的声音。她吐吐舌头，心想："今天一定要好好犒劳一下宝贝儿子。"

琪加又唱又跳感染了伙伴，大家齐声高唱，纵情舞蹈，引来台下一浪接一浪的喝彩声，《大刀舞》在雷鸣般的掌声中继续。突然间，高音喇叭重新响起了《大刀舞》的曲子，引来台下一片长时间的嘘声。

斯郎措到死都记得终生感动自己的一幕。舞蹈在空前的掌声中结束时，琪加带着伙伴们谢完幕直接朝她跑来，一个劲地喊着"阿妈阿妈"，她也毫不避讳地答应着，激动得流出了泪水。她纵情地伸出双臂抱住直接跳到她怀中的琪加，琪加因用力过猛将她扑倒在地，引来旁观者的笑声。琪加脸上的食品红混着汗水给斯郎措抹了一脸，母子俩的大花脸被粮站的小宋最先看见，她乐呵呵地说："要是有照相机就好了，给你们留下一辈子都不忘的美好纪念。"

小宋的提醒让斯郎措从怀里掏出小圆镜，她看见自己的花脸后哈哈大笑，拉着琪加就往小河边跑。跑了一段距离，琪加说:"阿妈,我渴了。"斯郎措这才放慢脚步,用自责的口气说:"看我这记性。"她从襁褓里掏出牛角壶,拔开壶塞递给琪加,"阿妈今天专门给你准备的鲜奶。"

琪加接过牛角壶咕噜咕噜地喝起来,她正想提醒他慢慢喝,他已经喝了个底朝天,鼻子以下的半张嘴糊满了牛奶,这一来又给原本的花脸增加了一抹白,那模样惹得斯郎措再次笑得前仰后合。笑着笑着她却没有了声音,随后便是浅浅的抽泣声传来。

"阿妈,怎么牛奶是热的?"琪加问。

斯郎措没有回答,一把揽住琪加将头埋在小孩的胸膛哭起来。幸好小孩的胸膛捂住了哭声,她很快意识到自己找错了倾诉对象,强忍住泪水破涕为笑,哽咽着说:"孩子,那是阿妈的体温。"

"阿妈,你哭了?"

"高兴啊,你今天表现得那么出色,阿妈高兴得流泪了。"

琪加嚷着要她把镜子给他照照。

"好,给你照,照了不许笑哦。"

当琪加看见自己的花脸后,两人又咯咯咯地笑个不停,笑声离河边越来越近……

一个月后,达瓦志玛收到了熟人捎来的一个卷着的纸筒,打开一看,是奖状,写着琪加表演的《大刀舞》荣获二等奖。"呵呵,居然获奖了。"她怎么也想象不出琪加是怎么获奖的,将奖状放在一天天大起来的肚子上,借此向肚子里的孩子传达一个信息："还未见天的孩子，告诉你一个好消息，你的哥哥获奖了。阿妈已经很久没有遇见让自己高兴的事了。"说完她用袖口擦干湿润的眼眶，心想："多亏了斯郎措。你阿爸知道也一定很高兴的。"后来她又托熟人将奖状带回斯郎措那里，还带话说贴在小土屋的墙壁上，让琪加天天看着，有上进心。在带去奖状的同时，还给他们带去了一些白糖和人参果。送走来区上办事的熟人，达瓦志玛面朝色尔坝方向，在心里说："老王，你的反修获奖了。"

第28章

　　仲被接纳后，梅卓能觉察到仲在费尽心思讨好全家。扎营前后所有的活儿他都抢着干，路上抢着带路，帮她看护仁青和索木东，给仁青捉蝴蝶，用奇特的叫声给远处警惕地望着他们的藏羚羊打招呼，让羚羊过来接近他们，甚至能让仁青骑在羚羊背上小跑让他开心。这一系列行为看着着实让人心疼，因此被梅卓和土登制止，总之仲的眼里装着全家人的一举一动。

　　仲的刻意讨好让梅卓心生怜悯，一个缺少父母心疼的孩子渴望被人心疼，其举动着实让人想落泪，索木东和仁青是体会不到这种渴望的。梅卓知道仲怕他们丢下他，除了尽力讨好再无他法了，唉，可怜的孩子。这个年龄段，仲说话的声音正从童音向少年转换，听上去不男不女的，一头永远都长不长的茂密鬘发像野牦牛的尾巴,他跑动起来又像藏羚羊那样有着用不完的力量。

梅卓能感觉到,尽管尼麦救了仲,但他缺少母性的柔情和温暖。仲看梅卓的眼神充满了认母的渴望,当她第一次伸出充满母爱的手在他的脸蛋上抚摸过后,仲幸福得掩饰不住内心的激动,一口气跑到远处的山梁采摘了一朵灰中带白的雪莲送给她。为讨梅卓欢心,仲最大的转变是每次吃饭前都要洗手,尽量保持直立行走。土登一家在改变仲的同时,也越发感到离不开他,越是深入无人区,反而是他们越怕仲抛弃他们。更何况,仲已成为梅卓不可或缺的帮手。梅卓用母性的柔情紧紧地将仲跟他们一家连在一起,梅卓视他为家庭的一员。

但在土登眼里,仲的作用远远超过协助家务之事,最要紧的是仲让一家人避开了无法预判的死亡沼泽地、不必翻越的冰川、完全沙化的高山草甸以及一望无际、寸草不生的黑石滩。如果不是仲如此熟悉这里的一切,他们全家随时会面临死亡的威胁,仲是他们家的救星,是上天赐给他们的仁波切。

在仲的带领下,森格塘成为阻挡追击者的天然屏障。

活动在唐古拉山以北、青藏公路沿线的牧人知道,想在公路西边的无人区度过漫长的冬季,除非变成野牦牛,否则,那就是在赌命,能活下来是天方夜谭。

德杰一伙做梦都没有想到,土登全家居然冒死进了无人区,在人祸与天灾的选项里,土登一反高原上有仇必报的常态,隐忍憋屈地选了一条铤而走险的路,接下来迎接他们的是严酷的大自然对生命在极限处的生死考验。虽然土登家一夜间无影无踪，但狡猾的德杰依旧提防着他会突然而至，记忆里那三枚别在光板羊皮上的针是土登发血誓要弄死他的寒光，他几乎每天都能嗅到古老的复仇方式带来的血腥味。所以德杰也只有一个选项：要想保全性命，必须尽快借人民民主专政布下的天罗地网除掉土登。

土登的逃离让德杰一伙暂时赢得了政府的信任，通过县人保组下达了通缉令。通缉令称：土登长期以来，利用各种手段攻击党、攻击社会主义、攻击人民，伙同达通马的"地富反坏右"破坏牧业学大寨的丰硕成果，最为恶劣的是他还武装抢劫达通马贸易小组，造成国家的财产严重损失，罪大恶极，现特发通缉令，将土登缉拿归案，严惩不贷。

不过德杰的如意算盘只是表面打响了，张新建组长没有被他们牵着鼻子走。作为一名党的优秀干部，张组长发愿同牧民打成一片，渐渐熟悉了草原的历史和文化，明白土登同草原的命运连在一起的家园情结。张组长明白，土登是为了保全妻儿才举家外逃，如果没有这个前提，土登就会失去克制和约束，凸显出康巴男人刚烈和凶悍的一面。在这片充满神佛的红尘之地，世代冤冤相报，张组长深刻地意识到，康巴男人是从不吝惜鲜血和死亡的。他也暗中在寻找土登全家，随时准备站出来阻止这种原本可以和解的相残。

通缉令在川、甘、青交界的达通马地区扩散开来，就在土登带领全家离开老尼麦渡口的第三天，两名穿绿衣蓝裤制服的人保干部骑着马，风尘仆仆地将通缉令张贴到了渡口的土屋外墙上。两人带了破案专配的海鸥牌双镜头照相机，以通缉令为背景，威风凛凛地端着上了刺刀的步枪，请老尼麦帮他们按下快门，拍下向上级汇报工作的照片。离开时他们没忘记用很专业的语气吩咐说："见到这家人，留下证据，快马报案，政府有赏。"

老尼麦斜着眼睛看看通缉令，不露声色。凭借他的经验和对土登的了解，即使土登真的抢劫了贸易小组，只要没有沾上命案，通常上面也不会下达通缉令；而且即便土登罪大恶极，像土登这样说一不二的汉子绝对是一人做事一人当，绝不会带着家人进入无人区。他深信土登是被人暗算了。他告诫自己，一定要严守秘密，保护这家善良的人。况且，可怜的仲一定跟土登一家在一起。

夜里，老尼麦偷偷带了酥油和大茶来到破败的寺庙，找到了不敢穿僧衣的老堪布仲堆，告诉了他土登家被陷害的情况，恳求老堪布，凡是见到偷偷来找他念经祈福的牧民，就告诉他们一旦有人保组的人问及从达通马来的一家四口，就说没有看见过。老堪布应允了尼麦的恳求，自此，通缉令在渡口沿岸成为一张废纸。

荒凉之地森格塘被波浪般低矮浑圆的层层山丘包围着。

起伏如浪的大地告诉土登，从此嫉妒、仇恨、互虐被阻隔在外，迎接土登全家的是严酷的大自然。从这一刻起，全家人就要在海拔五千米以上的荒原同野牦牛、藏羚羊、藏野驴共享寂寞，同地球上极端的灾害——严寒、雪灾、风灾、冰冻、地震、泥石流作抗争。

仲替代头牛走在最前面，他灵活的步伐像跳锅庄时的鼓点，他太熟悉森格塘的一切，不时地收圆嘴唇学着野牦牛的叫声，呼唤着记忆里的伙伴。他像冥冥中给土登家带来安宁的福星，更像一只飞出笼子的鸟儿，自由地飞翔在天空。一个敞亮的没有人间烦恼的旷野向他们张开了奇异怀抱。

殿后的土登每走二十来步，就得停下来喘息。比较上一次同七兄弟来时所见，一路上有几种牛羊爱吃的高山蒿草、灯芯草、禾草逐渐减少，而开黄花的铁扫把、甘青铁线莲也早已枯萎，他断定自己第一次来时仅仅走到了森格塘的边缘。他轻声说："脚下的牧草稀疏得像秃子的脑袋。"

走上一座浑圆的山丘，仲挥挥手示意停下休息。山丘像一个倒扣的大茶碗，他站在天边的大茶碗顶部，渺小得像一只嗡嗡叫的苍蝇。

土登蹲下仔细观察，脚下全是被风吹成细沙的荒原，紧贴着地面的没有寸长的草在寒风中挺立着，稀稀疏疏的垂穗鹅冠草歪歪扭扭地贴在沙土上，草尖还没有长绿就黄了。他用手抚弄着稀疏的寸草，没有密度的草在手心轻划而过，他心里不禁一阵胆寒。羊群抵御狼群的难度加大，作为一家之主，他告诫自己不能表露半点的恐慌，因为在家人的眼里自己就是顶天立地的"格萨尔王"。但到底他们会在这里待多久，他心里无底，因为信号的衰减，收音机里时断时续地传来播音员铿锵有力的"普及大寨县，县县是关键"，他明白只要听见这句话一直在喊，德杰他们就会活得风生水起。后来他索性关掉收音机，好久都不再打开，没有料到半年之后，电池流水了，收音机成了一坨废品。

仲领着土登来到大茶碗顶端，指了指一望无际的土地，说："终于到了。"

"森格塘，狮子的身体一样的坝子。"土登旋转着环视一圈后说。

"以后我们就驻扎在狮子的心窝子里，冬天可以避风，牛犊不会冻死；左边的坡下有泉水，再冷都不会结冰。我跟金牦牛一起在这里吃草的时候，晚上做过一个梦，梦见一尊水菩萨坐在泉眼边，菩萨朝我招手，然后用右手舀起水递到我嘴边。我边喝边听到水菩萨告诉我，喝了这泉水，身体会没有病痛。这个泉眼的水一直流到东边最大的海里。"

"真的吗？"土登问，他深信这不是仲梦中的感受。

"左边是狮子的头，朝着太阳出来的东方，那里地势高，夏天就把牛群羊群赶到那里，吃了那里的草，奶多。右边是狮子的右前爪，秋天把牛群羊群赶到那里，最长膘，不然冬天，还有要命的春天，牲畜会饿得站不起来。狮子后面的右腿伸向西方，左腿在北方，像准备奔跑一样。"仲就像介绍自己家一样细细地介绍着他熟悉的森格塘。

眼前的一切真如仲的描述，像一头雄狮向东扑去，绵延到山丘的底部。雄狮两只前爪抬起，分别向南向北，后腿弯曲做出发力的姿态，跃跃欲出；狮头昂扬朝天，像在朝天吼叫。土登想，如果遇到轰鸣的雷声，雄狮就会复活了。突然间他感到全身有一种力量在蔓延，借阳光的照射，他做了一个仿效雄狮的姿势，将自己的影子投射在大地上，嘴里发出藏獒般的嗥叫。

仲看见他的滑稽动作，咯咯咯地大笑起来。

仲说的泉眼在中午时分得到了证实，泉眼如小孩拳头般大，涌出的泉水顺着低洼地势向东流去。泉眼西侧是一块平滑的有两人高的巨石，南北两侧是两大块斜坡状的可容八九个人站上去的石头，北面的石头上立着一个三岁小孩大小的石柱。东面是平缓的高山草甸，日后成为土登一家煨桑求神拜佛的地方，土登在那里用石头垒砌了煨桑台。

入了夜，满布星星的苍穹罩在无风的森格塘上，这是土登远离故乡后睡的第一个安稳觉。一切的惊恐、焦虑、担忧被这片桃源一样美好的世外之地化为乌有，他呼呼睡去，梅卓很久没有听到过丈夫这样的呼噜声了。

第二天一早，土登带着索木东、仁青和仲踏着积雪来到泉眼边，跪拜水菩萨。

梅卓没有来，肚里怀着胎儿的她现在不能参与煨桑拜佛。但她也没有闲着，一早起来她就在准备煨桑的贡品，送走去煨桑的男人们，她就清扫帐篷顶上的积雪。没有了外界的压力，她望着没有邻居的空旷的四周，捧住逐渐凸起的腹部，一种她从未细想过的责任感让她激动得想哭，她知道自己必须以唯一的母性的温柔加倍地温暖丈夫和孩子，照看好牛羊。她深叹一口气，身上一种从未有过的力量在涌动，让她感受到作为一个女人的幸福和艰辛。她将有一百零八颗佛珠的手串放在合起的掌中，目送着家里的男人们去往泉眼，口里默念着六字真言。

四个男人接近泉眼时，一群藏羚羊正在饮水，听到脚步声便呼啦一溜烟地呈"一"字形跑开，感觉没有遭到攻击，便又放慢了步伐，在高处回望，鼻孔里呼出烟雾一样的热气。在天边朝霞涂抹的背景下，它们长长的羚羊角引得索木东和仁青十分兴奋。

"走吧，娃娃们，以后有你们看厌的日子。"土登说。

到达泉边，土登从厚实的光板羊皮袄中掏出一条皱巴巴的哈达，口里念念有词地吟诵着经文，将哈达拴在泉眼旁边的石头上。仲将香雪芭放在石柱旁边，土登从襁褓里掏出火柴，划了将近二十根，然而火柴头只在黑头处冒出蓝幽幽的微光和一股青烟，而后就熄灭了，根本引不燃木棍。如果在过去，依土登的脾气，他一定将火柴盒扔得老远，但他知道自己今天必须克制，这是求神祈福的时刻。他平和地说："还是腰间挂着的火镰靠得住。"

用火镰点燃桑烟，最初的明火让索木东和仁青不顾烟熏火燎靠近火源。这里太冷，他们的脸蛋和鼻尖冻得通红。干冷的空气中极度缺乏水分，孩子们的手暴露在寒冷中，没有像父亲一样做出合十的手势，而是尽量张开让火的温度传到掌心。他俩不时转头好奇地去看草坡上没有喝够水的藏羚羊。土登悲悯地笑笑，双手合十，抬起头咬住下唇仰望苍天，眼神里充满迷茫和困惑。他在心里向上天述说着，面对这样一个新的环境，他没有畏惧，只有不安和愧疚。想着七岁和五岁的儿子，以及明年春末就要降生的小生命，他口诵六字真言祈求三宝护佑。

第29章

王本昌知道儿子获奖已是四十五天后的午后。"乖儿子。"他说，随后踩熄烟头朝学习班走去。

整个上午学习班照例是"与人斗其乐无穷"的对攻，久而久之，学员们早已像不能发酵的面团，打不湿也拧不干，在互批中无非把每个人的经历当成故事听听，无非把家庭的隐私，以声讨和醒悟的名义端上桌面供大家消遣，全国各地的学习班里煮着一锅相同的故事。今天是四郎组织学员揭批王本昌，自始至终重复一个话题，就是要王本昌老实交代，他的父亲为什么自杀。

王本昌的回答依旧睿智而固执，他早已成为大风大浪里随波逐流的浮萍。"我的想法和动机我知道，也说得清楚，但我父亲的想法和动机只有他才知道，我又不是他肚子里的包囊虫。况且我大老远跑到这里来，目的只有一个，就是脱胎换骨，脱胎换骨的最大表现就是同贫牧的女儿结婚，同无产阶级打成一片。我的行为表现出与旧家庭彻底决裂的事实……"

围攻与反围攻像滑了丝口的螺帽，拧不紧也退不出，批斗会形成一个不成文的模式，人人都是围攻者，人人又都是自卫者，"挑起群众斗群众"的批斗会在各地无休无止地进行着。王本昌经过"人人自卫人人过关"的摔磨，已不再是那个幼稚的文化青年，早已变为兵来将挡、水来土掩的圆滑的周旋者。

临近午饭时，谭主任被办公室小蔡叫了出去。他走之后，围攻变成了散沙，打盹儿的打盹儿，闲扯的闲扯，逗乐的逗乐。

半个小时后谭主任回到会场，一路上心里犯嘀咕，"怎么说散就散了？"他带着疑问宣读了上级的指示："关于九一三事件，上级同意在学习班传达……经上级批准，从传达之日起，学习班解散，学员们哪里来的回哪里去。"

众人对这一宣布摸不着头脑，面面相觑，交头接耳，认为九一三事件跟解散学习班有点风马牛不相及。王本昌却故意问："难道揭批我的会就这样难产了？这也太不严肃了吧。"他的话引来一阵笑声。

"我想，大概就是，大家吃一顿散伙饭，按上级通知，散伙。"谭主任宣布。

王本昌打趣地对四郎说："上午你组织人揭批我，下午本来安排的是我组织大家揭批你。议题是让你将酗酒引发的恶性事件逐一交代清楚。"

"去你的,上海阿拉。"四郎的厚手掌重重地拍响了王本昌的后背。

"哎哟,你打痛我了!"王本昌故意龇牙咧嘴地干号,高声说,"要文斗,不要武斗。"

次日,王本昌还来不及告知妻子学习班解散的情况,就兴奋地动身同四郎一起返回向阳公社。

一路上四郎都在马背上打盹儿,鼾声随马行走的平稳程度而时高时低,隐约散发出昨晚因高兴喝多的酒味,似乎连马都被酒气熏染,四只蹄子走得歪歪扭扭。

太阳在云朵后面时隐时现,四郎刚被王本昌叫醒就说:"我想不通,解散学习班跟林彪事件有什么联系?"

"原来你在装睡?"王本昌没有直接回答四郎的问话。

"别扯到一边,哼,我知道你答不上。"四郎咬开军用水壶的木塞,说,"还是喝口还魂酒,撵走瞌睡。"

"算了吧,酒鬼都这样,给自己喝酒找理由。"王本昌说罢看着他,两人会心地笑了。偌大的草原上,两匹马并肩朝天边走去。

回到向阳公社,卸下马褡,天已黑尽,除了几只流浪狗还在东嗅嗅西嗅嗅,院子里空无一人。王本昌腋下夹着马褡,径直向值班室走去,刚好遇见酒鬼普措回寝室。他跌跌撞撞地进屋,连门都顾不得带上就径直走向洗脸盆,端起盆子就咕噜咕噜仰头大灌,直到盆底朝天。王本昌没有劝阻他,知道一劝就会被他没完没了地折腾到天亮,于是偷笑着跷起脚轻轻走开。

在值班室点亮蜡烛，王本昌抓住摇把子电话机的手柄转动："喂，请接通区革委会的电话，要统计员达瓦志玛接电话。"电话里响着呜呜呜的电流声，他一直听不到达瓦志玛的回答声。

王本昌早已习惯了农牧区的低效率和工作态度的懒散。他每过半小时就催接线员一次，尖声尖气的接线员后来有些不耐烦，要么说达瓦志玛没有接电话，要么就说电话线断了正在抢修。十点过后居然电话里的电流声都变成了忙音，他只好和衣蒙头大睡。后半夜，他却被普措对着院子撒尿的巨大响声惊醒，他骂骂咧咧说："那么一大盆洗脸水，够撒一阵。"

天刚亮时，王本昌在梦中被学习班的集合哨声惊醒，本能地翻身坐起，睡眼惺忪地看见电话机，方才想起学习班的日子已经结束。他痛骂自己："贱人，多睡一会儿。"但怎么也睡不着，想起昨天四郎的那些话，他也想不通。他又叫了转接的电话，一个温柔的女接线员接替了昨晚不耐烦的接线员，要他耐心等待。

放好听筒，王本昌看见窗户玻璃上贴着一张笑脸，一块鹅卵石大小的蜜蜡盘在其头顶，这个着牧区装束的女人叫拉姆。拉姆是四郎的老婆，话语不多，逢人就笑，很喜气。她用指关节轻轻地敲玻璃，脸上荡漾着久违的爽朗。从她的比画王本昌知道了她是邀他去吃早饭，推开窗户对她说："我叫了志玛的电话，走不开，你们吃。"拉姆点点头收圆嘴唇，微笑着转身而回。没过一会儿，她右手提着茶罐，左手抱着糌粑盒来到值班室，说："这样既不耽误你打电话，也不耽误你吃早饭。"

她保持着惯常的微笑离开，回头说，"女人就是男人的家。"她发胖的体形，特别是硕大的肥臀，占据了整个门框，占据了王本昌的眼球，王本昌不禁联想："做姑娘时身材都好，一结婚就发胖。以后老婆保准也跟拉姆大姐一样。"此刻的坏笑只有他自己明白含义。

等了三个小时的电话，度秒如年，王本昌看着电话机失望地摇摇头，说："简直是原始社会。还是带口信保险些。"虽然牢骚满腹，但王本昌还是不忍离开。整个上午院子里空前地寂静，再没了战天斗地的喧闹；院子里的白墙上是他写的"人民公社好"五个成人高的大字。他猛吸一口烟，灭掉烟蒂，自言自语说："不等了，去看儿子。"他已经有一年没有看见心爱的"狗屎月亮"了，他摸摸上衣口袋，还有些钱和粮票，看着玻璃窗上自己的脸，将近半年未修剪的山羊胡子乱成了鸡窝。他冲着玻璃笑笑，猜想着儿子是否还认识他。

约莫步行了四十分钟，王本昌来到斯郎措的住处。

他远远地看见，屋外的空地上三个小伙伴正蹲在一个小水氹边，嘴里发出呜呜呜的声音。春末夏初的阳光暖洋洋的，斯郎措坐在门外的木条凳上聚精会神地搓羊毛线。王本昌走到她面前，没有吭声，直到看见他的鞋子，她才抬头发现是琪加的阿爸来了，嘴里发出啊啧啧的惊叹声。正欲叫琪加，却被王本昌竖起食指堵住了声音。他轻手轻脚地走到孩子们身边，看见水面上放着一只红底黑斑的七星瓢虫、一只金龟子、一只毛毛虫，在比赛游泳。三个男孩手里都拿着小草棍在驱赶小虫，看谁游得最快。毛毛虫显然不能游泳，很快沉入水底，又被一个小男孩用草棍挑出水面，嘴里骂着笨蛋……

　　王本昌不想破坏孩子们的童趣，他明白高原的孩子与内地的孩子相比，并不缺少乐趣。一到夏天，草地上开满颜色不同的花，刨开草丛就能看见各种各样的小虫在忙碌或在打盹儿；抬眼望去，成群的牛羊像船只在草上游弋，调皮的男孩骑在牛背或羊背上充当骑士；突然间远处电闪雷鸣，大雨倾盆，不到五分钟又冒出七色的彩虹；一到冬天，茫茫的雪原成为孩子们天然的滑冰场，自制的冰车在冰原上飞奔，自然之子们尽情地融在大自然里，统统化身快乐的精灵。

　　玩得正酣的琪加无意中看见"陌生人"，目光却未停片刻，转头就喊："阿妈，有人来了。"

　　"什么？"斯郎措的语气很重，苦笑着看看王本昌，说，"你再看看他是谁。"她放下手里的活计走过来。但琪加依旧专注地用草棍驱赶着水面上的七星瓢虫。孩子的行为逗乐了王本昌，他笑着对斯郎措说："琪加这么无忧无虑的，真是给你添麻烦了。"

　　琪加听见来人叫出他的名字，便回头冲王本昌笑笑。

　　斯郎措拉起琪加，说："你阿爸来看你了，快叫阿爸。"

　　"阿爸。"琪加的眼睛依旧看着七星瓢虫。

　　王本昌答应着，伸手在琪加的头上摸了摸，"嗯，一年不见，长高了，结实了。"

　　"你还去学习班吗？"

　　"不去了。"

　　"那阿妈呢？"

307

"阿妈还是在区上。想阿妈了吗?"

琪加这才抬起头,看着他点了点头。

"那你跟阿爸回去不?"王本昌故意问。

"不,阿妈说了,我就在斯郎措阿妈这里,她会来接我的。"

琪加干脆的回答让斯郎措心里乐滋滋的,她对王本昌说:"你一个大男人,带不好小孩子的,还是等达志生了孩子再说。你先去照顾好她。"

"真不知道怎么感谢你……"王本昌向斯郎措深鞠一躬。

"别别,"她打断他的话,"再说我生气了。要不,干脆你带走琪加好了。"她知道这是激将法,不会惹他生气。

"我不走,我要跟着阿妈。"倒是琪加听到这话,跑到斯郎措背后,踮起脚抱着她的腰生气地说。

王本昌看见孩子如此坚决,改口说:"好好,你跟着斯郎措阿妈。"他从衣兜里拿出二十元钱和三斤全国粮票递给斯郎措,说:"这个你必须收下,这是我和达志的心意。"随即把钱和粮票塞进斯郎措的手里,斯郎措无法推辞。"这就对了。儿子,跟阿爸亲一个,说声再见。"

琪加获知阿爸不带他走,很勉强地在王本昌额头上亲了亲,语速极快地说:"阿爸再见。"而后他转身回到嬉戏中。

孩子的童真惹得大人哈哈大笑。"你们多保重。"说完王本昌转身离开了。

身后传来斯郎措的说话声:"淘气的小公牛,整天就捉弄小虫虫,跟你舅舅小时候一样。"

王本昌边走边听，偷笑着做了个鬼脸，消失在他们的视线里。

草原的夜静得能听见自己心脏的跳动，琪加躺在床上，突然问："阿妈，舅舅是谁？"

"我啥子时候说过舅舅？"斯郎揩边说边伸出一只手把他后背的被盖扎紧。

"你今天说我像淘气的小公牛，整天捉弄小虫虫，跟舅舅小时候一样。"

"啊啧啧，记性真好。"

"他在哪里？他很坏吗？整天弄小虫吗？"琪加又问。

"他不坏，但很调皮，他是个勇敢的男子汉。"

"阿妈，给我讲讲舅舅。"

"好，我讲了你就好好睡觉。"

"嗯嗯。"

"你舅舅叫土登。十多年前桑珠部落同我们部落为争夺草场的水源地，在狼青河大战三天三夜。你舅舅看见有人骑着把尾巴绾成疙瘩的牲口疾跑，就知道头人在召集男人们打仗。当组织好的马队从狼青河最浅处渡河时，对手设了伏兵，密集的枪弹在河水里激起水柱，渡河的人马倒成一片。受惊的马乱了阵脚，朝河湾的漩涡处跑。误入漩涡的马群失去控制，十多匹马的缰绳绕缠在一起，如果不分开缠在一起的缰绳，马就会被淹死。桑珠部落的人站在对岸，幸灾乐祸地嘲笑着。就在这千钧一发的时刻，你土登舅舅大吼一声'根嘿嘿'后跳入漩涡。他的行为让双方的人都不敢相信自己的眼睛，一场人与人的战斗转化为人与水的战斗,他们都在看这个男人能否逢凶化吉。为了自己部落的面子,你舅舅游到漩涡的深处,一只大手紧紧抓着绕缠在漩涡里的缰绳,不停地滚动身子,他知道滚动的速度必须超过漩涡旋转的速度,这样才能把绳结解开。他被漩涡卷入了深处,看不到身影。就在对手即将欢呼的时候,奇迹发生了,缠在一起的缰绳解开了,马群嘶鸣着冲上岸,你舅舅出现在水花中,像白莲的花蕊。他稳稳地站在齐肩深的河里,把手里的康巴刀高高举起。这一举动同时赢得了部落的尊重和对手的敬畏,两边部落的人不约而同地高喊'巴乌巴乌(英雄英雄)'。"

"阿妈,我什么时候能见到舅舅?"

"我也想见他了,可他在很远很远的北方。"斯郎措望着黑夜,土登为治阿爸的病而离开去筹钱的背影在记忆里出现。从他离开到现在,斯郎措都未再见到他。她准备催促琪加快快睡,明天还要去阿雍爷爷那里,却听见了细密的鼾声。"小懒猪。"她快活地骂了一句,闭上眼睛。

王本昌回到公社,刚进大门就被叫到了办公室。他怎么也想不到靠打小报告起家的阴谋家——赵主任对他又是让座又是倒水,一改往常恨人穷怨人富的嘴脸,语气极为谦和。赵主任对他说:"知道吗,县上已经传达了关于林彪反党集团投敌叛国的文件。"

"什么意思,学习班解散跟林彪叛逃事件能扯到一块儿?"王本昌揣着明白装糊涂地问。

"哎呀,老王同志,别想那么多,扯得到一起扯不到一起不是我们基层人员该考虑的事。"

对方的一声"老王同志"让王本昌意外，他调侃道："哎哎，赵主任，注意称呼，你是不是搞阶级调和？立场要坚定哦。"

"瞧，你还真能划分。"赵主任冷冷地一笑，身体向后一仰，舒坦地紧贴着椅背拿出电话记录，说，"接上级通知，调你去县气象局工作，你收拾一下去报到吧。"

"开什么玩笑！"王本昌本来就对外号"歪嘴"的赵主任很反感，据传他吹了一线风，把脸吹成了面瘫，幸好扎针及时，但嘴巴永远复不到原位，朝一边歪着。王本昌认为他的面瘫绝对与偷窥有关，要不怎么会吹到一线风？绝对是偷窥惹的祸。

"切，这还有假。"赵歪嘴把电话记录从桌上向王本昌一推，待他看清楚后，补话说，"现在是邓小平同志回中央工作，强调抓革命促生产。把你从公社调回县里，就是要你发挥专长，抓革命促生产。"

"哦，原来是这样。"王本昌表面装得很平静，退出办公室便抑制不住喜悦急着去给妻子打电话。没有想到值班室也刚好传来电话铃声，他三步并作两步冲过去抓起电话："喂，喂，找谁？"

"请叫一下上海阿拉。"

一听是妻子的声音，他脱口应道："阿拉正是。"

达瓦志玛也听出了王本昌的声音，两人都在抢话，声音在电话线里拥抱在一起。

"喂喂，亲爱的，想死你了，你还好吧？"

"说得那么肉麻,别人听见会笑的。我还好,你先说。"达瓦志玛忍住话头说。

"老婆,告诉你一件天大的喜事,赵歪嘴通知我回县气象局报到,级别按二十一级干部待遇。高兴啊,高兴得想抱你,想喝酒醉个三天三夜。"

电话里传来妻子的笑声。"这样的话,极大地缓解了我们家的经济压力。这样的话,这样的话……"因过于激动,达瓦志玛都意识到自己有些语无伦次。

"怎么老是这样这样的。"电话那头传来笑声。

"阿拉,我前天就知道了。"

"你怎么知道的?"

"以后告诉你,先说最重要的,你去看儿子了吗?我有一个半月没有看见他了,想死了。"

"刚去过。"

"这我就放心了。要不是你这次调回县里,还有三个月要生老三了,还要给斯郎措添麻烦。"

"离开时我还交给她二十元钱,她说什么都不肯收,最后我威胁说她不收我就带走琪加。她不得已收了,她太爱孩子了。"

"难为她了。"电话另一端先是传来咯咯咯的笑声,而后突然转笑为哭。

"老婆,你应该高兴才是,有这么好一个姊妹,是我们全家的福报……"

与此同时,斯郎措带着琪加朝城东走去。"牛儿子,快些走。"她回头催促琪加,看见他正在同路边一只旱獭说话,旱獭随后就钻入了洞里。"来了。"他回答着,两条腿像小鸡一样翻跑着,很快就跑到她的身边,"阿妈,刚才小旱獭出来晒太阳,被一只野狗追赶,我用大刀赶走了野狗。我告诉旱獭,我是格萨尔王派来,专门保护它们的。"

"小旱獭怎么说?"斯郎措顺着他的话问。

"它说,嗯嗯,好好。"

小琪加的回答惹得斯郎措乐不可支:"旱獭真的这么说了?"

这一问竟把他问住了,他害羞地吐吐舌头。

"阿妈这会儿两只耳朵发烫。一定有人在背后说我。"斯郎措说。

"背后?"琪加转身朝后看,带着疑问的语气说,"背后没有人啊。"

斯郎措笑着说:"牛乖乖,你还不懂,阿妈说的背后是别的地方。"

琪加摸摸耳朵,说:"阿妈,我的不烫,没有人在背后说我。阿雍爷爷家还远吗?"

"快了,爷爷是桑戈有名的藏医,阿妈想拜师学艺,最近一段时间会天天去爷爷那里。"

"嗯。他们家有小孩子吗?"

"没有。有一位阿婆。但你会看见很多好玩的东西。"

"什么好玩的?"

"你会跟阿雍爷爷学会辨别各种药用花草,辨别什么是熊胆，什么是虎骨。"

"那我们快点去。"琪加牵着斯郎措的手向前跑，母子俩在刚返青的草地上飞奔，旱獭、飞鸟和蝴蝶也加入飞奔的行列，一道高原春夏交替的景观成为母子俩的背景。

老藏医住在平顶泥屋里，屋子外有宽敞的院子，用草砖和荆棘护栏围着，地上放着宽大的牛皮，晾晒着的草药散发着药味。母子俩绕行其间后跨进了藏医的家门。

屋子里早已坐着七八位病人，每人面前都放着自带的茶碗，茶水由老藏医提供。屋里散发出的药味比院子里的还浓，隔着病人和老藏医的一张矮脚藏桌很宽大，上面能铺展开一张成年牛的牛皮。木椅上坐着一位胖老人，很厚的坐垫早已被他的身躯压出一个大坑，他胖而红润的脸上挂着令人信赖的和善。看见斯郎措牵着琪加进来，他依旧是专注于病人，只是眼睛越过铜镜架上沿向他们眨了眨，算是打过招呼。斯郎措用手轻轻捂住琪加的嘴巴，提示他别发出声音。

琪加好奇地环顾着，看见胖爷爷的身后是一排六层高的木架，木架顶层的隔板上放着七八件用黄色绸缎包着的东西，看起来蒙尘已久。后来他知道绸缎里包着两部经，一部叫《四部医典》，一部叫《青则呷波》。

日后琪加和阿妈替胖爷爷清扫除尘时，他曾试图打开黄绸看个究竟，胖爷爷惊诧地制止说："小家伙，别动啊，那是用纯金粉手抄的珍贵的医书，等你识字了，爷爷讲给你听。"

阿雍还了俗，但在寺庙学到的知识仍然散发着药到病除的魅力。被治愈的病人夸赞他的医术来自木架顶端的医典的加持，来自他当扎巴时所学到的本领。但在琪加的记忆中，他从没有看见老藏医打开过那些宝贝，它们像佛一样被供奉着。

多年后，琪加把幼时的记忆上升到对知识的尊崇的高度来看，就像对镌刻在兽骨龟背上的古老文字的尊崇一样，认为经典就是依托原酵母勾兑出的新酒，能散发出永恒的魅力。

医书下面的隔层里塞满了阿西陶罐，陶罐上贴着字迹工整的藏文药名标签。后来琪加才知道那是能飞出药到病除的神力的神奇容器。陶罐间的缝隙处塞满了包药的黄色草纸和旧报纸，药架右侧的墙壁上挂着几幅色彩极淡的人体结构画，人体的各个部位标注着穴位和经络的名称。这是琪加第一次看见人不穿衣服的裸体画，他分不出画上的人是男还是女，觉得光有骨头没有肉的人看起来像寺庙壁画上的骷髅，让人有点害怕。

一天夜里，琪加惊叫着醒来，满头大汗，吓得直往斯郎措怀里钻。斯郎措问他梦见什么了，他说梦见阿雍爷爷家里的骷髅图了，图上的骷髅压得他喘不过气来。

斯郎措听后紧紧搂住他，说："没事的，不怕，有阿妈在。"

后来在一次没有病人的时候，斯郎措把这事讲给了老藏医，老藏医用永远笑呵呵的神色把琪加牵到挂图前，指着图说："小娃娃，这是我们的先人们留下来的仁波切（大宝贝），这些先人的慧眼看得穿人体。瞧，这是我们的脑袋，把头发和皮肤揭开，里面就是这样的；这是人的脑髓，我们的记忆、思考、行为、吃饭、穿衣、睡觉、看书都靠它来指挥；这个洞洞是鼻子,我们闻到的香味、臭味都靠它来辨别;这是眼睛,我们看见山、水、食物、茶碗等都靠它完成……"不知不觉间,这些知识都牢牢地留在了琪加的记忆里,后来在大学时他常常自夸三岁就接触解剖学了。

屋子里坐满人,但非常安静,他们或凝神屏息地看着阿雍医生给人看病的一招一式,或闭上眼睛静静地口诵六字真言。受环境的影响,琪加也变得十分安静。

轮到一位病人时,老藏医将身后的小窗户推开,屋子里亮堂起来。他对患病的中年妇女说:"把脸转过去。"他取下老花眼镜,用双手撑住桌子躬起身,几乎把脸凑到了病人的脸上,这动作引来琪加咯咯咯的笑声。老人循着笑声转过脸看着他,说:"小朋友,阿爷眼睛不好使了。"随后伸出一只手将食指按在病人的下眼皮上,说:"发黄。"随后缓慢地转过肥壮的身躯,从木架上取下一只用铁丝箍过的带把的瓷碗,递给病人说:"去小便,记住,头和尾的不要,取中间的。"吩咐病人后,老藏医又想起了发出笑声的琪加,问:"小朋友,趁这个空隙,认识一下。"说罢便去拿桌上放着的鼻烟壶。

斯郎措双手卡住琪加的后腰将他推到老藏医面前:"跟阿雍爷爷说,我叫琪加达瓦。"

"哦呀,哦呀。"老人发音拖得很长,将倒在指甲盖上的鼻烟贴近鼻孔,将这些鼻烟吸进去时他那肥厚的鼻孔发出牛出气般粗大的声音。一阵停息后,他张开大嘴"啊嚏"一声,古怪的模样逗得琪加再次大笑。老人被纯真的孩童惹得哈哈大笑,说:"这孩子,有意思。"

安静的气氛被天真的琪加打破,医生和病人都把目光集中在他身上,老藏医将鼻烟壶的瓶塞塞紧后笑笑说:"怪不得斯郎措一提到你就那么高兴,你的确是她的阿姆嘀嘀,看来我收她为徒弟的同时,也要收获你这样一个阿姆嘀嘀了啊。"

谈笑间中年妇女端着瓷碗回来了。老人拾起桌上的一根细木棍,重新戴上眼镜,用木棍在尿液里搅搅停停,被搅动的小便泛起大小不一的泡沫,老藏医肥厚的鼻子再次发出极有韵律的鼻音,像是在哼唱山歌,又像是在念经。这再次引来琪加的笑声,老藏医把食指竖在嘴边示意他安静,斯郎措随即用手捂住他的嘴,但他仍然笑个不停,瓮声瓮气的笑声再次点燃了诊断室的气氛。老藏医忍不住开怀大笑,随后他歪着脖子观察尿的液泡,直到泡沫逐一炸裂。他随即取下老花眼镜,动作虽缓慢,但能准确地将分别为"丸"和"散"的药包递给病人,吩咐这个丸每天服三次,且必须在喝第三道茶之前无人知道的时候,粉末则每天晚上睡觉前,在没有人声和金属撞击声时放在牛奶中吃,一旦听到金属撞击的声音就必须停下,将牛奶放在火上煮,一直煮到牛奶发出噗噗噗的声音才能吸收那些金属声。

中年妇女躬着身一个劲地点头,将药揣进襁褓后退出了屋子。

多年后琪加重回故地,胖爷爷的泥坯房像一枚邮票粘在他的记忆里,那些记忆就变成了一张张打满邮戳的明信片,变成了一幅幅流动的画面。画面中有斯郎措牵着他去老藏医家的景象,有阿雍爷爷带着婆婆、他和阿妈散步的景象。老藏医给他讲草地上开着的密集的小白花是地丁草,用它熬水可以降火;

黄色的花，颈部肉头粗厚的是酸浆杆，根部是大黄，是清热解毒的好药；脚下的蒿草、凤毛菊是虫草和贝母的较好生长地；藏医的处方爱用矿物以及动物的内脏和骨头；老藏医还打趣地给琪加讲过医学唐卡画，瞧，这个位置能感觉到跳动的是心脏，右边是肺，心肺之下是肠胃；瞧，这个瓶里装的是老鹰的胃，把它在火上炕干后碾磨成粉就是治疗胃病的特效药；这是麝香，大凉性，是治疗牙痛的特效药，别闻得太多，闻多了会不停地流鼻涕；这是虎骨，把它碾磨成粉泡酒喝，治疗风湿病特别有效；这是狮子的尿液，它的功用等你长大了再跟你说。而当老藏医再次问及琪加医学唐卡上人体各个部位的名字时，他一口气准确无误地说了出来，这让老藏医大为吃惊，破例从药架上取下了那部扑满灰尘的《四部医典》，放在诊断桌上用手拍、用嘴吹掉厚积的尘埃，边打开黄绸包裹的医书边说："这是藏人最值得自豪的一部为人减轻痛苦的菩萨书，这里有八十幅医学唐卡，可惜我对它的研究不够。年轻时我曾经想去拉萨和德格学习，但这个梦想一直因种种原因而没有实现，所以我的功力不够，只能看看一些日常的小病。以后你要学医的话，爷爷就把这书送给你。"

后来在大学图书馆一次偶然的阅读中，琪加得知《四部医典》与《黄帝内经》齐名，书中八十幅医学唐卡在国内外都堪称稀世珍宝。他在国家图书馆看见了写在贝叶上的经文——《甘珠尔》和《丹珠尔》；在故宫参观了深藏着藏传佛教文化的藏品；在敦煌莫高窟里见到了浩如烟海的古藏文与梵文的留存，经典的汇集让他的知识能量不断地扩充。不停变换着邮票的明信片成为他幼年记忆中的草原的底色，那些医学图为他开掘了一条一通百通的学习路径。

尔后，一张张记忆的明信片顺着长江从源头一直流向末尾，从繁星满天、繁花满地的草原流到万家灯火的大上海，流经游牧文明和农耕文明，最终汇入海洋文明，像琪加的父亲那样跨越五种地貌同母亲相爱，父母的"交汇"让琪加达瓦浸泡在双重文化形态里，得天独厚的成长经历搅拌出远离冲突和战争的配方。不过琪加达瓦认为自己在推广藏汉文化方面只是一个"产品经理"，他并不专门从事历史文化领域的学术研究，而是借助影像这种"世界语言"，传达多种文化故事，表达人性在不同环境和背景中所蕴含的共同的善良和爱。

早已归西的阿雍爷爷，他红润而胖嘟嘟的永远让人信赖的面孔，多年后在琪加达瓦的记忆中依旧清晰，那些充满药味的瓶罐和医学唐卡依旧散发出古老民族智慧的不朽气息。在琪加的记忆里，老藏医有一个雷打不动的午睡习惯：他会双手抱胸仰躺在狗皮褥子上，半张着嘴睡觉，响亮的鼾声能让屋子里盘旋的苍蝇也绕着鼾声飞。最初琪加对老藏医张着嘴打鼾很是好奇，他会伏在床沿，好奇地看老人滑稽的样子，回家后就给斯郎措还原老阿雍的样子，惹得她笑得前仰后合。但久而久之琪加便失去兴趣了，关注点移到后院，去看拉姆措婆婆干活儿。借老藏医午睡的空闲，斯郎措不是在院子里翻晒草药，就是在石臼里鼓捣药粉。高原的阳光很快将草药里的水分晒干，而斯郎措怕太阳把自己晒干，常常用一条红色的围巾把头脸捂得严严实实。

拉姆措与阿雍成婚后，一直怀不上孩子，怀着终身的遗憾，老太婆私下劝斯郎措趁早结婚生子。"我是早年与丈夫生气误食了麝香粉，因伤胎气而断的后。"拉姆措吸一口鼻烟，停顿了一会儿才接着说，"对此阿雍后悔莫及，把自己捆绑在院子里的柱子上暴晒，声称如果我不原谅他，他宁愿被太阳晒死来弥补自己的过失。我在窗洞里看见奄奄一息的丈夫，忍不住替他解开了绳索。后来我曾向阿雍提出续房，以便后继有人继承家业，但被从不发脾气的阿雍一口回绝，他表示缘起缘灭都是他和我今生的相拥，我听到这话后感动得号啕大哭。"

据老阿雍回忆，当年连桑戈草原都被拉姆措的哭声感动得下了一天一夜的大雨。

在琪加的印象中，后院里有用密实的沙棘枝条围出来的牛圈，太阳落山之前拉姆措照例解开母牛身边小牛的绳索，一只手拧着牛耳，一只手拧着牛尾，将母牛拽到一边，随后牛圈里传出挤奶声。有节奏的挤奶声对琪加极具吸引力，琪加常常站在她背后听这声音。婆婆的手在一排乳头上滑动，一股股温润暖手的奶液射入奶桶，在液面溅起密集的大小不一的气泡，很快又被继续射入的奶水击破，幸存的气泡被液浪从中心推向桶壁，形成半圆形排列在桶缘，拉姆措仅凭奶液射入液面声音的大小就能判断桶里装了多少奶。挤了大半桶后她会习惯性地转过脸冲琪加笑笑："我就知道你在我身后。"说着解开奶牛的黑白花绳，奶牛便急匆匆地朝一头小牛走去，小牛犊急不可耐地伸长脖子，用小嘴去吮吸奶牛的奶头。拉姆措乐了，用母性悲悯的眼神盯着牛犊说："啊克（语气词），人一样的。"

"你怎么知道我站在后面,是不是你的后脑勺有眼睛?"琪加摸不着火门,问道。

"这不,太阳把你的影子照在奶桶上了。"拉姆措指指投影。

看见自己的影子在奶桶上晃动,琪加恍然大悟,害羞地眯上眼睛吐了吐舌头。阿婆摸着他的脸蛋,说:"可爱的小牛儿。"她佩戴在那件亚麻色衬衫上的红珊瑚,在草地和蓝天的陪衬下,配上她那小麦肤色的脸,美极了。那一瞬间,她的模样给琪加关于色彩搭配彰显区域个性的认知提供了启蒙。老阿婆微笑时亮出的牙齿像一排排琴键,扣动着生命柔软中的坚硬,她的笑像蒙娜丽莎的微笑,神秘而让人遐想。

琪加对牧区斜阳下的宁静和色彩的搭配格外敏感和痴迷,在小学三年级前,这些记忆储存在他的脑袋里,启蒙老师就是这片土地、斯郎措和老阿婆。她们的一言一行、一招一式,对爱恨情仇、生老病死的表达,潜移默化地浸润着琪加。对他而言,记忆就是影像化成的文字,是一种世界性语言,像黄金一样全球通用。斯郎措陪伴他足足有六年时间,也就是说,这六年里他一直生活在世界最长的《格萨尔王》史诗中,这部百科全书无疑是他手里攥着的一把打开文化大门的钥匙。

琪加至今都清晰地记得斯郎措跟他讲的《格萨尔王》说唱里的经典片段,其中《魔岭大战》的开场白他倒背如流:……这一天,格萨尔王出宫巡视,来到邦炯秋姆草场。这里是石山与雪山的交界处。只见这里雪山的雪白得像刚端出来的酸奶,草场的草绿得像绿松石。白绿之间,是一些既不长草也没有雪的乱石滩，而这石头又恰恰是红褐色的。红褐色的石滩把草场和雪山分开，又把二者连在一起，构成了一幅好好看好好看的唐卡画面。岭噶布的马群、牛群和羊群，分别被放牧在草场的右方、左方和中央。那一头头雪白、肥壮的绵羊，像雪山上滚下来的雪球，又像海中的珍珠，在绿草如茵的大草甸子上滚动着、漂游着……

多年后琪加的纪录片在柏林获奖时，他的获奖感言就是受《魔岭大战》的开场白启发而来的。他谈到，在照片和影像的画面中，那些经过时光打磨或风化的，甚至显得破旧或尘埃蒙面的拍摄对象，会如此有质感地吸引着观众，是因为它们所充盈的历史感、美学意义和文学色彩令人如痴如醉。比如影片《勇敢的心》里，那些人物褴褛的衣衫，同藏地油渍斑斑的藏袍或僧袍，印第安人背上头上插满的各色动物羽毛和粗糙服装，是多么地不谋而合，恰恰是这些含混着污渍的质感，丰润了我们的视觉，令人热血偾张，心生敬畏。不过，在这些台面上的分享中，他隐去了斯郎措身上那种亲切的味道。

三十年后当琪加达瓦再次着手航拍长江时，大型纪录片《话说长江》早已成为教科书式的作品，播出时他才读初三。不过，他认为在前辈的基础上，解说词还需要更广的视角和更多的切入点，才能更加全面地表达长江这条养育了足足几亿人口的巨型河流的伟大魅力。他深感要用多元文化的视角才能诠释长江的包容力。琪加把记载长江数千年历史的相关书籍翻了个底朝天，发现它们大都缺少《萨迦格言》所言"大海要成为水的宝库，必须汇集所有的江河"的通透明了。这种"汇集"

不仅是水的汇集,更是两岸饮食烟火、民风民俗的汇集,中华文化的汇集。琪加认为长江就是一条潜能巨大的文化之河,需要升华的契机。

第30章

琪加念小学三年级时第一次接触课外书籍，之前格萨尔王的故事都由斯郎措讲给他听。她常常在半夜被吵醒，迷糊中听见琪加的双唇堵在她耳边，说："阿妈再讲一个，好不？"充满好奇的气息把她的耳朵弄得怪痒痒的，每当这一时刻，她都不禁会想起曲扎，想起他俩紧紧相拥的短暂时光，耳门传来他吹进耳道的气息和借酒壮胆说出的誓言，不过这一念头总是转瞬即逝。

格萨尔王的经典故事《赛马登位》《地狱救妻》《魔岭大战》装满了记忆，三十六位上天入云下地入海的大将，在琪加的脑海里舞出一片刀光剑影。久而久之，斯郎措已无法满足他无边无际的好奇心。

土坯屋里堆满了用木棍、牛角、羊角充当的格萨尔王的兵器，伴随这些兵器，孩子们扮演格萨尔王麾下各员大将，厮杀声、点将声绕缠在兵器上。睹物思人，往后的年月里，这些声音和门外的石堆一直伴随着斯郎措。

除了逢年过节去父母家，琪加都跟斯郎措住，一住就是六年，直到国家恢复高考的第二年他才搬回父母的住处。这六年间，在琪加的印象里，达瓦志玛是阿姨，斯郎措才是阿妈。

三年级暑假开始的第二天午后，湛蓝的天空没有一丝云彩，却刮着行人不敢张口、怕被哽住的大风。琪加拿着双百分成绩单，顶着风向气象局宿舍飞奔。父亲曾答应他，如果语文和算数考了双百分就给他买课外书，今天拿着成绩单就能换到自己喜爱的东西了。他兴冲冲地跑到二楼，心跳的速度比敲门的速度还快。开门的是父亲，进屋他就把成绩单递给父亲，直勾勾地看着父亲，问："阿妈呢？"

"两个阿妈在里屋说话呢。"父亲的声音像蚊子，弯腰低头提醒他小声说话。此刻，父亲正拿着一摞与州林科所的李工一道撰写的雅砻江上游生态调查的初稿。父亲瞧了瞧成绩单，略带诡异地笑笑，读懂了儿子的眼神，竖起拇指说："好。"爽快地掏出一元钱，"嗯，剩下的给我买包飞马牌香烟。"

"马会飞？"

"这不？"父亲掏出干瘪瘪的烟盒，"记住，浅蓝色的天空，枣红色有翅膀的马。"

"哦呀。"琪加接过钱扭头就跑，险些撞在护栏上，"当心。"父亲提醒他。他调整好姿势，一溜烟消失在楼下。王本昌心想:"没想到这娃娃这么爱看书,像我。以后,我这里这么多书,够你娃娃看的。"

里屋达瓦志玛和斯郎措正在谈琪加的交接事宜。斯郎措话很少,不时地用食指轻击茶碗,碗里的水荡出一圈圈涟漪。

"……我和老王考虑了很久,准备当着琪加的面告诉他,将他过继给你。"达瓦志玛说罢,看着斯郎措笑笑,眼眶溢出的泪水像病毒一样传染给斯郎措,让她的泪珠也牵线似的滴在胸前。

一阵长久的沉默后斯郎措哽咽着说:"不行。我今生今世都感谢你和老王的心意,但我不能为了满足眼前,耽误孩子的学习。孩子长大终归要离开,况且,我的故事已经填不满他的好奇心。这个时候将他交给你们正合适,只有老王才能满足孩子的进步。老王落实了政策,你们的两个女儿和琪加的哥哥也都在奶奶家。不管琪加今后在哪里,他都是我俩的连心锁。"

"连心锁,嗯,说得好。你真是有菩萨心肠的女人。"王本昌不知什么时候溜进来偷听了两人的谈话,两人相拥着把脸转向他,他接着说:"坦率地讲,在安多和康巴交界处的桑戈,人们好像对家里培养出学者并没有那么重视。"

"你的意思是我不重视你?"达瓦志玛打断他的话,"你偷听两个女人的谈话,羞死了。"

王本昌大笑,说:"不说这事了,你俩去和面,今天我们包酥油包子、牛肉包子,好好招待你们母子俩。"

从气象局宿舍通往书店有两条捷径。一条是从县委招待所的院子横穿,不过那条路边上有一口水井,自从耳闻一个长发少女跳井自杀后，琪加就不敢走了。据说夜里常从井里发出惨叫声，后来害少女的人被抓住，井里的惨叫声也随之消失了。

另一条捷径是翻过气象局宿舍那堵一人半高的围墙，再走人大和武装部楼房间仅小孩能过的缝隙，便可以直达书店。通常这缝隙是男性的小便处，夏天总会散发出难闻的尿臊味。为了迅速买到那本封面十分吸引人的《军号嘹亮》，琪加顾不了臭气熏天的味道，捂住鼻子穿过那里。

近半年来，琪加每天放学都要去书店的玻璃柜前，看看这本《军号嘹亮》被人买走没有。让他尤为难受的是，要取得双百分的成绩才能得到《军号嘹亮》，为此他常常在油灯下把语文课文背得滚瓜烂熟，把算数课本上的每一个公式、每一道算题都铭记于心。这让斯郎措看着都心疼，自己省吃俭用地偷偷买回一些红糖给他和在糌粑团子里犒劳他。

琪加攥着买书的钱，急切的心情就像长大后去会情人一样，新奇，激动，忘乎所以。若干年后他再次走在这段新铺了水泥的路上，始终记得自己在太阳下挥动双臂急跑时的感受。

封面上简笔勾勒的八路军小战士吹军号的彩图让琪加痴迷。在他的印象中，小八路比小人书《小兵张嘎》里的嘎子、电影《烽火少年》中的小松强。原因非常简单，在电影《地道战》《地雷战》里，只要穿军装的八路军出现，日本鬼子个个抱头鼠窜，枪响人倒，县委招待所放电影的院子总会掌声雷动，掌声和银幕上的枪炮声连成一片。军服和便装的巨大差异在琪加幼小的心灵里形成了对比，他曾大胆设想："要是全国人民都穿军装，抗战早就胜利了。"

琪加跑得心都要蹦出来时到了书店，看见柜台前围满了人，他心想完蛋了，伸长脖子踮起脚尖往里看，幸亏前面的人都在买一本叫《闪闪的红星》的书。他焦虑地等待着，埋怨自己跑得太慢。二十分钟后轮到他，开口要买《军号嘹亮》，埋头开票的营业员早已在票据上写好了"闪闪的红星"，她很不耐烦地抬头看着琪加，问："你不买《闪闪的红星》？"

琪加在慌乱中改口说："两本都要。"

心仪之物终于拿在手里，他顾不得翻看，径直向隔壁的百货公司走去。飞马牌香烟要两毛七分钱，差了四分。回到家中，父亲粗略地翻看着两本书，说："不错，儿子开始接触文学作品了。"又伸手道，"烟。"

"差四分钱才能买飞马。"说话时琪加不敢看父亲的眼睛，做好了挨打挨骂的准备。

然而，王本昌接过剩余的钱，道："哦，是这样。"非但没有责备的意思，反而冲儿子笑笑，说，"你才三年级，字还认不全，慢慢来。爸爸以后教你查字典。"这番话让琪加觉得很少见面的爸爸真好。

"哦呀。"琪加急不可耐地开始近距离端详《军号嘹亮》的封面，边看边摸。

为让琪加更好地学习，斯郎措和达瓦志玛姐妹俩达成共识，让琪加搬回气象局宿舍，一来缩短上学的路途，二来王本昌可以随时辅导。在王本昌看来，这是一个完美而智慧的方案，万万没有想到斯郎措的胸怀超越了他们的预料，夫妻俩真正打心眼里感激，觉得致谢和弥补都过于苍白。

斯郎措和达瓦志玛红着眼睛走出里屋,藏族女人习惯在家里轻手轻脚,并没有引起琪加的注意,他还根本不懂他被定义为了连心锁,让这两位阿妈都如此难以割舍。此刻,他的全部注意力都集中在了两本书的插图上。今天让他倍感幸福的是,除了获得了心爱的书,还闻到了弥漫在屋子里的包子的香味。他饱餐一顿后提醒斯郎措说:"阿妈,还不回去吗?天马上黑了。"

听到他的发问,三个大人面面相觑,明白艰难的割舍就在眼前了。王本昌和达瓦志玛此刻却不知道如何开口,也就在这一瞬间,两人同时感到斯郎措才是琪加的"生母"。

斯郎措用手扶住琪加的后颈窝抚摸着:"听阿妈说,从今天起,你就住在这里。"

琪加看看三人,失声大哭,边哭边断断续续说:"我想在斯郎措阿妈那里。"

"乖孩子,听话。"斯郎措把他的脸捂在怀里,强忍住难舍的心情,强撑出洒脱的气度说,"阿妈这段时间要当赤脚医生,要到很远的放牧点去给病人打针送药,晚上都不回来,这样的话,谁来照顾你?你就住在这里,上学也方便,学习上有问题,你阿爸马上可以解决。"

琪加对斯郎措阿妈的话将信将疑,迟疑半天才说:"那等你忙完了,就来接我。"

"那当然。"没等斯郎措回答,达瓦志玛就抢先说,"两边都是你的家。"

听大人这么一说,他也就不再追问,关注点回到两本书上。吃饱喝足后先翻看《闪闪的红星》，每页都是密密麻麻的文字，而《军号嘹亮》则一行最多十几个字，一页也就二十五行，读起来容易得多。

两位阿妈趁琪加不注意偷偷开溜，达瓦志玛一直把斯郎措送到城边，谁都没有说话。看着斯郎措只身一人消失在黑暗中，达瓦志玛心里涌动着深深的歉意，泪水在晚风中夺眶而出，她心疼到生出怨恨："傻妹妹，明年就三十多了，你到底在挑什么，天底下难道就没有一个配得上你？"

原野上，斯郎措走着走着，笑出声来。今天她说出个弥天大谎，说自己要去牧区当赤脚医生。实际上自从"反击右倾翻案风"之后，她就没有去牧区出诊了，公社提供的生活补贴也随之停发。阿雍师父病逝后，她的从师之路就此终结，只能处理一些小病，所获得的报酬只能维持基本生活。白天她的心思都在琪加身上，夜里心思就交给了曲扎，真正产生要安身立命的想法还是在师父断气后，原本她想多学一些医术，可惜文化底子太薄。

回到家，她静静地倚着门，漆黑的夜笼罩了一切。

曲扎归期遥遥，琪加，一段美好的过往，也已经结束。黑暗中最让斯郎措失落的是，老藏医在落气的时候对她说："我现在要去极乐世界找你师娘，如果不是加泰作孽，你在我这里就学成了。唉，命运的无常，记住，你的功力，小病可治，大病送医院。好好活着吧。"

靠造反起家的加泰，脸上整日冒着一层黄亮黄亮的油，经常有不拘小节当着人抠鼻孔的习惯，不要说让女人看着恶心，男人看着都撇嘴。吃上公家饭后，加泰就开始嫌弃自己的老婆，常常把老远来探望他的灰头土脸的老婆用恶语撵走。不怕他的人调侃他，说他老婆就像他抠出的大鼻屎，被随意抛射。他并不在意，暗中却打起斯郎措的主意，三天两头到阿雍的住处围着斯郎措团团转。

一个凉飕飕的夜里，加泰趁着喝醉酒弄死了斯郎措的守门狗，翻进窗户躲在屋里。

斯郎措从老藏医那里返回时天已黑尽，奇怪的是看门狗没有发出任何声音，她疲惫不堪，也并未警觉。刚进屋她就被两只粗大的手合抱住，双脚离地悬在空中，一股浓烈的酒味从脑后传来："小心肝，新酥油，想死我了。"

斯郎措听出是加泰的声音。他抱着她跌跌撞撞朝睡屋走，她极为冷静地用脚勾绊住门框，加泰失去重心跌倒在地。趁他松手的瞬间，斯郎措挣脱出来，顺势抓起劈柴的小斧头朝加泰砍去，甚至听见了刀砍骨头的声音，加泰哎哟一声。当斯郎措抡起斧头再次砍击时，加泰躲闪开来，斧头正好砍在铁钉上，冒出闪亮的火星。加泰从火星里领略了斯郎措的决心，用手捂住流血的右肩逃到门口，骂道："恶妇！"

"耸（滚）！"她用尽力气砰地关上门，在黑暗中对着门柱一阵乱砍，直到精疲力尽，瘫软在地上号啕大哭。

加泰捂住伤口跌跌撞撞跑进乡卫生院的大门，肩膀和小臂的伤口还在流血。醉意被愤怒的刀砍醒，他高声喊叫周医生的大名，谎称被狗咬了，周医生给他包扎伤口，怎么看伤口都不像狗咬的。有常识的人都明白，狗牙咬到人，如果没有撕扯，伤口一定是洞眼。周医生便一本正经地调侃说："这狗的牙齿像刀。打一针狂犬疫苗，防止后遗症。"加泰心里有鬼，没辩驳。周医生给他注射了狂犬疫苗，可后遗症随之而来，因他对疫苗过敏，一醒来就笑个不停，参加别人的追悼会也忍不住笑。加泰被叫到办公室狠狠地批评，暂停了组长的职务，直到药效过期。从此他对斯郎措耿耿于怀，咬牙切齿暗地发誓，一定要让斯郎措生不如死。

伤口还未结痂的一天午后，加泰带着几个混混来到阿雍的住处，要老医生走村串户去为病人看病。老人说自己年已七十二岁，又有老寒腿，一遇下雨或降温就痛得不能行走。加泰听后做出生气的模样，说："寄生虫生活过惯了，还抵触毛主席的赤脚医生政策。你必须接受再教育，彻底肃清资产阶级享乐腐化的余毒。"之后便开会"帮助"阿雍，三天一小帮，五天一大帮，备受折磨的老人苦不堪言。最难的是从此没有病人敢去找他看病，老人陷入空前的无助，胖胖的脸蛋失去了光泽，变得衰老不堪，长时间直视着没有病人进出的大门发呆。

斯郎措明白加泰是吃不到牛肉鼓上报仇，她陷入了深深的自责。因自己葬送了师父的生计和对行医的挚爱，她准备结束自己的生命来反抗加泰对师父的不公。

她找到加泰，直言不讳地说："你有什么事直接冲我来，与我师父无关。"

加泰摸着受过伤的肩部，嬉皮笑脸地细声说："心疼师父了？"随后提高嗓门吼道，"那谁来心疼我呢？"他接着贴身围着斯郎措转了一圈，低声说，"只要你心疼我，你师父就可以恢复行医。"

"恶狗!"斯郎措心里骂道,心想这个连狗都不如的人一定会进入饿鬼道。

加泰看见斯郎措没有拒绝他的要求,兽欲顷刻滋生,厚颜无耻地靠近她的身体说:"乖乖,求求你,从了我吧。"

斯郎措想,如果从了加泰,师父就能恢复行医,成全师父就是帮助患者减轻痛苦,是真正的福报;可一旦从了这畜生,她就想跳江而死,以死证明自己内心的干净。她用手挡住他伸过来的手,淡定地说:"容我考虑三天。"说罢扭头就走。

一路上斯郎措欲哭无泪,曲扎和琪加在她脑海里翻来覆去。他俩不是她的丈夫和儿子,但在她心目中就是丈夫和亲儿子,无处倾诉的巨大委屈在两人之间徘徊,不能承受的生命之重沉甸甸的,让她无法思考。她行走在大地上,喊天天不应喊地地不灵,此刻阴天,连与孤独相伴的影子都没有,她深陷在迷茫和绝望中。

夜深人静时,她做了一件决绝的事——找出一条结实的劳动布裤子,用针线将线缝结结实实地缝过三遍,以保证麋鹿江江水冲不破线缝。她怕被人捞起来时一丝不挂,很丢人。

斯郎措一早来到师父家,进屋就闷声做事,阿雍发现她极度沉默,与往常的活泼毫不相同,有了警觉。

斯郎措把屋子里里外外打扫得干干净净,把所有能洗的衣服也全部清理出来洗干净,正准备把药架清扫一遍时,意外发生了——几个壮汉抬着加泰进了门。

加泰躺着一动不动,他的皮肤变得炭黑,除了眼白泛着垂死的可怕的光，他更像一头奄奄一息的病牛，无神的眼睛充满了祈求，却连聚焦看一眼斯郎措的力气都没有。面对恶狗的惨状，斯郎措三天来坠在心里的沉重感荡然无存，心想："天意啊，恶狗的报应来了。"她顿觉自己的身体飘逸起来，庆幸自己三天来保持了沉稳。但看着通体黢黑、奄奄一息的加泰，她开始心生怜悯，从他的状态判断他活不了多久了。

工作组的人说加泰从昨晚下半夜就开始上吐下拉，浑身酸痛，不吃不喝。老藏医看着加泰问他哪里痛，加泰舌头僵直无法说话，只能发出呜呜呜的声音。

阿雍说："中毒了，来不及了，马上放血。"经过商量，工作组的人说："放就放吧，只好死马当作活马医了。"照阿雍的吩咐，四个壮汉按住加泰的四肢，老藏医用一把银质的小刀在滚开的酥油里煮了一刻钟，在加泰跟腱处划开一个口子，用手在口子附近反复挤压后，挤出黑乎乎黏稠的污血。一股让人闻到就想呕吐的血腥味在屋子里扩散开来，壮汉们直嚷嚷受不了，其中一个直接吐了起来，其余的像被传染似的也都开始呕吐。斯郎措说："你们出去，我来。"说罢她将围巾打湿缠住嘴巴和鼻孔，撸起袖子开始在刀口周围挤压。壮汉们被她的举动感动，加泰闭着的眼睛流出了泪水。半个小时过去，累得满头大汗的斯郎措用尽了力气，刀口处终于流出了鲜红的血液。阿雍师父说："好，别挤了，立即止血。"

一个壮汉捂住鼻子将盆子里的污血倒在屋外的草地上，野狗嗅了嗅，迅速跑开，越来越多的苍蝇盘旋在上空。放完血，老藏医又给加泰喂了几粒药丸，他便呼呼睡去。

三天后加泰能站立了，不再上吐下泻，接着又吃了两天老藏医给他配的药丸，活了过来。

半个月后，加泰独自来到阿雍屋里，一进门就低着头。他走到阿雍对面，没有看斯郎措一眼，从前的嚣张气焰全无。两人相对而坐，因找不到共同的话语，长时间地沉默着。老阿雍专心地用一个光滑滚圆的石头给自己碾磨鼻烟粉，忽略了他的存在。加泰实在憋不住，伸长脖子，放低声音问："老人家，我想方设法整你，但我病得那么厉害时，难道你就不想趁机报复我？"

阿雍淡淡地笑着摇摇头，说："我没想那么多，治病救人是医生的职责。"说罢转过身去打理药架上的瓶瓶罐罐，再也没有同加泰多说一句话。

加泰望着天花板良久，说："你和斯郎措都是善良的人，我对不起你，对不起斯郎措。"

"如果你没有妻儿，还另当别论，但你是过来人，还想打她的主意，罪过。看得出来，是她一直强忍着没告诉我她的委屈，而且在治疗你时，是慈悲让她尽了最大的努力来挽救你的命。"

半晌没有回应，等阿雍回过身，屋子里早已没了加泰的踪影。从此，斯郎措再未见过加泰的身影，她也因此对因果报应深信不疑。日后清理"三种人"，办公室查出加泰属于造反派起家的"三种人"，遭到清退，再一次应验了恶报。

之后阿雍的泥坯屋里病人又逐渐多起来，病人再也不用偷偷在深更半夜来，而是光明正大地在白天来。方圆百十里突然蜂拥而至的病人让阿雍应接不暇,连起身小便的时间都没有,病人们排起长队,家属们则在土屋周围撑起帐篷。老藏医没日没夜地问病看诊,两个月下来老人累倒了,自此卧床不起,最终因劳累过度而离开了人世。斯郎措的学医之路就此终结,她认命。

整个暑期琪加达瓦对两本书着魔般地爱不释手,想尽快知道书中的故事。但王本昌经常被县委书记或县长请去谈经济发展的大事,好一段时间在琪加眼里父亲就像个影子。一天中午,琪加在饭桌上听到了父母的对话,父亲对母亲说:"我跟书记、县长想不到一起去,他们的心情我可以理解,但搞经济哪有吹糠见米那么容易,心急吃不了热豆腐的。我告诉他们,我是搞气象的,认为应在翁达地区先抓植树造林,从长远来看,算账的话,只要环境保护好了,就是青藏高原对国家的最大贡献。但我的话引起他们哄堂大笑,他们笑我在学习班待久了,尽说些糊里糊涂的话,是痴人说梦,然后把我和李工的生态保护报告撂在了一边。"

很显然母亲对父亲的牢骚不感兴趣,她问父亲:"上海崇明的侄儿快到了吧?"

"大概就这几天。"

"他识字吗?"琪加插话。

"当然,你表哥是高中毕业生。他一直想参军,但名额被别人走关系顶了,一气之下打了居委会干部,而后跑到我们这里来找工作。"

听见表哥能识字讲故事,管他打不打人,琪加开始天天盼望表哥到来。

盼星星盼月亮,一个星期后表哥雷越军来到家里。正好县草原打井队在招临时工,表哥第二天就去打井队报到了。晚上琪加拿着书对表哥说:"给我讲讲吧。"

表哥翻了翻《军号嘹亮》,说:"这是诗歌,咋个给你讲?"

"诗歌,诗歌是什么?"他问,"像《格萨尔王》说唱一样吗?"

"什么《格萨尔王》说唱?"表哥一脸纳闷,"诗歌就是长话短说。这本《闪闪的红星》是小说,讲故事的。"

"那就讲《闪闪的红星》。"

"好嘛。"表哥读了《闪闪的红星》第一章节的开篇:"一九三四年,我七岁。我生长在江西的一个山村里,庄名叫柳溪。我五岁那年,听大人们说,闹革命了。我爹也是个闹革命的,还是个队长。闹革命是什么意思呢?我人小,不大明白。……"

表哥的上海话听得琪加直摇头,最后表哥只能用上海普通话给他念书。后来琪加对普通话着了迷,每天六点半守着听中央人民广播电台的新闻和报纸摘要,这使得他长大后普通话几近北方味,甚至略带北京胡同里的腔调。

《闪闪的红星》开头的文字就吸引了琪加,他一发不可收地爱上了读小说,像沾腥的猫爱上了鱼,之后在中学、大学阶段,他阅读了大量的中外名著。他印象最深的是塞林格的《麦田里的守望者》,书中视一切为假模假式的主角霍尔顿成为他

337

少年懵懂期的偶像；杰克·伦敦在《马丁·伊登》《热爱生命》里塑造的角色，一度被他视为男子个人奋斗的光辉典范；海明威的《老人与海》中的老者，凭信念把鱼骨架拖上岸的硬汉，成为他后来意志力的原初力量；托尔斯泰《战争与和平》成为《格萨尔王》宏大叙事的另一种现实的伟大表述；加西亚·马尔克斯的《百年孤独》，书中开头一段：那时的马孔多是一个二十户人家的村落，……湍急的河水清澈见底，河床里卵石洁白光滑宛如史前巨蛋……每读到这句，他就会想起距斯郎措阿妈家不远的麋鹿江，总觉得江水与人骨肉般相连，因此很长一段时间《百年孤独》都是他的枕边书。

不过他对《百年孤独》有更为深刻的理解，还是在知晓了在无人区生活十多年之久的土登一家，去以色列探访了尤格谢福一家，去瑞士探访了斯郎措的"准丈夫"曲扎之后。那时再比对《百年孤独》和《家》《春》《秋》，琪加认为马尔克斯对家庭之爱的理解更丰满，乌尔苏拉对二儿子奥雷里亚诺发动起义期间在外播下的十七个野种全都持接纳的态度，与巴金先生笔下的高家老太爷对下一代的态度截然不同。在马尔克斯笔下，家是爱的温床，无论家人在外如何乱七八糟，家都是温暖的避难所，甚至能藏污纳垢，给人以内心的温情和安全感。

听父亲用上海话跟表哥聊上海像听天书。很长一段时间，琪加都认为上海话是全世界最难听、最难懂的蹩脚方言，就像桑戈众多部落的地脚话，总让人一头雾水。长大后，琪加对上海话有了新的认识，上海为什么是个语言大杂烩之地，跟新中国成立前上海有那么多帮派行会有关。而在上海就读高一之后，琪加渐渐觉得普通话是全中国听上去最舒服的语言。

迷恋小说的日子里，表哥成了琪加达瓦获取故事内容的摆渡者，他总是早早地就拿着书在门口等表哥下班。表哥有时累得不想说话，但被他缠着无法摆脱。其实表哥也被书中的情节吸引住了。

书因经常被翻阅早已油腻、发黄、毛了边，达瓦志玛用咖啡色的牛皮纸保护起来，给书穿上了外套。在琪加小学毕业季，表哥已经被邻近县招为县电影队的正式放映员。他离开时，琪加早已能极熟练地查字典，完全跨越了认字难的屏障。

很长一段时间，琪加沉浸在潘冬子的故事里，认为斯郎措阿妈讲的格萨尔王的故事，人物很多，上天入地的，也很精彩，可惜就是太短，他暗暗对自己说，长大后要做一个写书讲故事的人。他对小说入迷到走火入魔的程度，就连课间休息时也不离开课桌，只要抬头确信没有老师在教室里，便从书包里翻出小说阅读起来。他将头上戴着的金毡窝帽子压低至眉头，以为这样老师就不会看见。于是，远远望去，课桌与课桌间总悬浮着一顶藏式金毡窝帽子。

一天课间休息，琪加正看得起劲，书被一只香烟熏黄食指和中指的手抢走，抬头一看是班主任。"哼哼，还真没想到，你居然把手抄本带到学校来。胆大，等我通知你家长后再处理这事。"他说话时两排被烟熏黑的牙齿露在外面，说完转身就走。

听见要通知家长，琪加吓傻了，从老师过于夸张的严肃表情他判断出事情的严重性，放学后径直朝斯郎措那里跑去。

班主任将没收来的书放在办公桌的抽屉里，误认为琪加在看

339

禁书。他是刚从州级师范院校毕业的中师生,在州府所在地听到和见到的要比偏远县的多很多。他万万没料到自己梦寐以求的手抄本居然在小学的孩子们之间流传,出于职业敏感,他认为这一定是《少女的心》《夜深沉》一类毒害青少年的黄色读物。放学后他回到寝室,直接把门反锁,拉上窗帘,翻开用牛皮纸包装的禁书,结果令他大为失望,原来是讲述红军故事的书。他拉开窗帘,无意中看见琪加达瓦的父母正在楼下的院子里问询,心想:"不好,孩子的父母都找来了。"他迅速打开门下楼。

刚好宋老师正手指着二楼,他明知故问:"你们就是琪加达瓦的父母吗?"

"是的,老师。"达瓦志玛很有礼貌地接话说,"班主任,这么晚了,琪加还没有回家,我们问了其他同学,都说今天是正常时间放的学,我们着急,老师,你知不知道情况?"

班主任急忙道歉,王本昌打断说:"现在不是道歉的时候,找孩子最重要。"

"要是发生什么意外,我才里外不是人啊。"班主任自知惹了麻烦,脸色由青转红。

达瓦志玛安慰班主任说:"老师,事情也没有那么严重,我估计孩子躲到斯郎措阿妈那里去了,我们去看看。"

一路上班主任不停地自责,甚至捶胸顿足,惧怕孩子万一有什么三长两短,自己就得吃不了兜着走。达瓦志玛即便心里忐忑不安,也还要安慰他。

天渐渐地黑下来,三人刚走出县城,拐过一个大弯,就看见一束电筒的光亮在黑暗中闪动。"一定是斯郎措和琪加。"

达瓦志玛的语气极为肯定。

"但愿如此。"王本昌高喊儿子的名字,焦急的喊声划破长空。达瓦志玛被震耳的喊声所感动,她对平日里把爱藏得很深的男人,到了紧要关头再不能自持的表现投以赞赏。王本昌的喊叫声带着父爱投向黑暗。

对方闻声传来回应,电筒光朝着叫喊的方向急速晃动着,像海军用的信号灯,用光传递着语言。三个人加快步伐朝光亮处走去。

远处,一个熟悉的童音随着电筒光传来:"阿爸,我来了。阿爸,我来了。"

"急死我了。"黑暗中达瓦志玛长长叹了口气。

第31章

　　进入二十世纪八十年代,寺庙逐步恢复香火,转经的铃声重新回荡在空气中。整个雪域高原,身穿绛红色袈裟的喇嘛再次出现在人们的视野里,成为寺庙内外的新景观。

　　一九八五年夏天,王本昌的调函从上海发到桑戈时,学习张海迪的热潮尚未退去。

　　这位五岁就高位截瘫、身残志坚、戴眼镜的姑娘,以惊人的毅力成为时代的典范,一时间被包括桑戈草原在内的单位、学校和社会广为称颂。听了张海迪的励志故事,琪加的第一反应是,自己同楷模最大的区别是她坐轮椅,自己不坐轮椅,但她坐在轮椅上都能做出惊天动地的事,自己这个比马驹还跑得快的少年更要加倍努力学习。他在书包和课本上用简笔画勾勒出英雄的半身像，还在教室的墙报上按照报纸的版式做了专栏，以示对榜样的崇敬。

琪加的做法在全校得到了表扬和推广，一时间各年级的同学在课间休息时，络绎不绝地来参观墙报。同学们获知是琪加的设计和创意时，都很羡慕他。那段时间琪加心里美滋滋的，嘴里像含着一颗糖。

气象局宿舍里，达瓦志玛往褐色牛皮纸信封里装好调函后，望着窗外远处天际线托起的云朵，心想看来下半辈子随丈夫回上海已成定局，她对定居中国最大的城市既好奇又惧怕。

在达瓦志玛和桑戈人的印象里，上海简直就是一个无所不能的神奇之地，大部分生活用品——手表、自行车、缝纫机、收音机这类最流行的"三转一响"，还有照相机、钢笔、被单、毛巾、牙刷、搪瓷茶缸等，都是上海制造。上海简直就是《西游记》里二郎神的口袋，更像无所不能的格萨尔王，但格萨尔王在神话中，上海却在真实的现实中。达瓦志玛充满好奇，同时又担忧自己能不能习惯上海的生活，这让她陷入迷茫，不过她把这一困惑和神往深藏于心。

王本昌要调走的消息在桑戈传开时，县委比州里抢先一步，正在研究提拔他担任交通和财贸局局长的要职一事。调函惊动了县委书记和县长，他们分别邀他闭门长谈，想从他的脑袋中挖出好主意，如何利用县域资源下好"以经济建设为中心"这盘棋。他们感到留下他是大材小用，放走他又很可惜，都知道一颗埋没在桑戈草原二十年的夜明珠终于要光焰四照了。调离前，接二连三的讲座让王本昌成了桑戈的大红人，几乎每晚都是醉醺醺地被人搀扶着回家。

遗憾的是，他的讲座让县领导失望。县领导认为他经常讲跑题，重心在跟经济发展不搭调的环境保护上，总讲什么人要与大自然和动物友好相处，保护森林和湿地，保护好金沙江、雅砻江、大渡河就是长江上游地区对国家的最大贡献，保护优于发展一类的，与县上的发展思路严重错位。有一次，他的演讲让主持人憋不住，轻手轻脚在他耳边说："政府办公室有你一个重要电话，要你马上去接。"来到办公室，主持人提醒他，"讲座要回到县域经济的发展上，比如如何利用县上的矿产资源、森林资源发展从来料加工到半成品、成品的生产，帮助县域取得看得见摸得着的实际收入。"王本昌对主持人善意的提醒非常失望，但他没有辩驳，摇摇头，望着天上不动的白云，心想是认知的落差造成了价值观的落差。

众领导哪里会预料到王本昌的"天书"在时隔十五年后得到了应验。后来长江发大水惊动国家最高领导人亲临抗洪第一线，果断下令长江上游天然林全面禁采，涵养水源，做到最大限度地防灾减灾。当时的与会干部这才顿悟，从前自己是坐井观天，眼界狭窄，王老师果然是一条游向大海的大鱼，桑戈这个鱼塘容不下他。而彼时王本昌只能痛心疾首，大声痛批："这就是先发展后治理造成的得不偿失。唉，算了，希望在下一代身上，用教育培养下一代才是当务之急。"一气之下，他的胃开始习惯性痉挛，他吞下一片胃舒平，揉揉胃，等待缓解。

若干年后，对琪加提及这事，王本昌仍痛心疾首。"是认知和眼界的不对称造成的结果不对称。打个比方，一群人同时登山，登上山顶的人说，我看见了大海，而登到半山腰的人说，我看见的明明是森林，什么大海，一派胡言，一定是疯了。"

回想当年父亲的忠言被当成傻话、废话、疯话，多年以后琪加从美国读完研究生回国才渐渐有所体会，父亲在草原上孤独的身影以及相伴随而来的委屈和失望。

刚回国那段时间，琪加心里也窝着火，也很憋屈。他刚从美国回来，回国的诱因是爱情。而同时他心里还憋着无处发泄的对美利坚的失望，对其标榜为自由天堂的怀疑。从高中到大学再到读研，近十年来对美国文化的追逐近乎疯狂，从文学到影视、从穿牛仔裤到吃肯德基喝可乐、从NBA球星到兔女郎，还有耐克球鞋配星条旗T恤，全盘地追逐。那时候看见英文字母他都觉得有一种莫名的亲切和召唤，常常在朋友聚会时拿出大伯全家的照片炫耀："瞧，我的美国亲戚，这是我大伯，这是我大婶，这是我堂姐，这是我堂兄，这是我大伯家的菲律宾女佣，这背景房子，就是他们在长岛的别墅……"在迎来无数次羡慕和惊叹后，他的虚荣心像专灭大型储油罐火灾的化学泡沫，膨胀为巨山。然而越是鲜亮的地方，其背后越是可能隐藏着失落和暗淡，他曾四处炫耀的海外环境在他真正身处其中后，逐渐从海市蜃楼化为泡影。

在美国浸染的两年里，最初的冰凉是感受到签证官骨子里的冷漠。"你的手续里没有无犯罪记录的证明，还缺你父母三年来收入的流水记录。""父母收入的流水记录我可以补上，但我一个大学毕业生哪来的犯罪记录？"琪加辩驳说。签证官不耐烦地把手里的笔一扔,足足看了他五秒钟,说:"我怎么能只凭你口说?要有无犯罪证明。""我再次声明,我是一名刚刚毕业的大学生。"琪加语气坚定地说。"我该说的已经说了,下一位。"肥胖的签证官用拳头敲桌面,眼神充满不屑,让旁边的咖啡杯咣当抖动,溅出液体。"怎么了,西部牛仔?"隔桌的一位美女问。听到美女叫签证官西部牛仔,琪加至今都不明白自己哪儿来的胆量,拳头在桌上敲得砰砰响:"你是西部牛仔,我还是放牛娃哩,我叫琪加达瓦,是中国西部的放牛娃。"他的超常举动让签证官蒙了,随后他用藏语指责这位签证官傲慢无礼,"收起你的傲慢,有本事你和我在草坪上去打一架!"琪加爆发出的凶猛气势,让对方摇晃着头,显得猝不及防,而且他的藏语让对方一脸狐疑,足足凝视了他五秒钟,想着要给他一个下马威。正当双方僵持不下时,身后一位穿着摄影背心的中年人和颜悦色地站出来调和:"有意思,牛仔和牛仔干起来了。你是美国的牛仔,他是中国的藏族牛仔。"签证官听到中年人的话,再看看文件上的名字,语气逐渐缓和:"琪加达瓦,藏族,牛仔。"得知中年人是多年在中国西部拍摄的摄影师,签证官说:"你,好样的,要不是你懂英语、汉语和藏语,我和这位中国的牛仔就打起来了。"然后对琪加竖起拇指:"我第一次遇到有求于我,还敢跟我打架的人。果不其然,你是性情摆幅极大的康巴汉子。"而后签证官居然用赞赏的眼光看着琪加,说,"这样吧,无犯罪记录的证明不要了,但你父母的工资流水记录要提供。"琪加问道:"为什么?""如果你留学没有资金保障,很可能以难民的身份移民。"琪加斩钉截铁地说:"难民?我只是在美国读两年书就回我的祖国。不稀罕美国。"虽然在被刁难中获得小胜,但那时敏感的琪加初次感受到了大洋彼岸的傲慢。

在美国读研的两年时间里琪加广泛接触各种肤色、阶层的人,渐渐明白了光强调历史的悠久、文化积淀的深厚,不一定能赢得西方世界的尊重。西方文明的底层思维是强者崇拜,你得先让他们佩服你、崇拜你,而后他们才会有兴趣来了解你。令琪加记忆犹新的是,毕业论文的答辩,他以中国人民志愿军把美军从北纬三十八度线打回北纬三十七度线为例,从侧面说明了胜负与话语权正相关。这一例证,让平日趾高气扬的美国同学对中国刮目相看,一位叫杰克的同学还因此专程去了板门店考察。琪加每每回忆在美国生活的那些细节,就会感受到文化差异带来的冲击。

正当小琪加专注于墙报名次评比时,父母却催他去看斯郎措。"要回上海了,快去跟你的阿妈道别。"琪加拎着装有酥油和黑砖茶的包来到斯郎措家里。

土坯屋是琪加永远珍藏的记忆,多年后他在工作室的墙上挂上了一幅冷色调的油画,画面中是装满童年故事的土坯屋,以开满鲜花的原野为背景,土坯屋显得忧伤而孤独。每当他凝视油画,甚至用手指肚去感受油画的凹凸质感时,嘴里就会一直默念:"童年风平浪静的港湾。"

踏上独木桥,正好看见斯郎措从另一个方向回家。"阿妈,阿妈。"他喊道。

她正同家畜改良站的站长边走边聊。"啊麻麻,儿子来啦。"她应着,满怀欣喜地对站长说,"瞧,我的宝贝来了,这事下次再说。"

她刚进围栏,身后传来站长的声音:"别犹豫了,接生婆的事交给妇产科去做,家畜改良的冷冻精液技术刚成功,你先从临时工干起,比当接生婆稳定。"

"哦呀,让我想想,也许两不误最好。"说罢她朝站长挥挥手,回过头笑盈盈看着琪加。

"阿妈,这是阿妈要我带给你的。"

斯郎措接过包,说:"给这么多,达志想干什么?"她用疑惑的神色看看琪加,"我知道了,你们要回上海。"她收起笑容,转过头看着窗外沉默了片刻,"唉,说走就走了。"她勉强冲他笑笑,将他的头揽入怀中,琪加再次闻到了熟悉的味道。

"你还会来看阿妈不?"

琪加没有作声,把头埋在阿妈怀里,半晌才说:"阿妈,想你的时候,我就会唱你最喜欢的歌。"

"你会吗?那你唱给阿妈听听。"

"好。"琪加说着,轻轻唱起来,"江河哪里去?江河大海去;青草哪里去?青草天边去;爱情哪里去?爱情心里去……"不觉中斯郎措也随声附和唱起来,一遍又一遍。琪加唱累后发现斯郎措早已泣不成声,他蒙了,无法理解她为什么听见这首歌会哭成那样。

若干年后琪加才明白,这首歌对斯郎措阿妈的灵魂有寄托和安放的意义,是她心中永恒的图腾。

歌声在清唱中慢慢变为哼唱,混音带着深深的思念和幽怨。斯郎措边流泪边用小藏刀去切刮平日舍不得吃的红糖，也许是过于伤感，她的手指不小心被刀划开一道口子，鲜血顺着手指流出来，她连连责怪自己"真丢脸"。她带着伤为琪加做和着红糖的糌粑坨坨，望着琪加开心地吃她为他饯行的食物，她的眼里充满了无法遮掩的忧伤。她时不时地叮嘱他："记住，去了上海，一定要听大人们的话，想阿妈的时候就唱那首歌，我会听见的。"

红糖糌粑和着唾液在舌头和牙齿间搅拌，琪加开心极了，无暇开口，便不停地点头。

斯郎措久久地凝视着他。"阿妈的宝贝，来，戴上这个。"他埋头让阿妈在自己的脖子上挂上一枚包银虎牙，"阿雍爷爷留给我的，阿妈留给你做纪念，能辟邪。"琪加被精美的搭配所吸引，领首瞧着乳黄的虎牙和银子结合的圣物，拇指和食指反复地在包浆的包银虎牙上滑动，直到阿妈温暖的泪水滴在圣物上，他才抬头看着泪流满面的阿妈。

"嗯。"阿妈边泪流满面边带笑看着自己的那个画面，永远定格在琪加的记忆中。

之后的岁月，琪加一直挂着斯郎措阿妈赠予的圣物。它带着与自己相近的体温，与自己的心跳同行。每当国内外的同学、朋友、同事问及这枚圣物，他就把草原、阿妈、圣物和背后交织的关系逐一交代。久而久之，这些零零散散的碎片居然在他的组合下，形成了草原的故事、草原的文化、草原的历史、草原的宗教。面对听者好奇、赞叹的面孔，他能感受到他在藏地的经历成了绕不开并时常被称道的传奇。他也曾怀疑自己是夸大其词，但每当觉得圣物有些潮润时，他立刻能感受到阿妈滴在圣物上的泪珠所包含的母爱与不舍，就像大提琴师杰奎琳演奏的《殇》，能让人在贝壳里听见大海的声音。他最终相信自己没有夸大其词，那些故事、文化、历史、宗教所蕴含的是阿妈带盐分的泪滴的底蕴，那是草原民族生活里不可或缺的一粒盐。尔后，包银虎牙的辟邪功能被琪加日渐增多的经历放大。在包银虎牙上，他能看见阿妈给他喂鲜牛奶的场景，睡觉时把他的头揽在臂弯里的场景，还能闻到阿雍医生家刺鼻的药味，听到阿妈给他讲的格萨尔王《赛马登位》的故事……一幕幕催人泪下的画面滚涌着扑面而来，一个人类家园的缩影由包银虎牙放大开去。

动身回上海的前三天，王本昌揣着十立方米的木材指标走出县林业局大门，这是桑戈县给内调干部的住房补助，但如何把十立方米的木头运往上海，两口子没辙。熟人建议将指标卖掉，于是他们卖掉指标换回二千元现金，这笔巨款让达瓦志玛格外兴奋，心想可以用它来给婆婆和子女购置些衣物，请亲戚们吃饭。她从百货公司找来纸箱，把家里的用品一一归类放进纸箱里，还在箱子的空隙处塞进了报纸或布条，以免在漫长道路上损坏，再用牛毛绳把若干纸箱捆牢。这次她没有叫斯郎措帮忙，担心她有失落感。

整个下午都在装箱，正打活结时听见敲门声，她凭直觉判断是斯郎措来了。果然，斯郎措拿着一把琪加儿时玩耍的大刀，一进门就瞪直眼睛埋怨说："哼，都当上妇联主任了，还这么小心眼，你以为偷偷一走了之，我就不难过？把大刀带走,另外一把我留着做个纪念。"说罢她蹲下帮达瓦志玛装箱打包,边做边说,"细细想来,为什么要难过呢?菩萨安排我的亲人都远在天边,这是我的命。"说话的同时,远在天边的曲扎、远在云端的土登、即将远行的琪加都浮现在斯郎措的脑海中。

她的话让达瓦志玛一时难以应答,冲她尴尬地笑笑。

"怎么?"斯郎措佯装狰狞的表情凑近达瓦志玛,两张面孔不过一拳之隔,像儿时女孩之间的斗气,打不起来,表情却义愤填膺,"难道我说的不对?我没有那么娇气,这辈子,都过了最好的年龄,什么酸甜苦辣都是过眼云烟。感恩三宝,有你们在我的心里、生活里,即使远在天边,我心里也装满了你们。我不孤独。"随即她将大刀插入箱子里。

达瓦志玛仔细瞧着斯郎措并不算老的容颜,嘴里堵着千言万语不知先说哪句。她紧紧地抱住斯郎措,哭了,泪珠滴答到斯郎措的肩上。越哭越想哭,越哭越舒服,直到斯郎措轻轻地推开达瓦志玛,顺手拿起桌上的镜子照着她哭花的脸,她才破涕为笑。斯郎措捧着她的脸,说:"去吧,汉地的规矩,嫁鸡随鸡嫁狗随狗,三宝护佑你们全家。"说罢两人再次紧紧抱在一起。天黑前王本昌回到家里,见此情状转身带上门,撒谎说:"我去找琪加,他肯定在县委招待所院子里玩。"他明白此时的空间应该只属于她们俩,他饿着肚子,心里却畅快,没有目的地往外走去。

临走前王本昌全家和斯郎措去参加达瓦志玛表兄儿子的婚礼,来到麋鹿江边准备过江。登上船,王本昌告诉儿子,麋鹿江汇入长江后，就从爸爸的老家流入东海。

"水像毛线一样把桑戈和上海连在了一起？"琪加尽力发挥想象，问。

父亲点点头。

他和两位阿妈折了一个纸船，等到渡船划到江心时，琪加把纸船放入江中，对着纸船说："你是我的邮递员，告诉奶奶，我们很快就会回去了。"纸船被起伏的波浪带着顺江而下。

王本昌还是第一次目睹婚礼上活佛为新人念吉祥颂词，这得益于改革开放以来恢复宗教信仰的政策，藏文化重新绽放出神秘的魅力。返回的路上，他反复地品味着吉祥颂词："啦玛啦嘉松且，曲啦嘉松且，啦玛意当贡秋啦嘉松且……"伴随着美妙的男声，他脑子里跳出桑烟和喇嘛手中的法器，它们同念诵声缠绕在一起，组成青藏高原特有的文化韵味。

多年后，王本昌在一次多元文化分享会上，以自己的亲身经历谈民族融合，他说："中国这个多民族家园，形成了巨大的万花筒般的美妙空间，如果你在沿海地区长大，你想举办一个藏式婚礼，即可来到藏地完婚，还有吉祥老人祈福诵经；想举办一个维吾尔族的婚礼就去新疆，穿上维吾尔族传统服装，打起手鼓，弹起都塔尔，多么美妙；也可以举行壮族婚礼，唱起男女对歌的《刘三姐》；还能举行撒尼人的婚礼，唱起《阿诗玛》；想举行彝族婚礼，就燃起祝福的篝火，围圈起舞……这就是中国多民族大家庭的魅力。这是一个石榴一般的家园，各民族在一个壳里，既独立又紧密融合。"

一想到婚礼上妻儿吃着切玛、花如（油炸的面果），开心地嚼着双喜牌的大白兔糖,王本昌不禁心生慨叹,儿子的童年比起他的差之千里,但当下妻儿快乐而单纯的表情,却透出难以用物质去填补的快乐。反而就自己坠崖式的经历而言,是藏地人民欢乐豁达的信仰和精神气质,卸载了他沉重的思想包袱,摧毁了都市人的浮华与做作。他从妻子身上看到了不被困难所打败的气概,高原版的《热爱生命》感染了他,高原人的故事同杰克·伦敦的《热爱生命》一样激励人。后来他把短篇小说《热爱生命》推荐给了琪加。他深知身处世界第三极,如果没有强大的信仰作支撑,恐怕这片广袤的高地就会像撒哈拉沙漠一样空寂无声。北极有北极熊,南极有帝企鹅,世界第三极有牦牛,但除了牦牛还有高原人,他们创造了生命禁区的奇迹,因此,"融入"一词对他而言意义特殊。他曾在全州两会的政协委员小组讨论会上发言说:"青稞在康定种下后颗粒无收,水稻在康定也是颗粒无收,气候条件划出了天然的分界线。气候对人的身体也划出了分界线,长期生活在内地的人如果翻过折多山进入藏地,特别在冬季,光靠大米远远不能满足极寒地区所需的热量,必须吃高脂肪高热量的牛羊肉、喝酥油茶才能抵抗严寒。以我为例,二十年的高原生活已经让我变成藏人,穿藏袍,吃牛肉,吃糌粑,喝青稞酒,喝酥油茶,如果不融入就难以生存。被动的适应也是适应,身体站队跟某种狭隘的思想站队无关,人的自然属性与文化差异无关。"

他的发言得到了农牧、教育、卫生、科技界与会代表们的赞同,但关于"站队"的敏感词被召集人删掉了。召集人在向大会秘书长报告小组讨论的情况时说,这位专家的发言,从专业的角度看很有水准，但这位同志的思想境界和政治立场有些偏激，什么是思想站队？

所幸的是，秘书长是西南民族学院毕业的，对风马牛不相及的一锅装的告状言行，既没有言听计从，更没有火上浇油。他只是在听召集人汇报时略带戏剧性地点头，说会把所有的讨论材料汇总后一并向领导汇报，听听领导们的意见。但在向领导汇报时他有意漏掉了这节。他在学校跟此类三中全会后重新回到工作岗位的知识分子有过较多的接触，知道他们爱党爱国敬业的内心，知道他们的直言是率真的。这事因此在他的掌控下不了了之。

成都开往上海的绿皮火车要跑近四十个小时，两个晚上一个白天。

伴随着单调的铁轨声，王本昌看着妻子眼神呆滞地直视窗外，知道她沉浸在对家乡的不舍中，这跟他当初来高原时的心情完全不同。乐观开朗的妻子尽力隐藏了难离故土的低落情绪，只是临行前，妻子增加了转佛塔的次数，去寺庙拜佛添灯，目的只有一个，祈求三宝护佑全家。

为了让妻子开心，王本昌对她说："我虽然是个无神论者，但在书中读到对释迦牟尼的介绍，让我对释迦牟尼的言论和品行敬重有加。他的慈悲心和劝人为善的训诫，没有人不赞许，不心悦诚服。"

"什么有神无神，做善事的人就是神。"达瓦志玛的话堵死了无谓的讨论。

从桑戈到上海几乎要横穿中国，坐在火车里的琪加异常兴奋。他好奇地张望车窗外未曾看见过的一切。高原的地貌和植被与内地迥然不同,从高山草甸、灌木丛,再到高山针叶林、常绿阔叶林,看见从寒带到温带再到亚热带的种类繁多叫不出名字的植物,他心想初三虽然开了常识课,但自己除对插图感兴趣外,对没有画面感的文字介绍总是一晃而过,没有留下任何的印象。桑戈绝大部分区域不长树,更谈不上树种丰富。父亲给他讲过,前年县委刚上任的罗书记在会上鼓励植树造林,说:"如果谁在桑戈草原种活一棵树,他就代表县委县政府奖励种树人十万元。"天哪!十万这个数字激发了全县人的热情,当然也诱惑了王本昌,他想方设法从与桑戈同海拔的理塘县引来最易成活的白杨树树种,栽下去三个月却连一点绿意都没有,进入深秋时连树干上的树皮也开始脱落。他很纳闷,理塘与桑戈基本上同纬度、同海拔,只是经度相差三度,怎么会活不了呢?最后王本昌总结出隔行如隔山的道理,"发财树"在空旷的草原的风中挺立不到半年就死掉了。

琪加看着车窗外一闪而过的房屋和树木,心里惊叹这跟桑戈光秃秃的草原大不一样,表情却很淡定,康巴人特有的不露声色在他的第一次远行中初露端倪。绿皮火车摇晃着穿越秦岭众多的隧洞,火车钻入洞中时与空气摩擦发出刺耳的声响,在日后给他留下在梦中坠入深渊的恐怖感。火车经停宝鸡,父亲买了腊驴腿,在郑州大站换车头时,又买了道口烧鸡和大隗牛肉,这让他在远行中获得了无比的幸福和乐趣,认定开火车的司机、列车员、乘警是天底下最幸福的人,能在一天之内看见不同的风景,吃到不同风味的食物。但如若遵从味觉,他还是认为风干牦牛肉凭借耐嚼和香味堪称第一，特别是嚼成糊状后包在嘴里，淡淡的咸味弥散着一股阳光暴晒和严寒霜冻的混合感，日后他才品出食物的味道包裹着文化的含义。

王氏兄妹得知王本昌调回上海的消息，在母亲的张罗下，选择星期天在嘉兴饭店预订了席桌，为远道而来的夫妻俩接风洗尘。

来到大上海的达瓦志玛母子俩，天气和方位成为困扰他们的首个难题。

暴热的八月让母子俩觉得生活在蒸笼里，婆婆准备的蒲扇，达瓦志玛只要醒着就没有离过手，她带来的御寒力极强的藏装成为摆设，束之高阁，不要说穿，看见都热，摸着更热。去裁缝店缝制新衣前，婆婆把自己早年的衣裙翻出来，达瓦志玛穿上身后对手臂和小腿肚暴露在外感到很不自在，藏地女人因天气的缘故，没有露腿露胳膊的服装。身体都暴露在人群里，走在街上她总觉得有男人的眼光在肌肤上扫射，不得不低着头走路，以逃避被异性盯看的不适。在上海的第一个夏天，她感觉自己是半裸在空气里。一到晚上在天井里纳凉，蚊子就只盯着母子俩咬，只要是皮肤暴露的地方，大大小小的包块密布。琪加对难耐的瘙痒无法忍受，挠到破皮，感染化脓，住院打针输液。婆婆心疼儿媳妇和孙子，专门在药铺开了中草药给他俩熬水洗澡，给母子俩配齐驱蚊的花露水和万金油，一时间整个屋子充满了花露水和万金油的混合味道。

上海这个比草原还大的城市，在母子俩的印象里大得不知用什么词来形容，一出火车站就转乘公交车、有轨电车，上上下下多少次无法记住,总之光在公交车上就足足看了三个小时的街景。王本昌说:"仅仅穿过了上海的三个区。"吓得母子俩目瞪口呆。一段时间里达瓦志玛不是晕车,而是晕人,满大街的人头攒动看得她头昏眼花,像牦牛集中在冬季转场的密集阵中。石门坎大大小小的弄堂让母子俩完全没有方向感,从不敢单独出门。

一天早上,达瓦志玛同婆婆和小女儿月娟去菜市,一转眼她就找不到女儿和婆婆,想大声喊她们,又怕别人笑话,她耐着性子在菜市里转悠,汗湿了全身,最后索性决定凭着记忆回家,没走出一条弄堂就找不到回头的路了。这些弄堂在她眼里千篇一律,最后只能硬着头皮去找警察。

中午时分,婆婆和女儿满头大汗地回到家里,万般无奈中去派出所写寻人启事,警察才问是不是寻找刚才被送回石门坎弄堂92号的达瓦志玛,她俩才把悬在喉头的心放回肚子里。

饭店聚餐那天是奶奶二十年来最高兴的一天。老太太一大早就起床,把马桶放到门外时运粪车还没来,就去弄堂不远的西口买豆浆油条,拎着装有豆浆油条的口袋刚拐过巷子口,她就看见邮递员在敲她家的门。老太太加快步伐朝邮递员走去,边走边说:"别敲了,我在这里。"

"你是王反帝的家人吗?"邮递员和善地问。

"我是他奶奶。"

"恭喜恭喜,这是你孙子的大学录取通知书,你在这封挂号信上写上签收的名字。"

"哦,是吗?真的吗?"老太太喜出望外,"你等等,我先把早餐放进去。"

"那你快点哦。"

"好的啦。要不,你帮我拿着。"老太太在投递收取单上签上自己的名字。

"晓得啦,恭喜你家的孩子在第一批次录取。"邮递员从油绿色挎包中掏出挂号信。

负重前行的秦老太很久没有这么喜出望外了,站在小天井里戴上老花镜把挂号信翻来覆去审视了一遍,挂号信的落款处是上海交通大学。"交大,不错,反帝争气了。"老太婆自言自语,把录取通知书放在鼻孔处闻闻,她本想把睡在一起的反帝反修叫醒,给反帝一个惊喜,但老太太灵机一动决定在聚餐宴上公布这个好消息,给所有人一个惊喜。

老太太洗漱后走进睡屋,将信放在抽屉里,再从衣橱里翻出一套白色府绸老年衫,一股浓烈的樟脑丸的味儿从柜子里扑鼻而来,这是去年春节大女儿诗静给她买的,上衣是带荷叶盘扣的,这是她献给聚会的行头。穿上身后她偷偷照照镜子,对自己不胖不瘦的身段表示满意,花白的头发只要梳洗打理后,与皱纹刚好形成老年知性女性的独特韵致。"不行,脖子上和手腕上还缺配饰。"老太太取出一个盒子,这是抄家时唯一未抄走的一串珍珠项链和一只玉镯。她从盒子里拿出玉镯和项链,仔细瞧瞧,凝视许久。在带着反帝、红梅、月娟最困难的时候,她差点就把这两样拿到典当铺换回现金维持生计。揭不开锅的处境被王诗静无意中发现,她主动提出把月娟带过去由她和大海抚养。她和大海结婚后一直没有孩子,后来医生鉴定大海的精子成活率极低,不能使她怀孕，一直无后。她带回月娟后如获至宝，视月娟如亲生女儿。大海在纺织厂是多年的技术标兵，为人厚道，深受上下欢迎，后来当了技术副厂长，又调轻纺学院当副校长、党委副书记，现在在市轻纺厅任处长。诗静因年龄问题没有参加七七年的高考，但她不甘落后，考上首届上海电视大学会计专业，在纺织厂会计处当主任。慧兰在七七年恢复高考后以优异的成绩考上大学，现留校执教。在老太太看来，慧兰事业没问题，但就是不谈恋爱，这引来她的不安，曾经试着问过，得到的回答是：没兴趣。老太太是个通透之人，她从未威逼过女儿及早解决个人问题，但慧兰的决心似乎过于坚定了，老太太一直想找一个合适的机会与她谈谈。老二本林在父亲出事后变得不多言不多语，不善结交，婚后平淡的日子让他有更多的时间琢磨行业技术，孤僻的性格让他执着于焊接。焊接于他而言，技术已经是小儿科，他所追求的是焊接技术上的艺术。目前他是造船厂顶尖级的焊工，专门焊接液氮储存罐，就是上五万吨级从海湾运回的天然气的储存罐的接缝。这是一项高难度的活计，稍有马虎，发生泄漏和爆炸后果不堪设想。当时在国内能掌握这项技术的仅两人，一个在大连船舶，一个就是他。他现在准备把这技术传给女儿，大儿子大学刚毕业，分配在船厂技术部，一家人都在船厂。但在老太太眼里，老二本林是个外强中干的男人，他能焊接最复杂的焊缝，但不能处理好家庭的矛盾。他的媳妇操持了一切，对儿女倾尽其财，对丈夫几近压榨，对亲戚显得计较，过于自私。但做婆婆的除了心疼儿子，从不干预他们家的事情。目前唯一牵挂的就是断线的风筝——大儿子本沪和他的媳妇,他们至今杳无音信。

时隔二十年后一次最大规模的家庭聚会如期进行。

嘉兴饭店的二楼大厅,服务员用两道屏风隔出了两桌的小间,中午时分家人陆续到来,按中国传统排位,大人们一桌,晚辈们一桌。除达瓦志玛和琪加外,大家都觉得自己是东道主,纷纷前来向达瓦志玛问好,她和琪加算是一个个地认识了在座的亲人。

入座后王本昌因激动觉得脊背发凉,骨肉至亲们的聚首让他端起酒杯竟无话可说,引来场内短暂肃静。王本昌千言万语哽咽在喉头,快要泣不成声时,眼里装事的老太太洞察了一切,笑着插话说:"我替本昌先说,我宣布一个重大喜讯,"老太太从衣兜里掏出早上收到的录取通知书挥了挥,"俗话说,好事成双,大喜啊,这是反帝的录取通知书。"

老太太宣布的内容让全场欢呼。"真的吗?"反帝喜出望外地从座位上冲到奶奶面前,急不可待地打开信件,入学通知清晰地呈现在他眼前。反帝的这一喜讯海啸般冲刷了王本昌百感交集的心绪,他和达瓦志玛接过大儿子的录取通知书,早已笑得合不上嘴。还是达瓦志玛反应快,在座的都没想到,这位来自另一个民族的亲人的一番道白消除了他们对落后西部的成见,她起身说:"我发现,普通话大家都能听懂,我的普通话不好,凑合着说——"经她这么一调侃,大家改变了惯常的认知,只见她不紧不慢地像外国人学说中国话那样表达自己的感想。虽然她说得不太流畅,犹如一个学车的新手,但她说话反而让众人凝神聆听。她继续说:"说来非常非常惭愧,虽然反帝是我身上掉下来的，但却是奶奶的巴骨肉，没有断奶就送到奶奶这里。如果没有奶奶一泡屎一泡尿的照顾和反帝的努力，就没有高兴的今天，我和本昌作为父母本来就不合格，所以，我提议，我们先敬奶奶，再祝贺反帝。"

众人举杯连声称赞，儿媳妇的话让秦老太太心里格外舒服，心想："真没想到，这个藏族媳妇说话如此有分寸，有条理，本以为她跟历史上游牧民族马背上长大的女子一样，粗犷豪迈，万万没料到，她高大身躯里隐藏着过人的细腻。儿媳妇要是在街道居委会工作肯定是协调高手。"聚会在不断爆发的笑声中持续着。

万万没有想到，秦老太这个转瞬即逝的想法果真成为现实。五年后达瓦志玛以她过人的协调能力和大公无私，当上了杨浦区邯郸路第三居委会的主任。

这场聚会让王本昌激动得失语，二十年来一直想表达的谢意拥堵在喉头，没有想到愧疚、激动的泪水冲毁了知识分子的煽情套路，他的脸上挂着激动多于歉意的老泪，让在座的人感受到了一个中年男人的真诚。大儿子的喜讯令他激动得微微颤抖，他端着酒杯走到同他齐高的儿子面前，手扶住儿子的肩用力捏捏，说："一祝贺二祝福三加油。为你高兴。我干了。"他的道贺并没有让长子有什么特殊的回馈，只是很礼貌地同父亲碰碰酒杯，语调平和地说："谢谢。"

后来，长子倒是主动去给时隔十七年才见面的母亲碰杯，都说他的鼻子和耳垂像母亲，出于血亲的神秘引力，他清楚自己就是从这位体态丰腴的女性体内脱胎而来，一看见她就有某种无法阻挡的亲近感，他真想纵情地投入她的怀抱，寻找奶奶给予不了的特有气息。他的这份小心思被当妈的看穿，她敞开双臂给了儿子一个温暖的鼓励。

这让奶奶大喜过望，一方面归结于自己看管有方，一方面觉得这个家族大气的基因在下一代有真正的延续。

聚餐持续两个多小时，但让达瓦志玛和琪加有一种置身局外的感觉，似梦非梦，上海话听得他们腾云驾雾。他们觉得上海话是全世界最难懂的语言，只能凭借大家说话间的语气和笑容来感受温暖的家庭气氛。但这种云里来雾里去的感觉琪加不到一年时间就解决了，他很快能说一口地道的上海话，而达瓦志玛无论多么想学会上海话，康巴藏语中的舌弹音都成了阻碍。虽然完全能听懂上海话，她却不会说，只能用夹杂着川西方言的蹩脚普通话跟大家交流。

第32章

重新回到讲台的王本昌在开讲之际用调侃的口吻对学生说："我的人生境遇有过两次转换，一是由大海到草原的转换，二是由满腔热血的青年突变为'右派'的转换，跨度之大，时间之长。现在所幸的是两个转换非但没有让我沉沦，这段曲折的人生经历，反而成为丰厚财富，某种意义上，我成功穿越了生存的绝境。最幸运的是，我收获了生命中不可或缺的另一半，我的藏族妻子达瓦志玛。我一直认为，'融和'有助于社会文明的进步。为何呢？因为几千年来，无数朝代的更迭，民族间的边界不管是基因上的还是文化上的，都是你中有我，我中有你，一个和而不同、美美与共的大家园。仅举一例大家就明白，上海的马路和街巷很多是由各省市县的名称命名的,代表'融合'上海的开放包容。从进化论的角度讲,'融合'比单一更优质、更具活力,民族大融合预留了未来的美好前景。'中华民族'这四个字成为民族认同的最佳政治术语。"

随后话锋一转,他又讲一些藏地的趣事来活跃气氛:"据说雪山上居住着密宗持咒者,常在暮色或黄昏中在牛毛帐篷顶上散步,所念咒语能使被咒者暴亡,能让被咒者的农田一夜之间填满冰雹,颗粒无收;而高明的掘藏师能借助骨笛的乐曲,让蛇起舞晃脑,将经文完好奉送……"

藏地的经历成为他的谈资,掌声超过了他认为讲得最精彩的学术章节时台下的音量。他也从掌声中获知,怎样把人生的传奇经历巧妙地融入学术内容中,以便让教学和学术在教室和演讲厅获得更为频繁的认同和喝彩。

搬到学校前,夫妇俩邀奶奶去学校同住,被正在打理院子里月季的奶奶婉拒,她放下修枝的剪子,说:"我赞同欧美、俄罗斯和日本老年人在子女长大后与其分居的方式,老年人跟老年人待在一起,年轻人跟年轻人待在一起最合理。"在给花盆浇水的同时她又补充道,"代沟是不容忽略的事实。具体而言,人上了一定的年龄,吃的食物、睡觉的时间、电视节目的选择,都跟晚辈有着很大的差异,还是各住各的最好。"

王本昌明白母亲的家庭观和对生活的认知。在家庭聚会上,母亲曾用王氏家训"公正、自由、平等"来告诫家人,无论在家里还是在社会上,这六个字都是生命修行的座右铭。

婆婆的婉拒让达瓦志玛浮想联翩,心里横着一道阴影,想着婆婆是不是对他俩在孩子们的成长中缺少陪伴有埋怨。"你误解妈妈了,她那天提到王氏家训,是在向儿孙们表明珍惜自由的空间。在那个包办婚姻的年代,她就敢和父亲自由恋爱,可见她对家庭的理解是超越、宽容和热爱的。"被丈夫一番开导,达瓦志玛明白了婆婆的大度。

达瓦志玛是一个能举一反三的人,虽然文化程度不高,但与生俱来的观察力和处理问题的能力,绝不亚于婆婆。虽然她没有婆婆那么见多识广,但她的胆识和魄力令婆婆望尘莫及。她日后在街道办工作短短五年就当上主任,这与婆婆支招有关,这些招数使她以上海人的眼光和口气对待上海人,让街坊邻居口服心服。

"达瓦"在藏语里意为"月亮","志玛"意为"度母",合意为"月亮下的度母",有度脱和拯救之意。她走起路来像踩着踢踏的节拍,节奏感、韵味感十足。虽不是舞台上的模特,却是生活中不刻意夸张的典范。她那长长的发辫从王本昌认识她直到儿女成年都青丝如墨。

当人们称道她的秀发时,她却哈哈大笑,笑声响亮,像牧牛时的哨音传到天边,给人一种乐天民族的纯净之美。在体现草原人和农耕人差异时,她同样充满落落大方的耐看之美。在与人交往时,她也具备草原的包容气质,亲和力十足。她常常在熟人面前深情款款地看着丈夫,用乐呵呵的语言调侃自己:"二十年前我帮这个汉人,二十年后这个汉人帮我。黑发好什么哟,是终身劳碌的命,是这位喝墨水长大的上海人染黑了我的头发。"随后银铃般的笑声再度响起。

随丈夫回上海,她同样经历了丈夫来高原的不适反应。她老是睡不醒,蚊子特别喜欢她身上散发出的酥油味,咬得她浑身包块,奇痒难忍,但她从不表露,适应性极强的她,很快用特色普通话复制从前的开朗、热情。

从奶奶家搬到杨浦区新家,要坐公交车、有轨电车,还要坐船,这种体验对琪加而言,逐渐由新鲜变成家常便饭,千篇一律地将时间消磨在这上面既折腾又费精力,厌倦由此而生。幸运的是以美籍华人的身份来探亲的大伯获知他经过三年的努力,从班上的最后一名上升为年级第三名、全班第二名后,奖励他一辆全链盒28圈的凤凰牌自行车,并告诉他:"还有不到两个月就高考了,考上一所你自己喜欢的大学。大伯建议,争取来美国读研。大学四年时间过得很快,大伯一家等待你的喜讯,并欢迎你的到来。"

在一旁的父亲放下正在翻阅的书说:"学自然科学去美国深造当然是最佳选择,但研究人文或社会科学去英国或法德更好。"

大伯微微一笑,说:"在走访北京和上海几所名牌大学期间,我发现,中国的大学就像一个好玩的幼儿园,又像一个保险箱,恰恰高中才是最辛苦埋头啃书的阶段。"大伯的这番话显然不是在同父亲讨论社会学科和自然学科在哪里学更好,他继续说,"美国的斯坦福和哈佛都是综合性的学校,对中国的少数民族学生特别友好。"

"为什么呢?"琪加好奇地问,大伯身上散发出淡淡的香水味,琪加观察大伯每次去卫生间后,洗完手出来都要从西装兜里掏出香水瓶，朝腋窝和手腕喷香水。

"这样跟你说吧，"大伯用食指放在嘴唇上，看了看琪加的父亲，做出一副思考的样子，迟疑片刻后说，"欧美媒体一直误导大众，制造关于台湾和西藏的主权问题，但自从一九七二年中美建交发表三个联合公报，就明确承认西藏和台湾是中国的一部分了，这是最权威的政府表态。美国的态度在西方阵营举足轻重。"

"那你怎么看呢？"父亲很严肃地问大伯，"美国之所以要跟中国建交，与遏制苏联有关，各种关系非常复杂，请不要给一个上高三的学生灌输目前他不该涉及的问题。"

琪加很想听下去，大伯对父亲的干涉耸耸肩表示遗憾，父亲看见他耸肩的举动非常反感，皱起眉头说："虽然你现在拿到绿卡，但你骨血里是中国人，别动不动就耸肩晃脑，难道你的选择让家里付出的代价还不够大？"

很明显，父亲的话让大伯很委屈："你怎么老看不开这件事？"反问的语气透出舌战的架势，"父亲那代人被政治带入不可逆转的旋涡，我的出走，只不过是加速选择生与死的导火索，与爱国不爱国根本没有关系。难道父亲就不爱国吗？难道我就不爱国？"大伯越说越激动，前倾着身子将手像音乐指挥家一样挥来舞去。

"你还来劲了，"父亲打断大伯的话，想到自己的哥哥远道而来，语气缓和下来，"不说了，各自保留自己的观点，家里人在等待给你洗尘。琪加打电话问问你妈什么时候回家。"

多年后琪加称大伯这手势是"西方挥"。在他看来，当时父亲和大伯所处的环境完全不同，一个处在传统文化求变求改革的时期，一个则是在领航西方意识形态的中心，有地理环境的因素，但归根结底是制度和文化环境决定的。哥俩没有必要如此较真。

"算了，"大伯的语气缓和下来，"我现在在贝尔实验室做自然科学研究，对意识形态不感兴趣。不管什么形态，都应该宽容。"

"好吧，老大，难得聚会，过去的就过去了，不讲这些。谢谢你送给琪加自行车。"

看着漆水闪亮的自行车，琪加把自行车的三角杠用红黄蓝色的塑料胶带绕缠上，在前后车轮的钢丝上捆扎三色鸡毛，自行车圈转动时彩色羽毛跟着旋转，很洋盘。特别在女同学面前，他骑自行车的车速跟刮十二级台风似的。在拐弯时，他会让身体降低重心，一只腿的膝盖几乎贴近地面，故意将链盒反蹬，十几个回合下来，回链的金属声和着风驰电掣般划过的车影，格外拉风。

从高三到大四毕业季，这辆车一直伴随着他。

毕业季的一个下午，大三漂亮学妹苏伊守在教室门口，问他自行车卖不卖，正缺钱的他爽快地回答："卖。"约好成交地点在体育场的东看台，时间晚饭后七点。他在寝室旁边的露天洗漱台将自行车擦得干干净净，骑上车后双手离开龙头一溜烟骑到体育场。

天色渐渐黑下来，穿着白色长裙、身材高挑匀称的苏伊站在相约地。她刚洗过头，浓密的长发一直披垂到微翘的臀部。

他借跑道转弯的幅度很潇洒地侧身回链，随即停在她面前。他用高年级的口气对女孩说："你看，这刹车，真灵，跟刚买似的。我给你降低座位高度。"

最后的成交价三十元，他将六张五元的人民币揣在裤兜里只身走出没有二十米，就听得啪的一声，他回过头看见一个男人正大声骂道："没想到，你背着我和别的男人幽会。"

"我没有！"女孩捂住脸歇斯底里地尖叫着回答男人。

"闭嘴！"他的声音近乎暴吼，"他是谁？"同时将自行车一脚踹翻。女孩大哭。

看见心爱的自行车被踹翻，琪加不知哪里蹿出的无名火，大声说道："老子是新闻系要毕业的，叫琪加达瓦。想打架是吗？来来来。"他快步走过去，美女停止了哭泣。

打女孩的男子在黑暗中反问："什么？琪加达瓦？"片刻后说，"闹鬼，怎么又是你？"

琪加走到比他矮半个头的青年面前，定睛一看，认出是他高一时打过架的高三学长吴鸿。那时琪加左手因翻单杠不慎跌落而骨折，复位后戴着石膏夹板，带伤去给班级足球队当啦啦队。他们班号称"小豹子"的朱二娃，从发角球位置发出香蕉球，球画出一道弧线。球门处云集了攻守双方的球员，大家都在用头争顶，但球最终被门将没收。琪加却看走了眼，大声喊道："手球。"由于过于激动，他冲到裁判员吴鸿跟前，冲着他吼："对方手球了，该我们罚点球。"

吴鸿很不屑地将球放在地上，用一只脚踏在上面，吼道："走开，蛮子，球门员手球，亏你说得出口，滚开，蛮子，大笑话，球门员手球。"观众和球员集体起哄。

他知道自己眼花闹出了大笑话，悄悄离开足球场，但吴鸿骂他蛮子让他怒火中烧。一路上他越想越气，觉得很憋屈，决定等在校门口与吴鸿干架。

比赛结束后吴鸿被他拦住，面对戴着石膏夹板的学弟的挑衅，吴鸿根本没有在意，虤起眼睛看着他，继续调侃说："哼，小蛮子，球门员手球。"

谁知他话音未落，琪加就用头碰了他的鼻子，吴鸿痛得眼冒金花，鼻子被碰出血。他捂住鼻子吼道："小蛮子，想打架？"还没站稳，琪加猛扑上去将他扑倒在地，用手卡住他的脖子说："再叫蛮子，跟你拼命。"

吴鸿被突然袭击，蒙了，觉得被一个伤病员骑在身上很没面子，这时围观的同学越来越多，吴鸿双手抓住卡他脖子的手正准备发力，没想到琪加用戴着石膏夹板的伤手向他脑袋砸去……琪加一砸一个伤口，硬生生在吴鸿的脑袋上砸出五个伤口。瞬间，吴鸿血流满面，琪加还想动手，被赶到的校门卫制止。琪加的手再次骨折。经校方调查，处罚结果是：琪加打人不对，写书面检讨，向伤者赔礼道歉，并付医药费；吴鸿同学骂琪加达瓦小蛮子是对他的不尊重，责令其写出书面检讨并当面道歉。

打架风波不了了之，琪加就此出名，大家都认为他带伤打赢吴鸿很爷们。事后吴鸿见到他就躲。但达瓦志玛极为生气，告诫他不准耍牛脾气，这样不利于民族团结。父亲却偷着乐，认为一场孩子间的争强好斗，没有必要上升到民族的高度。但固执的母亲还是带着他专门登门致歉，就此一场纷争告休。

研究生刚毕业的吴鸿认出是他，心里发虚，降低声音说："怎么，背着我偷偷好上了？"

"不，不不……"苏伊正欲解释。

没等苏伊说完，琪加就大声说："老子不喜欢打女人的男人，滚！"他故意将"滚"字骂得震耳欲聋，"把车捡起来还给她。"

或许是五个伤口的记忆过于深刻，面对如今体格强健的琪加，吴鸿极不情愿地扶起自行车架好后，默默走了，黑暗中他却努力走得气宇轩昂。

"痛吗？"仅两个字，是英雄战胜对手后的柔声细语，像一把带蜜的利剑直刺女人心田，苏伊的疼痛感瞬间获得抚慰，琪加温柔的话语如从天而降的甘露，让她毫无抵抗地投入他的怀抱。女人激动的泪水打湿了他的肩膀，他什么也没有说，像一个风雨兼程的斗士，轻轻抚摸着她的长发。她像猫一样将头埋在他的肩窝久久不肯离去。他默不作声地将卖车的钱放进买车人的衣袋，用手轻轻扶住美女的后脑勺，说："送你了。上车。"

"嗯。"

那个梦幻的夜晚，这辆支架上一直空缺的隐形公主真身乍现，应了一句古话：有心栽花花不开，无心插柳柳成荫。两人骑上车，在风驰电掣中坠入爱河。

开发深圳的头一年，琪加经过一年恶补英语，考上了美国哥伦比亚大学新闻学院。读研期间，虽然没能拿到该学院的奖学金，但还是以优异的成绩毕业，他准备将毕业证的复印件和穿着黑色硕士服照的相片通过快递寄回家里。当他着手写一封浪漫的求婚信件时，苏伊病重的消息让他被迫回国。

第33章

达瓦志玛因工作调动,被安排在杨浦路第三居委会,后来居委会升级为街道办。这项工作恰好与她的能力吻合,像游鱼归隐江河,牦牛找到牧场,每天出门,她习惯性地在小镜子前照照,说:"菩萨开恩。"

报到那天她穿一件绿色缎面的藏装,内穿浅粉色的衬衫,这搭配像电影里唐朝贵妇出宫,引人关注。见过世面的上海人,意外地探头窥看正在同主任谈话的新同事,像泡饭里突然滴入酥油,刺鼻但新奇。中国人的惯常思维里,居委会就是处理张三家的马桶越界放在了李四家过道的问题,协调媳妇怀疑丈夫有外遇而婆婆睁只眼闭只眼的纠纷,帮助卫生部门下发消灭蟑螂蚊蝇的通知等鸡毛蒜皮之事,不一而足。

改革开放后居委会的功能和外延在扩大，逐步向社区管理迈进。有过基层工作经验且阅历丰富的达瓦志玛，对日常烦琐之事既熟悉又耐心，从前的经历让她略显自信。曾经的公社就是一个麻雀虽小五脏俱全的小社会，所管之事绝不亚于居委会的范围。况且自己还做过妇联工作，潜移默化积攒的能力，在上海得到了意想不到的光大，像一朵红花落在红绸上，看不到丝毫的不同，工作很快上道，她干得得心应手。

但达瓦志玛并没有意识到，藏装给她的工作带来了额外的影响力。服装的差异间接地介绍了她的身份，一出场就带给人新鲜感和亲和力。她解决问题时，像一个没有邻里世故的公正裁判。很快她秉公办事的能力得到了同事和邻里的认可。语言障碍在日久天长后一步步得到解决，她已经慢慢融入都市人的生活。张家长李家短的事，她早已烂熟于心，她成了杨浦路三段名副其实的活档案。尽管婆婆妈妈的事让她忙得不可开交，但念诵六字真言却是必修课。她和丈夫搬到苏式建筑楼后，住房宽敞了，她未与丈夫商量就在卧室的梳妆台旁边搭建了小佛龛，一尊镀铜的释迦牟尼像、七个净水小铜碗、一个点灯油的铜灯盏，一幅文殊菩萨的唐卡，这心灵的圣地成为儿女们不带伙伴进入的密室。

设置小佛龛得到了丈夫的理解和支持，他兴奋时还给她大谈南怀瑾去西藏游学的故事。他问："南怀瑾你晓得不？"她摇摇头。在桑戈生活的二十年时间，妻子信教的虔诚感染着他，如果不是妻子用信仰的力量挽救了他的生命，恐怕他的小命就被阎王爷在生死簿上画了句号。

达瓦志玛早晨起床第一件事是将头发梳理干净后,念诵"唵嘛呢叭咪吽"。无论春夏秋冬,一旦有空就能听见她的念诵声在房间里隐约流转。虽然除琪加外儿女们在饭桌上或看电视聚在一起时,会用无神论者的口吻谈论宗教,但丈夫和琪加达瓦总会站在她一边,替她辩护。

"如果你们有老二一样在藏地生活的经历,就不会发出如此片面的评说了。"父亲的语气充满了某种轻微的不屑。

"对,"琪加接话,"佛菩萨在农牧民心里,是千百年来他们活下来的精神支撑。也许这样说过于抽象,这样说吧,父亲当时在'五七'干校,我在斯郎措阿妈家里生活了六年。我印象最深的是,有一年连续下了半个月的大雪,距阿妈土屋不远的尼麦家,尼麦叔叔用三天时间找到了走失的母牛,到家便坐在土灶旁,冻得像冰棍一样的靴子根本脱不下来,他竟然用开水去冲掉康靴上的冰块,直到双脚起血泡时,家人才发现他被烫伤了,而他却忘了疼痛睡着了。家里人把他送到乡卫生院,医生给他敷上药,问他三天不吃不喝,是什么让他活下来的。他的回答非常简单:'我不停地念诵六字真言。'"

"难道六字真言可以当饭吃?"红梅用质疑的语气问。

"问得好。过去,尤格谢福叔叔家就喜欢鼓励孩子质疑《圣经》。但我要说的是,你们不了解高原,不理解信仰在这片土地上有多么重要。"

遇到这种争执场面达瓦志玛并不生气,反而客观地说:"你们几个跟琪加不一样,都是跟奶奶长大的,对高原太生疏,这不怪你们。如果没有奶奶的照顾,真的不知道是什么结果。"母亲的大度让孩子们无言以对,她自信地说:"琪加就不一样了,他十五岁时才跟我们一起回到上海,妈妈想家乡的时候,只有他能用家乡话温暖我的心,用奶奶的话说,他是贴身小棉袄。琪加,你说是不是?"

"哦呀。"琪加会对兄妹们做个鬼脸,应声附和母亲的话。

红梅卲斜着眼睛,对琪加细声指责说:"墙上的冬瓜。"对这种发生在家里的文化差异之争,琪加显得游刃有余。特别是在兄妹对母亲信仰产生微词时,他总站在母亲的角度替她辩解,所以即便他在外面犯了天大的错误,在达瓦志玛那里都会得到特赦。达瓦志玛一直深信二儿子是她最可靠的同盟者。原因非常简单,她所做的事他基本顺从,尽管她能感到这种顺从有调侃她的意蕴。

琪加多次同父亲探讨信仰,记得有一次是在父亲的书房,琪加说:"毫无疑问,农牧民对待信仰是虔诚的,虔诚到无以复加的地步,是一种历史的惯性和宗教形式上的感召力推动和牵引着他们沿着仪式顺流而行。"

"是吗?何以见得?"父亲抱着双肘问。

"别的不说,就说母亲——"他略微停顿,望望书房的门。他总觉得母亲就在门边,他不是怕她,而是怕伤害她。他望了一眼后继续说:"去年我陪她去龙华寺,我指着左边的文殊菩萨问她这是谁,她回答是菩萨啊。我又问是叫什么菩萨,她笑着摇摇头,为难地看看我,说:'为难你阿妈是不?反正我一见到寺庙心里就踏实,就满心欢喜,跟这是什么那是什么有什么关系?又不是像你爸那样搞研究的,什么都要问个底朝天。'"

父亲听后笑得不停地揉眼窝,总觉得眼窝有些湿润:"看看,又笑你妈了,她的善良和农牧民的善良有本质的一致,就像你妈说的,只要见到寺庙就欢喜,因为寺庙是鼓励人们向善的场所,有佛菩萨指引他们向善就足够了,管他是哪位大神呢,他们又不是职业宗教者。心中有神,眼里有寺庙就足够了。"

"话说'一粒米中藏世界',母亲就是信众世界的一粒米,既真实又盲从,信众的虔诚被历史惯性推着走,但知其然不知其所以然成为世代的景观。"琪加的语气很干脆。

"嗯,不错,感觉和判断充满真诚的学术味,"父亲微笑着拍拍他的肩,"这次去桑戈,记住,一定要去看看斯郎措。老人家有恩于我们啊,你哥哥和妹妹们他们体会不到。"

"嗯,"琪加答应得并不爽快,"但这也不怪反帝和妹妹。"

"当然不怪反帝他们。"

王反帝在未婚妻的鼓励下弃政经商,在端午节的家庭聚会上,当众宣布他的决定。达瓦志玛一直笑眯眯的脸被他宣布的内容拉长,她放下筷子,看着桌上的菜,说:"刚刚端稳的饭碗说丢就丢,你拿什么跟人家结婚?"

准婆婆的话明显在投石问路,是在让肖雅芹表态。她是一个任性敢冒险的女子,家境优裕。她的父亲是宝钢从开建到落成七年间的亲历者和参与者,后调入市政府担任副秘书长。母亲在外贸局工作,一口流利的法语、英语、德语,长期跟欧洲国家的商人谈进出口买卖。身为独生女,肖雅芹毕业后被分配在市工商局市场管理处工作。她曾开门见山地告诉反帝，对于她的婚姻问题，父母的原则是只要自己喜欢就成，最好找一个上门女婿。她试图趁热恋之际说服他，具体说是在他急于想得到她身体的那一刻，她突然发话："结婚后就搬到咱家里吧。"

"什么？再说一遍。"问话的同时其实他已经听明白了。没有等到她的回答，他就说："难道你不相信我的能力？"说完起身穿好上衣丢下一句话，"你瞧不起人。"

"回来，"她坐起身喊道，直到看见他消失在门外，"不讲道理的犟牛！"

她知道他的脾气，大胆、敢作敢为、智力过人，不吭气时有一股排山倒海的力量。没过三天她变得寂寞难耐，她明显感到她的身体在犟牛的强大吸引下，理性已经拽不住她的渴望，她离不开他。

认识反帝是一次意外。她每次晚饭去食堂都要经过篮球场，都会偷偷地看看女生倾慕的倒三角形身材的男生。那是初夏落日时分的黄昏，她同男友拿着饭盒去食堂，被误飞过来的篮球砸中了脸，顿时她眼冒金花，鼻血狂喷，疼痛让她捂住脸。男朋友极为恼怒，顺势在地上拾起半块砖头大声嚷嚷道："他妈的，谁吃了豹子胆？给老子站出来。"球场上的队员见女生流血都很歉疚，停球观望，但女生旁边的男生拿起砖头大声挑衅让其中的王反帝很是反感。"哼，我就不信邪。"他把手里的篮球一扔，朝拿砖头的男生走去。

拿着砖头的男生一看比他高出整整一个头的肌肉男朝他走来，心虚地吼道："你真要过来？"

"这不来了吗？"

那个男生举起砖头用力地朝旁边的柳树猛砸，边砸边说："谁叫你挡着我们的路！"他只想找个台阶下，没想成为大家的笑柄，发泄完后牵着女友的手欲走开。

王反帝朝队友使了个调侃的眼色，说："等等。"随即大步流星地走到他们面前，对着女生深鞠一躬，说："对不起，真的不是故意的。我们大家给你道歉。"

她丢开男友的手，很不高兴地说："我知道。"然后乜斜男友一眼，说，"他是有意的，熊包。"她的话刺激了男友。看着女生身材高挑匀称，王反帝不知哪来的胆量，掏出手绢递给女生。她接过手绢揩擦了鼻血，说："弄脏了，洗后还你。我叫肖雅芹，工商管理系的，住三号楼四楼右手边的第三个寝室。"说罢转身离开了。之后王反帝赢得了她的爱，两人的幸福因篮球而一锤定音。

聚会上，为了维护反帝的自尊，同时又不伤害父母的心愿，肖雅芹借故上洗手间，想给自己一点考虑时间。回来后她作出两步走的决定：第一步让他下海去为新家打拼；第二步等到结婚有了孩子，她再拉着反帝待在娘家。因为她能驾驭他性格中最为强势也是最为柔弱的一点，那就是说一不二。

雅芹说："他就是太倔强，我说婚后就住在我家，那么宽的房子，我父母也够冷清的。"她用余光看看反帝有没有反应，他却格外平静，"王叔叔、志玛阿姨，让反帝去试试，反正我在上班。遇到困难，我的工资过安稳日子是没问题的。"

"雅芹的话让我们做父母的欣慰啊。"王本昌第一个放下碗筷，满意地对她笑笑，说，"下海经商，看来王家骨子里经商的基因开始隔代复活了。你爷爷和祖爷爷在新中国成立前，都是上海有名的企业家。我看雅芹的性格跟反帝的奶奶有些相像。"

"是吗，王叔叔？"肖雅芹将喂进嘴里的筷子放在唇间，做出萌萌的表情看看饭桌上每个人，然后将目光落在准婆婆脸上。

"你王叔叔就知道在孩子们面前乱说。"她说"孩子们"三个字是有考虑的，话一说出等于间接地答应了准儿媳。这让肖雅芹意外惊喜，她万万没有料到这位准婆婆是如此地开明，再看看反帝，歪着嘴正偷偷冲她眨眼，两人会心的目光交会在一起。

琪加端起酒杯给大哥助兴："老大，希望你财源滚滚。"酒杯碰在一起。

此时，琪加已经从美国学成回国。一回来，他就入职上海电视台新闻部。三年的记者经历，让他看见了广义的中国；官媒大平台所提供的社交力度与宽度，让他见识了"上至英雄好汉，下至讨口要饭"的芸芸众生。

最难忘的一次，是部主任通知他随新来的市委副书记下基层调研，当时他被安排与副书记同车。车上他和副书记聊了很多在美国留学的见闻以及回国的想法，深得领导赞许，两人成为忘年之交。但凡副书记下基层调研总爱通过台长叫上他，这样一来他成了重要人物，台领导对他刮目相看。一次调研后的饭局上，官员们围着分管干部升迁的副书记，个个都显得非常拘谨，都在察言观色，不敢轻易冒越雷池，于是领导的那一桌显得格外沉闷。副书记不高兴了，大声叫了隔桌的琪加与他同桌，这让官员们深感意外。

一落座，副书记用手搭在他的肩上，说："还是咱俩聊得开心，无拘无束的。"再看看同桌的下属，"他们怕在我面前说错话，影响我给他们发官帽子。"一阵笑声后饭菜齐上。

在调研采访结束后，台长竟用车先把他送回住地，亲自替他拿采访话筒，满脸堆笑地说："琪加，以后跟副书记在一起，多从侧面谈谈我的能力和抓的成绩。这样一来，我好你就会更好。嘿嘿。"两年后，副书记升迁到外省当省长，台长立马对他收起笑容。最难忘的是一个刮台风的早上，他与台长同进一个电梯，他主动向台长问好，台长居然视而不见。"不会吧，难道是我认错人了？"空前的尴尬让他沸腾的血液开始冒蒸汽，那一瞬间他失控了，对着台长走出电梯的背影破口而出："呸！戏子。"发泄让自己找到快感，但他突然意识到失控会付出巨大的代价，或许记者生涯到此止步。"妈的，与其被你炒还不如先炒你。"更为情绪化的冲动让他将一纸辞职信递到人事处，辞去了铁饭碗。

冲动的辞职行为导致一向偏爱他的王本昌歇斯底里，王本昌将手里的书重重一扔，怒吼道："不可饶恕的自由散漫，缺少克制，缺少基层锻炼的家伙，滚出去。"

他没有辩驳，转身离开父亲的书房，径直走出家门，身后传来母亲的声音："回来，你这头野牛。"这次母亲的召唤并没有起到任何的作用，他躲进了避风港苏伊那里。

他向苏伊隐瞒了辞职一事，谎称准备休假，邀约苏伊同行川西高原。

　　苏伊听见他约她去平日描绘的圣境，兴奋得通宵失眠，她兴奋地说："这是一次蜜月前的彩排。"说起就走，一路的神奇、神秘、苍凉、宽广、野性之美点燃了两人的激情。国道318线沿途的景致，像法国阿尔引诱凡·高的太阳，让他们在藏地的山水间痴迷前行。在贡嘎山脚下泡温泉，在雀儿山山顶摘雪莲，在塔公草原骑牦牛，在拉日马草原吃牛排，在八邦寺听经声，在印经院做藏纸，在真达草原跳锅庄，在金沙江岸边观日落，一路上的美景让他们如痴如醉。

　　当两人抵达甘孜县城时，钱包清零，银行柜员机的显示屏上余额只有一元。两人背靠背地坐在雅砻江边俯瞰全城的岩石上，望着被落日余晖染红的卓达拉雪山，打起琪加父母为他们结婚买房准备的首付款的主意。这是让双方父母失望的疯狂计划，琪加至今都记得使用首付款的诱因。

　　就在山穷水尽时，两人在海拔六千多米的雀儿山下的玉龙拉措湖边目睹了一对新加坡情侣，在雪山倒影的衬托下的美妙的订婚仪式，苏伊惊讶地说："如果广告宣传到位的话，一定有更多的高端消费情侣在这里完成许诺终身的庄严仪式。"

　　琪加没有接话，在湖边橘红色的晚霞里，他聚精会神地观看仪式的所有细节。"有了，"他对苏伊说，"我们注册一家高端俱乐部，先赚钱来养活自己。"

　　"想到一起了，"苏伊接话，两人十指相扣，"用首付款在成都注册旅行社，取名'背包客'俱乐部。在成都商圈最受关注的《成都商报》连续打三十期广告，称凡是去藏地旅游、探险、观光、摄影、写生的高端消费者,均可通过俱乐部预订服务。"

两人在成都岷山饭店旁边的盐道街租下门面,俱乐部开业第二天就获得订单,就这样顺风顺水地淘得了第一桶金,并在日后财源不断。还完贷款,苏伊就辞去工作,专心经营俱乐部。一年半的时间里,两人与父母的关系完全处于失联状态,陷入尴尬的静默。

一个起雾的冬日夜晚,琪加在岷山饭店宴请完客户,喝得热血偾张时突然想起父母,随着银行卡上的小数点不停地向右挪动,他的腰板直了,人也变得豁达起来,心想没有父母的首付款,这一切都是零。带着感恩,凭借酒胆,琪加索性拨通了父亲的电话:"阿爸,我血管里天生带有游牧民族的血液,天性决定了游走四方,我真的不适合按照你的设计去生活。你当初告别奶奶独闯大西南,你跟谁商量过?如果没有高原的经历,你会有现在的成就?"

一番直截了当的话戳中父亲当年的任性,电话一端半晌才发出声音,说:"唉,看来两代人的生活观、价值观,因不同的理解产生的裂痕越来越大。你就是奔腾激越的麋鹿江,放荡不羁。不过,不管怎么激越,终归大海,不要超越生存的底线。"

"等等,阿爸,什么是超越生存的底线?"

"说白了,就是不能干贩卖枪支和贩毒等违法勾当。这就是底线。"

"你低估就差没有拿到博士学位的儿子啦,不过,我向你和阿妈发誓,绝不出格。"

"希望是这样,也只能这样。"电话干净利落地挂上,强烈地表达着对他的莽撞行为的不满。

经营的效益日趋稳定后,苏伊也从忙碌中抽出时间,继续她的诗歌创作。

琪加达瓦在一次广告发布会上认识了刘涛,两人在酒店大厅作过短暂的交流。刘涛对自驾游作了自然线路和人文线路的精准分析,赢得琪加的高度认同,两人就此一拍即合。

比琪加年长五岁的刘涛,是四川省林业科学研究院的航拍师。他长着大胡子,面相看上去比实际年龄老,抬头纹在不抬头时都皱褶凸显。冬天他常穿一件二战时美国飞行员常穿的羊羔毛领的翻毛皮夹克,常常引来老红军父亲的反感。父亲在抗战最后一年挂的彩,被美军飞机误炸,弹片击穿整个下颌骨。作为抗战功臣,新中国成立后政府每年配给一两五钱黄金,专门定期在陆军总医院给他换下颌骨。平日里弟兄姐妹五人很少去看望老人,但一到换下颌骨做手术时,五兄妹齐聚医院,气得老头含泪怒骂:"分金子的来了。"

琪加为这事曾揶揄刘涛,说他对老爷子不孝。刘涛急得用手理理胡须,胡须边沿的皮肤微红,极力辩解,说这与孝道无关,说老爷子只要一看见他就问,那件美式飞行夹克扔了没,说他恨美国大兵。让他永不解恨的是,他的一个远房表弟在援朝的长津湖之战,被美军用火焰喷射器烧成黑炭。

"我跟你父亲感同身受。"琪加拍拍刘涛的肩。

"哦,说说看。"刘涛撇着嘴看看他,觉得他在糊弄自己。

"真的,不跟你开玩笑,我为何这样说呢?二战结束后,西方就几乎控制了全世界的媒体和文艺的话语权。美国在发动文化冷战以后,在全球设立了上百个服务于文化冷战的机构,这些机构主要控制文化、艺术、诗歌、电影、电视台。怎么控制呢?通过设置最高的影视作品奖、文学奖、音乐艺术奖项,这些奖项都控制在美国、西欧资本主义国家文化机构的手里,所以你们看到歌颂外国人、丑化中国人的,把自己描述得猪狗不如的,会被他们捧上神坛。这些年国内的一些反映农耕文明时期的电影,在国外拿大奖,却把展现中国长足发展的工业文明的现代文明冷落一边。客观说,这种投其所好的做法缺少一种骨子里的硬气。站在中国的立场、民族的立场、老百姓的立场,去反映你老爷子、表弟的英勇故事以及中国人打不垮的故事,还有这两年香港回归、亚洲金融危机时,国家力量支持香港击垮金融大鳄索罗斯的故事,这才是中国人该做的事。"

"佩服,"刘涛点点头,"看来你在美国读研是用了心的,但怎么说你感同身受呢?"

"这样跟你讲,上学时一位在CNN做过记者的老师问我:'你是藏人,怎么是中国国籍?'我当时听到他的这番问话,我知道他的用心,其实,我对这类人诱导式的问话早有准备。我说:'不错,我是藏人,当然就是中国人。'他又说:'我知道你是混血儿。'听他这么一说,我哈哈一笑,说:'你的功课做得深。我的确是一半藏人,一半汉人。但不是混血儿。汉人和藏人只是民族不同,但种族是相同的,也是一个国家的。'我直视着他的眼睛告诉他,'你有没有深入想过,如果分裂成两个国家,像我这样的人,情感上的撕裂你是体会不到的,在藏人那里,我可能被视为藏奸,在汉人那里,我可能会被视为汉奸。所以,请收回你别有他图的想法,我是中国人。'他听后没有辩驳,我说:'这就对了。'"

琪加清楚地记得自己是中国人的清晰表白,在离开美国时,那张身处水面游船,以自由女神像为背景的照片被他撕碎抛入水中。

林科院平日航拍任务极少,刘涛有大把的时间攥在自己手里,发疯般地痴迷国道318线横断山段的壮美风光。他没事就在俱乐部,给一拨又一拨的背包客介绍川藏风光:"我敢打赌,国道318线的绝美,在地球上找不到第二个,那是亚欧板块和印度洋板块互相挤压后的伟大奇迹。"他还常拿自己的抬头纹开玩笑,说他的额头就是横断山皱褶的缩影,神秘而风光无限。

刘涛带资入股俱乐部,琪加做起了制片兼导演,发誓用画面讲述横断山地区318线迷人的人文和风光,拍出藏东最好的影视作品。如果不上高原,琪加就整天待在工作室,点上德格仲萨寺开过光的藏香,然后将拍摄的反转片底片铺在乳白色的磨砂玻璃板上,用钟表匠扣在眼眶的放大镜眯上一只眼,去欣赏上万幅图片的构图、细部、层次、光感、色彩。对反映大自然和藏文化的影像的痴迷近乎废寝忘食,他会兴奋得旁若无人地说:"痛快,比拉屎痛快。"

第34章

"背包客"俱乐部的门槛快被络绎不绝的旅行者踏破了，生意越来越红火。琪加暂停了发布广告，电话里刚结束同报纸广告部合作的谈话，他看看办公室临街的大玻璃，长长地出了一口气，重重叠叠的早期广告记录着创业时的艰辛。"琪总，你的加臊担担面。"对门面馆送外卖的小妹子把面碗放到桌上。"好的，谢谢。"琪加回答。他对成都名小吃担担面情有独钟，每次吃面前感觉甜香气直扑鼻腔。

火红的生意同苏伊的病情发展方向正好相反，她每晚必须服用大量的安眠药才能入睡，贫血导致的眩晕昏迷越发频繁，她常在迷糊中听见死神的召唤。病情的加剧迫使她坐卧床头，点上香烟跟自己长谈。为了不让琪加分心，她隐瞒病情，常常故意借一些小事大发脾气，甚至暴跳如雷，目的就是回避他对她身体的爱抚。

这让琪加深陷困惑，每次上床被拒后，他只能趿着鞋回到客厅的沙发，但繁忙的业务使他没有发现她身体的异样，每天很晚才回家。每当高浓度的荷尔蒙在体内燃烧，寻找不到另一半而无可奈何时，他像荒原上一头发情的困兽，甚至怀疑她背叛了自己，但从她近一段时间不修边幅、整天穿着宽袍睡衣、光着脚丫、头发乱成鸡窝，阳台上堆满空啤酒瓶的乱象，看不出半点出轨的迹象。想来她是神经衰弱需要休息，因而他做了一个示好的决定，为她出一本精美的诗集，表达他的永恒爱意，即使同她的爱情已经终结，都必须拿出一个男人应有的风度，像为爱去决斗的普希金。

诗集《秋叶吟唱》印刷前，琪加亲自为诗集封面的设计、开本的大小、纸张的选择、书页的色彩去谋划，一本装帧看上去就有品位的诗集即将出版。

一个阳光明媚的午后，看着爱入骨髓、精力旺盛的"困兽"为自己出版的诗集，苏伊用手指肚在浅蓝色布纹封面上轻轻滑动着，贴在鼻孔处嗅着，紧贴在胸膛感受着，那过程抹掉了时间在记忆长廊的延伸，书里的诗句不断涌出，隐藏着她对生活和爱情的全部情感。她望着窗外，把自己变为一尊雕像，直到黄昏，她用笔在空白处画上自己站在云端回望大地，向琪加挥手告别的图景。她的泪水快速滴落在纸面上，她用强装平静的外表去滤掉生离死别的极度忧伤，提笔做出令人生畏的惊世之举。在琪加为她举办诗集首发式的前一天夜晚，苏伊吞服安眠药自尽。

她的枕边留下一封诀别遗书,遗书中写道:……嗨,狗屎月亮,每一次相拥你除了带给我身体的战栗外,更给了我灵魂致幻的高潮,让我不想停下来。自从你用男人的气概穿透我的那一刻,我的身体就被你飓风般地穿越了。狗屎月亮,你知道不,在玉龙拉措格萨尔王爱妻珠牡的沐浴地,当你弹奏完《爱的罗曼史》后,那指尖上滚动出的欲望,就同燃情的火苗永驻我的灵魂,就连远处的妙音仙女也驻足看着我俩的身体和灵魂绕缠在一起,那是我今生作为一个女人最幸福的时刻,我用心感受你的志向,知道你想做第三极文化传播者。你常常说,南极有帝企鹅,北极有北极熊,你要把第三极逐水草而居的牦牛文化因水写就的故事推向世界。我深信你的能力,可惜上天没有留够我待在尘世的时间,但我的灵魂会在某个暗角为你助力,渴望来世与你相遇。亲爱的,火化那天,在我的身边用心形围上一圈诗集并印上你的吻。让我的灵魂带着你的爱飞向天堂……

看到此处他失控了,号哭着喊道:"苏伊,你这个不守信用的家伙,口口声声要我带着你浪,你就这样说走就走,我恨你,你这个坏蛋……"房间里传来额头撞击墙壁的声音。

苏伊生命的停摆,让他也做了风平浪静背后的惊天之举。火化苏伊的遗体之日,他身穿一套崭新的黑色西服,沉稳地同前来送葬的友人们道别。一切都在惯常的仪式中按部就班地进行。就在轨道车即将推送苏伊进去的一瞬间,他纵身一跃扑在苏伊身上,随着推送尸体的轨道车一同滑向焚尸炉。飞蛾扑火的举动让所有人惊呆了,出殡者大呼小叫的声音吓坏了工作人员,琪加被五六个工作人员、保安和朋友拖拽下来。"让我陪她一起走吧。"他声嘶力竭的狂吼感动了在场的人们,他被哥们儿连拖带拽架到室外。

逆天行为招致殡仪馆追责,告诉他失去亲人的悲伤值得同情,但丧失理智的轻生行为触犯了规定。当晚,一条爆炸性新闻在晚报上登载,公安部门决定将他择日行拘四十八小时。

两天的行拘让他清醒过来,回到俱乐部的办公室他没有开灯,而是紧紧地抱着苏伊的骨灰盒,屋外如注的雨水啪啪打在玻璃窗上,窗外间或透进的闪电将他的身影勾画得阴森恐怖。这个两人曾经白天一起打拼、晚上相拥缠绵的空间,突然没有了另一半的踪影,母兽般撩拨、呻吟、欢愉、尖叫的她消失了,留下的是死亡的寂静。雨停后他拉下俱乐部的卷帘门,决定逃离这里,没有方向,没有目的,进入哪里黑哪里歇的无序状态中。过量的烟酒让他彻夜无眠,痛苦像蚁虫爬满躯体和灵魂,从此一头困兽迷失在人海中。琪加失魂落魄,衣衫不整,蓬头垢面,满口酒气,满嘴胡须,白天和黑夜颠倒,生物钟停摆,他变成一个雨天从下水道钻出来觅食的邋遢鼠辈。一旦喝得酩酊大醉,他的泪水便像天漏似的滚涌,直到那对摆放在床头的瓷鸳鸯被泪水模糊。

半年时间,各路朋友寻不到他的踪影,等他发工资的员工望穿秋水,工商税务三番五次登门开罚单找不到他,他的行踪成为一个谜团。大家都知道他为人厚道,无法相信他丢弃他们跑路的现实。"死狗,丢下兄弟们逃了。"刘涛在咒骂声中,接手支撑起了摇摇欲坠的俱乐部。

半年后,刘涛在住家楼下的面馆偶然听刚在丽江完婚的店主说,他好像在丽江看见了琪加。刘涛抱着试一试的侥幸心理奔赴丽江。寻觅了五天,他终于在城东的老街穿过七弯八拐的拆迁区,找到了衣衫不洁的琪加。此时,琪加正在一个废弃的货仓里同一拨流浪汉、情场落魄者、躲债者、浪漫诗人,聚集在火塘边烤土豆充饥,他那浓密而油腻的胡须上挂满土豆渣。刘涛花钱雇了保安,死拖硬拽把他捆绑上车,就差没有用毛巾堵上他的嘴,连更晓夜一路飞奔把他带回成都。

又过了半年,时间让琪加渐渐从阴影中走出。恢复理智和元气后,他想做的第一件事是带着苏伊的骨灰回到儿时的高原,去寺庙请喇嘛为她的亡灵超度。

当喇嘛念诵超度亡灵的经文声在山间上空响起,他双手合十,将苏伊的骨灰一把把撒向原野,牧草和溪水接纳了她。他咽下一口唾沫,默念苏伊的寄望:"亲爱的,爱情不光是相伴,更多的是同向而行,希望你在天堂的某一处助力我,我发誓把因水写就的故事进行到底。"

超度完苏伊,他决定去见记忆中永远抹不去的阿妈斯郎措。

临行前的端午节家庭聚餐会,王本昌给孙儿孙女在额头用雄黄酒写上"王"字,达瓦志玛给孙儿孙女戴上辟邪的香囊,回头对琪加说:"这次你去桑戈也给斯郎措带一个。她最爱干净,最喜欢在身上戴一些有香味的饰品。在生活用品极缺的年代,她常常买樟脑丸做成香包挂在脖子上。"

"记忆里斯郎措阿妈身上有樟脑丸的味道。"琪加耸耸鼻

391

子，仿佛那味道就在空气中。

"她还特别爱闻汽油味和煤油味，"达瓦志玛一边给孙子剥毛豆，一边细数斯郎措的癖好，"记得刚发工资，她陪我去给红梅和月娟买做羊羔皮帽子的红绸，我付钱后转过身就看不见她，找了半天才看见她双肘伏在装煤油的大铁桶边。她一直盯着桶里，直到我去拉她衣服她才回过神来。她偷偷把嘴巴凑近我耳边小声说：'我太喜欢闻这个味道了，喜欢得想喝。'"

"那都是物资匮乏年代的奇闻异趣。"父亲惯于总结式地插话，"斯郎措，大好人哩，我在翁达那阵子，奶奶要照顾反帝、红梅、月娟，只好把老二托付给她。她太尽职尽责，自己平日舍不得吃的酥油都给老二，要不然老二怎么长得像牛一样壮实。"说着端起小酒杯抿下一口，"转眼你们都大了。我和你妈在闲聊时常常念叨着她。"

"是啊，你爸有菩萨一样的爱心。"母亲端起酒杯，用略带调侃的眼神看着丈夫。

"又来了。"丈夫用略带责备的眼神看着妻子。两人酒杯碰出响声，同时说："干杯。"来了个底朝天，随后爆出爽朗的笑声。

四个子女从他们的言行观察到父母的对话虽然简短，但信息量特别大。两人发出戏剧般的爆笑声让儿女们摸不着头脑，反帝却嗅到了某种意思，问："爱心？"

"还是老大聪明。我曾经劝你爸除了娶我，还可以把斯郎措娶了。"

大家起哄后面面相觑，红梅抢话说："原来老妈吃醋了。想不到我爸真有魅力。"

"唉，要是婚姻法像草原人的规矩让他能娶两个女人就好了。斯郎措，她太可怜了，至今都单身一人。"母亲嘬一口小酒说。

"又胡扯，我们在说老太婆喜欢闻汽油和煤油的味道，你却把话扯到一夫多妻上了。"众人听后笑声再起。父亲说："让我们大家为远方的亲人干一杯。"

"来，"月娟举起酒杯，"忆往昔，斯郎措对王家恩重如山，感谢这位老人，我提议为她老人家干了。"见得众人响应她的话，她接着用调侃的口气说，"哎呀，据我所知，汽油和煤油中有一种化学成分叫芳香烃，部分人对这种芳香烃特别喜好和偏爱。我妈提供的可靠证据表明，阿姨就是这个芳香烃的忠实依赖者。"

父亲一听见幺女发话就很欣赏地点点头说："没办法，俗话说皇帝爱长子百姓爱幺儿嘛。"

"什么乱七八糟的。"母亲笑着举起手，还没有拍到月娟，她就哎哟哎哟地叫，一头不烫自卷的纵发波浪般覆盖着脸蛋。她的每根发丝看似卷乱，叠加起来却又十分有型，展示着时代制造的跨民族婚姻带来的奇观。笑声一波又一波回荡在聚会空间，制造笑声的父母无比开心。这对两千多公里的爱情组合，书写着一句亘古不变的金句：有缘千里来相会。

三兄妹得知琪加要去桑戈，又听见母亲要给斯郎措带礼物，当即在反帝的倡导下，每人拿出一千元由琪加带给老人家，以示报恩之心。

这提议让父母欣慰，老教授自然多喝了两杯，酒加热了血液的温度，只要说到"想当年"这三个字，妻子就会阻断他的话题，不然老教授就会把几十年的老皇历翻出来一一说起，目的就是告诉孩子们珍惜当下的好时光。

家庭聚会的话题忽东忽西，又绕回到了斯郎措，达瓦志玛说："斯郎措到底为什么终身未嫁？记得有一年她和我相聚在上海，我和她都喝了些加酥油和醪糟的邛（青稞酒），我趁着酒兴问她为何一直不嫁，她眼神无光地笑着看看我，用一根手指指着我半天不说话，要我向佛菩萨发誓保证不说出去她就告诉我。我发誓，即使是我丈夫我也不会说。她说，她在等曲扎。我劝她要想好。曲扎要么在国外早就结婚生子，要么在逃亡的路上死了。她说她想过，但她就是忘不掉曲扎骑马回头看着她的眼神，从眼神里看出他是一定会娶她的。"

"光凭眼神定终身？"月娟张大嘴巴，表情夸张而吃惊，"阿姨也太幼稚了吧。"

"那不一定，未婚男女，眼神碰出爱情火花古往今来不少。要不怎么会有'山无陵，江水为竭，冬雷震震，夏雨雪。天地合，乃敢与君绝！'这样炽烈的千古绝句？"父亲打断女儿的话。

除琪加外，三兄妹就斯郎措的单相思发表着自己的看法。反帝认为，这只是她对一个可以拥有众多女人的公子哥的一厢情愿，或许他就是一时兴起说说而已。红梅则觉得，即便曲扎对她情有独钟，即便曲扎没有出走这事，但门第过于悬殊，她不过是供曲扎玩玩的下人而已。月娟的看法是，即便是两人相互倾慕，最感人最美好的结局就是私奔，曲扎家人绝不会容忍种姓高贵的头人娶黑头藏民做妻子。她认为仅仅因为对方的一句话斯郎措就等一辈子，荒废了自己的大好时光，这样的巨大代价，即便感动天地、感动鬼神，又有何用？牛郎织女的故事不过是折磨人的爱情故事而已，是课堂上凄美之恋的畅想话题。

老教授摇着头，说："停，完全是书本逻辑，一千个观众眼中有一千个哈姆雷特。你们的分析有道理，不过跑偏了，都拿一种价值尺度判断藏地发生的事。"他取下鼻梁上的眼镜，揉揉眼窝继续说，"在我看来，你们完全不知晓牧人的婚姻观念，无怪看见磕长头去拉萨就困惑不已，认为那种苦行僧的修行令人费解。你们无法感知信仰的力量，理解不到什么是心在天堂、身在苦海的含义……"不同的见解在各说各话中结束。琪加没有插话，他明白兄妹们的见解和父亲的感悟远隔千山万水，兄妹们没有父亲的经历，因此讨论不在一个层面上，他更加关心的是父亲这些年一直埋头书写的关于青藏环保的书。

琪加记得立夏的第二天，老教授那本关于青藏环境保护的书进入校订阶段。晚间《新闻联播》刚结束，他就把遥控板交给母亲："物归原主。"随后起身对琪加说："走，跟我去书房。"两人一同来到书房，父亲边走边说，"崇尚山水的信仰是青藏环保的亮点，跟卡逊写的《寂静的春天》有别。她笔下的土壤、空气和水都被污染了，很显然青藏高原与之无关。青藏高原只是急需保护它的雪山冰川湿地，它滋养了上中下游，文化意义上是血缘关系，自然意义上，没有上游的雪山、圣湖和湿地，就没有中下游的小桥流水。我提出在岷江、大渡河、雅砻江、金沙江、澜沧江、怒江，这六江并流的上游区，国家要花大力气建立生态保护圈的观点。对，必须花大力气，一九九八年长江洪灾造成了不可估量的经济损失。毫无疑问，造成这一巨大损失的直接原因之一，就是对长江上游林区的乱砍滥伐。如何减少损失？如何更为理性、精准地保护长江上游的生态环境？我的这本书一定会得到相关部门的高度重视。将藏文化视山川如生命的理念贯穿到中华民族的生命意识中，合理地利用好这一理念，就保护好了东方大国的肝和肺。"

"有见地，真切中肯，有近忧有远虑，有规划，有方案，双手支持。"琪加竖起拇指说。

面对儿子的鼓励，王本昌很高兴地说："这是在接近退休年龄最想完成的一件事。过去的金融理论想来都是扯淡，跟不上时代的步伐了。相反，青藏关于信仰和环保的关系让我着迷。"

"这么说吧，你有点像奥雷里亚诺想用晚年的余力去研究梅尔基亚德斯的羊皮手稿一样，去研究青藏的环境保护。你在跟中科院的山地研究所掰手腕。"琪加的语气充满调侃。

家庭聚餐仍在进行中，琪加的思绪飘向远方，心想如果将斯郎措与曲扎这段爱情拍成纪录片，一定极有收视率。他突然萌发一个强烈的愿望，一旦征得斯郎措同意，自己要亲自去国外采访曲扎，用纪录片的形式打开人性中最柔软的温暖，像剥洋葱皮一样看到一层层隔绝爱情的藩篱。时代变革，斯郎措无法决定爱情的命运，但又顽固地保持对爱的坚守，恰恰这一执着所呈现的凄美，成为爱的力量所在。此刻他保持着特有的安静，听家人聊天、争论，其乐融融。

每遇家庭讨论，达瓦志玛对孩子们如何成长有自己的见解。她知道自己的爷爷同宗喀巴大师是同乡，在老家湟中，有身份的藏人家庭必须具备三个条件：一是家里有僧人，二是要有学者，三是有官员。因此，即使在油灯下熬夜她也陪伴在琪加身边。她柔中带刚的性格极大地影响了琪加的成长。对此，丈夫对她赞赏有加，还常常用记忆中尤格谢福家对读书的态度和他家推崇的犹太格言——书是甜的，来鼓励后代上进。这一点，他同妻子有认同交集。

这样一来，三个未断奶就在上海的孩子会带着坏笑摇摇头，异口同声地重复母亲的话："你们三个大上海长大的毛孩子，完全不知道三中全会前中国的事，更不知道阿妈家乡的事。"随后爆出长时间隔音板都阻挡不住的笑声，这有时也会激起老两口的不满，引得他们互相责备对方。达瓦志玛说："瞧瞧，这就是你强调的有规矩的上海推广的家庭民主。"

父亲会对母亲带着自嘲的口气说："上海媳妇，忍忍吧，没办法，这就是代沟。谁叫我们错生在那个年代呢。"

"为什么要加个'错'字呢？一切都是最好的安排，不是吗？老王，如果不是因为那个特殊年代，黄牛和牦牛怎么都拉不到一起。"母亲会把两手分开来强调距离的远，"唉，这就是菩萨说的缘分啊，认了吧，你没有和母黄牛拴在一起的命，只能跟母牦牛在一起。"

"黄牛"自从和"牦牛"睡到一起，"黄牛"就领略了

"牦牛"天生的幽默感。在他同妻子三十多年的相处中,单凭妻子对事物判断的直觉、敏锐和悟性,他就领略了藏民族天生的魅力。老教授认为生命的进化应当更为广泛地多元杂交,最好的例证就是儿女们先天聪颖。当然文化也一样,杂交才能形成更包容、更有生命力的文化,像北魏的孝文帝拓跋宏让鲜卑人穿汉服、说汉话,不狭隘、不走极端,消解了民族隔阂,推进了那个时期各民族的深度融合。至于何为爱情,老教授在家里只做过一次宣讲,认为只有两人身心都融到一起的时候,才明白藏人在精神的诉求上是饱满的,重心不重物,物留给寺庙,心留给自己。而红尘中人重物不重心,因而交流和诉求很难在一个方向上。

只有琪加能明白,对于一个把生命都融入另一个民族的文化中的父亲而言,他的学识和思想深度远远在母亲之上,但他的聪明就在于,从不与文化不高的妻子探讨如此深奥的哲学问题。他到了古稀之年,更加明白家庭就是家庭,事业就是事业,家庭就是养心之地。如今到了他这个年龄,即便是喋喋不休,对他来说都是家庭存在的美感,是他晚年的美学升华。

琪加点上烟看看母亲,她受斯郎措的影响也会讲故事,但其他兄弟妹妹认为,草原的故事神神道道,哪有那么多像《西游记》里的大神在眼前飞来飞去,这常令她气恼。奶奶也对儿媳妇在饭桌上讲的神佛故事有微词,背地要儿子告诉媳妇,不要把孩子教得疯疯癫癫的,生活中哪有那么多的灵魂和神相伴在周围。父亲听后总是笑笑,对深感担忧的母亲说:"你没有去过藏地,如果你在那里生活一段时间,你就会觉得人的周围会有神灵陪伴的。这样说好了，神灵鬼怪这东西，信则有，不信则无。"听到儿子打圆场，老太婆总埋怨儿子袒护老婆。

唯有琪加例外。母亲的故事是他灵感的源泉，像坎贝尔写的《神话的力量》，因为母亲讲的故事跟寺庙里壁画上的故事是对应的，唯一的不同：一个是声音的文字，一个是画面的文字。他惊叹母亲是个很好的讲解员。

受到家人误解备感委屈的达瓦志玛，常常在故事讲到一半时，不知不觉流下埋怨的泪水，她在夜里把委屈告诉丈夫："上海人真怪，还说上海是国际大都会，上海人见多识广，只要讲一些他们不知道的事他们就摇头怀疑，说这不可能，哪儿会这样。早知如此就不嫁到这么远的地方来了。"

王本昌听后笑得喘不过气，睡前转过身来用一双老手搂住老伴肥硕的水桶腰，她退让着问："你要干什么？都老夫老妻的。"

妻子的语气和身体的退让让他格外开心，开亮床头灯，深情地凝望着她说："上海人跟巴黎人一样，自认为是都市人，其他地方就是土里吧唧的外省，都是乡巴佬，这种孤芳自赏很不好，不过你也别生气，孩子们不是故意气你的。"

经这么一哄她心满意足，很快传来微微的鼾声。

琪加重启俱乐部后，更加专注于思索大融合的话题，深感母亲融入上海不容易，有时回家为讨好母亲，就指着她手腕上的象牙包金手镯，说："我想听你讲故事，在你的神手镯上随便抓一个故事讲讲。"母亲会用看知己的眼神看着他，说："还是老二懂我。"后来家里人在琪加的推荐下看电影《加勒比海盗》，读小说《百年孤独》，才慢慢领略到异地文化别样的魅力，人神共处的和谐。

　　达瓦志玛曾对孩子们说："真是奇怪，一定是菩萨显灵，我只要看见这只手镯，故事就源源不断地从圈子里冒出来。"随着时光的流逝，等到兄弟姐妹都带着孩子来看爷爷奶奶时，气氛又发生了巨大的变化，似乎藏文化在千禧年之后格外受到外界的青睐，一时间各种版本的仓央嘉措的情诗风靡大江南北，仿佛那只曾飞到过"世界高城"理塘的仙鹤，重新飞到了人们的心灵世界。一时间《康定情歌》在男男女女老老少少的口里，击鼓传花似的唱红大江南北，极大地助长了藏文化的传播。在潮流的助推下，连琪加都会拿她寻开心："来，老妈，叫装满故事的手镯显灵，给你的孙儿孙女们讲一个藏地故事。"

　　"老王，奇怪不奇怪，过去除了老二对我讲的故事感兴趣，孩子们附和着奶奶暗地里说我神神道道。可现在，他们也像我一样变得神神道道。"达瓦志玛说完这话，总是用讨债的眼神看着丈夫，他则大笑，笑得极富地域性，那笑声像是草原深处的占卜师的咳痰声。

第35章

　　桑戈草原初夏，冷风退回春的行囊，阳光一早就斜照波状草原，光影造出的明暗效果远远看去，如绿色的波浪在草地上滚涌，呈现出史前的记忆。琪加带着礼物朝曾经熟悉的土坯房走去，在阳光的照射下，身上像镀了膜的大棚，暖暖的。

　　昨晚，当上常务副县长的小时玩伴多嘉邀约初中同学给他接风，二十八位男同学，十七位女同学，喝了五十六瓶白酒、一百二十七瓶啤酒，边喝边唱，边吃边跳，通宵达旦，每个人的头发末梢都充满酒味。琪加酩酊大醉，天快亮时，他被四位同学提着四肢拎回宾馆。早上他双眼半睁半闭地看着天花板，嘴里呢喃着说："很久没有这样不要命地喝酒呢。"但他没有任何借口推辞故土玩伴的盛情，虽然头痛得厉害，但一想到要去见斯郎措阿妈,瘫软的身体很快恢复了活力。

惬意地走在桑戈草原上,满眼充满了儿时的记忆,初绽的花蕊让他闻到了与童年相伴的气息,微风中蝴蝶翻飞着翅膀前去报信。时过境迁,记忆中的土坯房变成了泥板房,房屋的右侧还建起了玻纤瓦的牛棚,用草皮圈围的半人高的土墙上,挂着褪色的风马旗,房顶上的转经筒,有风转动,无风静止。电线延伸到家里,屋顶的烟囱冒着淡淡的白烟。望着烟雾,他加快步伐,迫不及待地唱起《江河哪里去》。

"谁这么一大早就惊叫呐喊的。"屋里传出斯郎措埋怨的叹息声。草原忌讳太阳还没有照到屋顶就高声喧哗,怕惊扰了众神。琪加听见阿妈的声音一点没变,心里一亮,想象不出容颜变老的阿妈是什么模样。他脖子一缩偷笑着,为了带给老人意外的惊喜,故意放开歌喉:"江河哪里去……"

斯郎措藏在心里的歌,被男性的声音瞬间唤醒,喃喃自语:"菩萨,谁在唱呢?"她放下茶碗,手习惯性地在围腰布上擦抹,抬头看见一个身材高大的小伙子倚门而立,正笑眯眯地看着她。令她不解的是,这个穿汉装的青年人一口地道的草原话,深情地喊出"阿妈"。正好从窗户斜射进来的阳光照得她睁不开眼睛,她不得不用手罩在眉眶上以便看清来人。

阳光给老人脸上疏密均匀的皱纹抹上了一层金黄,一头银白色的头发刚刚梳理过,顺着中分的纹路向耳后来拢,看上去更加慈祥。琪加心里赞美道:"完美的老人,一尊活灵活现的完美艺术品。怪不得中国的绘画大师们都要拿藏地题材的作品来证明实力。"看着容颜已老但精神矍铄的亲人,琪加为之动容,笑眯眯的眼窝不知不觉滚出百感交集的泪花:"阿妈,你的儿子琪加回来啦!"

"啊麻麻,菩萨,啊麻麻,是琪加吗?!"斯郎措近乎尖叫起来,双脚激动地跺起来,扑入他的怀抱。老人端详着他,嘴里念道:"大小伙子了,大小伙子了。"

琪加掏出胸前的包银虎牙,说:"过去多少年呢,想你时就摸摸它。不知不觉就把自己摸成小伙子了。"随即发出嘿嘿的笑声。他端详着老人,发现她的眼珠上有层膜,"阿妈,眼睛?"

"白内障,准备下星期去动手术。州里组织了医疗队,医生说,白内障成熟了,可以动手术。免费的。现在政策好了。"

琪加应着。她看上去比上海阿妈要老许多,脸上细密而均匀的皱纹跟头上的银丝般的白发如艺术品一般天然契合,像辛勤的唐卡画师描摹的细密纹路,一条麻花状扭在一起的盘头红绳点缀出藏地女人的神韵。他把斯郎措阿妈揽入怀里舍不得松开。从前是他稚嫩的脸蛋贴在她的胸前,二十年后是老人将脸贴在他的胸前,岁月巧妙地互换着关爱的角色。

老人从怀里发出时大时小的笑声,抬起头时脸上却还挂着泪珠:"菩萨,有十五年没有见面了,长成大小伙子了,家人还好吗?前几年达志接我去上海,说是你去了上海的对面。过得惯吗?"她后退一步再看看他,"都忙着说话了,快,快坐下。"

"上海的对面?"他皱起眉头问。

"美国，高鼻子美国。"

"哦，哦，美国，早回来了。"牵着手，琪加随老人坐下。回答着阿妈的问话，仔细打量着屋子里似曾相识的一切，突然想起一件事，他说："阿妈，等等，"他从背囊里掏出一件件物品，"这是阿妈送你的羽绒服、暖腿的护膝、香囊，还有反帝、红梅、月娟给你的三千元钱。"

"人来了就高兴呀，还那么远带礼物来。"

"收下吧，全家人的心意。"随即他把香囊挂在她的脖子上，同挂在脖子上的小银嘎乌等圣物合在一起。之后他从包里掏出一根哈达，将它拴在屋子的中柱上，默念着："三宝护佑。"合十片刻，他睁开眼睛问，"好香，煮了羊排，哇，还用骨头汤煮了加人参果的青稞粥，还有烤血肠，一定有客人来吧？"在琪加的记忆里，老人煮肉都喜欢在茶壶里煮，没办法，各家有各家的特色，他中学的数学老师就用新买来的盂钵装猪油。

"哦呀，两个月前侄儿雍登喇嘛电话打到乡政府，带话说要去拉满寺念大经，顺路来看看我。他从那么远的地方来，我得煮羊肉来招待他，没想到，你也来了，喜上加喜。"斯郎措突然停住说话，望着琪加若有所思，随后似乎恍然大悟，"你看看，光顾着说话了，我这死脑筋，哈哈，不中用，先喝刚熬好的奶茶。"

"阿妈，这是我的家，我自己来。"琪加抢过铜瓢伸进锅里舀茶，无意中看见自己小时候做作业的小书桌和小板凳，干干净净地放在窗户前。当年，为了让他安静地做功课，她总是盘腿坐在土灶的旁边默诵六字真言。窗户边挂着儿时玩的大刀,老人寄情于心的物件勾起他的伤感,身体为之一颤,想哭,但又哭不出来。最引人瞩目的是,桌上摆放了一尊未曾见过的用玻璃罩着的蜡像。"这个蜡像真漂亮,左看右看都像阿妈你。"

他走过去坐下,双手伏在桌面上,用手指轻轻地划着桌面。"长成大人了,两样东西像小孩的玩具。"斯郎措笑得有些苦涩,她有意回避了桌上蜡像的话题,伤感地说,"唉,日子像萤火虫,亮一下黑一下,一亮一黑就把我变成老年人哩。"

"阿妈,你看上去一点都不老,很精神。"

"老了,再过几年就六十岁了。你出生的时候我二十多岁,你妈还开玩笑说我是汉人说的黄花闺女呢。"

琪加没有接话,缘由很简单,她一直未婚,怕引起她的伤感。

他喝着奶茶,环顾四周。屋子跟阿妈一样干净,放锅碗瓢盆的木架像是刚刷上了红油漆,大大小小的铝锅和铜瓢用酥油拭擦得锃亮,佛龛上的净水铜碗、佛灯和塑像一尘不染,土灶上的茶锅冒着热腾腾的蒸汽,与旁边的水柜形成某种暗合。藏族人对水的敬畏是贯通血脉的,跟长江入海口的渔民举行海祭一样,在海滩上摆上供桌,点香蜡,奉鲜果,敬香茗,撒菊花,放水灯。捧着喝茶的龙碗,奶茶的热气在一束从窗口斜射而入的光线中行云般翻飞着,这让他想起了少年时记忆犹新的藏历新年。

那是新年初一的清晨，阿妈轻声叫醒熟睡中的自己，说该去尼曲河背头水。记忆中火把跟挂在天边的启明星一样亮，阿妈背着水桶，手里举着火把走在前面，他睡眼惺忪地拎着小茶壶跟在后面向麋鹿江的支流尼曲河走去。

"阿妈，为什么要去抢头水呢？"他问。

"听我奶奶说，新年第一天的水是菩萨赐给我们的奶，用它来敬神可以一年得到神的保佑，喝了它可以净身祛邪。你一定记住哦。"她叮嘱。

"哦呀，记住了。"他说这话时，思绪回到阿妈给他讲舅舅在水中翻滚的故事，以至于多年后，每每在河岸或江畔，都会忆起舅舅在漩涡里解救马匹的场景。

来到宽阔的河边，沿河两边星星点点的火把在晨曦中传递着通神的欢愉，整个尼曲河除了哗哗的流水声，完全没有人声。斯郎措小声说："琪加，拿着火把。"

接过火把，将它举过头顶，琪加看见阿妈弯腰放下水桶，提起长至脚踝的藏袍裙边至膝窝，然后蹲下，脚弯顺势夹紧裙摆不让它掉下。阿妈小心地取下挂在桶边的铜瓢，将瓢伸进水里舀起来，接着用双手捧着举过头顶，再缓慢地将水倒入河里，轻声念道："一敬天地，二敬菩萨，三敬父母。"随后，她的手伸进水里，掬起一捧在额头上拍三下，给琪加同样拍三下，冰凉刺骨的河水在他的额头上留下了敬畏自然、感恩自然的印迹。

"雍登喇嘛，没有听你说过。"他问。

"南边岗查的，是我嫂子的侄儿。"

"哦，是吗？"

斯郎措停下转经筒。"是佛菩萨安排雍登喇嘛告诉我这一好消息的。"她从灶上移开茶壶往灶里添加了些干牛粪，然后用手掐掐煮着的肉，说，"再煮几分钟肉就好。"她习惯性地吹吹手指，"你还不知道，四年前雍登喇嘛从拉满寺回来的路上遇到暴雨，就和三个伙伴到我屋子里躲雨。雨下个不停，无意中聊到他手腕上戴着的两串檀香木佛珠。我看其中有一串就像自己的，关键在佛头的右边有一颗绿色的松耳石，他说这是土登请他在拉满寺替他加持的，还说其中一串是他的妹妹斯郎措托商贩带给他的。听到这些，我当场差点晕过去，我问，土登有多大岁数，他说是藏历土兔年的。我想，我失散的哥哥也是土兔年的，我急切地问，这人右眼的眉眶上是不是有一个肉痣，他说，是的。我说他是我的亲哥哥。"

"后来呢？"琪加问。

"后来嘛，亲人就找到了。记得是一阵雨后的下午，一只蝴蝶领着一个小伙子进门来，一进门就叫我姑妈。从来人穿的藏袍领边绣的图案和说话的口音，我就知道是哥哥家的人来了。小伙子站在我面前，一句话没说从襁褓里掏出拇指大的穿了孔的小海螺递给我，我接过这再熟悉不过的海螺，菩萨，这不是阿爸留给哥哥的吗？小伙子点点头。天哪，菩萨，我一头扑到他的肩头，哭得昏天黑地。我说，你一定是土登的儿子。小伙子回答说，是土登的大儿子索木东。"斯郎措倾诉着，眼角溢出了泪水。

整个上午，琪加都不想打断一个单身女人情感上最柔软的倾诉,设想如果自己是一个孤寡老人,这种意外的收获将是何等珍贵。

回顾在阿妈抑制不住的兴奋中持续着,直到日头升至当空,她突然中断叙述,说:"啊麻麻,差点忘了,给你看一样东西,"说罢,她从神龛上的一个木盒子里拿出一张折叠的《青海日报》递给他,说,"哥哥一家的情况都写在这上面。"

第36章

琪加摊开报纸，上面有一篇用二号宋体标题加粗的长篇通讯，标题为《不设奖牌的生命奥运》，这篇通讯从一版转二版、三版，用上万字的篇幅写道：

考察队进入无人区已二十五天，做梦也不会想到的意外惊喜出现在我们眼前。在无人区森格塘泉眼，我们发现附近有人户一年四季生活在这里。这是一个石破天惊的奇迹——海拔接近六千米的无人区竟然有人？而且在这里生活了十二年之久，奇迹！奇迹！奇迹！

缘由还得从一辆科考队的东风牌卡车说起。卡车装运着器材和生活物资，因抛锚无法进行较远距离的物资输送，考察人员暂时确定在半径五公里以内的范围内活动，以便等待更换汽车零件。一个无云的上午，队员吴振在望远镜里第三次看见，有人在北面的山坡上监视他们，他把情况报告了祁队长。

"想老婆想疯看花眼了吧，你小子，"祁队长摇摇头伸手拍拍吴振的脑袋，"不可能有人在这里居住。除非牧人不要命，才敢把牛放到这里来。"他顺手抓过望远镜搜索北方。

"拴在泉眼旁边石头上的哈达，怎么解释？燃烧过香雪芭的香灰怎么解释？"小吴反问。

"还不清楚？是盗猎者，这些人要钱不要命。"回答的同时，他在望远镜里看见了人头在草坡的天际线处移动，突然哽住，屏住呼吸半晌后说，"天哪，真的有人。"他向远处挥手的同时，开始嗨嗨嗨地大声招呼对方，没有回应，人影即刻消失。"我们得有防备才行。"他说。

与此同时，土登同梅卓在低洼处正发生激烈的争吵。

土登以为是抓他的人来了，准备再次举家迁移。梅卓坚决反对，说这日子受够了，索木东都到了谈婚论嫁的年龄，现在除了我，他还没有看见过第二个女人，梅卓越说越激动，哭声哽咽，打破了长期的安静。梅卓反问：如果他们是来抓我们的，怎么不行动？而且这些人的穿着不像是人保组的，他们拿着我叫不出名字的东西在高坡、在河边、在石头上东敲敲、西望望，还用笔记录着什么，在泉眼拿出瓶子装水。这些迹象说明不是来抓我们的。

争吵无果，梅卓取下裹在脸上的围巾，说："顺从了你一辈子，今天就是冒死，我也要去探个究竟。"

土登第一次听温顺的妻子说出如此对着干的话，他傻眼了，怒目狰狞地看着她接不上话。

"这些人不会拿我一个女人怎么样的。"未等土登反应，她已勇敢地向陌生人群走去。

看着妻子渐行渐远的背影，土登死死盯着即将发生的一切，做好了瞄准的准备。他看见，梅卓的出现引来所有陌生人的围观，双方比画着，在交谈；一番交谈后，土登看见对方又是给她倒茶，又是给她端椅子让座。他松了口气，但丝毫没有放松警惕。

一番长谈，梅卓知晓"文革"早在六年前已经结束，她惊喜地向土登跑去。

在场的科考人员对她的不辞而别摸不着神魂，互相望望，估摸着是谁伤害了她，他们哪里知道她的惊喜。她喜极而泣地一路飞奔，气喘吁吁地把这一消息告诉丈夫："土登，结束了，十二年逃难的日子终于结束了。"

科考队经过三次与梅卓的交流，终于取得了土登的初步信任，但有一个见面的条件，只能一人去跟他会面。

祁队长在梅卓的带领下同土登见面。祁队长看见流出液体、锈迹斑斑的半导体收音机，看见地窝子的简陋，看见熬茶的罗锅因一边有洞无条件修补，只能斜着熬茶。祁队长睹物悯人，掩饰不住难以名状的悲悯，竟然从哽咽呜咽变为号啕大哭，哭声让土登觉得这人疯了，一个劲地劝他说："没事没事，我熟悉出去的路，我带你们回去。"他觉得这个年龄跟他差不多的中年人太过女人气。

祁队长听后哭得更动情,二十多天未曾刮过的胡须上挂满了泪水,他用袖口抹掉泪水,扶住索木东的肩。十九岁的青年因缺少维生素,牙齿几乎掉光,笑起来像个婆婆,再看看十七岁的仁青,手里拿着一饼准备赠送给他们的酥油,他的脸蛋上顶着一头鸡窝似的乱发,憨憨地笑着,十一岁的梅朵因极度缺氧,有着接近血清色的高原红脸蛋。他再次热泪盈眶,不过这一次没有哭出声来,但身体却战栗不已,泪水不停地往外流,哽咽着说:"人类的奇迹啊,我目睹你们全家挑战人类极限的伟大奇迹。你们全家是科考队意外的惊喜,在森格塘无人区,出现了惊天地、泣鬼神的动人故事。"

他的话让土登和梅卓听得懵懵懂懂,不知所措。

在土登讲完"宁受天灾折磨,也不受人祸践踏"的来龙去脉后,祁队长将胸脯拍得砰砰响,说:"我向毛主席保证,一定要动用一切力量,把你们一家接回原住地。"

临别时科考队给他们留下了煤气灯、猪肉罐头、午餐肉罐头、防寒的睡袋和羽绒服装。

两个月后,省报以《不设奖牌的生命奥运》为题目,用长篇幅报道了土登一家的故事,引起轰动,报道隐去了全家人来森格塘无人区的动因。不久,达通马派民政局工作人员来到青藏公路边,接回了土登一家人。

土登战战兢兢地带着全家人回到了熟悉的家园。

十二年的光阴,当年工作组的张新建组长早已调离达通马。他长期在高原工作患上缺氧性心脏病,医生告诉他,如不提前退休回到内地，随时有生命危险。但这位深爱高原的干部，用自己对党的忠诚和对工作的敬业，战斗到了生命的最后一刻，长眠于达通马草原。

德杰因患严重的包虫病，肚子鼓胀像怀着三胞胎的孕妇，经过三次剖腹掏虫手术，无济于事，之后德杰一直跟肚子里的白色线虫战斗，哪里顾得上跟十二年前的宿敌拼命。得知医院已经放弃治疗，德杰告诉家人处理后事。

得知这一消息，土登居然鬼使神差地去看望德杰。看着弥留之际的德杰，那瘦骨嶙峋的脸，深陷的眼窝，高凸的颧骨，早已不是从前的德杰，像来自地狱的妖魔。面对奄奄一息的仇家，他的愤怒转化为了同情、悲悯。当他呼唤德杰的名字时，德杰身上的包囊虫正从鼻孔、眼角、耳洞里钻出来。德杰也看清楚了站在他面前的土登，那一刻，他的眼光里没有惊悸，没有胆怯，而是挤出一丝惨淡的笑容，看着土登说："这不是烟消云散的土登吗，你怎么回来了？"没等土登回答他又接着说，"你来得不是时候，现在，现在，哈哈，哈哈，我巴不得你给我捅一刀，我被这白色的魔鬼害惨了。老兄，来吧，帮我解脱。"说罢挺了挺身子骨，表示迎接他的挑战，却微笑着昏厥了过去。

面对德杰求死，土登一句话也说不出来，他真的不知怎么回答德杰，他想劝慰他化解冤仇，但话到嘴边怎么也说不出口。十二年前借刀杀人的毒计是不能原谅的过往，但看着躺在床上无法站立的宿敌，他的心里含混着的某种幸灾乐祸的感觉化为了同情。他真想照着他的请求，帮他解除痛苦，但他知道这就是犯法。他控制着自己的情绪，告诫自己保持行动上的克制和语言的沉默，不过在那一刻还是有一丝闪念，捅他一刀，帮他解脱。

三天后德杰病死的消息传遍了达通马，土登停下鼓捣的短波收录机，梅卓放下茶碗，他们意外地平静，又面无表情地微微摆摆头，感受着人生的无常。梅卓的眼神中有些淡淡的悲悯，她说："唉，一切都是最好的安排。"

"哒哒热。"土登回答的同时给妻子碗里续上奶茶。

时逢国家正在局部调整青海和四川的草场边界，当土登获知他家可搬迁到新划分的麋鹿江下游开桃花的半农半牧区时，他二话没说就率先在搬迁的名单上盖了拇指印。这一来，他再次带着全家离开了达通马，但这次的心境跟去森格塘完全相反，是带着国家的关怀移民的政策搬迁的，他真正从心理上远离了仇恨、嫉妒和争斗。

门外传来时高时低的狗叫声，斯郎措兴奋地说："一定是雍登喇嘛来了。"还没站起身，一位身穿绛红色僧服的年轻人的头已经探进门框，清秀的面孔出现在琪加面前，来者笑眯眯地双手合十对着斯郎措。斯郎措微微躬身说："快快请进。"

琪加为雍登喇嘛端上奶茶，用藏语告诉来客："甲桶（请喝茶）。"

雍登喇嘛定定神，似乎不太相信自己的耳朵，怕听错了，因为从倒茶的男人的长相到穿着，一看就是游客。当琪加再次用藏语请他时，他心里更是诧异。雍登喇嘛充满疑惑和好奇的眼神被琪加读懂，琪加立马用更长的语句同他交流："听斯郎措阿妈说您今天要路过这里，她老人家专门准备了款待您的食物。"

"你是琪加达瓦？"

"是的，是的。"

"我上次告诉他的。"斯郎措插话。

"嬢嬢还把你小时跟她在一起时的合影给我看了。这个缘分太值得珍惜了。"

"真的啊，阿妈，照片还在吗？"

"在哦。"斯郎措站起身走到神龛旁边的立柱边，立柱上面挂着一个相框，里面装着一张她同琪加小学三年级时的合照，琪加手里捧着小说《闪闪的红星》。相框里还放着斯郎措阿妈同其他亲友的合照，包括琪加的父母。"太珍贵了。"琪加喃喃道，"这是国产海鸥牌相机照的，用的是120胶卷。不知道阿妈留着这个照片的底片没有，有的话，我把它放大。"

"我找一下。"

"阿妈，等你空了再找。"

吃过羊排，奶茶喝足，但交谈却停不下来，话题围绕土登一家展开。雍登喇嘛绘声绘色地描述土登的过去和现在，让琪加深觉，土登舅舅漩涡救马的传奇，是一生传奇的开始。他后面的经历更充溢着人类追求自由的精神气质，是高原人敢爱敢恨的精神丰碑。他当即决定再邀土登舅舅走进无人区，他要做水与家的纪录片。

雍登喇嘛听后说："好啊，回去就把你的邀请告诉土登。"

雍登喇嘛离开后的十天时间，琪加一直陪着阿妈，母子俩重温着过往。每天早晨，他把奶牛赶出圈，等到日落黄昏，又和阿妈一道在木桥上喊老奶牛的名字——牛阿妈。这头牛是桑戈村民委员会分配给斯郎措的，跟阿妈已经有十六年之久。

傍晚，母子俩坐在门外的木条凳上倒酒小酌。琪加问："怎么叫老奶牛牛阿妈呢？"

斯郎措听后稍微停顿，略带叹息地说："唉，它是我的命根子哦。"

"命根子，怎么讲？"

"一言难尽，"老人放下手中吊羊毛线的纺锤，迷茫地看着银狐神山顶上的一颗星星，陷入过往，"你还记得不，你离开桑戈的前一年，用带刺的沙棘抽打奶牛，它当时还是小牛犊，痛得它四蹄跳得老高。我气得三天没有理你。"

"记起来啦，阿妈的记忆力真好。"

"你走后，直（母牦牛）就成为我的亲人。它开始产奶后，夏季每天可以挤奶四斤，存七天后大概有二十五斤发酵的奶。这样的话，酥油、酸奶、奶渣都有了，多余的卖给县上的干部，换一些买茶叶和糌粑的钱，直身上的牛毛绒用来织毛衣毛袜毛裤，汉人说的衣食父母，我想也就是这个意思，你说我叫它牛阿妈不为过吧？"

"不为过，"琪加点点头，"但这样过日子的话，一定紧巴巴的。"

"我给别人治点伤风感冒的小病，周围的人户、学校、施工队，有小病的都来找我。"斯郎措抿一口白酒，说，"我帮助他们解决痛苦，所以养活自己的钱是有的。你不用担心。"

"现在牛阿妈快老死了，没有奶就没有酥油，怎么办？"

"它没了，小的那头很快就跟上了。我一直想把牛阿妈放生，你那天不是看见雍登喇嘛亲自给它耳朵上拴上红布条了吗？放生牛，偷盗者不敢碰，像我一样老死都没人敢伤害。直跟着我遭受的磨难太深了。"老人手里的纺锤匀速地转动着。

她的话听得琪加心里发颤，急忙说："阿妈，"他深情地叫道，"阿妈，你放心，我给你养老。"

斯郎措停下活计，含笑着收缩瞳孔看着他，说："孩子，心意我领了，"话音透出老人的情绪有明显的波动，"这就是命啊，到如今，我认命了。"

"为什么说直跟你一样遭受的磨难太深呢？"

"直十岁那年的春天，感染了口蹄疫，舌头、嘴唇、牙龈、乳房的皮肤上都出现了水泡，一见我就抬头望着我叫，口水顺着舌面直流，它痛苦的叫声是在告诉我，它在发烧。我急得出汗，为了减轻直的痛苦，我用纱布蘸着浓盐水给直的舌头、嘴唇、牙齿揩擦，给长水泡的四蹄消毒，然后把冰硼散撒在它的口腔里。那几天晚上，我都住在牛棚里，陪着直，心想，直是距我最近的亲人了，我不能失去它。我天天为直诵经祈祷，一个星期后，直的病情缓解了。"

"阿妈，别说了，听着都想哭，"琪加打断说，"你也同直一样病重过吗？"

斯郎措摇摇头："没有。"

"但我知道，阿妈你的病，在心里。"一说出这话，他立

417

马意识到想收都无法收回。此时,他和阿妈酒过三巡,便借着酒兴大胆地说出了全家关切的话题。

斯郎措听后没有辩驳,而是凝望他片刻后,转过头看着小桌上的蜡像,端起酒杯对着蜡像说:"呵呵,那个年轻的斯郎措已经老了。"说完一口干下杯中的酒。稍稍停一会儿,她开始哼唱《江河哪里去》。

琪加跟着哼起来,两人就这样你一杯我一杯地对饮着,一遍又一遍地哼唱着,停下后琪加问:"阿妈,那是你吗?你一定还在等你的心上人?"

"是的,是我,绒塔活佛交给我时,说是曲扎专门为我做的。"她久久看着蜡像,"曲扎,还那么孩子气。四十年了,终于等到没有结果的结果。"

他没有料到老人家的话直接明了,进一步问:"什么结果?"

"那天你来时,唱着《江河哪里去》,听见这歌声,我当时腿都软了,心想:'天哪,菩萨,难道是曲扎回来了?'当时觉得天旋地转的,幸好扶住了桌子。结果是你这个心爱的捣蛋鬼。"

阿妈的最后一句话击中了他的心门,他仿佛看见斯郎措和苏伊同框,心里涌出一股莫名的难受和幸福:"难道真正的爱情就是上天的一个玩笑?"他将头转向一边,泪水不受控制地哗啦啦滚出眼眶。

"孩子,别哭,我知道曲扎的情况后,心里就像二月的麋鹿江,平静了,一切都是最好的安排。绒塔活佛走后,我就做好了出家的打算，但一开门就看见我垒了四十年的许愿石，心想，我苦心等待的人一直在那里呀，守护不就是最好的修行吗……"

她的话流淌出一个最凄美的梦境："守护就是最好的修行。"琪加心里默念着这话，斯郎措给石堆垒石子，斯郎措在木桥边等待邮递员，斯郎措将银嘎乌一次次套在蜡像脖子上……这些画面定格成人类情感迷途的完美与缺失，家园像一个破镜重圆的拼图。

母子俩一直聊到深夜，直到喝完最后一滴酒，母子俩才互祝晚安。

醒来后他做了两个决定：一是去瑞士，按照绒塔活佛提供的地址拜访曲扎先生；二是邀土登舅舅再去无人区。

第37章

许愿将自己和苏伊的灵魂合体安放在桑戈后,琪加带着聊以宽慰的心回到上海。

一天傍晚,父子俩在教学楼前的草坪散步,达瓦志玛带着孙女在荡秋千。获知琪加的想法,王本昌暗自欣慰,他扶住儿子的肩,说:"经过一段非死即生的曲折,很高兴你又恢复了精力,重启事业的规划;你带回的报纸我看过了,令我瞠目结舌,失眠了。想想,我的出走与土登的出走相比,真是小巫见大巫。那是生命被架在火炉上的烧烤煎熬。真为人类这个物种自豪,以爱去呵护家人,以大悲悯去照见人的短视,土登的经历正是一个天赐的展现。"

琪加没有作声,默默地点点头。作为父亲,王本昌没有用保重身体或说教一类的话加以劝阻或鼓励，看见儿子充盈着自己早年的冲劲，他的心里有种莫名的追怀和感动，但时过境迁，两种冲动不可同日而语。自己的冲动是逃避外力而寻找一种解脱，重新开始；而琪加是主动寻找，是通过追怀将看似一地鸡毛的故事，理出东方文化圈特有的温情审美。他感到琪加的路径涌动着时代加速进步的底蕴，充满着这一代人特有的自信。

天色渐渐黑下来，琪加同父亲讨论如何找到拍摄的切入口，他问父亲："你在桑戈待了二十年，你怎么来形容草原的大？"

父亲用略带不屑的眼神看着他，"太小儿科了吧。"他摊开双手，说，"一望无际，辽阔，广袤无垠，够了吗？"

琪加点点头，反问："但一个从未受过汉语教育的牧人，怎么形容草原的大呢？"

父亲愣了一下，停留片刻，似乎觉察到了琪加是有备而来的，他问："你说呢？"

"牧人会用'一眼望不到天边'来形容其辽阔。因为他们没有学过'辽阔''广袤无垠'这些汉语词汇。这是语言习惯和思维方式对环境的客观反映。"趁父亲还在咀嚼回味，他继续问，"如果在夏季，你怎么来形容草原的炎热呢？"

"汗流浃背，汗流满面，汗流不止，头冒蒸汽。"

"正确。"他拍了拍手，反问，"那没有学过汉语的牧人怎么形容呢？"

"你说呢？"

"牧人会说，我的身体像酥油一样被太阳烤化了。"

"身体像酥油一样被太阳烤化了。"父亲品味着,重复着,似乎领略到了不曾领略的意蕴,"很美,充满诗意。维度和思维方式不同的结果,感觉上比汉语的形容词更生动、更形象、更妥帖。"

他对父亲竖起拇指:"我的研究生导师亨德尔格博士说,不同语种表达同一事物是有差异的。翻译文学作品,就是处理好文明与文明的关系,这是翻译的责任与义务,更是翻译的价值和意义所在。"

"你准备做文学翻译?"

琪加摇头,伸手勾住父亲的肩膀,往草坪东南的碧落湖走去。他说:"我一直在找更为准确的升值点,这个升值点有两方面的含义:一是提升业务的文化含量;二是跟文化匹配的经济价值。这样的话,国内外都有巨大的市场,也符合我的内心诉求。"

"听上去不错,说说看。"

"社会越来越浮躁,大众普遍追求快餐文化,人们正在丧失阅读的耐心,文学表达逐步边缘化,变化的时代加速着影像时代开启,多元化、个性化的时代正扑面而来,影像更能直观、形象、生动、迅疾地再现地球上每一个角落的故事。而我的出生地藏东,是多个民族的交会地,多元文化融合,亮点独特,是中国大融合下充满家园感的鲜活缩影,是有待开发的文化暗河。"

"嗯,家园、鲜活、缩影,有意思。"父亲略带疑问。

"这样说吧,融合所包含的最大价值在于,它是现代国家一个重新塑造的过程，是现代国家的信念和观念深入全民族、深入每一个老百姓心中的过程。就像抗战在中华民族历史上的伟大作用，绝不仅仅是我们打赢了一场战争，它更凸显出空前的凝聚力。"

父亲歪着头听得很仔细，抿起嘴说："有道理，但思维没有跟上你的节奏。你想做影像方面的内容？"

"音乐、绘画、影像是世界的通用语，能迅速引起人的情感共鸣，某种意义上它传达着爱和人性，是经得起检验的。当然这话对我而言，还要加上一句，叫好还要卖座，这样才能养活自己和团队。"停顿片刻，他特地补充一句，"这也许就是冥冥中的注定，除苏伊外，它是暗中驱使我从美国回国的深层原因。"

"嗯，好。在我的记忆中，这是我们父子俩第一次无障碍交流，我很高兴，走，陪我去湖边走走。"父亲略带调侃地看着他说。

达瓦志玛停下手里的念珠，看着父子俩的背影摇头笑笑说："一对冤家开窍，难得啊。"

在通往湖边的小径上，父亲看着湖水，说："你这次邀土登舅舅去无人区，我建议不妨从亚洲的众水之源青藏高原说起，水因流动而滋生万物，水因流动而改善环境，水因流动而让大地充满生机，这片世界最高之地，最最重要的资源就是水。黄河水系、长江水系、澜沧江水系……哪个区域不与水生死相连？所以保护上游的生态环境胜过一切开发，你也可以用影像为我的呼吁助一臂之力。"

父亲的话有高度和代入感，但琪加明白自己不是做研究的，只是一个想做影视文化的杂家。他没有即刻应允父亲的建议，不过他想听父亲发表的见解。

隔日，老教授从抽屉里拿出两页文稿递给他："这是我关于信仰与环境保护书的前言，你看看。"

他接过文稿，青藏的水直扑而来。前言写道：

当长江从格拉丹东流入东海，当黄河从巴颜喀拉山注入渤海，这两条世界级的大江大河，像龙一样缠绕在东方古老的大地，奔涌向东，千回百转，在大气环流下形成轮回，周而复始。

经过三十年的调查，我认为，自然界水的脉络与生命的脉络，是宇宙留给人类的密码。水的涌动像人的血液在密如蛛网的血管内延展、铺开，形成奇妙的生命网络、命运网络、文化网络；又像树叶的经脉，舒展着生命的灵性和自由。这些脉络所形成的水之链，让我们能够在长江和黄河的流动中读懂一种传递，一种链接，一种上源和下游的息息相关。水之链的每一个节点，都呈现了不同区域缤纷万象的文化景观。在东方如繁星密布的悠久文化中，春秋时期郑国最先提出"和实生物，同则不继"的多元共存的思想。这一多元共存的思想，使得饮源头第一口水和流尾最后一口水的人，会感到这是一种天作之合的命运链接。这是沿岸的族群绕不开的命运的脉络，是命运刻在中华民族每一个个体心灵上的永恒的胎记；是各个族群的集体共鸣。注视由西向东的漫长贯穿，你会对孕育了长江和黄河文明的青藏之水，产生什么样的联想和感慨？如果再拓宽我们的视野，不难发现，同样还是青藏之水，惠泽了萨尔温江、伊洛瓦底江、湄公河、布拉马普特拉河两岸的文明。如果把受惠于这些水系的人口加在一起，青藏高原的水悄无声息地养育了二十亿人的生命。

二十亿！这个数字占到了世界人口的三分之一，上善若水的奇迹在东方这片土地上演至今。不借助水去思考在我们身边流淌了五千年的故事，说明我们的记忆是残缺的，是有选择的，我们不该忽略多元共生经验提供给人类未来的可能。

佛家说慈源于博爱，善源于感恩，博爱和感恩成为长江水道和黄河水道维持中华民族生生不息的精神养分；道家说上善若水，最好的爱就是奉献。慈善和上善若水以不同表述相同地表达出了善与美的真谛，这种美好的结合用《萨迦格言》的表述就是："大海要成为水的宝库，必须汇集所有的江河。"这些不同的表述，异曲同工，说明人性的出发点是一致的，那就是爱成为生命延续的伟大动力。因此，长江文明虽然壮阔，但时至今日它还是一条有待开发的巨大的文化暗河。从某种意义上说它充满了委屈，仅上游的生态脆弱就能说明。

俗话说："一粒米中藏世界，半边锅里煮乾坤。"在漫长的中国文明史上截取这两段文明的片段，我们可以看见祖国大西南这块高地，无可争议地成为中国在水文学、地质学、植物学、动物学、气候学、人类学等学科架构上具有决定性意义的区域，因此构建生态安全屏障刻不容缓。这个屹立在东方高地上的天然水塔以上善若水的情怀，向东方和南方输送水源。因为水之缘，早在西汉时就有了西南古丝路的记载；在唐朝时就有了竖立在拉萨大昭寺门前的"唐蕃会盟"碑，就有了促进贸易、促进沟通、促进交流的茶马古道；元朝时就有中央政府在西藏实行了全面的管理；明朝、清朝时就有政教合一的领袖进京朝觐的文献。

这些文明交融史、文化生成史，因水链接在一起，恰好解读了水的气质：遇坚硬而荡气回肠，最终水滴石穿；遇沟壑而馨香四溢，滋养大地。世界上最硬的东西是水，用枪打不烂，用刀砍不断；世界上最软的东西还是水，它像轻风一样温柔，像爱情一样充满柔情蜜意。

从某种意义上说，中国的气质就是水的气质。

读完前言，琪加惊叹道："精彩，它将成为我的行动纲领。没想到桑戈这二十年，给了你如此丰厚的开悟。"琪加为父亲竖起大拇指，"对了，我想问，保护生态环境胜过一切开发，怎样理解呢？"

"宗教是藏地的一大文化资源，藏传佛教和苯波教视神山圣湖为生灵的思想，必须加以合理利用，积极为社会进步和发展做有益的贡献。这样一来六江并流的天然环保地就成为祖国大西南的生态安全屏障。"

"高，实在是高。"琪加竖起大拇指。

跟父亲完成这次文化意义上的对话后，他为自己捕捉到了一个具备讲给世界听的底气的题材，因为这个题材具有世界性。他告诫自己，一次有方向说干就干的行动即将展开。

随即他召集工作室的四位股东，表述了自己的想法并公布了策划和实施方案。

烟味、咖啡味弥漫在缺少女性参与的男性工作间，一片杂乱无章，快餐盒的发霉味、连续熬夜不洗澡的汗臭味、烟灰缸里以斤计数的烟头受潮的刺鼻味，散放的大裤衩、随脱随穿的拖鞋、墙上张贴的裸女画，虽然零乱，却不失零乱中的美感，这种零乱的写意似乎孕育着艺术品和艺术家。

讨论从午后持续到午夜，股东们认为这个策划方案有点类似于在全国大火的央视纪录片《动物世界》，前期拍摄是一个烧钱的过程，但就题材的震撼性而言，潜藏着巨大的文化价值，是既有情怀又能赚钱的项目。股东会上，除刘涛提出了自己的担忧外，其余三位都表示同意琪加的方案。刘涛认为："就题材本身而言，兼具情怀和商机，但是涉及的内容比较庞杂，有可能处理起来会出现不可控的情况。烧钱不说，一纸整改，砸进去的钱泡都不冒，没了。既费马达又费电。"

"刘涛的担忧不无道理。"琪加接话，"我们的纪录片应尽量地避免无谓的争议，重点是讲述人与严酷的大自然抗争和对话的故事。抗争是用人的体能和意志向生存的极限挑战，向善的藏传佛教倡导敬畏自然的思想，这里的人民守护好了大家园，让长江的水源地得到了有效的保护，更好地惠及了中下游。"

土登接到琪加的邀请后,反复掂量,不忍拒绝侄儿的邀请,决定带着降压药冒生命危险去森格塘。这次进入无人区与上次离开已时隔十四年,现在他已经六十岁。

"舅舅,快到无人区边缘了吧?"琪加驾驶丰田越野朝渡口驶去,温热的河风吹入车窗。

"拐过前面的大转弯就是。"坐在副驾的土登双手抓住前面的扶手,挺直腰板,一眼不眨地直视着前方,自言自语道,"不知道老尼麦还活着没有。"

"是刚才提到的老船工吗?"

"哦呀。"老土登张望着,似乎在搜寻记忆中的老船工。车窗外熟悉的景物被抛在身后,停顿片刻,他说:"一个菩萨心肠的人啊,没有他,我们全家早完了。"

汽车绕过大湾来到渡口,土登透过挡风玻璃惊喜地发现了什么,指头戳在玻璃上,大声说:"瞧,尼麦的泥坯屋还在那里。"

车缓缓在土屋前停下,土路上的尘土扬在空中。土登下车后直直腰,像看文物一样端详着土屋,说:"尼麦阿哥,土登来看你了。"见土屋里没有动静,他对琪加说,"进去看看。"

山东大汉摄像师小鲁紧随,多包裤的裤包里插着电池和摄像带,敬业的程度令人称道。

小鲁肩扛"白塔卡穆"摄像机跟扛玩具似的,琪加看好他超强的身体素质和敬业态度。小伙子手腕上戴的一百零八颗菩提佛珠在别人的手腕上要绕六圈,而他只绕四圈,他一路跟拍着琪加和土登。

泥坯屋已人去屋空，屋里散发出一股阴冷、潮湿、霉臭的味道，湿润的尘垢像受潮的糌粑板结在一起，有牧人躲雨滞留在此屋时煮茶剩下的烟灰的痕迹，门框和窗框早已被拆来做了燃料，墙上还留有快要脱落的报纸的残片，从墙角密布的蜘蛛网可以判断，泥坯屋已经很久没有人住过。距泥坯屋不到五百米的地方，五年前就架起了水泥大桥，一辆冒着浓烟的手扶拖拉机从桥上驶过，轰鸣的马达声宣布了尼麦船工生涯的终结。

琪加陪土登绕着土屋走，意外地发现一张信笺纸大小的通缉令，至今还粘贴在泥坯屋的土墙上，仿佛时光依旧停留在那个荒诞的年代，虽然字迹经日晒雨淋已变得模糊，但模糊的字迹还看得出通缉的对象是土登。土登看着通缉令笑了："德杰的恶魂还附在上面，当年看到这个恨不得把这面墙都毁了，死活被尼麦拦住。他说，如果撕掉它就是告诉抓捕者，你来过这里。留着吧，我想你和仲时，我就去看看它。"土登原本乐观调侃的腔调，说着说着就哽咽起来，"唉，禁区埋着多少民间的痛，永远不为人知，真是谚语里说的，'雪线有多长，放牧的快乐和伤痕就有多长'。"

"你们最后一次见面是在什么时候？"

土登思索着，嘴里念念有词，佛珠在指头上一颗颗滑过。"最后一面是在十五年前，对，科考队发现我们的头一年。对，头一年。"他若有所思，"那时在森格塘，我隔两三年就把虫草偷偷带来渡口，在尼麦这里换回茶叶、盐巴、糌粑、糖果、电池、针线之类的生活用品。"

"你就不怕别人认出你？"

"说怕也怕，说不怕也不怕，"土登从襁褓里掏出一个油腻发亮的眼镜盒，从里面取出一副水晶石的墨镜戴上，"说怕，森格塘的亲人还等我换东西回去，要是我被抓，全家人就没法活命。说不怕，一旦被认出，大不了就拼命。为了不被认出，我蓄上络腮胡，再戴上墨镜，嘿嘿，跟那张纸上的我完全是两个人了。"土登是那么乐观和幽默，早已除却了逃难时的消极和紧张，"上车吧，路程还长，慢慢告诉你们。"

连续四天的走走停停，小鲁的跟拍工作一直在进行，提问和回顾冲淡了疲劳。

进入森格塘的时间，整整比土登当年增加了一倍。老土登一到下午四点后就有喝酒的习惯，更为放松的是，没有了梅卓的监督，喝酒的时间提前到下午两点，只要喝上三口，嘴里的语言就像出窝的蚂蚁排成看不见的长线。这让摄像师小鲁惊叹不已，暗地对琪加说："我发现牧人接受采访很有镜头感，落落大方，不晕镜。"

琪加点点头，说："有同感。或许跟喝酒也有关系，酒精能让人变得更兴奋。不是说无酒不成诗吗，全世界的诗人很多是酒仙。"

"你俩大概又在说我是酒鬼。"老头吞下一口酒后打断他们的话。他喝酒的方式与众不同，在半斤装的绵竹大曲酒瓶的塑料盖上钻一个小孔，然后将一根粉红色的通芯胶线，一端插入瓶底，另一端放进嘴里。

"舅舅，你一直都这样喝酒？"

"这是当年重新划分边界后,我们全家移民到半农半牧区时养成的习惯。酒瓶放在襁褓里,暖暖的,特别在寒冬,喝到嘴里的酒是热的。当时,你的表哥,现在邓柯县的雷常委,我们一道在县电影队放过电影。"

"是吗?"

"他当放映员的时间比我早,而且就是在电影队成名的。"

"成名?"琪加疑惑地问,"讲给我听听。"

"那年我们去邓柯县最边远的蒙沙乡放电影,第三天的途中遇上大雪,雪直抵马肚,我提议返回,他反对,我们争吵,我说这么大的雪,弄不好我们连同牲口和放映机都被雪埋。他却不以为然,反问有你说的那么严重吗?我急了,说他是初生牛犊不怕虎,不听我的,等死吧。他笑笑说,那你回去,我能行。这话激怒了我,我说,你以为我土登是熊包。一路上我俩谁也不理谁,在齐腰深的积雪中走了两天,终于到达放映点。那时的放映设备比起现在的录放机、VCD要笨重许多,光是放映机就要一匹马来驮,还有柴油发电机要一匹马来驮。我牵着缰绳拉着马走,他用铁铲铲雪,硬是铲出一条路来,他的坚持感动了我。那年月,农牧民一旦知道电影队要来,那简直比过年还高兴,半路上就牵着马来接我们。我们在天黑前赶到乡政府,院子里黑压压站满了老乡,但根本没法悬挂银幕。为了满足大家看电影的强烈愿望,你表哥提议用雪垒起一道银幕墙,他的提议得到了牧人的热烈响应,四百多人齐上阵,不到半个小时,就在院子里垒起一面高四米的雪墙,男女老少在零下二十几度的冰天雪地看完了《南征北战》和《红旗渠》。观众的眉毛和胡须都结成了冰板，但心里像夏天太阳照在身上一样暖洋洋的。在放到最后一卷电影胶片时，雪越下越大，雪片在光柱的照射下，投影在银幕上，《红旗渠》中的修渠人就是光着膀子淋大雪。四百多名观众头上、肩上全是厚厚的积雪，像身着格萨尔王的头盔和铠甲。八个壮汉分两组轮换着在放映机上方撑起一床床单，遮挡鹅毛大雪，不时地抖掉越积越厚的雪。这件事情被在州政府采访的《人民日报》记者知道了，他们驱车赶到邓柯县采访了我们，没过多久这件事就上了《人民日报》的头版，你表哥和我都出名了，我俩从县劳模变成州劳模，他再从州劳模变成省劳模、全国劳模。他有文化，被提拔到文化局当了局长，我没有文化，就继续在电影队，完成了农转非。后来你表哥官运来了，到县委做了常委。"

"真想不到，舅舅和雷表哥还有这么一段共同书写传奇的缘分。"

"真是缘分，"半斤瓶装的绵竹大曲酒消耗过半后，土登的谈吐流畅得像说书人一样，"做梦都想不到，我这辈子跟水那么有缘分，放电影都放《红旗渠》。每次遇见你表哥，他根本不叫我的名字，直接叫我源头，我也不叫他的官名，直接叫他流尾。"

"蛮有意思，以后做你俩的纪录片，片名就叫《源头流尾》。"琪加竖起大拇指，"后来呢？"

"你表哥当官后，电影队划归电影公司，搞承包，我用很少的钱购买了放映机，外加《红旗渠》和《我们村里的年轻人》两部影片，单独走村串寨放电影，这样一来支撑起了全家的生活。做梦都没有想到，绒旺塘的后代受修渠的启发，每家人筹钱修水渠。前些日子，他们还专程来邀请我在开工前夜给他们放一场《红旗渠》，为他们鼓劲。"

"居然有这天赐的奇缘，"琪加简直怀疑自己的听觉，"舅舅，你再说一遍最后那几句。"

"你没有听清楚？"土登看看他，接着说，"好，我再说一遍。"

"天意啊，机会来了。父亲的生态研究在我的视野，上升到源头人和流尾人的命运共济了。"琪加仰天看着远处一朵白云，同时闻到舅舅身上浓浓的酒味，细声说，"但愿舅舅没说酒话。"

土登见琪加不再发问便自顾自地喝酒，在醉意中睡去。而琪加却异常兴奋，庆幸不虚此行。

第38章

第二天,他们绕过一座浑圆的山头,空旷的森格塘呈现在眼前,云海覆盖下,苍茫而落寞。

被岁月风化的砂石区长着稀疏的杂草,一旦狂风骤起,砂石打在脸上既疼痛还睁不开眼。琪加的坐骑紧挨着土登的坐骑。"舅舅,我一路在想,那个村为修渠请你去放《红旗渠》,《红旗渠》对他们影响真的有那么大吗?"

"我也这么想过。"土登斜着身子靠近他,说,"前不久,我正在吃午饭,看着《红旗渠》长大的小子扎西来我家,告诉我说,土登叔叔,到现在我们才反应过来,你放映的《红旗渠》才是绒旺塘村致富的关键。我这次受全村人的委托,请你和雷常委临阵助威。扎西说,很多人都把家乡的落后归结到交通不便、信息闭塞，但整个西部乡村都一样，这不是绒旺塘贫困的根本原因。我们虽然在外打工，长了不少见识，但看见的毕竟只是皮毛。我们伙伴中的格桑，在农业大学读书，最有见识。他看着我家墙壁上挂着合影照，相片上方写着'同放映员雷越军、土登同志合影留念'。格桑说，我们看着《红旗渠》长大，年复一年地看，怎么就没有开窍呢？你的意思是想照着《红旗渠》那样做？扎西问格桑。绒旺塘穷的主要原因是缺水，一旦有水，这里就是歌中唱的'香巴拉（人间天堂）'。大家问格桑有什么办法，他说，绒旺塘的土壤是褐土类，土壤较厚，有较强的碳酸盐和石灰沉积，如果灌溉有保证的话，这里的两熟作物冬小麦和玉米，产量会在八百斤上下；加上我们的经济作物，核桃、苹果、梨子、葡萄，还有虫草和松茸，如果这些都变成了钱，那比大家出去打工就强十倍、二十倍了。我说，前人总结得好，积水如积金，屯水如屯粮啊……但说实话，你们的想法听上去有点'癞蛤蟆想吃天鹅肉'，不是我泼冷水，在崇山峻岭中修渠，谈何容易，是否能得到乡政府和村委会支持？即便得到了支持，修渠的钱从哪里来？我建议每家每户将卖松茸和虫草的钱拿出一半集中起来修水渠。""对了对了，这就对了，"琪加问道，"他们要你这个放电影的人做什么呢？""就想让我在开工的前一天晚上，亲自放一场《红旗渠》，让乡亲们找回电影里人们自力更生的精气神。"

"太好了，"琪加竖起大拇指称赞道，问，"什么时候开工？"

"过了雨季。"

"真了不起,"琪加仰望天空感叹着,"毫不夸张地说,在红旗渠早被遗忘的今天,这种精神却被大山深处的年轻人传承,这是对遗忘的可贵拾回,也是对魂魄丢失的最大嘲讽。"

"老板这么来劲,未必想介入?"在马背上打盹儿的刘涛移开罩在嘴巴和鼻孔上的氧气罩,"这可是宣传部门的事,不在我们的预算范围内。"

"一听见投钱的事,死人变活人了?放心吧,亏不了。绝好的素材。"琪加略带嘲讽地看着刘涛,说,"时间允许的话,我陪舅舅去,也能见到雷表哥。他是我的文学引路人。"

"越说越来劲啦。拗不过你。"刘涛一撇嘴,在扣上氧气罩前扭头问小鲁,"我说的话也录上了?"

小鲁做了一个肯定的手势。

中午时分,缺氧让一行人三步一小歇、十步一大停,艰难地登上形如倒扣大茶碗的山的顶端。刘涛仰躺地上,大口喘粗气。多功能手表显示,这里海拔高度5861米。他的喉头像塞着棉花,堵塞着呼吸道,他扛的三脚架在半山腰就被老土登抢过替他扛着。小鲁不是扛着而是用手抱着摄像机,艰难爬到山顶。琪加的高反症状没有他俩那么强烈,而老土登平静如水。"老人家,还是你厉害。"刘涛对着老土登竖起大拇指。

土登双手叉腰,对刘涛说:"年轻人,记住,上山是信仰,下山是毅力。"

这话琪加听得十分清楚。"上山是信仰,下山是毅力。"他默念着,认真地咀嚼起来。

简单的午餐后，小鲁用摄像机记录了森格塘狮子形状的地貌。这次与过去进入无人区时相比，最大的变化是，描述者由仲变成了土登，记录工具由人脑变成了摄像机。在大茶碗顶端，土登用手指指那个地窝，说："我们就在这个窝凼子里住了十二年。"

琪加语气充满期待地说："讲讲仲的故事，好吗？"

"一进入森格塘，我满脑子都是仲，连空气中都有他的存在。"土登陷入一阵沉思。他眯着双眼，表情苦涩，说："我们来的第一年，仲说把帐篷搭在窝凼子里。我没有听仲的建议，把帐篷搭在凼子上面，以为只要四周垒上一圈过膝高的石头就能挡风。没想到森格塘的风，差点要了我们全家的命。"土登的话戛然而止，不时地摇摇头，陷入深深的自责。

"哦。"琪加没有执意追问，而是提醒小鲁一定要记录下来。

"记得刚来的第二年三月刮大风，小牛都被吹上天。风中的砂石打在脸上会起包，见缝就钻的风穿过石缝从帐篷底刮进来，把帐篷鼓成气球。全家人各站一处死死地按住马上要被风连根拔起的地桩，那钻地风吹得人睁不开眼睛，根本不敢张嘴，不然会把人噎死。最后我干脆躺在地上用牙死死咬住帐篷，用手拽住帐篷，双脚用力蹬住地面，直到蹬出小坑才没让帐篷吹上天。"

"你亲眼见过风把牛吹上天吗？"

"见过，那是要命的可怕。我们来的第三年刮旋涡风，像磁铁一样，所到之处把牛、死牛的骨头、羚羊的干尸、藏野驴的干尸一起卷上天，那是魔鬼跳舞的天气。"土登停下脚步凝视天空，似乎看见了当年的惨状。

琪加回头看看小鲁，摄像机亮着红灯，他竖立拇指示意不要漏掉任何细节。

走到窝囱子时土登说到了，天色骤然黯淡起来，巨大的板块云突然合上，看不见一丝蓝天。"不好，要下雪。"土登抬头望着天空，"大风过后，大地安静得不出气，大雪就会降临。"

"舅舅，你是说现在吗？"琪加望望头顶。

"不，我回答你'风把牛吹上天'的提问。"

"是这样，舅舅，我不打断你的话，你想说啥就说啥。"

"这颗掉的牙就是那次咬帐篷留下的纪念，"他张嘴指着空缺，"帐篷保住了，牙没了。"

琪加咧咧嘴体会着那种疼痛，示意老土登继续。

"我非常后悔当初没听仲的建议，第二年最后的春雪过后，才在地窝子里撑起帐篷。那年，我们的女儿在森格塘降生了。整个帐篷的脑袋露在地面，这样一来再大的风只能刮过帐篷的顶部，"土登走进窝囱子，指着四周的一人抱不起的几个大的石头，"这些就是当年用来固定帐篷的石头，风的问题解决了，更可怕的危险又出来了。"

"什么？"

"要命的冷。"土登摸着身旁的石头，说，"冷的时候，摸着石头等于摸着冰块，"他坐在石头上，伸直一只腿缓解一下疲劳，抿下一口酒后继续说，"索木东的手掌上的疤痕就是寒冷这个魔鬼给他的。"

"是吗？"

"他现在的手是握不成拳头的，只能半握。"

"是冻伤的吗？"

"烫伤。"看见琪加把眉头皱成问号，土登继续说，"索木东把牛从太阳落山的地方赶回时，撒出的尿马上结冰，又困又饿又冷的他呆呆地钻进帐篷烤火，我们把牛赶进膝盖高的石头围墙里。索木东进屋后手已失去知觉，直接把手贴在了炉子的铁壁上，坐着就睡着了。我们在帐篷里闻到刺鼻的焦煳味后，才发现他的手被烫焦了。"

土登一阵沉默，只听见小鲁给摄像机更换电池的声音。"后来呢？"琪加硬着头皮问。

"梅卓，不敢看儿子满手烫得发白的血泡，紧握佛珠双手合十背对着我们，祈求三宝护佑索木东。仲按住他的手腕，我用针把血泡刺破，再给他的手掌抹上了陈酥油，整个过程索木东疼得全身发抖，哇哇哇大叫，但没有哭。我无意中看见梅卓的肩膀在抖，她哭了，她那抖动的身体让我感到无地自容，我对着帐篷顶大声吼道：'德杰魔鬼！'早知道他们跟我受这么多苦，我还不如当初就把德杰一伙全杀掉。如果不是舍不得白手起家增加的那么多牛羊，我也不会铤而走险来到森格塘。梅卓像水一样地平静，觉得我的咆哮就是放了个屁。儿子的伤口在她精心的照顾下慢慢恢复，只是留下只能半握拳头的后遗症。"

听到土登讲述的这些内容，琪加的心都收紧了，嘴里发出

439

啧啧啧的惊叹声:"人类的奇迹。牧人的体内深藏着适应高原险恶环境的强大基因,怪不得《青海日报》标题用了《不设奖牌的生命奥运》。"他感到他的身体有某种难以抑制的疼痛。他伸手拿过土登的酒瓶,一只手抚在土登的背上,来回地抚摸,像是在安慰土登。他咕嘟咕嘟灌下几口酒,用这种方式致敬土登全家。

在地窝旁边撑起帐篷已近黄昏,琪加喘着粗气,用手臂揩擦额头的汗水。湛蓝的天空渐渐黯淡下来,太阳在落山的地方露出一抹橙红色的天光,跟放进方便面碗里的火腿肠一样,但天光未尽时火腿肠早已同方便面一起被吞入腹中。唯独土登慢条斯理地咀嚼着,看似咀嚼,还不如说是用牙龈在碾磨,他尴尬地冲琪加笑笑,说:"牙没了。"

"跟这里有关系吗?"琪加问。

"当然。"土登下意识地用手去遮挡摄像机照来的光,冲小鲁笑笑随即又放下。他逐渐适应了与摄像机对话,将碗放在一边,掏出怀里焐热的酒瓶,喝下一口说:"全家人的牙齿都受到损伤,索木东已经满口的假牙,是扶贫办和民政局给的钱去省医院安的。"

"什么原因导致牙齿脱落呢?"

"牙医说跟缺少维生素有关。每逢大雪藏羚羊找不到吃的就饿死,它的肉可以吃,皮可以御寒。羚羊肉吃了上火,时间一长,牙齿就不行了。报应啊。如果是现在早进监狱咯。"

"它的皮御寒?那么轻巧的,有作用吗?"

"没有办法的办法。它的皮很软,可以用来缝制帐篷。记得最冷的一年,我们在地窝里围了一圈半人高的石墙,缝制了六层羚羊皮的顶棚。这样一来,牛毛编制的黑帐篷在最外层,它有重量又很结实,能挡大风,内层的羚羊皮只要不被大风撕破,暖和得很。没有它我们全家活不到今天。这是天赐的福报。"土登双手合十,闭上眼睛,几滴稀疏的老泪满含着对羚羊的感恩。

土登的泪水表达着过往的铭心刻骨,与寒冷抗争的故事毫无疑问成为地球人在极限处的不朽经典。这些不朽于琪加而言,曾经视一切都是装模作样的认知,被土登家的行为和信念荡涤殆尽,认为过去的自己太做作、太自以为是、太武断。他的耳边再次回响起土登的那句话:"上山是信仰,下山是毅力。"

"有羚羊皮的温暖,挨冻的日子没有了。"琪加说。

"是的,但仲……"说到此,老土登略带哽咽,半晌没有说话。他双手紧握酒瓶,用拇指反复在玻璃瓶上滑动,试图抚平难以抑制的伤痛。他喝完瓶里的最后一滴酒后,抬头看着琪加,说:"但仲,没有过上这日子。"

一阵沉默后,土登说:"找到仲是在一个下午。雪不停地下,仲有四天不见踪影,四天里我从四个方向去找他,北边的积雪盖过马背,实在走不下去。索木东说他和仲当时在太阳出来的方向看着牛羊,远处的草坡上突然冒出两头一白一黑的野牦牛,它们冲着我们叫。仲听见后学着它们的叫声回过去,然后对索木东说,他去拾些野牛粪回来。他走时从怀里掏出一把刚做好的牛舌梳子,递给索木东,说这是野牦牛的舌头做的,送给阿妈。之后就再也看不见活着的仲了。"说到此时,老土登欲哭无泪,脸皱成一团,张着嘴望着虚空说不出话来。

琪加给土登递过去一张纸巾,土登没有接,习惯性地用手在脸上一抹,盯着地面说:"就在梅卓痛得即将生娃娃时,我听见了野牦牛的叫声。我冲出地窝,循着叫声望去,远处有两头野牦牛站在那里。我踩踏着过膝的积雪走向它们,快到时见仲侧卧在雪地里,背篓里装满了干牛粪。我抱住仲时,仲早已冻僵,两头一白一黑的野牦牛眼角挂着泪滴。我当时控制不住自己的情绪,朝黑牦牛奔去,双手抓住它粗大的双角大喊:'怎么了,到底怎么了?说话呀!'黑牦牛没有反应,叫了两声,好像告诉我:'仲,交给你了。'然后朝后退。我根本不是同它较劲的对手,只好松开。黑牦牛转身就走,白牦牛跟在它身后,走一段转过头,朝我们看看,直到消失在白茫茫的雪夜里。"

"后来呢?"琪加听到此,激动得身子都在发颤,迫不及待地问。

"我抱着石头一样僵硬的仲返回地窝,突然听见地窝里发出一串响亮的婴儿哭啼声,老四降生了。我相信她是仲的轮回,一定是仲的轮回,仲又同我们在一起了。我放下仲快步冲进地窝,两个孩子手脚无措地看着眼前的一切,梅卓已经剪掉脐带,将浑身血污的女儿抱入怀中。她脸上的汗把头发粘成一片,有气无力地看着我,已经从我脸上看见了仲的不幸,她的眼角开始不停地流出泪水。我悲喜交集地抱起女儿,按照部落的规矩,将她的头浸入泉眼处背回来的水里。婴儿哇地哭出声来，我托着她的身体举过头顶，她的四肢在空中乱动，头上的胎毛蘸过水后，一绺绺粘得粗粗的，还冒着微弱的热气。就这样，我完成了孩子作为人的仪式。又一个仲降生了。"

在场的人肃然起敬地聆听着，四周悄无声息，偌大空旷的无人区万籁俱寂，所有的目光都集中在土登的嘴上，渴求着未完的下文。

"第五天，雪停了。我每天在烧开的牛奶中，泡七根虫草让梅卓分四次喝掉。随后我骑上马，另一匹驮着死去的仲向老尼麦的渡口出发。七天后，我到达距渡口不远的寺庙，趁夜色我敲开了寺庙的门，请了喇嘛为仲念诵《开路经》，之后将仲水葬。"

刘涛显然被土登讲述的内容带进难以自拔的场景中，琪加问土登："老四叫什么？"

"梅朵。这名是喇嘛取的。生梅朵的时候索木东十二岁。我们来森格塘的第二年，梅卓生下的那个还顾不上取名字，半夜就死了。现在就剩索木东、仁青和梅朵。"土登说着习惯性地去吸塑料管里的酒，或许用力过猛，腮帮和脸蛋上的肉收缩得像骷髅。

"舅舅，我再来一口，"琪加伸出手去要酒喝，"压压惊。"

土登把酒瓶递给他，他拧开瓶盖，一口气将酒瓶喝了个底朝天。土登还来不及问"你要干什么"，酒已尽吞琪加的腹中。琪加醉了，醉得不省人事。

半夜酒醒，气温骤降，琪加迷糊中摸到半瓶矿泉水，一饮而尽，身体的燥热被凉水强压下去。他望着伸手就能触及的满天繁星，感觉身体飘浮在其中。躺在曾经仰望的高地之上，琪加确信眼前最亮的两颗星就是他和土登，他们彼此照亮。此刻的土登在旁边发出均匀的鼾声。琪加偷笑着蹦出一个闪念："如果拍出还原土登家在无人区生活的纪录片，讲述人用体力、意志和信仰挑战极限的故事，它会超越略带表演性质的珠峰登顶。如果无人区的故事是上集，那么《红旗渠》就是下集，上集围绕信仰，下集围绕精神，没想到土登这个'一粒米中藏世界'的小人物，居然隐含着中国大故事，是精神与信仰的合体。多好的中国故事，却依旧游离于广大阅读者的视线之外。未必我一个文化商人，能承载这样的生命之重？"最后一句话，多少带些自嘲。

琪加越想越兴奋，再无法入睡，他攥紧拳头问自己："老天不会给我开宇宙级的玩笑？说不定特意差遣我拍出散落在长江的无数个充满人性的故事，让这条蕴含命运共同体的河流充满永恒的活力。"他索性钻出睡袋，站在接近六千米的世界高地，对着群星撒了一泡旷世之尿，宣泄着某种自以为是的男人情怀。

极寒刺骨而来，一个寒噤提醒他赶紧钻入睡袋。

第39章

琪加醒来时，晨曦微露，繁星隐退后的天空飘起雪糁儿，这就是无人区，多情而善变。

琪加穿上厚实的大红色羽绒服，土登则将藏袍袒露右肩的袖筒穿上，将自己裹得严严实实，一路上口诵"唵嘛呢叭咪吽"，声音低沉婉转，试图唤醒当年的足迹，对话过往。

一行人跟在土登身后向坡下的泉眼走去。一路上除了听见土登低吟六字真言外，大家都保持静默，步行十来分钟后来到泉眼。

小鲁把镜头聚焦泉眼，清泉从大地深处带着气泡静静地向上涌动，土登跪在泉眼边，闭上眼睛双手合十，随后用无名指在泉眼蘸三下，分别弹向天空，寓意敬天、敬地、敬神，随后掬捧泉水在额头轻轻拍击,大声说道:"菩萨保佑,有水就有家园。"

"厉害,有水就有家园。牧人是哲学的代言人。"琪加竖起大拇指。

土登对着泉眼说:"我至今都记得,仲带我们来泉眼时说的话。他说,这里再冷都不会结冰,我跟金牦牛一起在这里喝水时,晚上梦见一尊水菩萨坐在泉眼边。水菩萨朝我招手,然后用右手盛起水递到我嘴边,我边喝边听水菩萨告诉我,喝了它身体会没有病痛,没有烦恼,它一直流到东边的大海。"土登说话间,所有人像被催眠过一样,身不由己地跪拜在涌泉旁边,带着各自的心境参悟"有水就有家园"这话的哲理。

"仲是神的使者,他的话隐含着生生不息。"小鲁说话的同时将镜头从泉眼的特写慢慢拉出,落点在土登敬水的面部特写上。寻像器里,土登一道道深深刻在脸上的皱纹嵌满故事,镜头摇到被风撕成丝状的哈达处,流苏般的哈达随风舞动,述说着生命的密码。

"有水就有家园。人类逐水草而居展开家园的叙事,青藏之水不光救中国,也救了东方,"琪加话没说完,就被小鲁插话调侃说:"也救了世界,但愿火星有水。"

"火星一定有水,"琪加回应小鲁的调侃,"一旦发现,我们就提前在地球第三极的生命极限处看见了人类进程的艰辛和阶段性认知的幼稚。"琪加从背囊里拿出一个在长江入海口灌满水的瓶子,对着镜头,说:"亲爱的苏伊,你的灵魂伴侣完成一个天赐的故事。今天,我幸运地站在水之源,在我的预期的剧情中,喝长江第一口水的土登,喝长江最后一口水的雷越军,天作之合的两人,共同合写关于人的家园故事,东方大国的故事。"

他拧开瓶盖将水倒向泉眼。"伟大的循环。"说罢他再从涌泉处装满泉水,看着镜头,"我要带着它一直到入海口,完成舅舅和表哥共筑的命运。"他将瓶子举过头顶,哼唱起《江河哪里去》,哼到一半时说,"斯郎措阿妈,你用爱树立的信仰永存。亲爱的苏伊,听见了吗,这首曲子就是纪录片的片尾曲。亲爱的,你的灵魂与我永恒相伴。"

触景生情,心里响起五味杂陈的交响曲,他环顾四周,仿佛看见仲的灵魂在森格塘上空,像个卫士,守护着人类的生命之源。无人区隐含在寂静中的伟大,让他虔诚地匍匐在泉边。当他的双唇亲吻泉水时,一种醍醐灌顶之力,让他心里产生一束光,闪电般将事业之门打开。

第40章

琪加达瓦带着小鲁一同飞往瑞士,经停香港后直飞苏黎世,再经苏黎世驱车到达伯尔尼。在他眼里,这个风光旖旎的山地国家,地貌景观与川西高原极为相似,山川、湖泊、雪峰同样具备横断山区那种高山深谷的野性美。但瑞士旅游业的发达是川西无法企及的。

不过,他知道自己带着摄像师不是来旅游的,而是专程来探访和记录养母流产的爱情。

两人下榻预订的酒店距曲扎寓所不远。琪加在床上稍稍眯躺一会儿便拨通了曲扎的电话,用藏语问:"是曲扎叔叔吗?我是来自桑戈草原的琪加达瓦,是斯郎措阿妈的使者,希望叔叔安排时间见面。"

"什么什么,你再说一遍!"语气既惊喜又疑惑。

琪加重复自荐:"我是斯郎措的使者,就像绒塔仁波切是您的使者一样。"

这话引来对方会心的哈哈笑声:"欢迎欢迎,远道而来的使者。明天下午四点,在霓裳大街246号拐角处,有一家名叫康巴的小酒吧,我们在那里见。你记一下地址。"

"好的,叔叔。扎西德勒。"他应允后放下话筒,把地址记在便笺上后便出门闲逛,准备去熟悉国旗上印着十字的中立国。

曲扎放下电话,透过书房的落地玻璃,望望窗外远处的青翠山峦,薄雾中隐见往事绕缠在山峦间。

"银狐神山做证,记住,我说完这话,你就是我的女人了。"记忆中的出走之日,他在马背上俯视斯郎措,对她信誓旦旦的承诺已成为水中之月,这让一言既出,驷马难追的康巴男人颜面丢尽。

他揣着爱的秘密和全家来到达萨的同时,一直揣着"难民证"度日。

达萨周围也是佛教信众地,因而本地人对难民比较温和,但"难民"的身份,让大部分人找不到受人尊敬的职业,只能身处社会最底层。大哥好不容易去一家汽车修理厂干活,但因缺乏机修常识,把清洗汽车零部件的汽油盆放在保险杠上,发动马达时误将手里擦拭的棉纱引燃,随后引燃汽油盆子,在慌忙跳下车时,掀翻汽油盆,汽油泼满右臂和右腿,深度烧伤。那一年曲扎就在吉岭医院照顾大哥;祸不单行,二哥因酒后与当地混混发生争执,用酒瓶划伤对方颈动脉,蹲了两年监狱。

在照顾大哥的单调日子里，大部分时间他就在医院对门的客栈喝咖啡或红茶。为打发无聊的时光，他就拿起笔画山画水画建筑画静物，见什么画什么，以至于引来许多的围观者。客栈老板的儿子放学后就伏在他的桌前看他画画，逐渐对画画产生了浓厚的兴趣。放假时就邀他去寺院等建筑名胜描摹，久而久之他的这些素描作品被孩子收集，他们还专门将这些素描在客栈展出，使之成为客栈的一道风景，引来不少茶客带着孩子观摩，源源不断的客人给老板带来了更多的生意。后来，老板特意免除了他的茶水费用。

入不敷出的岁月里，家里渐渐负担不起大哥的药费，大哥就回到达萨，每半月要到吉岭来换药。大哥的烧伤疤痕一直感染，换药要由曲扎陪着。路过客栈，老板告诉他，有一位叫玛格丽的女士来客栈看到这些素描作品，产生了对绘画者的兴趣。在老板的引荐下，曲扎战战兢兢地同这位金发碧眼的女人在客栈见面。她穿一套翠绿色的藏装，胸前挂着一颗蜜蜡，配有两个价值不菲的珊瑚，手戴一个象牙镯子，说拉萨话。她的藏语虽不流畅，但曲扎能听懂。曲扎一直不敢正视她的眼睛，他从来没有看见这般模样的女人说藏语，但从她的声音能感觉她很温婉。她说她对他的素描作品感兴趣，特别是素描房屋建筑的作品，有一种天生浸润在骨子里的独特视角。当时曲扎对这句话的含义理解不够，只是说，他是陪哥哥治病，闲着没事，画画只是想打发时间。她问曲扎画了多久，他告诉她，跟着领读师诵经开始的，七岁左右。他隐去了领读师对他绘画下的结论——说他静不下心。她说她准备去不丹、尼泊尔、锡金转转，如果他有时间的话，她邀他同行，帮她画出这些地方的宗教建筑，他的食宿和画画的费用由她提供。曲扎推辞不过，勉强答应，但拒绝绘画的费用，强调说："画画怎么能收钱？我们那里没有这个规矩。"

然后他就跟着她去了三个地方。朝夕相处三个月后，他们渐渐熟悉，曲扎跟不丹、尼泊尔、锡金的僧侣交谈时，他们之间的语言交流基本无障碍，对寺庙雕塑、壁画、法器的门派的了解，基本能满足玛格丽的要求。他在与玛格丽的交谈中获知，玛格丽的父亲是建筑师，她需要帮父亲搜集一些有东方元素的佛教建筑的图形。这样一来，他不停地画，为她提供了四百多幅寺庙建筑的图画。她用充满感激的眼神看着曲扎，对他说，你在建筑上很有天赋。回到吉岭后，她给予的报酬他分文未收。玛格丽从客栈老板那里获知他哥哥的情况后，暗中帮他结清了费用。分别时，他们相约在吉岭的一家舞厅。舞会上，曲扎第一次搂住了这位香气扑鼻的女人，那种迷幻的感觉让他怀疑自己还是不是康巴男人，占有欲和自信心全无，不敢表达自己真实的感受。二人离别时，他从襁褓里取出一幅画，战战兢兢地说："画的是绿度母，送给你，她会保佑你。"尽管有百般的不舍，他一直羞于开口，至于对玛格丽的感觉是爱还是对异性的好奇，或许两者兼有，他不得而知。

任性的桑布老爷再也不能容忍这种寄人篱下的生活，未等到大儿子的伤情好转，骨子里游走的天性就催促他寻找摆脱"难民"身份的方法。游走终于给他带来天大的收获，钢铁大王的继承者安东尼，神迹般将桑布一家从贫穷中"捞出"。在安东尼的帮助下,全家摆脱了"难民"的身份。桑布全家在一个神鬼不知的夜晚离开达萨,辗转澳大利亚、美国、英国,最后定居瑞士。梳理桑布老爷的传奇经历,他之所以对汉人有好感,缘于他的传奇认知,他认为汉语里的那句俗语"人挪活树挪死",是他离苦得乐的制胜法宝。如果没有行走,哪来的感受,如果没有行走,哪来的"五湖四海"。最直观的是,早年在他生日时,无常让他与那位从上海来的摄影师相识,摄影师的信誉让他对汉人有直接的好感。因此,当许多出逃者诅咒汉人时,他缄默不语,认为"没有调查就没有发言权"。这些至理名言,无一不是汉人的思考所产生的真谛。一句话,诅咒者没有真正领略汉人文化。

桑布老爷拖儿带女再次出走,让生命处于旺盛期的曲扎获取知识的空间放大了,但曲扎一直忘不了玛格丽在灯火闪烁时的那句话:你在建筑上很有天赋。他属于"高龄"就读小学、中学、大学的成年人,但他却凭着玛格丽这句万有引力般的定语,奇迹般用十一年完成了学业。在他快毕业的那一年,他再次来到吉岭,为了考察南亚、东亚寺庙建筑并写相关研究领域的毕业论文。客栈老板已经因过于肥胖死于冠心病,他的老婆一眼认出曲扎,一见面就说六年前玛格丽来找过他。她还说玛格丽出了一次车祸,全车人只有她一个人活了下来,"也许就是绿度母保佑了她"。她对此深信不疑,皈依佛教后,她获知你们已经举家离开达萨,便留下联系方式,说如果有佛缘,曲扎会佛至心灵去找她。曲扎得知这一消息后,立马动身直赴英国。两个命运天助的男女,见面的第一天晚上,女人就怀上了头生子。

第二天,琪加穿一套浅灰色的藏装来到小酒吧。酒吧店面不大,在门口立着一个小牌子,上面用英、藏两种文字写着:我来自东方的藏地。扎西德勒。欢迎光临。

一辆送货的面包车停在门口,车上钻出两个年轻人,其中一个中等身材的青年人脖子上戴着暗红色的松珂,松珂上配置了香囊、嘎乌,手腕上佩戴着一串牙白的佛珠,其间配有珊瑚和狼牙,一看就是地道的康巴人装束。

酒吧临街的大玻璃上,用白色的颜料画着手持莲花的观音,线条简洁柔美。玻璃下角,画着两个头扎红绿黄英雄结的康巴人的嘻哈大头像,大头像手里拿着酒杯闭上一只眼睛做邀请状,极富喜感。"把眼前的一切都记录下来。"琪加提醒小鲁。

小鲁头一歪,不耐烦地吧唧一下嘴,意思是说:"这还用你提醒?"

琪加推门进去,藏式音乐扑面而来,给客人恰到好处的舒适感。康巴音乐的粗犷豪迈兼具了欧洲绅士喜好的气氛,音乐风格跟内地有差异,偏印度调式。室内不算宽大,坐有两三桌客人,当中有三五个欧洲人,从他们聊天的随意感一看便知是酒吧的常客,对陌生人没有什么好奇的眼神。在临街靠窗的角落坐着一位头戴小檐博士帽的老者,他的手里拿着一张报纸,但不时地向门口张望,琪加料定他就是曲扎。

两人目光交会在一起时,都深信对方就是自己要找的人。显然两人都有备而来,从衣兜里掏出哈达互敬。曲扎伸出手率先发话:"欢迎你,年轻人。"琪加连忙伸手响应。"喝什么?今天叔叔请客,欢迎远道而来的老乡。"曲扎说。

"甜茶。"

"是拉萨人爱喝的那种？"

"是的。"

"这里还有酥油哦。"

"我还以为没有，那就喝酥油茶。"

"好的，我喝苏打水。喝了酥油一来是血压有点高，二来是胃痛。"随后他叫了服务生。

很快服务生端来酥油茶和苏打水，曲扎拧开苏打水瓶盖，将水倒入杯里，习惯性地伸出右手的无名指在水里蘸三次，向上抛弹着，说："敬天、敬地、敬长辈的习惯根深蒂固了。"

"嗯，我一直觉得这个仪式的形式和内容都非常好。"

琪加聊了些初来伯尔尼的印象等题外话后，曲扎把话转入正题："使者，请告诉我，带来了什么家乡的消息。"他高直的鼻梁两边，一对深邃的杏仁眼闪烁着温和的光。微胖的脸盘没有掩盖住高耸的颧骨，透出年轻时的英俊帅气，两道法令纹透出成熟而和蔼的气度。

"叔叔，实不相瞒，我是斯郎措的养子。您知道，阿妈为您许下的承诺至今单身。"琪加的话直截了当。

"孩子，绒塔仁波切已告诉我斯郎措的情况，"曲扎轻言细语，语气充满歉疚，一双大手抱着水杯，像一个精细的工匠把玩着水杯。他沉默片刻，说："我想你大老远来找我，一定有着更深的想法，或者说有着更明确的意图，比如……"

"比如什么？"琪加抬起手打断曲扎的话，"来之前，我们四兄妹就阿妈的痴情等待有过激烈的争论。我哥认为，长久的等待只是斯郎措对一个可以有众多女人的公子哥的一厢情愿，他就是一时的起兴说说而已，而她太过于痴情和执着，付出了无法弥补的巨大代价；我大妹则认为，即便您对她情有独钟，即便当时您没有走，因为门第悬殊，你们也不可能有良好的结局；小妹则认为，即便是你们相互倾慕，最感人的结局就是私奔，但您的家人绝不会容忍高贵的头人娶黑头藏民做首任妻子。"

曲扎听后沉思不语，轻轻地将杯子放在桌子上，抿着嘴耸耸肩，然后双手一摊，做出无可奈何的表情。又一阵短暂的沉默后，他说："如果按照三兄妹的剧情设计，我尊崇我的内心选择，倾向于私奔。"他伸出一只手，姿势优雅地揭下博士帽放在桌上，露出的是一头黑白相间但梳理得纹路清晰的偏分发型，儒雅的学者风度显露无遗。

"哦，是吗？"琪加问，直觉告诉他，曲扎回答这一问题的目光坚定而真诚，不难理解斯郎措的执着等待是缘于他的魅力。

"孩子，要知道，离开家乡那年我是涉世浅薄的懵懂青年，更何况桑戈与世隔绝。我对她一见钟情时刚满十七岁，我坚信她是我的女人，而且至今深信不疑。我们被时代变革的大潮冲散了，勿怪谁错，我们只能随波逐流，这波浪太大，一浪就是四十年。人这一辈子顶多就两个四十年而已，我们错过了最好的时光。"曲扎说到此，无可奈何地摇摇头，"其实，我和斯郎措是变革大潮中凭己之力不能靠岸的小舢板。汉地有七夕节，我们就是一对没有鹊桥的牛郎织女。"说到此他再次沉默，他在考虑是否一吐为快，"嗨，向巴，把音乐关小一点。"他转过身子竖起食指对着吧台喊。

"哦呀,曲扎叔叔。"向巴回应着。他穿一件藏青色的西服背心,里面的白衬衫领口处戴着领结。此时,他正在用白色毛巾擦拭酒杯,然后眼睛盯着酒杯,反复旋转着酒杯检查。

"向巴也是康巴人,德格的,在国内是著名的歌手,家乡出过他的一些专辑。晚上很多人聚集酒吧,就是来听他唱藏歌,尤其对他唱的意大利咏叹调《我的太阳》推崇备至。他是来继承叔叔遗产的,想在音乐方面有些发展,但文化和乐理知识太欠缺,要想有大的发展光凭天赋不够。他准备回成都去学中医,然后来瑞士开诊所,行医治病。"

向巴看出曲扎在给客人聊他,一直冲着他们微笑。

"呵呵,跑题了。"曲扎很绅士地喝口水,像是只沾湿了嘴唇,随后轻轻解开袖口上的扣子,尽量让自己舒服些。他在雪白的衬衣外搭了一件深灰色西服背心,一条深色的领带恰到好处地配搭在脖子上,麦麸色的皮肤和高鼻梁是典型的康巴男人的标配,但从他闪烁着智慧的眼神看,多了一份和解和友善,少了一份康巴男人的酒味和莽撞,他的谈吐和行为举止,让琪加领略着有知识涵养的康巴男人的魅力和气场。

"人到一定年龄,总爱回首过往,细细想来,当年我要是有勇气,在离开时向父亲提及可否带斯郎措随行,如果父亲大发慈悲同意这事呢?说不定这段爱情早就开花结果了,这种终身的遗憾就会无影无踪。唉,当时太年轻了,门第的原因,甚至试一下的勇气都没有,还当着外人标榜'康巴男人敢爱敢恨',我是康巴男人吗?想想都可笑。当时根本没有想到一走就是永别。因等待而日渐累积的沉重包袱让我歉疚，特别是绒塔仁波切从桑戈带回斯郎措至今未嫁在等我的信息，很长一段时间里我无法安睡，不知道怎么去弥补这一过失。"

基于对方的诚实，琪加点上一支香烟问："曲扎叔叔，您想过回家吗？"

"年轻时很少想，越老越想，有句藏地谚语叫'离开家乡，乡音未忘'，尤其是一个离开家园的浪迹者。四十年的浪迹如人饮水，冷暖自知。"说到此他略微停顿，看到琪加专注地听他讲，就接着说，"本来作为一枚普通棋子，去解读棋盘上的攻守本身是一种愚蠢行为，但执棋者的博弈阻断了我和斯郎措的情感延伸。"

"叔叔，您的见解跟一些分裂者的见解差异很大。"

"藏地谚语说，'一堵墙难挡八面风，一个人难顺百人意'，降生在国外的后生，对家园的归属感缺少认知和理性的回望，很少把自己的文化放到其他大文明中去比对，进而从历史和文化中去寻找和解。"

"曲扎叔叔，您遵循历史和文化脉络去找和解是对的。除了文化融合，没有任何一种文化能主宰世界。挥舞推行自己价值观的大棒，将它强加在别人身上，注定失败。曾经的殖民时代，曾经的二战时期，给人类家园带来了深重的灾难。在我的研究中，东方文化边界是极为模糊的，是随国力而移动的，不像二十世纪欧美殖民者用武力和强权划出直线式的界限，非洲地图就是用直尺划分出来的，是殖民者伤害别人的耻辱，并不荣耀。"

"有道理，我搞建筑设计，雨果说'建筑是凝固的音乐'，我则认为建筑是凝固的文化，我读一些较为公允的文化和历史的书籍，世界文化应该互鉴才有共识，才有更大的弹性空间，包括中国历史，就我个人的理解，历史上的中原和周边各民族的关系是相互渗透、相互交融的。试想，汉族历史上如果出现一个希特勒式的屠犹人物，中原周边的少数族群早灭了。这是事实。数千年历史铸就的长江文明、黄河文明一旦断根，你说，中下游的十多亿人答应吗？"

琪加摇摇头，说："为水而战的生死对决，受害者绝非外部旁观者，而是源头流尾的所有人，和而不同，美美与共才是中华文明的共识。"

"所以说汉民族是一个海纳百川的大群体。"

"所以，在我看来，您老遵循历史事实，讲民族融合。"

"我们建筑设计者以骨架确定基调，我认为，青藏高原一经隆起，东方文化的骨架已经构成了。长江、黄河就是最充足的证据，它们像两条巨龙从源头青藏高原一直盘绕到山东渤海和上海崇明。藏人喝茶的龙碗就是最形象的注释。碗上的两条龙围绕着碗中的水，就像长江、黄河绕缠着被称为'亚洲天然水塔'的藏东，而这个天然水塔滋养了中国和南亚的众多国家。它是否暗含着一个被视而不见的融合密码，而我们却以不同的知识系统，按照自以为是的理解将这个天赐的答案抛在一边？"

"这个观点会引来学术界的热议，我曾经在高原拍到过密集的闪电，那闪电像是龙的化身，是投影在大地上的长江与黄河，两条河像龙碗上的龙，围绕着青藏高原的天然水塔。做梦都没有想到，藏人喝茶的龙碗，竟然如此深刻地隐藏着东方文化的前世今生。"

"当然。"曲扎肯定地点点头，"不过，仅就我的情感故事去解读，很愚蠢。还是说说你养母斯郎措的近况吧。"

"曲扎叔叔，为了等待一个遥无归期的许诺，斯郎措阿妈至今独守空房，她的爱情成本成为忠贞度量。她甘愿牺牲一切而选择终身守候，谁能赔偿得起？她那凄美的关于等待的故事，在我和绒塔仁波切作为双方的信使沟通后，只能将其化为精神上的花泥，去为人性中最美好的故事续上新鲜的营养物质。"

听到此，曲扎双手合十向琪加表达感谢。

"但叔叔必须清楚，阿妈等待的故事之所以打动人心，是她对您的一切选择接纳和包容的升华，直到您许诺的彩虹消失在她的眼前。"

"但是……"曲扎正欲解释。

琪加立掌打住，说："事到如今，那些附加的因素不必再去绑架已经流产的情感，事实摆在那里，阿妈终身未嫁在等您，而您已经儿孙满堂。这与政治无关，要说有关的话，如果您终身未娶，就像阿妈终身未嫁那样，还可以归咎于时代。"琪加看着曲扎老人，但他知道这番话的尖锐度，直抒胸臆地表达了失望，但并不代表斯郎措的真心。斯郎措不会埋怨对方，只会善良地把结局视为天意。知道对方已无辩词，琪加接着说："所以，曲扎叔叔，所有的解释都是徒劳的。如果您像阿妈一样,至今为等待而单身,这个爱情故事就成为现代版的牛郎织女的经典续写,而事情并非如此。"

曲扎略微侧着头尽量把一只耳朵靠近他,很显然他的听力不太好,不过他很快对琪加的话作出了回应。他将合掌的十指交错在一起表达着歉疚,看着琪加说:"某种意义上是我当年的年轻草率耽误了斯郎措的婚姻,在绒塔仁波切回国前,我就对他说,如果斯郎措嫁人了,我就心安了,而她恰恰没有这样做,这就是让我寝食难安的原因。"

"您知道,曲扎叔叔,桑戈草原在您离开前,部落头人的指令就是一切,千百年来游牧部落的婚姻观,对妇女就是不公,某种意义上斯郎措阿妈就是这种不公的牺牲品。您现在应该更能理解这种不公。"

曲扎点点头,说:"传统的东西有时是很顽固的。"他表达着心意,"年轻人,你的话触动了我,请代我向斯郎措再次深表歉意,"老头说罢诚恳地点点头,将十指交叉合掌,"为了弥补这种过失,我给斯郎措准备了养老的费用,请你转交。别多心,这绝不是某种推托,而是我的心意。"

"谢谢叔叔的心意,情领了,但钱请您留着,不然,我作为她的养子会不安的。"琪加站起身双手合十,向曲扎深鞠一躬,慢慢坐下后,说,"其实,斯郎措阿妈没有您想象的那么孤独。我离开她去上海后,一头叫直的母牦牛跟她相伴十五年。阿妈和直的故事把人与动物、人与草原的关系浓缩在一起。她当过赤脚医生,那些需要打针吃药的病人离不开她。最关键的是,她在您许下承诺的马踏之地,风雨无阻地每天安放一颗思念之石,看似玛尼石堆,实则是您的化身。她每日同石堆对话,为您祈福。四十一年来,它已经成为一座睹物思人的爱情之塔、人性之塔、信仰之塔。她把爱变成了一种修行,这种修行把草原、动物、信仰联系起来,融在生命的细节里,展现出草原女人对爱的崇敬、忠诚和隐忍。"

琪加料想不到哪句话触动了老者的神经,竟让他老泪纵横:"孩子,给我一支香烟。"他接过香烟点燃后猛抽几口,浓烈的烟雾弥漫在两人中间。

向巴无意中看见曲扎流泪,不动声色地拎着热水瓶过来。他给两人的杯里蓄满水后,俯下身子凑近曲扎的耳根,说:"这小子欺负你了吗?我揍扁他。"

"不不,是我想哭,"他冲向巴笑笑,将大半截香烟灭掉,激动的情绪有所平复,苦笑着说,"看来,我不配成为这场马拉松式恋爱的参与者,我在这个过程中半途而废,讲出来会颜面扫地。"

"不,曲扎叔叔,您很诚实,同您对话我能真切地感受到。您的善解人意和看问题的客观角度,给晚辈留下了深刻的印象。"

"康巴男人的心智相对晚熟,如果在天生尚武的血液里,早期就灌入知识的溶液,那么智慧和勇猛就不再是形容词。像你这样的康巴人,就是未来。从你的言谈举止,能看出你是一个勤勉好学的晚辈,你的藏语、英语的功力非凡。"

"过奖了。哦,顺便说一句,我是在美国哥伦比亚新闻学院读的研究生。"

"一听就知道美国味很重。"曲扎隔着桌子向他伸出手,两只手握在一起,"今晚在家里用餐,我特意邀请了绒塔仁波切,我亲手用南茶(川茶)、瑞士山泉和牛奶为你的到来熬制一壶怀乡茶。"

"没想到叔叔这里还有汉地产的黑砖茶。"

"当然,俗语说得好,'喝了汉地黑砖茶,莫忘汉地骡马恩'。"

"谢谢曲扎叔叔周到的安排和款待。"

同曲扎分手后,小鲁用一种充满敬意的眼神看着琪加:"你们的对话很精彩。"

"记录下来了吗?"

"这还用问?"小鲁自信满满地补充说,"请别怀疑一个专业摄影师的能力。"

"回到酒店回放听听。"

"想听可以,不过你得给我办个招待。"

"什么招待?"

"奶酪火锅加面包,外搭一杯白葡萄酒和黑松露。"

"你这是敲诈,"琪加大声抗议,说,"不过,外带一份瑞士湖鱼犒劳你。"

道别曲扎,琪加开启了转往以色列的途程,去续接王家与尤格谢福家那段在世纪灾难中建立的跨国情缘。

几经辗转落地特拉维夫,经过四个小时全世界最烦琐、最原始、最有效的安检,琪加终于踏上了这个神奇的国度。他背着双肩包在通道上左顾右盼,对小鲁说:"找吸烟室过把烟瘾。等会儿你又要忙一阵。"小鲁冲他一笑。

透过候机室的玻璃,他看见尤素福带着全家手执鲜花向他挥手,以最隆重的方式接待远道而来的亲人般的朋友。

一路上,尤素福回顾着他同琪加父亲那段儿时的友情。

最为喜感的是,早已谢顶的尤素福叔叔不像父亲描述的那么瘦。父亲不知道的是,他现在是腆着肚子大腹便便的老者,松垮的皮带套在肚脐眼下面接近两指宽的地方,给人的感觉是他的裤子随时会脱落。拥抱琪加过后,尤素福叔叔仍不松手,像摔跤手过招一般。琪加除了能感受到尤素福叔叔啤酒肚的宽大和柔软,还能感受到知恩图报的真挚。老头端详琪加,说:"时间是个好东西,验证了人心,见证了人性,用时间用心感受的事物,真的假不了,假的真不了。"随后他开怀大笑。一番介绍、问好、拥抱后,众人乘车驶向港口城市海法。

他子承父业,在海法开了面包店和啤酒馆,面包店里除了从上海带回的镇店之宝虾仁点心外,各种点心和面包的品种丰富,各种吊牌的啤酒琳琅满目。工作台上插着多叶千金藤和满天星,啤酒桌上插着玫瑰和荷兰石竹,在橘黄色暖光灯的照射下,点心和面包的橙黄色同啤酒瓶的橙黄色相互辉映,它们散发出来的麦香和色彩的混合味香艳极了。

尤素福家为琪加的到来举办了盛大的家宴。地中海的风夹带咸咸的海腥味给干燥注入了湿润。时间随着话题和啤酒瓶的增多在缓慢流逝……

欢聚总是短暂的,几天后琪加搭上了回程的航班。

飞机从土耳其上空掠过,他抿一小口咖啡停在嘴里,尽量感受液体在舌面上浸润的感觉。从舷窗俯瞰机腹下的大海和陆地，伊斯坦布尔大桥，凌空飞架，横跨欧亚。琪加品味着曾经辉煌的奥斯曼帝国的强大和任性、衰败与沉沦。这片陆地和大海，重叠着三种文化，与中国文化儒、佛、道交融后的结果却迥然不同。思绪间，土耳其作家帕慕克的名字跃入琪加的脑中，帕慕克的小说《我的名字叫红》和《雪》，写出了土耳其的坚守和复杂变迁，作者如身临其境般混在复杂的形势之中，被撕扯，被选择，被拉锯。那些能打动人心的文字，都与作者的远行息息相关。想到这里，琪加自语道："我的沉淀远不及这些伟大的作家，好在他们的思想和审美，为我开了很多窗户。"

与土登舅舅的无人区之行激发了琪加的创作灵感。他明白自己的"融合"之躯，是交融升级的说明书。基于这一优势，他闻到了交融散发出的迷香：与犹太人尤格谢福叔叔家故事的延伸，成为他深度探视外部世界的一个窗口；母亲与斯郎措故事的延伸，述说着关于草原、动物、信仰和爱的故事，述说着土登舅舅高原版"老人与海"的故事，述说着曲扎与斯郎措未果的爱情，述说着表哥同土登因水铺展的长江故事。这些史诗般的故事像一条巨大的暗河，随时间流淌。

他咽下留在口腔中的咖啡，将双手握住的杯子放在桌面，心想：要使几代人用生命铺展的情感尽量不受地域和种族设限的影响，抓住人性的共鸣，将捕捉到的一切真诚地呈现于观众前，呈现于当代。他决定大赌一把。想到这，他意味深长地笑了笑。

儿子回国的消息最让王本昌兴奋不已,因为琪加带回了两家人为数不多的珍贵合照。

父亲戴上眼镜仔细地看着这些泛黄的照片,"还能再放大些吗?"他问。

"可以放大些,但当时是用绒面印相纸留的正片,再大就会影响清晰度。"琪加拿着这些照片给父亲解释说,"银粒显影的照片时间一久就会泛黄,但很有历史感,因泛黄显得弥足珍贵。有一个好消息,尤素福叔叔全家明年春天会来上海。"

"真的吗?"父亲兴奋地用手拍拍沙发的扶手,说,"欢迎他们。"

在去观摩土登舅舅放映《红旗渠》之前,琪加专程去了崇明岛长江入海口。

凝视壮阔的江海交汇处,琪加默默对着汇入东海的江水说:"我即将去你的源头。"随后他的目光顺着水面望向上游,仿佛看见十五年前那只给奶奶带信的纸船从远处漂来,它曾带着少年琪加的愿望,漂流入海。

图书在版编目（CIP）数据

家园 / 达真著. —— 成都：天地出版社；拉萨：西藏人民出版社，2024.3
　ISBN 978-7-5455-8242-0

Ⅰ.①家… Ⅱ.①达… Ⅲ.①长篇小说–中国–当代 Ⅳ.①I247.5

中国国家版本馆CIP数据核字（2024）第017963号

JIAYUAN
家园

出 品 人	杨　政　余　翔
作　　者	达　真
项目统筹	胡　焰　王海涛
选题策划	杨永龙　孙学良
责任编辑	杨　露　王筠竹　李镕宸
特邀编辑	温建龙　扎西欧珠
责任校对	卢　霞　张思秋
封面设计	叶　茂
内文排版	四川最近文化传播有限公司
责任印制	王学锋

出版发行	天地出版社
	（成都市锦江区三色路238号　邮政编码：610023）
	（北京市方庄芳群园3区3号　邮政编码：100078）
	西藏人民出版社
	（拉萨市林廓北路20号　邮政编码：850000）
网　　址	http://www.tiandiph.com
电子邮箱	tianditg@163.com
经　　销	新华文轩出版传媒股份有限公司

印　　刷	北京文昌阁彩色印刷有限责任公司
版　　次	2024年3月第1版
印　　次	2024年3月第1次印刷
开　　本	880mm×1230mm 1/32
印　　张	14.75
字　　数	319千字
定　　价	68.00元
书　　号	ISBN 978-7-5455-8242-0

版权所有◆违者必究

咨询电话：（028）86361282（总编室）
购书热线：（010）67693207（营销中心）

如有印装错误，请与本社联系调换。